U0070913

二十世紀三四十年代 中國小說敘事

張中良

總 序

1992 年，兩岸開放探親後的第五年，我在埋首撰寫論文〈大陸的台灣文學研究概況〉過程中，驚覺對岸對於台灣文學研究的投入成果，並在種種因緣之下，開始關注對岸文學，一頭栽進大陸文學的研究與教學。

多年來，心中一直記掛著應該把台灣的大陸文學研究情況也整理出來。因為台灣和大陸是現代華文文學研究的兩大陣地，除了兩岸學界的本土文學研究之外，還須對照兩岸學界的彼岸文學研究，才能較完整地勾勒現代華文文學研究的樣貌。去年，我終於把這個想法，部分地呈現在〈台灣的「大陸當代文學研究」觀察〉一文中。但是，這個念頭的萌發到落實，竟已倏忽十年，而在這期間，仍有許多想做和該做的事，尚未完成，不禁令人感慨韶光的飛逝和個人力量的局限。

回顧過去半世紀以來的現代華文文學研究，兩岸都因政治環境和社會文化的變遷，日益開放多元；近年更因大量研究者的投入，產生豐盛的研究成果，帶起兩岸文學界更加密切的交流。兩岸的研究者，雖在不同的歷史背景下成長，但透過溝通理解、互動砥礪，時時激盪出許多令人讚嘆的火花。

「大陸學者叢書」的構想，便是在這樣的感慨和讚嘆中形成的。從文學研究的角度來看，成果的交流和智慧的傳遞，是兩岸文學界最有意義的雙贏；於是我想，應從立足台

灣開始，將對岸學者的文學研究引介來台，這是現階段能夠
做也應該做的努力。但是理想與現實之間，常存在著難以克
服的主客觀因素，台灣出版界的不景氣，更提高了出版學術
著作的困難度。

　　感謝秀威資訊公司的總經理宋政坤先生，他以顛覆傳統
的數位印製模式，導入數位出版作業系統，作為這套叢書背
後的堅實後盾，支持我的想法和做法，使「大陸學者叢書」
能以學術價值作為出版考量，不受庫存壓力的影響，讓台灣
讀者有更多機會接觸到彼岸的優質學術論著。在兩岸的學術
交流上，還有很多的事要做，也還有很長的路要走，我相信，
這套叢書的出版，會是一個美好開端。

宋如珊

2004 年 9 月　於士林芝山岩

目　次

引　言

在新文學的第一個十年裏，有發軔之作《狂人日記》的出手不凡，有《吶喊》、《彷徨》為中國現代小說奠定了堅實基礎，有冰心、葉聖陶、郁達夫、許地山、王統照、盧隱等作家的小說風姿各異，有眾多文學青年在小說園地拓荒耕耘，可以說，中國現代小說有了一個興盛的勢頭與良好的開端。在此基礎上，三四十年代（中國現代文學史界通常指 1927 年至 1949 年前後）的小說創作，無論從作者隊伍的規模與整體素質來看，還是就藝術多樣性和意義深廣性而言，都無疑取得了長足的發展，顯得更為壯觀。在此，先對其發展脈絡與存在狀態做一整體性的掃描與梳理。

從體裁樣式來看，新文學第一個十年，短篇小說基本成熟，中篇小說剛剛起步，《阿Q正傳》實屬鳳毛麟角，大多數則不足為觀，屈指可數的長篇小說更是未脫稚氣。到了三四十年代，中、長篇小說則可車載斗量。據文學史家統計，1927 年至 1937 年，中篇小說有 200 餘部，長篇小說倘若不釐定過嚴，當有 80 部之譜，兩項相加，為 300 餘種，超過第一個十年總數的十倍。1937 年至 1949 年，更是新文學的豐收季節，中、長篇小說有 400 餘部，其中中篇 150 部以上，長篇則超過 200 部，是第二個十年的兩倍半。[1]短篇小說整

---

[1]　參照楊義：《中國現代小說史》第 2、3 卷，人民文學出版社 1988 年、

體水平大為提高，精練雋永之作不勝枚舉，中、長篇小說也走向成熟，頗多佳作。中篇如郁達夫的《出奔》，茅盾的《多角關係》，巴金的《憩園》，老舍的《月牙兒》、《我這一輩子》、《新時代的舊悲劇》，柔石的《二月》，張天翼的《清明時節》，葉紫的《星》，沈從文的《邊城》，魯彥的《鄉下》，靳以的《秋花》，鄭振鐸的《桂公塘》，馮至的《伍子胥》，張愛玲的《金鎖記》，徐訏的《鬼戀》，碧野的《烏蘭不浪的夜祭》，師陀的《無望村館主》，無名氏的《北極風情畫》，路翎的《饑餓的郭素娥》等。長篇如茅盾的《子夜》，巴金的《家》、《寒夜》，老舍的《離婚》、《駱駝祥子》、《四世同堂》，沈從文的《長河》，沙汀的《淘金記》，端木蕻良的《科爾沁旗草原》，蕭紅的《生死場》、《呼蘭河傳》，蕭軍的《八月的鄉村》，路翎的《財主底兒女們》，師陀的《馬蘭》、《結婚》，齊同的《新生代》，王西彥的《村野戀人》，碧野的《沒有花的春天》，姚雪垠的《長夜》，錢鍾書的《圍城》，司馬文森的《南洋淘金記》，徐訏的《風蕭蕭》，無名氏的《野獸‧野獸‧野獸》，周立波的《暴風驟雨》，丁玲的《太陽照在桑乾河上》等。長篇小說中，出現了多種結構恢弘的三部曲，其中李劼人的《死水微瀾》、《暴風雨前》、《大波》三部曲最長，將近 150 萬字。長篇小說容量大，體式相對複雜，在一定程度上可以反映作家的構思能力、結構能力與文字表現能力。

1991 年版。

　　隨著新文學創作自身的積累，加之五四以來漸成系統的外國文學翻譯，提供了較多可資借鑒的範本，作家的文體意識漸次提高，自覺地追求文體的發展，多方嘗試，大膽創新。沈從文的《阿麗思中國遊記》開中國現代寓言體小說之先河，而後有張天翼的《鬼土日記》、老舍的《貓城記》、張恨水的《八十一夢》等相繼問世。寓言體小說充分發揮了作家的想象才賦與結構能力，顯示出小說文體形式的多樣可能性及其寓意空間的廣袤性。《貓城記》以火星上的貓國為舞臺，不僅辛辣地譏刺了保守、愚昧、懶惰、窩裏鬥等種種國民性弊端，而且犀利地抨擊了驕奢腐敗、踐踏文化、禍國殃民的種種政治鬧劇與社會醜劇。讓後人驚奇的是，文革中的一些話語邏輯與行為方式，竟在這部 30 年代初問世的寓言體小說中有所預演，足見作家眼光的穿透力和寓言體的涵容性。十年後的《八十一夢》，更是如天馬行空，古往今來，天堂地獄，任性馳騁，來去自如，令當局既不願從夢境中照見自身的醜態，又因其寫夢不便明令禁止，只好派一名高官假以鄉誼，對作者半是勸慰、半是恫嚇，迫使這部奇書腰斬了局。時事的驟變，歷史進程的急速步履，催生出記實性的新聞體小說，如丘東平的《第七連》、《一個連長的戰鬥遭遇》，蕭乾的《劉粹剛之死》，周而復的《白求恩大夫》，楊朔的《紅石山》，阿壠的《南京血祭》，劉白羽的《政治委員》、《火光在前》等作品，及時地描述出歷史進程的當前狀態。新聞體小說創作態度嚴肅，手法多樣，立意深刻，語調剛健雄渾，與此相比，清末的那種單純暴露黑暗、辭氣膚淺的黑幕小說，不可同日而語。八九十年代頗受讀者歡迎

的紀實小說，其源頭之一便是新聞體小說。魯迅等五四前驅者曾經嘗試過的散文體小說與詩性小說，在這一時期也有了較大的發展。前者以沈從文、蕭紅、李廣田等人的小說創作為代表，視角自由，敘事靈活，體式不拘常例，擴展了小說文體的藝術空間。後者有老舍的《月牙兒》、沈從文的《邊城》、蕭紅的《小城三月》、端木蕻良的《初吻》與《早春》、師陀的《果園城記》、馮至的《伍子胥》、孫犁的《荷花淀》、汪曾祺的《復仇》等代表作，故事或不曲折，甚至沒有前後連貫的情節，但以詩性的眼光與抒情的筆致營造出詩的意境，清麗或渾涵的構圖中蕩漾著婉轉動人的詩情詩韻。

在借鑒外國文學的同時，作家也有意識地向古典文學傳統與民間文學汲取營養，融會古今中外，使小說敘事在結構、視角、手法、語彙、語調等方面，都表現出可喜的開放性、寬容性與融合性，逐漸變得豐富、純熟起來。意識流不止於當作穿插使用的敘事手法，而且用作結構全篇的主體框架，它的運用已經不限於新感覺派等洋味十足的現代派，也見之於現實主義旗幟下的作家的創作。古典小說的敘事智慧與敘事技巧在寬廣的道路上得到揚棄利用，如《家》裏覺慧與鳴鳳等人物的結構關係可以看得出《紅樓夢》的影響；《科爾沁旗草原》汲取了古典小說的意象敘事；黃谷柳主要接受了章回小說的故事性與趣味性，在現代小說的通俗化、民間化方面做出了可貴的努力；趙樹理則將章回體、民間文學與新文學熔為一爐，使市民趣味鄉村化，創造出散發著鄉野氣息的新通俗小說。五四時期曾在新文學前驅者批判鋒芒下顯得萎靡落伍的「鴛鴦蝴蝶派」一詞，已經無法用來統合與指

稱三四十年代的通俗小說。張恨水繼承了章回體形式及其語言風格，融入新的敘事因子，形成切合市民趣味的現代章回體；秦瘦鷗、劉雲若、程小青、不肖生、顧明道等，在社會、言情、偵探、武俠等題材領域，汲取中外營養，施展個性才華，均有適應時代的藝術創新與廣闊的讀者市場。由於啟蒙思潮深化與社會重大變遷的需求，30年代初與抗戰爆發後幾度興起文藝大眾化運動，在陝甘寧邊區等抗日民主根據地還掀起了工農兵文藝運動熱潮。這些運動促進了小說語言的創新與成熟，不僅人物語言性格化，改變了工農說話學生腔的弊端，而且描敘語言也朝著貼近生活、回歸本土方面跨出了一大步。早期帶有歐化風格的書面語言經過民族化、大眾化的浸潤，變得清新活潑、暢達圓潤起來，帶有地方色彩的鄉土語言經過點化與提煉，平易自然之中又見出了純淨、明快。我們在茅盾那裏看到了歐化句式的複雜、綿密與江浙語調的明麗、婉轉，在老舍那裏看到了點染了英倫幽默的自然而明淨、清新而純熟的北京話語，在李劼人那裏看到了潑辣生動、暢達雋永的川味語言，在張恨水那裏看到了文人的雅趣與市民口語的俗白，在端木蕻良那裏看到了《紅樓夢》式的典雅精緻與黑土地的純樸豪放，在趙樹理那裏看到了民間文學的諧趣與太行山的質樸……雅與俗、古與今、洋與中，多種語言風格的汲取，多重視角的轉換，多類體式的交錯，多樣手法的融合，構成一幅異彩紛呈、絢麗多姿的景觀。

　　文體形式的成熟、豐富，自然伴隨著意義空間的拓展、深化。五四時期作為主旋律的人的啟蒙主題，在新的時代背景下，沿著國民性批判與知識份子自省兩條線索向前延伸。

如老舍的《四世同堂》，以百萬言的篇幅，刻畫了市民性格在淪陷區的特定環境中的種種磨難與嬗變，把文化批判與民族解放、國民性的負面剖析與覺醒前景有機地融為一體，顯示了社會歷史的進步與小說自身的發展。路翎的《財主底兒女們》，通過對蔣氏三兄弟不同的性格與命運的描寫，對知識份子的道路進行了深刻的剖析與積極的探索，其靈魂拷問的深度及其生命哲學意義，足可跨越時代與國界，其藝術空間的廓大性與複雜性可以與陀思妥耶夫斯基的宏篇巨製相媲美。在社會生活場景裏，除了繼續揭露封建禮教與封建專制餘威暴戾的罪惡，傾訴社會底層在水深火熱中掙扎的痛苦與戰爭帶來的巨大災難之外，更有中華民族在日寇鐵蹄踐踏下的翻然覺醒和浴血抗戰，還有從抗日民主根據地到解放區人民當家作主的新氣象。血火交迸的慘烈，驚天動地的壯麗，都留在了小說家描繪的巨幅畫卷之中。劇烈的社會動盪，使人越發渴求生活的安寧，戰時的流亡他鄉，使作家倍加思戀故土，因此，對文化風俗追憶性的展示與反思，就成為作家寄託鄉思、安慰心靈的自然選擇。於是，北京、東北、華南、浙東、湘西、嶺南、巴蜀等地的文化風俗，無論是新文學的第一個十年，還是此後的幾十年間，恐怕都沒有像這一時期這樣展開如醉如癡、如詩如畫的描寫。五四時期對人生的審視，視點放在人與社會的關係上面，此時則有些變化，部分地轉向人自身。如五四時期多描寫男女戀愛自由與否的歡欣或痛苦，而這一時期則有了對戀愛與婚姻本質的反思。人的心理層面，也由於心理分析的引入，有了較深的拓展。五四時期，心理分析還只是魯迅、郭沫若、郁達夫等少

數作家的嘗試，到了三四十年代，心理分析已經成為許多作家自覺運用的創作方法。如孫席珍的《到大連去》，以心理分析的眼光透視小狗子娘與表侄女婿的微妙感情；吳組緗的《樊家鋪》與《菉竹山房》，分別描寫生活困窘至極竟至殺害生身母親者與抱著靈牌結婚者的心理變態；叔文的《費家的二小》，揭示出費家父子不肯讓女兒（妹妹）出嫁的冠冕堂皇理由之下的心理變態；李健吾的《死的影子》，以心理分析的筆法刻畫了一個精神十不全性格；李拓之的《埋香》，心理分析加上了一點新感覺派的味道；心理分析方法用得最為自覺也最為成功、因而最有代表性的還要屬施蟄存，他的《鳩摩羅什》、《將軍的頭》、《石秀之戀》、《四喜子的生意》等作品，無論是取材於古典，還是涉筆於現實，都以心理分析的深邃與細膩，洞幽燭微地揭示了人性的隱曲。

　　人與自然的關係，也得到作家的格外關注。丁玲的《水》、徐盈的《旱》、田濤的《災魂》等篇，儘管是以人與自然的關係的角度來描寫自然災害激起的民變，但注意到了自然本身的力量，災難的描寫頗有驚心動魄之處。田濤的《荒》裏，人、雀、螞蚱、古柳、荒野，構成一個環環相扣的生命鏈、一個息息相關的生存環境。雀之家族，雖然意在象徵，但細緻入微、貼近自然的描寫，具有獨立的審美價值，它們並不只是背景，而是與人互為背景，甚至是主角。蔡希陶的《蒲公英》，是一篇以植物為描寫對象的小說，敘事者的全心投入與傳神描寫，與前一篇同樣能夠讓人呷出一點生命小說的味道。這兩篇作品都創作並發表於全面抗戰爆發之前，從作者的創作個性來說，本來可以有更多的探索，可惜

這一探索被戰爭無情地打斷了。20 世紀上半葉，中國社會天翻地覆的變化，對作家有著極大的吸引力，使得本來就缺乏關注自然的傳統底蘊的中國作家無暇、也無心更多地展開對自然的描寫。直到進入 80 年代以後，由於生態平衡與環境保護意識的覺醒以及國外生命文學的影響，中國文學才有自然界生命題材的大幅度展開與不斷深化，這一題材也才逐漸引起世人的矚目。

　　三四十年代小說創作的成就，不僅表現為文體形式的成熟、豐富和意義空間的拓展、深化，而且見之於流派的形成與發展。五四時期，一則剛剛起步，二則時間尚短，小說流派現象固然已經出現，但成績較為顯著的只有魯迅影響下的鄉土小說與創造社影響下的自我小說，文學研究會的小說固然顯示出「為人生」的共性，但其藝術品格卻相當繁多。新文學進入第二個十年直至 40 年代，小說創作蔚為壯觀，因文學觀念、文學風格的相近而形成一些流派，流派內部相互支援、相互砥礪，有些流派之間既相互衝突，又相互競爭，促進了小說的繁榮。頗為活躍且有可觀業績的小說流派有：蔣光慈、柔石、張天翼等所代表的左翼小說，茅盾、吳組緗、沙汀等所代表的社會剖析派小說[2]，廢名、沈從文、凌叔華、蕭乾、汪曾祺等一脈相承的京派小說，劉吶鷗、穆時英、葉靈鳳、黑嬰、禾金等所代表的新感覺派小說，施蟄存所代表的心理分析小說，蕭紅、蕭軍、端木蕻良、舒群、駱賓基、

---

[2]　參見嚴家炎：《中國現代小說流派史》，人民文學出版社 1989 年 8 月第 1 版。

羅烽、白朗等所代表的東北風小說，丘東平、彭柏山、路翎、阿壠、曹白、賈植芳、冀汸等所代表的七月派小說，張愛玲、蘇青等所代表的女性主義小說，無名氏所代表的現代主義小說，張恨水所代表的章回體市民小說，趙樹理所代表的新鄉土小說，丁玲、周立波等所代表的解放區小說，等等。諸多流派的形成，既是小說史演進的結晶與標誌，也是繼續發展的資源與動力。如果不是後來政治生活發生了巨大的變化，文藝政策出現了重大的失誤，至少京派、七月派、現代主義小說等流派，在以後的幾十年裏還會有可以期待的成績。然而事實上，流派被腰斬，小說發展走了令人痛心的彎路。

　　三四十年代小說的繁榮有著多重原因，除了前面提到的文學自身的積累與名著翻譯的借鑒之外，與社會、政治、經濟、文化、教育等方面的狀況也有密切的關聯。「四·一二政變」、「九·一八事變」、「七·七事變」等一系列事件所標誌的社會大變動，以及由此帶來的巨大的痛苦與掙扎、困惑與求索，給小說創作提供了強大的動力與廣闊的題材。蔣介石基本結束了軍閥混戰的局面以後，到盧溝橋事變之前，中國民族經濟出現了 20 世紀上半葉發展速度最快的局面，市民階層與接受現代教育的群體迅速擴大，產生了比以往大得多的閱讀需求。新聞出版業興盛，報刊為小說提供了大量的發表陣地，許多作品就是在這種文化市場需求的推動下創作並問世的。僅在《中國現代文學期刊目錄彙編》[3]所

---

[3]　《中國現代文學期刊目錄彙編》，天津人民出版社 1988 年 9 月第 1 版。

收從 1915 年到 1948 年間創刊的 276 種期刊裏面，前 13 年僅為 41 種（1915-1917 年只收《新青年》一種），平均每年 3.2 種，其中持續到 1928 年 1 月以後的有《小說月報》、《文學周報》、《學衡》、《歌謠周刊》、《小說世界》、《語絲》、《現代評論》、《創造周刊》、《狂飆》、《沈鐘》、《北新》、《一般》、《幻洲》、《泰東》、《真善美》等 16 種；1928－1937 年是高峰期，創刊 132 種，平均每年 13.2 種；即使是戰火紛飛的 1938－1948 年，創刊的新期刊也有 103 種，平均每年 9.4 種。這裏面還不包括北京淪陷區至少 30 種以上的文學期刊，上海「孤島」時期（1937 年 11 月－1941 年 12 月）百餘種文藝刊物的大半，上海淪陷時期的 40 餘種文學期刊。出版業的興盛，加強了文學作品的集束效應。在現代文學史上較有影響的 70 餘種文學叢書中，始於 20 年代、延續到三四十年代繼續出版的叢書就有 10 餘種；在三四十年代出版的有 40 餘種，如《新文藝叢書》、《現代文學叢刊》、《良友文學叢書》、《奴隸叢書》、《文學叢刊》、《現代長篇小說叢書》、《北方文叢》、《晨光文學叢書》、《中國人民文藝叢書》等。

　　諸多原因交相作用，促成了三四十年代小說的大發展與大豐收。其深厚的意蘊耐人咀嚼，多彩的藝術引人入勝，歷史進程的曲折坎坷值得深思。讓我們一同進入歷史隧道去探索與品味。

第一章

大氣磅礡寫春秋

　　新文學發端於新文化運動，因而在第一個十年的文學創作裏，思想革命成為最重要的主旨。20 年代後期開始，國內戰事連綿，世界性經濟危機也波及中國，日本軍國主義更是把侵略的戰火燃到了神州大地。中國社會的劇烈動盪與人民大眾的痛苦掙扎，給文學提出了新的要求：先前更多是作為背景進入作品的社會，需要作為對象予以充分的表現；在酣暢淋漓的倫理批判的同時，亦應有透闢深刻的社會、經濟關係的揭示；風雲變幻的歷史進程，亟待文學予以審美的把握。同時，在承擔這一歷史使命方面有著得天獨厚的優勢的小說，經過第一個十年的嘗試、摸索，其視野、規模、語彙、技巧等也都亟待突破與發展，社會生活色調與節奏的巨變給小說文體的突破提供了歷史的機遇。社會剖析小說應運而生，其代表作家當首推茅盾。我們從茅盾筆下可以看到 20 世紀上半葉中國的歷史風貌，看到其大氣磅礡的敘事風格對中國現代小說發展的獨特貢獻。

一、多事之秋的寫照

　　茅盾（1896—1981），本名沈德鴻，字雁冰。20 年代初，與周作人、鄭振鐸等人共同發起成立文學研究會，作為主編全面革新《小說月報》，並以評論家身份活躍于文壇。政治形勢的突變使他開始了小說創作。

　　第一部中篇小說《幻滅》，表現一個被五四精神喚醒了的新女性忽冷忽熱的幻滅與春風吹又生的希望，文筆流暢，刻畫心理委婉細膩，與心理刻畫相襯相映的景物描寫時見清新別致之處。但從整體藝術構思及其背後掩映的時代氛圍來看，這部作品尚嫌單薄，藝術表現與同時期小說相比也談不上有明顯的超群之處。

　　第二部中篇《動搖》在歷史容量、人性內涵與藝術表現上都有長足的進步。作品取名《動搖》，作者的主觀意圖，是要寫出「大革命時期一大部分人對革命的心理狀態，他們動搖於左右之間，也動搖于成功或者失敗之間」[1]。實際上，讀者可以在作品裏找到多種「動搖」，譬如：方羅蘭愛情觀念的波動，方太太新人意志的退嬰，方氏夫妻關係的罅隙，傳統倫理觀念的撼動，革命者的迷惘，既定社會秩序的破壞，等等。文本實際與創作意圖有著不小的距離，作品的主旨與最為成功之處，與其說是寫出了動搖，毋寧說是如實而深刻地表現了那個特定時代的動蕩。

---

[1]　茅盾：《我走過的道路》（中），第 9 頁，人民文學出版社，1984 年 5 月版。

　　《動搖》以胡國光的出場來開篇，而且在後來情節的發展中這個人物始終處於主動的地位，這一設定其實改變了作者最初主要是想表現小資產階級革命者動搖的創作意圖。胡國光本是縣城裏的劣紳，但每當革命來臨時，他都要裝出一副激進的樣子，撈取好處。自從辛亥起義那年他仗著一塊鍍銀的什麼黨的襟章，開始充當紳士，十幾年來，無論政局如何變化，他的紳士地位都沒有動搖過。大革命到來，他裝成一副極左的面孔，終於投機得逞，當選為縣黨部執行委員兼常務。他贊同、煽動農民的過激行為，攻擊穩健派「軟弱無能，犧牲民眾利益」，蠱惑民眾拿革命手段打倒穩健派，惟恐天下不亂，乘機渾水摸魚，擇肥而食，既保護了自己的既得利益，又攫取了垂涎已久的種種獵物。最後，當省黨部終於發現了他的本來面目，下令查辦他時，他卻泥鰍一般溜走。胡國光這一人物不僅活畫出大革命中一類實際存在的投機分子，而且也讓古往今來所有投機派──打著冠冕堂皇的旗號，追求個人利益的最大獲取──現出了原形。

　　這類投機派的活動確實對大革命的失敗起到了推波助瀾的作用，但《動搖》所表現的歷史複雜性顯然不止於此。在作品裏，可以看到投機派的口蜜腹劍、狡詐陰險，也可以看到反動派的瘋狂反撲、殘忍報復。土豪劣紳唆使流氓搗亂，殺死童子團員，襲擊婦女協會，輪姦剪髮女子並殘害致死；叛軍反水，腰斬革命，屠殺革命黨人及群眾，等等慘劇，令人怵目驚心。作品還寫出了在革命陣營內部，也存在著導致革命夭折的病因。胡國光之所以能夠得逞，就有賴於這種病因的呼應。其一，當時革命黨人中間存在著一種較為普遍

的激進盲動情緒，恨不能早晨一覺醒來便能看見人類大同，因而主張無條件支援群眾所有要求與行動的革命黨人大有人在，贊成「解放」婢妾尼姑孀婦並為之設立所謂「解放婦女保管所」的決議，也終於在縣黨部會議上通過，為後來胡國光等人將之變成淫亂所埋下了伏筆，使「共產共妻」的謠言有所坐實，敗壞了革命的聲譽。其二，群眾盲目的復仇情緒與無限的欲望像一座一觸即發的活火山，因而，胡國光的偏激主張每每能夠得到多數的贊同。土豪劣紳造謠說，革命就是「男的抽去當兵，女的拿出來公」，南鄉農民也很容易信以為真，要將多餘的或空著的女子分而有之用之。他們攻進土豪黃老虎家裏，搶來十八歲的小妾，又把一個將近三十歲的寡婦、一個前任鄉董家的十八歲的婢女、還有兩個尼姑帶到群眾大會會場，爭執不定之後便用古老的抽籤辦法分妻。宋莊的夫權會前來干涉，南鄉的農民便集合起一千多人的大軍去掃平夫權會，吃了「排家飯」後，立刻把大批的俘虜戴上了高帽子，驅回本鄉遊行。這些「俘虜」未必都是土豪劣紳及其走狗。縣城的群眾大會上混戰一團，「解放婦女保管所」幹事錢素貞被扯破單衫褲，身上滿是爪傷的紫痕，動手的未必只是一小撮流氓。反動，殘殺，激起憤恨與悲痛，但另一面也有不介意、冷淡，或竟是快意，甚至「半個城是快意的」！流氓製造了殘害婦女的慘案之後，縣黨部的林子沖主張應該贊助群眾的要求，向公安局力爭，槍斃兇手。這自然是正義的主張。但此時方羅蘭的心裏異常的紛亂，三具血淋林的裸體女屍提醒他復仇，流氓們的喊殺聲又給他以恐怖，「同時有一個低微的然而堅強的聲音也在他心頭發響」：

——正月來的賬，要打總的算一算呢！你們剝奪了別人的生存，掀動了人間的仇恨，現在正是自食其報呀！你們逼得人家走投無路，不得不下死勁來反抗你們，你忘記了困獸猶鬥麼？你們把土豪劣紳四個字造成了無數新的敵人，你們趕走了舊式的土豪，卻代以新式的插革命旗的地痞；你們要自由，結果仍得了專制。所謂更嚴厲的鎮壓，即使成功，亦不過你自己造成了你所不能駕馭的另一方面的專制。告訴你罷，要寬大，要中和！惟有寬大中和，才能消弭那可怕的仇殺。現在槍斃了五六個人，中什麼用呢？這反是引到更厲害的仇殺的橋梁呢！

方羅蘭的這一段心理話語，向來被我們的批評家與文學史家當作革命意志動搖的表徵，其實問題並不如此簡單。誠然，方羅蘭性格上有軟弱與猶疑遲緩的一面，這在上面的話語裏的確有所體現。但他並不是一個沒有主見、沒有定性的人。他一出場就對胡國光抱有警惕，粉碎了胡國光要當商會委員的陰謀，而後針對胡國光的一系列表面上激進而實際上居心叵測的言行予以揭露、回擊。面對流氓殘害婦女的暴行，他何嘗不感到震驚、憤怒與悲痛，當聞知流氓又向縣黨部衝來時，他也深感到「沒有一點武力是不行的」。與其說他的革命意志不堅定，毋寧說他性格中多了幾分柔弱少了幾分果決，在急需行動的時候，他耽於思索，在急需以眼還眼、以牙還牙的復仇時刻，他卻認準了「寬大中和」。然而，他對盲目的仇殺與新式專制的擔心卻並非毫無道理，簡直可以

說的確包含著真理性的探詢。人的佔有欲和復仇欲等原始欲望被無節制地調動起來以後，其破壞力不可估量，如果任其宣泄泛濫，勢必在打破舊的不平等之際，釀成新的人間悲劇。方羅蘭並非放棄革命與暴力，而是對盲目的暴力表示憂慮，對專制的更疊表示懷疑。而這恰恰表明了知識份子的獨立思考精神。十月革命期間，俄國曾經發生了許多以「革命」的名義做出的殘酷暴行與醜惡勾當，諸如：私刑、訛詐、偷竊、搶劫以及由此引起的殺戮、行賄受賄、掌權的新貴欺壓百姓、內訌性的屠殺，等等，這些暴行和醜行明明是人類的原始本性不加節制的結果，與領導者的引導失誤有關，但卻被某些革命輿論工具稱作「資產階級的挑撥離間」，或者被人當作「社會革命」的必然。高爾基對此深表憂慮，他說那些打著「社會革命」的旗號做出的違背正義、公道的行徑，實際上是在葬送革命的前途。他還說：「最令我震驚，最使我害怕的，是革命本身並沒有帶來人的精神復活的徵兆，沒有使人們變得更加誠實，更加正直，沒有提高人們的自我評價和對他們勞動的道德評價。」[2]高爾基的這一觀念在 1917年 5 月至 1918 年 7 月於他所編輯的《新生活報》發表之後，長期被當作「不合時宜的思想」，不得收入《高爾基文集》，直到七十年後才重見天日。方羅蘭的思索長期以來不被認同，實在是不足為怪。但經歷了大半個世紀的風風雨雨，其價值理當得到重新認識。實際上，對方羅蘭的猶疑、思索，作者的敘事態度不盡是否定，在切合人物性格邏輯的描寫

2　高爾基：《不合時宜的思想》，江蘇人民出版社 1998 年 1 月版。

中，也滲透著作者一定程度上的認同。作品中方太太說到自己並未絕望時，有一句自我辯解的話：「跟著世界跑的或者反不如旁觀者看得明白；他也許可以少走冤枉路。」茅盾從牯嶺回到上海以後，並未急於尋找黨的組織，而是選擇了一種停下來思索的姿態。方太太的話未始不是他內心的一種聲音，方羅蘭的內心話語雖然並不就是作者的觀點，但大概也表露出一點他停下來思索的結果。

《動搖》不僅具有生動的歷史真實性與深邃的歷史洞察性，而且包含著豐富的人性內涵。摘取自由戀愛果實之後退守家庭的方太太，對在外風頭正盛的丈夫的那份摯愛與擔心，對丈夫身邊浪漫女性的醋意，表現得曲盡其幽。方羅蘭對浪漫欲行又止的愛情心理，靠追憶喚回夫妻之愛的無奈，也刻畫得細膩入微。妻子陸梅麗雖是受過教育的新式女子，兩人的結合又是出於自主的選擇，但婚後妻子不思進取，難免給人以落伍之感。與此相對，同事孫舞陽活潑熱情、豪放不羈、機警嫵媚，不能不讓方羅蘭春心萌動。但一則他無法完全割捨伉儷之情，不能放棄對妻子的責任，二則孫舞陽是一個不能安於家庭生活的開放女性，這就使得他不能在浪漫的途程上邁出多遠，只不過保留一點可憐巴巴的暗戀而已。方羅蘭的欲動又止，而又於心不甘，正是社會轉型期許多中國人的生存狀態，作者本人的感情生活何嘗沒有一點這樣的色彩。這種文化心理的普泛性通過個性化的人物表現出來，自會給人以一種感同身受的親切感與有所超越的幽默感。

　　作品在劍拔弩張的政治鬥爭主脈展開之中，交織以小橋流水般的愛情糾葛線索，既豐富了作品的內蘊，又在情節結構、敘事節奏、感情色調等方面形成穿插對比，呈現出一種參差美。在人物刻畫上，顯示出作者塑造典型人物的功力，胡國光與方羅蘭都是在現代文學形象畫廊裏不可多得的典型。在藝術描寫上，《幻滅》已經表現出來的景物描寫的意象化，得到了進一步的發展，譬如，方羅蘭看到院中南天竹的幻覺，最後一章借蜘蛛表現方夫人的幻覺，都堪稱深得傳統意象與西方現代派意識流手法真諦的絕妙之筆。可以說，在三部曲中，《動搖》是最成功的一部，而且在整個 20 世紀中國小說史上反映大革命題材的作品中，也是最成功的一部。

　　第三部《追求》，無論就作品的精神深度而言，還是就藝術表現來看，都遠不及《動搖》。三部中篇儘管在藝術上參差不齊，且籠罩著或濃或淡的悲觀氛圍，但它是大革命時代這一多事之秋的真實寫照，凝鑄著革命志士的血淚與歷史的經驗教訓。就茅盾的文學生涯來看，這是茅盾小說創作的第一座里程碑。作者的創作個性開始顯露出來：一是善於表現雷鳴電閃的時代風雲；二是長於心理刻畫，尤其是戀愛心理；三是善於進行意象性的景物描寫。這些特點，在當時的文壇上，殊屬難得，所以廣有讀者。

二、動蕩中國的全景

　　《子夜》從 1931 年 10 月動筆，1932 年 12 月 5 日完成，1933 年 1 月由開明書店出版。確如作者所預期的，這部作

品表現出 1930 年動蕩的中國的全景。1930 年式的雪鐵龍汽車，在作品裏反覆予以凸現，成為一種象徵。一開篇，它以 1930 年的速度新記錄如狂風般飛馳，便昭示出一點時代的節奏與氛圍。時代在飛速地變化，社會在劇烈地動蕩，二十五年來不曾跨出書齋半步、除了《太上感應篇》之外不曾看過任何書報的吳老太爺，也不得不從鄉間來到上海，坐上他拒絕妥協達十年之久的兒子的汽車。因為鄉間的「土匪」實在太囂張，而且鄰省的共產黨紅軍也有燎原之勢，吳老太爺已經無法安享其老守田園的晚年了。然而，大都市的噪音、廢氣、女人身上的香味、霓虹燈的眩目光彩、紅紅綠綠的耀著肉光的男人女人的海，壓得他透不過氣來，終於使他進了兒子的客廳還未坐穩便一命嗚呼。吳老太爺的猝死，與其說是象徵著封建階級的行將就木，毋寧說是映襯出 30 年代初中國農村與城市風雲變幻的急驟促迫。二三十年代之交，在共產黨領導下，農民暴動風起雲湧，紅軍力量迅速壯大，南方土地革命得以蓬勃發展。這一革命形勢與國民黨內的派系紛爭密切相關。1929 年 3、4 月間，蔣介石與李宗仁、白崇禧所代表的桂系開戰。1930 年 4 月至 9 月，又爆發了更大規模的蔣馮閻大戰，閻錫山、馮玉祥聯合國民黨內其他派系同蔣介石在河南、山東交戰，雙方使用兵力 100 多萬，死傷 30 萬人，津浦線上硝煙滾滾，中原大地血流成河。真刀實槍的肉搏只在第四章敘寫雙橋鎮的農民暴動時有一點直接的表現，土地革命、中原大戰與經濟恐慌等社會大動蕩，則通過上海這一中心城市的種種騷動、尤其是證券市場的震盪來予以反映。這是茅盾的獨特視角。

　　證券交易所最早可以追溯到 1613 年設立的荷蘭阿姆斯特丹交易所。它作為證券買賣的常設市場，一方面可以為貨幣資本尋找有效運轉的渠道，為企業乃至社會的發展籌集資金，另一方面，也給投機者興風作浪、牟取暴利提供了可能。大戶暗中鬥法，散戶盲目跟隨，空頭狂拋，多頭猛聚，有能力創造機會或抓得住機會者可能一夜驟富，錯失良機者則可能由百萬富翁變得一文不名。證券交易所裏的財富積累方式，遠非鄉下土財主的收租放債所能比擬，惡性投機的血腥污穢藏而不漏，證券市場的規則與傳統道德頗有相悖之處。但在經濟體制上，它畢竟具有經過西方資本主義實踐證明了的先進性。在西方，經過幾百年的摸索、磨合、調整，證券市場已經相當成熟。而在 30 年代初期的中國，證券交易所還是一個新生事物。由於鴉片戰爭以來半封建半殖民地的種種創痛，民族工業基礎薄弱，外國資本強勢滲入，新舊軍閥政治干預不斷，致使中國的證券市場更多地受到非經濟因素的影響。《子夜》就表現出這種特色：一是政治色彩較重，上市的證券種類主要是「棺材邊」（關稅、裁兵、編遣的諧音）公債，受中原大戰等政治事件的影響甚大；二是外國資本勢力強盛，買辦資本家趙伯韜以美國金融資本為靠山，始終立於不敗之地；三是投機成分較大，大戶聯手向西北軍行賄，收買其敗退 30 里，藉以吞噬不知情者的金錢。證券交易所既是各色人等可以自由參與的利益狩獵場，也是社會政治經濟狀況的晴雨錶，證券交易所裏的沸沸揚揚、潮漲潮落，正是中國社會多條湍流彙聚衝撞的結果與象徵。把焦點放在證券交易所，這本身就展示了中國經濟生活中的一個重

要的新事物，表現出作者敏銳的時代感，在此之前，中國現代作家還沒有哪一個對這一新事物予以如此重視並展開充分描寫的。這一選擇的意義，更是在於借助證券市場的風波激蕩，反映出整個社會政治、軍事、經濟形勢的風雲變幻。土財主馮雲卿放棄了鄉間「長線放遠鷂」的高利貸剝削方式，跑到上海來做「海上寓公」，正襯托出土地革命聲勢的浩大；他不惜容忍姨太太向他人賣弄風情，甚至唆使女兒做釣餌去套取證券情報，正反映出證券市場的震盪是何等劇烈，在風雨飄搖的時節要做「海上寓公」也大為不易。本來看重工業發展的吳蓀甫，也不得不冒險走入證券市場。因為在世界經濟危機的影響下，在外國資本主義的強勢衝擊下，在內戰頻仍、農村破產的局勢下，民族工業一方面銀根抽緊，另一方面銷路阻塞，沒有資本，發展民族工業就是一句空話。去「棺材邊」冒險，他實在是不得已而為之。吳蓀甫縱然有一腔激情、滿腹經綸，有幹大事的魄力，也不乏冒險的勇氣與投機的狡黠，但終於在證券市場的狂潮中翻了船。吳蓀甫的失敗，並非個人的無能，實在是 30 年代初中國動盪的時勢，容不得他這個「二十世紀機械工業時代的英雄騎士和王子」。無論他怎樣的英雄了得，在證券市場上與在企業發展中一樣，他已經沒有用武之地，因為以他的財力到底拼不過以美國資本為後盾的趙伯韜；以他與幾個民族資本家的奮力掙扎，終究無法抵消天下大亂的影響。這就像交際花徐曼麗的金雞獨立功夫再怎樣了得，當小火輪在黃浦江加速急馳時，劇烈的震盪也使她在甲板的桌子上無法站穩。

　　吳蓀甫所面臨的困境，不僅來自世界經濟危機與國內烽煙四起，來自買辦資本的壓迫，以及由此而產生的民族資本家陣營的內部分化，而且也來自工人方面的抗爭。他試圖把危機轉嫁到工人身上，結果加劇了勞資衝突，令他難以應對。值得注意的是，《子夜》不是像通常的左翼作品那樣，把資本家臉譜化，把資本家的剝削簡單地歸之於資產階級的本性，把勞資衝突完全看作是一種政治衝突，而是努力寫出世界經濟危機與國內動盪局勢對民族工業的衝擊，盡力表現吳蓀甫在買辦資本強勢進逼下的無奈，把民族資本家進退維谷的處境真實地再現出來，把經濟關係還原到勞資關係中去，正是在多重矛盾的夾擊中，刻畫出吳蓀甫雄心壯志與頹唐妥協、剛愎自用與足智多謀、果決剛毅與暴戾恣睢集於一身的複雜性格，渲染出民族資本家的悲劇英雄色彩。這是現代文學史上少有的充分展開正面描寫的民族資本家形象，藉此也呈現出民族工業的尷尬乃至整個國家的經濟困境。

　　對於工人運動，茅盾也沒有像一般左翼作品那樣毫無保留地予以肯定性的表現，而是做了分析性的描寫。他一方面充分寫出工人掙扎在水深火熱之中的苦境，肯定其維護與爭取自身權益的合理性與積極性；另一方面，也揭示出工人內部的盲目性等弱點以及隊伍的分化。與此同時，他還以相當尖銳的筆觸，表現了革命者的幼稚、浮躁、本本主義的思想方法與命令主義的工作方式，給當時中國共產黨內的左傾盲動主義留下了一幅清晰準確而發人深省的剪影，從而給社會動盪的全景圖增添了歷史感與層次感。

　　證券風波，勞資衝突，幾條重要線索交替進展，錯落有致，充分顯示出作者駕馭大題材、表現大時代的藝術功力。在大波大瀾之外，作者還插入了有閑者的戀愛遊戲、次要人物的心理漣漪（譬如少奶奶林佩瑤對早年情人雷參謀的藕斷絲連，馮雲卿對自己唆使女兒當色情「間諜」的恬然無恥與恥感復萌）等等。驚濤拍岸與小橋流水，急與緩，動與靜，表層與深層，悲劇與喜劇，在敘事結構上形成一種參差交錯，在文脈氣勢上產生一種韻律美，也給讀者一種一張一弛的審美情緒效應。

　　經濟活動，本身枯燥，勞資衝突，也極易流於公式化、概念化，但著者的情節設置與人物刻畫的功力已從主體結構上消解了枯燥與生硬，善於環境描寫與意象提煉的長處，更是給作品平添了藝術表現力。開篇第一段，太陽剛下山時的軟風，蘇州河的濁水，黃埔江上漲的夕潮，外灘公園音樂裏炒豆似的銅鼓，像巨大的怪獸一樣蹲在暝色中閃著千百隻小眼睛的浦東洋棧，高高地裝在洋房頂上異常龐大的、射出火一樣的赤光和青磷似的綠焰的霓紅電管廣告，猶如劇本的舞臺提示，傳達出充滿了刺激與誘惑、壓迫與反抗、希望與失望的舞臺背景。第七章裏，天空擠滿了灰色的雲塊，呆滯滯地不動，成群的蜻蜓在樹梢上飛舞，預示著山雨欲來風滿樓的局勢；被驚起的蒼蠅沒有去路似的又飛回去，伸出兩腳慢慢地搓著，也正是公債投機勝負決定之前心事重重的吳蓀甫的絕妙象喻。電閃、雷鳴、雨吼，帶來了令人不安的消息，顯得自然而貼切。十一章裏，氣象臺上高高掛起的幾個黑氣球，是颱風襲來的預報，也是吳蓀甫厄運的象徵。十三章裏，

天上的雷與工人心中的雷相互呼應、相互映襯，其節奏、聲響頗有一種造勢的效果。十五章裏，外面弄堂裏兩個人的吵架與野狗的猖猖狂吠，是革命領導者克佐甫給同志瑪金扣帽子行為的暗喻與反諷。作者敏銳的藝術感悟力與出色的藝術表現力，使這幅凝注著高度的社會責任感與深邃的歷史洞察力的全景圖，顯得生動活潑，引人入勝。

茅盾最初的《子夜》構想，是要對中國的社會做一個全景式的描繪，後來因為對農村題材把握不夠及城鄉題材的關係尚未考慮成熟，才改為以都市為中心，農村生活只留下最初寫下的第四章。但他要反映農村的意圖並未放棄。自 1932 年 6 月起，一年間陸續寫出《林家鋪子》、《春蠶》、《秋收》、《殘冬》，後三篇被稱為「農村三部曲」。在這前後，還寫了《當鋪前》《多角關係》等中短篇小說與《故鄉雜記》等散文，反映家鄉一帶衰敗窘困的經濟景況和鬱悶躁動的社會心態。

小鎮上洋廣貨鋪子的林老闆，是個勤勞、精明的人，從不敢浪費，若放在二十年前，祖傳的生意恐怕會做得紅紅火火。可是，如今捐稅重、開銷大自不必說，「一‧二八」戰火燒紅了上海閘北，更給這小鋪子帶來了嚴重的危機。債主登門逼債，股東前來抽股，欠賬的鋪子破產，欠賬變成呆賬、死賬，錢莊壓逼他，銀根抽緊，借款無門，黨老爺借查東洋貨進行敲詐，同業又中傷他，「大廉價照碼九折」、「大廉價一元貨」也不能起死回生，卜局長趁火打劫要娶林小姐做妾，抓人脅迫……憑誰能受得了這樣的重重折磨呢？從沒有起過歹心、做過歹事的本分商人林老闆，只好冒著「捲款逃

債」的罵名關張逃走。小說原名《倒閉》，應約拿到《申報月刊》發表時，主編以為創刊號就登這樣的題目，怕被老闆認為不吉利，便徵得作者同意改為《林家鋪子》。標題雖改，但作品卻一字未易，年關前後，鎮上大小鋪子倒閉了二十餘家的淒涼，恰與上海那邊日軍轟毀繁盛的市廛的「熱鬧」形成鮮明的對比，可憐的林老闆逃走了，可是債權人的吵鬧聲、尤其是張寡婦在亂中失去孩子後發瘋的哭喊聲，在林家鋪子前久久回蕩。作品沒有呼喊響亮的反帝口號，對東洋兵、卜局長之流也未做直接的描寫，但那一片緊張壓抑的氛圍裏，林老闆悽惶而無奈的面孔與張寡婦瘋狂亂跑的慘相卻深深地印在了讀者的心中，讓人們思考悲劇的根源。

小鎮鋪子的主顧，大半是趕市的鄉下人，當他們在鋪子前過而不停或看而不買時，鋪子的倒閉就為期不遠了。鄉下人何嘗不想置辦衣著家什，可是他們委實太窮了，「農村三部曲」就描寫了農村的凋敝與農民的掙扎以及絕望後的鋌而走險。這些小說，確乎表現的是鄉土生活，但與一般意義上的鄉土文學有所不同：既非鄉土陋俗的揭露與批判，也不是古樸民風的追懷與憧憬，而是描寫出外國強勢經濟與軍事侵略雙重打擊下，農村經濟的惡化與農民的破產。作者確乎出之以左翼的眼光，表現了左翼的傾向，但與其他左翼作品的區別在於，雖然刻畫了惡人形象，譬如《林家鋪子》裏的卜局長、《多角關係》裏的地主兼資本家唐子嘉，但並不把他們當作抨擊的主要對象；雖然描寫了農民衝擊大戶的反抗鬥爭，但也不把這作為主要的內容；作品的指歸在於深入揭示農村鄉鎮的經濟關係，指出飽受擠對的商人與豐收成災

的農民所遭受的打擊，來自一個內憂外患交織而成的政治經濟網路。

在茅盾筆下，準確地勾勒出小市鎮的惶恐不安與農村的破產傾圮，這樣一種鄉土景象與《子夜》所表現的城市風景線相映互補，恰恰構成一幅 30 年代動蕩中國的全景圖。

三、吳越文筆春秋憾

40 年代茅盾最有韻味的小說是《霜葉紅似二月花》。「預計分三部，第一部寫『五四』前後，第二部寫北伐戰爭，第三部寫大革命失敗以後。」[3] 但此書只寫了 15 萬字，未及計劃的三分之一。其原因固然是當時的環境使他失去了從容寫作的心境，但未始不是因為他的人物設定與他內心深處對知識份子的體認相互矛盾，也就是說，他在理念層面上認同當時乃至後來很長時間內中共對小資產階級知識份子的看法，而實際上，在他的內心深處，卻另有切身的體認。理性與感情、觀念與體驗的衝突使他無法完成預定計劃。三十餘年後的「文革」後期，他在家賦閑時，秘密續寫《霜葉紅似二月花》，但世事多舛，續作終成殘篇。

從尚未完篇的續稿來看，趙守義代表的老派封建頑固分子一直逆歷史潮流而動，而新派資產階級人物王伯申對歷史進程的負面性則不甚了了。婉卿的進步作用得到加強，新女性張今覺登場，光彩照人，作者在「反右」後於 1958 年 9

3　茅盾：《我走過的道路》（下），第 300 頁。

月人民文學出版社版的《新版後記》所說的「霜葉」的「凋落」，難覓蹤影。由此似乎可以說，「文革」後期的反思不僅修正了 1958 年對「霜葉」的盲從性的確認，而且改變了 1942 年對知識份子的道路與前景的偏於消極性的設定。

《霜葉紅似二月花》雖然一如既往地想表現歷史變動，但實際寫起來則與以往的作品有了較大的區別。這裏沒有《動搖》那樣激烈的政治鬥爭，也沒有《子夜》那樣的劍拔弩張的勞資衝突，而是側重於文化衝突。地主兼充善堂董事趙守義與惠利輪船公司老闆王伯申的衝突，表面上看起來是善堂公款支配權之爭，實際上內裏隱含著農業文明與工業文明的矛盾，趙守義正是利用了農民的保守心理與惠利公司老闆只顧牟利不管農民利益的貪欲，才挑動起農民阻攔王伯申輪船通航並由此引發命案。作品的另一條線索是青年人之間的感情糾葛，婉卿因丈夫性無能而導致的痛苦，說到底是一種文化性的痛苦。她在家這個可憐的窩裏只能享受一半的溫暖，可是她非但不能因此而提出離婚，反而要強顏溫柔，笑在臉上，苦在心頭。恂如的痛苦也是緣自愛情的不能自由。不能說作品所表現的那個時期就沒有激烈的政治鬥爭可寫，但此時茅盾在嘗試了政治視角、經濟視角之後，現在想要嘗試一下文化視角了，他要寫一部文化春秋，要人情化地表現歷史。在已寫出的十幾章中，江南水鄉的風情畫卷，新文化運動的隱約回聲，舊婚姻帶來的身心痛苦，等等，都初步體現了這一創作指向。

抗戰前，左聯曾經提出過文學大眾化的命題，並做過一定的努力。抗戰以來，為了更廣泛地動員民眾，文學大眾化

與民族形式的問題再一次引起了文壇的注意。《霜葉紅似二月花》體現了作者對「中國作風和中國氣派」的追求，同時也是對自身既定格局的突破。在這部作品裏，人物與情境的「鄉土色調」超過作者以往的任何一部長篇，生活場景的描寫、心理微瀾的刻畫、意象的捕捉與提煉，頗能見出傳統文學的風致。譬如，黃和光用鴉片治療性功能障礙，適得其反，所以當他面對妻子時，總有一種男性的自卑與為夫的慚愧。當嬌妻身著晚裝、帶著異香，用一雙水汪汪的眼睛望著他時，他宛然若有所動，「但是笑痕還沒有消逝，不久以前那種蒼涼的味兒又壓在他心頭了」。「園子裏的秋蟲們，此時正奏著繁絲急竹；忽然有浩氣沛然的長吟聲，起於近處的牆角，這大概是一頭白頭的蚯蚓罷，它的曲子竟有那樣的悲壯。」這多像是黃和光的象徵！果然，接下來，黃和光在心理上就與那蚯蚓認同了。當妻子洋溢著青春熱氣的肉體引發他自慚形穢的感傷時，牆角那匹白頭蚯蚓便來悠然長吟，不知躲在何處的幾頭油葫蘆也來伴奏，一個悲壯而另一個纏綿淒婉的兩部合唱就活畫出這一對夫妻的心靈顫音與悲苦命運。據生物學家說，蚯蚓並沒有發聲器官，所謂蚯蚓的長鳴，只是民間的說法。茅盾在第四章裏三次使用這一意象，既看得出他對民間文化的汲取，也可以窺見他對傳統文學意象傳統的繼承。前有婉小姐在門外聽到的「斷斷續續，帶著抑揚節奏的吟詠之聲」，後有蚯蚓的長鳴聲，二者前後呼應，聯想自然而別致，其構思的綿密、意象的奇警深得《紅樓夢》的真傳。那反復出現的蜷伏的老蚯蚓，也容易讓人想到《聊齋志異》裏那個陽物如蠶的形容。人物的話語個性鮮明，敘述語言也頗具吳越地方色彩，鮮活、

生動,傳統小說的一些語彙、句式也得到了純熟的化用,給人
以濃濃的鄉土氣息與醇厚的傳統回味。

　　茅盾的小說,時代色彩濃烈,歷史視野宏闊,刻畫細膩、
意象鮮明,大氣磅礡而明麗秀美,其獨特的藝術風格及其對
中國小說現代化、民族化的建樹,其實都深深地打上了吳越
文化的烙印。

　　茅盾的家鄉烏鎮,地處春秋時代的吳越交界,有著悠久
的歷史文化傳統。遠且不說,南朝時編出千古流傳的《文選》
的昭明太子就曾經在烏鎮苦讀過,至今勝迹猶存。與他同時
的大文學家沈約、唐代愛國將領烏贊、南宋著名詩人、政治
家陳與義、清代大藏書家鮑廷博等名人,也在這一水陸要衝
之地留下了閃光的足跡。在這塊「唐代銀杏宛在,昭明書室
依稀」[4]的地靈人傑的沃土上,茅盾汲取了豐富的精神營養,
養成了深厚的歷史感與歷史興味,他後來對描繪歷史進程情
有獨鍾,便可以從家鄉豐厚的歷史積澱中找到根源。烏鎮所
在的杭嘉湖地區,土地肥沃,水源充足,自古經濟發達,出
產豐盛,絲織品曾經作為貢品贏得朝廷的青睞。近代以來,
這一地區又率先領略洋風。烏鎮地處兩省(江蘇、浙江)、
三府(湖州、蘇州、嘉興)、七縣(烏程、歸安、石門、桐
鄉、秀水、吳江、震澤)的錯壤之地,交通便利,商業興隆,
茅盾的祖上就曾經開過煙店、紙店、京廣貨店,還在九省通
衢漢口開過山貨行。烏鎮是桑蠶之鄉,每到蠶桑季節,「葉
市」十分興旺。所謂「葉市」,即是桑葉的交換市場,開設

---

[4]　茅盾:《可愛的家鄉》,載 1980 年 5 月 25 日《浙江日報》。

葉行的人，提前對蠶訊提出預測，預期春蠶歉收的便向蠶農預售桑葉，預期春蠶豐收的便向桑農預購桑葉，到蠶熟時虧本或獲利，這就像交易所裏的空頭與多頭。茅盾的親戚世交裏，就有人是這種「葉市」的要角。茅盾幼年時，他的祖母曾接連三年養蠶，外祖父家也養過蠶，所以，茅盾對蠶業中的交換並不陌生。家鄉濃郁的商品經濟氛圍的熏陶，使他對證券交易有了觸類旁通的便利，一般作家望而生畏的證券交易、蠶桑生產、借貸往還等經濟題材，在他筆下頗有得心應手之概。他的小說，結構舒展而錯落有致，色調明快而搖曳多姿，心理描寫細針密線，敘事語調委婉柔和，也與吳越之地的風土人情息息相關。其風格後面，掩映著江南水鄉縱橫交錯的河流，白牆青瓦、眉清目秀的房舍，秀美玲瓏與天然野趣熔為一體的蘇州園林，空靈飄逸的詩詞、繪畫意境。

　　吳越文化給予他一副多姿多彩的筆墨，傳統文學給予他深厚的文化底蘊，良好的外語水平與深厚的外國文學造詣給予他開闊的視野，以他的歷史洞察力、藝術感悟力與表現力，他本可以寫出結構更為宏大的作品，本可以創造更為輝煌的業績，但由於種種變故，敘寫現代春秋的願望在現實中大打折扣，留下了許多遺憾。

　　應該看到的是，茅盾給人們留下的文學遺產，不僅有《動搖》、《子夜》、《林家鋪子》、《春蠶》等小說精品，而且也有他那成功與失敗參半的經驗教訓。茅盾是一位文化視野開闊、學養深厚的作家，也是悟性很高、表現力很強的作家，可是為什麼他的小說中留下了那麼多的半部之作與那麼多生澀的作品呢？社會的動盪固然是個重要

原因，但過分強烈的社會功利追求與先入為主的既定理念也難辭其咎。當他潛心創作、遵從藝術生命的脈搏節律時，總能寫出氣勢恢弘、清新雋永的作品來；反之，當他急於追求功利目的、貫徹既定理念時，則會流於平鋪直敘、枯澀乏味，或者乾脆難以為繼、觸礁擱淺。茅盾大氣磅礴的史詩性小說，可以引我們走近歷史，並感受審美的魅力；茅盾創作生涯的成敗得失，在文學創作與文學發展方面，也能夠給我們以深刻的啟迪。

第二章

笑與淚交融的幽默

　　本來，中國文學素有諷刺傳統，僅以小說而言，從秦漢寓言中的諷刺小說因素到魏晉南北朝的諷刺小說雛形，再到唐宋元明機鋒四出的傳奇話本，直到諷刺文學奇葩《儒林外史》以及晚清譴責小說，貫穿著一條引人發笑、令人深思的喜劇脈絡。但在新文學的第一個十年的歷程中，也許是由於傳統社會留給人們的積鬱過多、過重，新文學開天闢地的歷史使命實在迫切，文壇上到處是悲憤的傾訴與激越的吶喊，而少有超越性的笑聲。然而，從文學發展來看，風格從單一走向豐富乃是必然趨勢；從接受心理來說，也有多方面的審美需求，既要悲愴感人的歌哭，又要婉諷譏刺的笑聲。新文學是對舊文學的革命，也是對傳統底蘊的發展，它不會在拋棄僵化模式的同時捨棄生命的脈息，不會辜負讀者的喜劇期待，老舍就給我們帶來了笑與淚交融的幽默。

一、幽默登場與笑的變異

　　老舍（1899-1966），原名舒慶春，字舍予，滿族。1926年7月《小說月報》開始連載的長篇小說《老張的哲學》，

各色人物的喜劇性格、詼諧輕鬆的敘事語調，俗白而雋永的北京話，讓人們在忍俊不禁的笑聲中結識了這位風格別致的作家。接下來，又有突梯滑稽的《趙子曰》和幽默諷刺性格化與內在化的《二馬》。

從英國歸國以後，兩年前的濟南慘案（1928 年 5 月 3日，日軍藉口保護僑民，侵佔濟南，姦淫擄掠，屠殺中國軍民五千餘人，國民政府山東特派交涉員蔡公時被日軍割去耳、鼻，最後與十七名外交人員同遭殺害）令他悲憤欲絕。他以慘案為背景創作的長篇小說《大明湖》，一改幽默風格，傾注了他的一腔悲憤之情，連小說本身的命運也是悲劇性的，書稿交給商務印書館尚待發表之際，日軍於 1932 年初挑起「一・二八」戰爭，老舍的泣血之作連同商務印書館的大半個家業焚毀於戰火之中。強敵壓境，民族危機迫在眉睫，而當局政治腐敗，對內橫徵暴斂、強剿濫捕，對外拱手揖讓、束手無策，民不聊生，怨聲載道，而且在國民身上種種精神痼疾附著不去，渾然不覺，五四新文化運動先驅者的啟蒙與救亡的宏圖大志仍是一個焦慮之夢。老舍同郁達夫、聞一多等有過海外漂泊生涯的炎黃子孫一樣，羈旅異國時，對祖國夢魂縈繞，一旦回到故土，發現竟然流弊叢生，不禁大失所望，悲憤不已。憤懣、失望、焦慮，使老舍不能已於無言，他創作了寓言體長篇小說《貓城記》。

無論是就老舍自身而言，還是對於中國現代文學來說，《貓城記》都是一個奇蹟，它所展示的藝術空間的怪譎性與深廣性至今未見相儔者。小說裏的貓國是火星上的一個國度，敘事者「我」與朋友去火星探險，飛機失事，朋友殉職，

「我」倖免於難,但卻目睹了貓國亡國滅種的大災大難。貓國是怎樣一個灰霧彌天的國度,貓人是怎樣一個昏聵愚昧的民族啊。貓人有兩萬多年的文明史,從前如何不得而知,自從五百年前外國人帶來迷葉、四百多年前皇帝把迷葉定為國食以後,貓國的墮落卻是實實在在的。政客兼軍官、地主,靠種植迷葉維持勢力,又靠養幾個外國人作保護者,貓人極怕外國人,貓國的法律管不著外國人,外國人咳嗽一聲,嚇倒貓國五百兵,不經外國人主持,他們的皇帝連迷葉也吃不到嘴。迷葉高於法律,有了迷葉,打死人也不算一回事。內政如此昏亂不堪,外交也就不成其為外交:矮人侵入貓國,國難臨頭,貓國上下卻是一派麻木、苟安之狀,政客商討對策,沈寂如一灘死水,直到有人提議點幾個妓女陪陪,政客們才算全活過來。外交部長忙著給兒子娶媳婦,對入侵者除了空言抗議別無他法。所謂外交者,就是無論發生了什麼事都送去一塊寫著「抗議」的石板,此外最高的國策就是逃跑。矮人逼近貓城,狂逃的政客轉而趨近矮人,為的是爭先把京城交給敵人,以求得到官作。政治昏暗,文化也呈沒落之相。教育經費被皇上、政客、軍人都拿了去,學校已經二十五年沒發薪水,校長教員無法可想,便私賣校產,教職無錢可拿,遂藉此當作升官的階梯。新知識貶值,國粹行情看漲。第一天入學、只會胡鬧的小孩子個個都以第一名的成績獲得最高學府的畢業文憑。教育本為培養人格,可學校與社會上鬥爭成風的現實教育沒有辦法養成健全的人格,所以學生活活解剖校長與教員的慘事也就不足為怪了。資深學者除了自稱天下第一之外,就是互相謾罵、攻訐;新式學者熱衷於搬弄些

別人不懂的外國名詞。古物院靠賣古物給政府上繳錢財，自己也借助回扣養家糊口。年久失修的圖書館靠賣書度日，十五年前就已賣完了圖書，下一步的「革命」就是把圖書室改成旅館。如此社會，會有何等國民性便可想而知：糊塗，愚笨，身處不堪之境卻隨遇而安；自私，殘忍，折中，妥協，怯懦，欺軟懼硬，崇拜偶像；無自尊，無秩序，不守信，背約毀誓，禮讓為恥，搶劫為榮；實利，貪財，世故，窮講面子，事事敷衍，口號滿天飛，莊嚴變兒戲，婦女解放只是學會了往臉上擦更多的白粉、穿高跟鞋，政治革命變成個人撈取好處的起哄；疑慮重重，善於猜忌，不喜合作，專好窩裏鬥，自相殘殺，甚至最後的兩個貓人被活捉關在大木籠裏，還要相互咬死，完成了種族的滅絕。

　　這是一幅多麼怪誕而深刻的警世之作。從藝術結構來說，它以寓言體構築起一個奇特的象喻世界，以促迫的節奏敘述了一個亡國滅種的故事；從敘事角度來說，有彈指一揮間的歷史大寫意，也有纖毫畢現的工筆細描，有全能全知的第三人稱視角，也有感同身受的第一人稱觀照，粗與細、遠與近構成極有張力的敘事空間；從藝術形態來說，有變形的再現，有情愫濃烈的表現，也有鞭辟入裏的解說；從藝術手法來說，有鋒利的譏刺，有機智的反諷，有尖刻的冷嘲，也有溫婉的幽默；從意義空間來看，貓國可以看作舊中國的象徵，內政、外交、文化、教育的種種弊端都能看出舊中國的一些影像，貓人的種種劣根性也能折射出中國人國民性的若干缺陷，貓國的亡國滅種更是以極言其險的形式發出救亡圖存的急迫吶喊，最讓後人稱奇的是作品裏關於學生解剖校

長、學校改開旅館之類天方夜譚似的怪事，竟在幾十年後的現實生活中活生生地上演了，這樣看來，《貓城記》的象喻空間實在是寬廣深遠。

　　《貓城記》裏，此前那種借重俏皮語言與招笑動作的表層幽默少了，而代之以發自事實本身的深層幽默，譬如貓人圍觀的場面，花、迷等新女性對高跟鞋與化妝的熱中，公使太太變態的人格，等等，都在生動的刻畫中給人以雋永的笑意。以往老舍的諷刺主要指向文化、性格，多用雋語，而且並不趕盡殺絕，而這部作品則是四面出擊，政治、軍事、經濟、文化、教育，內政外交，世態人情，歷史現實，上流人物，普通百姓，官僚心理，國民性格，等等，全都施以解剖的利刃，而且反覆呈示上帝那毀滅的巨指，毫不留情地把貓人送上亡國滅種的絕路。正是這後一點導致了一些論者對所謂悲觀的指責。的確，作者對時政很失望，這種情緒不能不在作品裏有所流露，文本裏的灰色背景、人物（小蠍、大鷹、敘事者）情緒、故事結局，也確實流貫著一股悽楚的情調，但是，作品的情境並非單一而是多重的，故事層面也並不等同於意義層面。敘事者在描敘貓國的黑暗現實與淒慘結局時，多次舉出「光明的中國」作為對比，這一則是要通過明暗色調的強烈反差增強藝術張力，既反襯貓國的污濁，又反諷中國的現實，加大鞭撻的力度；二則是借此調節敘事節奏，使之張弛有度，緩解讀者的心理緊張；三則是要表明作者的美麗希冀，在給人以警醒的同時，也給人以希望。寓言體小說因其寓言體的框架，敘事態度可以較為超越，諷刺空間可以更為廓大，鋒芒也可以更為犀利。正是借助於這種文體上

的便利，老舍才能橫刀躍馬，笑傲疆場。他寫外務部部長在國
難當頭之際，只忙著給兒子娶媳婦，在街上唱大戲，寫敵軍入
境，政府除了空言抗議之外，最高的國策就是逃跑，如此「幹
政」之筆，並未招致現實中政府當局或官僚個人的干涉甚或迫
害，因為那是寓言體小說，當局與官僚心裏有鬼，但也犯不上
去自認罵名。文學本來就具有複義性，更何況寓言體小說。既
然如此，變了形的「大家夫斯基」與為謀取私利而聚集一起的
「哄」以及對「馬祖大仙」的偶像崇拜，諷刺一下亦無可厚非。
問題不在於作者這些諷刺的主觀指向是誰，而在於這類現象是
否值得諷刺，如果值得，便站得住腳。若是硬要指認事實基礎，
那麼，從 19 世紀末到整個 20 世紀，中國歷史上扭曲變形的政
治主張與謀取私利的政黨以及新式的偶像崇拜難道還少嗎？
20 世紀初葉，各種名目的政黨你方唱罷我登場，走馬燈似的
旋生旋滅，無政府主義、新村主義等主張此起彼伏，並沒有給
人民帶來什麼利益，諸如此類，老舍一定有著切實的體察，
否則，一向與政治保持一定距離的他也不會突入政治諷刺。
如果「前進的人物」確有「偏激空洞」等弱點，理應自省改
進，以表明自身的確在前進，哪能腼然指責作家的諷刺呢？
事實上，三四十年代，並沒有人在這方面橫加挑剔，可是到
了 50 年代初，作者感到了自危，而後，他果然為此付出了慘
重的代價。如果說文學就是五顏六色的夢，那麼，《貓城記》
的確如老舍在《自序》中所說，是個「惡夢」。這個夢有趣
而又沈重，它的沈重主要恐怕不是在於故事的結局，而是在
於它以荒誕的形式觸及了中國社會與國民性的沈疴痼疾。這
是它曾經升沈起伏的原因，也是讓後人回味不盡的魅力所在。

二、回歸幽默

　　《貓城記》的笑粗獷中有幾分尖利，而且夾雜著一點吶喊與歎息，這在精神上未始不平添雄渾的力量，但藝術上的不和諧卻給人留有缺憾，對於老舍來說，缺憾更在於他的幽默才能在這部作品中未能得到盡興的發揮。幽默是老舍創作道路的起點，經過前四部作品的摸索與《大明湖》的暫別，又經過《貓城記》的變化，老舍愈加意識到自己的所長在於幽默，於是當他尚未進入新的創作時，就已決定下一部作品要「返歸幽默」[1]。幽默作為一種心態，有博大深邃與自得其樂之別，作為一種手法，有故意招笑與自然天成之分，作為一種風格，有油滑膚淺與凝重深沈之異。老舍的返歸幽默，自然不是對故意招笑式幽默的簡單復歸，而是對博大心態、自然品性與深沈風格的自覺追求。幽默本來不應有題材的限制，但對於每個作家而言，則有最適於自己馳騁的疆域。老舍最熟悉的是他生於斯長於斯的北京，「一想起這兩個字就立刻有幾百尺『故都景象』在心中開映」[2]；他的貧民出身與文化教養使他對政治總是保持一定的距離，而他的個性氣質與五四啟蒙所喚起的文化自覺又使他擅長於文化批判。他從爛熟於心的北京文化找到了「返歸幽默」的切口，從甘苦自知的創作經驗中悟出了把握幽默的門徑。長篇小說《離婚》標誌著老舍幽默風格的成熟。

---

[1]　老舍《我怎樣寫〈離婚〉》。
[2]　老舍：《我怎樣寫〈離婚〉》。

　　《離婚》與其說是婚姻喜劇，毋寧說是性格喜劇。財政所的一群小職員及其家眷，有的煩惱著要離婚，有的焦慮著反對離婚，到頭來哪一個也沒離成，夏日的燥熱化為蕭瑟的秋風。這部作品，論題材，沒有奇遇巧合的浪漫趣事，論情節，沒有大波大瀾的起伏跌宕。但是，作品不乏喜劇的機智、詼諧、情趣，更兼耐人咀嚼的深意，讓人開卷發笑，掩卷深思，飽享喜劇審美的怡悅和教益。其成功的重要原因就在於作者抓住了「性格的主題」這一「好喜劇的源泉」[3]。幽默不再是人為的招笑，而是從人物性格中自在流出。主人公老李不滿於身居衙門、庸碌無為的現狀，討厭同事們的無聊、懶惰，更討厭舊婚姻制度送給他的愚蠢的妻子，他要離婚，為的是追求一點「詩意」：「要——哪怕是看看呢，一個還未被實際給教壞了的女子，熱情像一首詩，愉快像一些樂音，貞純像個天使。」姑且不說「詩意」的追求能否從根本上解除他的苦悶，也不評價在時代激流之外咀嚼個人甘苦是否有幾分渺小，即便肯定其追求的價值，他那軟弱忍讓、徘徊不定的性格也使他難以擺脫困境、如願以償。一方面，他把舊家庭看作「一汪臭水」，竭力想跳出來；另一方面，又覺得「離開那個怪物衙門，回到可愛的家庭，到底是有點意思」，於是從鄉下接來家眷，對太太一忍再忍，離婚不過是個幻想。他憎惡同事們的低級無聊，但自己也不能不在無聊中尋些苦趣。他極不滿意敷衍，為此甚至想要自殺，但又找不到新的生活哲學，不得不敷衍混世。他始終在新與舊、現

---

[3]　哥爾多尼：《回憶錄》，《西方文論選》上卷，第555頁。

代與傳統之間徘徊，在電影院裏，「設若前面或旁邊有對摩
登男女在黑影中偷偷的接個吻，他能渾身一麻，站起便走」，
跟太太出門，他生怕太太和車夫一答一和地說起來。這樣一
位正人君子，怎能不去敷衍舊物，怎能果敢地追求「詩意」
呢？對於意中人馬嬸，雖說傾慕得如醉如癡，但在行動上卻
猶猶豫豫，不敢越雷池半步。他把希望不是建立在自己的努
力上，而是寄託于馬嬸與丈夫的最後決裂，一旦事與願違，
心中的幻影立刻破滅，心灰意冷地逃往鄉間，企圖從田園風
光中尋求慰藉。將來如何，也許會像跟他「一個模子刻出來
的」張大哥所預料，不久就得回來，因為他永遠不會安分，
也永遠一事無成，這一人物的喜劇性就植根於這種首鼠兩端
的性格之中。

　　對婚姻的態度其實能夠反映出人們的生存態度與文化
觀念。《離婚》的諷刺鋒芒就透過灰色的婚姻喜劇表層指向
了以敷衍為特徵的北京文化。老李遇事沒主意，可憐可笑，
張大哥凡事有主見，也照樣是個令人發笑的角色，因為他們
同樣是敷衍文化的產兒。有所不同的是，老李是被動的敷
衍，張大哥是主動的敷衍。被動者處處碰壁，主動者就如魚
得水嗎？張大哥充滿自信的媒人眼光並不能保證婚姻萬無
一失，為人處世八面玲瓏，也不能保證永遠平安無事，當兒
子被捕、小趙敲詐、衙門解雇等一連串打擊臨頭之際，這個
「地獄中最安分的笑臉鬼」也束手無策。小說借老李的思緒
對敷衍提出了質疑：「這種敷衍目下的辦法——雖然是善意
的——似乎只能繼續保持社會的黑暗，而使人人樂意生活在
黑暗裏。」迂執也罷，精明也罷，都擺脫不了敷衍，這究竟

是誰之過？作者把它首先歸之於保守、中庸的「北平文化」，「北平太像牛乳，而且已經有點發酸。」在這種使人沈醉、懈怠的文化的熏染下，人怎麼能硬氣起來呢？老李軟弱，張大哥中庸，老邱、老吳等科員也紛紛從離婚的戰場上敗下陣來，那位曾經勇敢地跟家庭教師私奔、自己抉擇自己命運的馬嬸，後來不也皈依到從一而終的舊禮教膝下了嗎？關於敷衍的病根，作者也挖到了社會方面。那個只知道向人民要錢的財政所，該有多少罪惡的黑幕啊！不過，作品沒有試圖去整體性地揭露沈沈黑幕，而是抓住一兩個喜劇性事件來表現黑幕罅隙裏的暗影：所長的一個卦可以讓一個科員意外地提升，鹵莽的僕人如同小孩子似的暗殺，竟一下子穩住了全城衙門將要大換班的局勢。政治的黑暗，也通過浪蕩兒張天真被秘密機關當作共產黨抓了起來、後經花錢活動才回到家來的「誤會」，予以點染出來。如此文化，如此社會，怎能不使人格扭曲呢？這樣看來，敷衍就不僅僅是個人性格的弱點，而且是一種文化病與社會病。在此之前，老舍的社會諷刺固然有其尖銳深刻之處，但有時放浪無羈、誇張失度，諷刺效果與創作動機有著一定的距離，有時顯得直露而生澀，與作品的整體語調不甚相諧，而在這部作品裏，社會諷刺出之以司空見慣的小事、靈機妙用的插曲、神來之筆的雋語，加以幽默的浸淫，便構成了渾然一體的幽默風格。

　　《老張的哲學》等早期作品的幽默，喜歡在文字裏找縫子，或利用人物的滑稽動作招笑，笑起來缺少節制，有時顯得野調無腔，《離婚》雖然也不乏利用語誤與動作失調的機智，且有不少幽默的誇張，但把幽默的基點與重點放在了人

物性格的矛盾上面,以人物性格的發展或呈現來控制幽默的分寸。老舍所長不是鋒芒逼人、辣氣十足的六月驕陽式的諷刺,而是清冷透徹、溫婉柔和的中秋明月式的幽默。這種幽默的諷刺鋒芒,對於老張、歐陽天風、趙科員式的流氓惡棍顯得纖弱,強作鞭撻,便極易誇張失度,而對於像老李、張大哥這種可憐復可笑的、有著種種弱點的好人,則正是恰如其分。他的幽默世界不是個壞鬼的世界,也不是個聖人的世界。《離婚》使老舍找到了其幽默的最佳題材領域和人物對象,也找到了其情感指向與審美趣味的最佳分寸:笑得機智,笑得自然,笑中有深意、有感傷、有責難、有憐憫,一言以蔽之曰——含淚的笑。

三、淚眼含笑

老舍的小說從一開始就不是單純的笑,而是笑中噙淚,除了開懷大笑笑出的淚之外,也有笑到深處悟出的淚,而且還有名副其實的苦淚,也就是說老舍的喜劇創作從一開始就不是單純的喜劇,而是一直有一條或明或暗的悲劇線索相伴,老舍不僅具有出色的喜劇天賦,而且擁有深廣的悲劇情懷。

《老張的哲學》的悲劇線索從第五章開始展開,隨著情節的發展,悲劇意味逐漸加濃,到第四十五章李靜之死達到高潮。情節推進中,悲劇場面與喜劇場面交替出現,或在同一場面中變換描寫的角度,正所謂以樂景寫哀,以哀景寫樂,一倍增其哀樂。《趙子曰》裏面插敘兩個女性的悲劇性

遭際，結尾又有李景純刺殺軍閥未遂而遇難的悲壯，這些敘述給趙子曰們的轉變提供了現實背景，減弱了嬉笑的負效應。《大明湖》悲淚橫流，可惜未能面世，《貓城記》陰雲密布，但是旨在諷刺、警示，老舍的悲劇情懷一直未能得以充分的宣洩。於是，他在精心錘煉喜劇藝術並於其間滲入悲劇因子的同時，也創作了一些悲劇主調的作品，短篇小說如《微神》、《月牙兒》等，中篇小說如《我這一輩子》等，最有代表性的當屬長篇小說《駱駝祥子》。

　　祥子的命運與性格深深牽動著讀者的心。靠自己的力量拉車謀生，嚮往拉上自己的車，這是多麼本分的人生、多麼卑微的願望啊！但在祥子的命途上，卻是關山重重，難以翻越。苦苦幹了三年，終於買了一輛屬於自己的車，可是好景不長，新車就葬送到亂兵手裏。僥倖得到三匹駱駝賣了一點錢，再加上後來掙命攢的一筆錢，未等買車，就被孫偵探敲詐一空。他原想等有了自己的車，生活舒服了一些，到鄉下娶一個年輕力壯、吃得苦、能洗能作的、一清二白的姑娘，可當生計受挫、情緒頹唐時，他胡裏胡塗地成了車主劉四家的老處女虎妞餓虎撲食爪下的小動物，從此幾欲擺脫而不能，終於按著虎妞的意願結親成家。虎妞給他以性的慰藉與家的溫暖，卻也以過度的性欲折損著他的身體，以蠻小姐的脾性戕害著他的自尊。他掙扎在對家的依戀與對虎妞的逃避之中，他雖然憑藉虎妞的錢又拉上了自己的車，但掏空的身子與憋悶的心理使他拉車的景況大不如前。命運之神不肯給祥子一點安慰，就在他即將品味做父親的喜悅之時，虎妞因難產誤治而不幸身亡。殘酷的命運就連這樣一個讓他說不清

是愛是恨的妻子也給奪走，這樣一個讓他說不清是依戀還是恐懼的家也給拆散，作為他生活理想之象徵的車，為了安葬虎妞也不得已而賣掉，祥子已無家可歸。他想娶同病相憐而心心相印的小福子，可是負不起養活她兩個弟弟和一個醉爸爸的責任。等到他生計稍有安頓、前來接小福子時，小福子早已在下等妓院裏不堪蹂躪而自縊身亡了。處於水深火熱之中的人力車夫，能夠娶得上稱心如意的妻子嗎？即使有幸如願，又能擔得起養家糊口的重負嗎？即使有了自己的車，就能保障生活無虞嗎？大個子車夫的感歎，老馬祖孫的不幸，祥子的遭際，都做出了否定性的回答。祥子的不幸，儘管有其個人遭遇的偶然性，但其中又深寓著難以逃逸的必然性。戰亂、特務統治、貧困、疾病、愚昧等等，交織成一條無所不在的繩索，社會底層的人們單槍匹馬怎麼也逃不脫它的羈絆、捆縛、勒索。在它面前，祥子空有美好的願望與頑強的意志，奮力的掙扎只換來一次次受挫、一次次失望，婚姻理想破滅了，賴以棲身的家失去了，自己的車沒有了，天下之大，哪里是祥子的安身之所，萬物之多，哪個屬於祥子所有，該有的都沒有，不該失去的全失去，祥子還有什麼希望？祥子的悲劇不僅在於他的命運多舛，而且還在於他性格的異化。先前的祥子，有著一副多麼質樸可愛的性格：認真、執著、勤勉、厚道；可是經歷過一連串的沈重打擊之後，祥子變了，變得沒有廉恥，沒有定性，吃喝嫖賭，懶惰、狡猾，揩女主人的油，占人家的便宜，借錢賴帳，撒謊騙人，告密領賞，他在彎了脊背的同時，也失去了一顆純樸的心。祥子精神上的毀滅比起他生活中的一系列厄運更讓人驚悸哀

痛，這也是祥子悲劇較之同一作品裏的小福子悲劇以及其他
作品的悲劇更為深刻的地方。「體面的，要強的，好夢想的，
利己的，個人的，健壯的，偉大的，祥子，不知陪著人家送
了多少回殯；不知道何時何地會埋起他自己來，埋起這墮落
的，自私的，不幸的，社會病態裏的產兒，個人主義的末路
鬼！」作品結尾的這一節文字，通過主題的迴旋，強烈地打
動了讀者的心弦，並且留下了咀嚼命運與性格雙重悲劇之因
的深長餘味。自文學革命以來，描寫市民生活的作品為數不
少，但對底層市民的命運與性格雙重悲劇表現得如此深刻動
人的長篇小說，這還是第一部，也可以說是唯一的一部。

　　老舍到底不愧為幽默大家，即使在這樣一部悲劇作品
裏，他也沒有完全排除幽默，而是從人物性格與作品情境出
發，恰到好處地投射以幽默視角。祥子身上頗多質樸可愛之
處，然而有時也暴露出一些愚拙可笑的性格弱點。譬如，方
家母女勸他把錢存到郵局裏，他不敢，他覺得白花花的現洋
送進去，只給個薄薄的小摺子，一定是個騙局，他不去上那
個當；高媽勸他放利錢，他也不肯，讓他請會，他還是予以
拒絕，他的道理很簡單：好漢不求人，錢還是拿在自己手裏
放心，這正是典型的小生產者的保守心理。那個初秋之夜，
祥子吃了虎妞的「犒勞」，靜靜懶懶的群星在秋空上微笑，
莫不是在哂笑他於酒色之間不能自持？等到後來到了夏宅
拉車，面對妖冶風騷的夏太太，他幾乎不能自已地躍躍欲試
了。從祥子的精神毀滅中，我們一方面感到沈重的壓抑，另
一方面間或也有忍俊不禁的時候，這正是緣於他身上的一些
小生產者的弱點。他的墮落，從客觀上來說，固然是黑暗社

會使然，從主觀上來看，那些小生產者的精神弱點也難辭其咎。在悲劇人物身上發掘喜劇因素，不僅豐富了性格內蘊，而且加強了主題的多重義域，把社會批判與文化批判和諧地融為一體。虎妞性格的主導面同樣是悲劇性的，但其喜劇性比祥子要濃。她在追求幸福的爭鬥中隱藏著極端的自私，開朗的性情中摻雜著一點狡猾，人性的自尊伴隨著過分的自重。她對祥子的誘惑，假稱「有了」的欺騙，對劉四自以為是的分析，都帶有一定的喜劇性，等到她真的懷了孕，愈加見出了喜劇色彩：「她總得到八九點鐘才起來；懷孕不宜多運動是傳統的錯謬信仰，虎妞既相信這個，而且借此表示出一些身份」，「一入冬，她的懷已顯了形，而且愛故意的往外腆著，好顯出自己的重要。看著自己的肚子，她簡直連炕也懶得下」。不運動，撐得慌，就抱著肚子一定說是犯了胎氣。這些或詭譎或乖謬的心理言行，給人提供了戲謔的笑料，因為以作偽的手段去追求空虛的、哪怕是有價值的目標，總能產生喜劇的效果。

　　在敘事中，老舍不時抓住生活中的荒謬，予以幽默的諷刺。譬如，祥子拉包月的楊家，楊先生與兩位太太總以為僕人就是家奴，非把窮人的命要了，不足以對得起那點工錢，所以，楊宅用人，向來是三五天一換。惟獨大腳婆子張媽，已經跟了他們五六年，唯一的原因是她敢破口大罵。「以楊先生的海式咒罵的毒辣，以楊太太的天津口的雄壯，以二太太的蘇州調的流利，他們素來是所向無敵的；及至遇到張媽的蠻悍，他們開始感到一種禮尚往來，英雄遇上了好漢的意味，所以頗能賞識她，把她收作了親軍。」刁主偏遇悍僕，

正所謂棋逢對手，將遇良才，惺惺惜惺惺。這一近乎反常規
的諧謔描敘，既嘲諷了楊宅主人欺軟怕硬的惡劣品性，又烘
托出祥子所處的窘迫境遇，有助於典型環境的營造，而決非
單純逗笑的閑筆。幽默敘事的插入，使悽楚抑鬱的悲劇氛圍
得以適度的調節，形成了起伏跌宕、張弛有致的敘事語調，
讓讀者展卷而易於沈浸其間，掩卷而更有餘味咀嚼。如此功
力，非大家而不能為之。

　　《駱駝祥子》藝術魅力的重要源泉之一，是其獨具韻味
的語言。說來也奇，因幼年缺乏營養而三歲才會走路說話的
老舍，到了上師範學校時，文才與口才嶄露頭角，擅長講演，
每有講演比賽必參加並且獲勝。也許滿人或多或少有一點語
言天賦，若不然，《紅樓夢》、《鏡花緣》、《兒女英雄傳》
等幾部清代著名白話小說怎麼會都出自滿人之手？老舍繼
承了深厚的滿族文化積澱，加上他自小接觸各種民間文藝，
博覽群書，打下了良好的語言基礎。經過最初兩部作品的試
練，他逐漸明白了小說的語言應該簡潔、有力、可讀，「把
白話的真正香味燒出來」[4]。《二馬》開始有意識地這樣嘗
試，《小坡的生日》更加自覺地追求文字的淺明簡確，用兒
童能懂的話語描寫兒童生活，使作者真正明白了白話的力
量。標誌著老舍幽默成熟的《離婚》，也展示了老舍語言的
成熟風韻。《月牙兒》凸現出老舍小說語言如歌行板的詩性
的一面。新文學以白話為載體，明白如話是諸多文學革命先
驅者的文體追求，但在創作實踐上卻是大打折扣。即從小說

---

[4]　老舍《我怎樣寫〈二馬〉》。

來看，有的作品翻譯腔十足，滿篇歐化句式，甚或夾雜幾個洋文單詞；有的作品舊小說痕跡明顯，寫人或許生動，寫景卻掉入文言的老套；有的作品人物語言千人一腔，看不出人物的身份、性格、所處情境及心理機微。老舍的語言真正做到了明白如話，做到了人物語言性格化、敘事語言個性化，在他的作品裏，人物的語言決不會錯位，在眾多作家的作品中，很快就能讓人確認出老舍的作品。《駱駝祥子》進一步證明了老舍的語言不僅能在喜劇天地裏縱橫馳騁，而且能在悲劇世界裏運斤成風。他從口語中汲取鮮活的詞語、句式、語調、氣勢、聲音，給平易的文字添上了自然、親切、新鮮、恰當、活潑的味兒，使《駱駝祥子》的語言真正活起來，靈動有神，隨物賦形，聽其聲辨其人，觀其景入其境，確有名副其實的引人入勝之效；並且由於對氣勢與聲音的注重，賦予了語言以流轉動聽的音樂美，可以朗誦。以道地而精純的京白，描敘北京的市民生活，語體和內涵渾融一體，形成了鮮明的北京地方色彩，也平添了作品的藝術魅力。

四、愁城淚眼

「七‧七」盧溝橋事變爆發，老舍別妻捨子，開始了抗戰流亡生活。老舍對日本侵略者可以說有國恨家仇，他的父親就犧牲於八國聯軍入侵北京的炮火之下，他自己那時也險些被侵略軍的刺刀扎死。所以，他以全身心投入到抗戰大潮中去。1943 年秋，夫人胡絜青帶著三個子女逃離淪陷區北京，顛沛轉徙，終於死裏逃生，趕到重慶，與老舍團聚。夫

人向他和朋友們述說自己在淪陷區的所見、所聞、所感，侵略者的一樁樁暴行，北京市民的各種反應，啟動了老舍心中沈寂多年的北京圖景，在他那自覺的使命意識與鮮明的創作個性之間架起了橋梁，一股壓抑已久的小說創作激情在他的胸中洶湧激盪，一部大部頭的長篇小說開始在他的心中醞釀，1944 年 1 月，歷史使命與生活積累相互碰撞、相互契合而激發的創作靈感終於付之筆端，這就是老舍一生中篇幅最長的鴻篇巨製：百萬字的長篇小說《四世同堂》。

在《四世同堂》裏，的確可以看到淪陷區人民在侵略者鐵蹄之下的悲慘境遇與奮起反抗：錢家母子、祁家祖孫、小文夫婦、李四爺、小崔等人，或被逼死，或被殺死，或被餓死，鮮血淋漓的慘劇讓人悲憤交加；錢仲石的與敵同歸於盡，錢默吟的憤然復仇，高弟的反戈一擊，瑞全的果敢出走與地下鬥爭，令人熱血賁張。但這部作品的描寫重心與其說是淪陷區人民的苦難史與反抗史，毋寧說是北平市民的磨難史與覺醒史，作者所選取的是文化心理視角，其主旨是在戰爭的特定背景下，審視並鞭撻傳統文化的負面性，揭示中國文化精神更新的趨勢與前景。這其實正是五四新文化運動的未竟使命，五四時期老舍並非新文化運動的弄潮兒，但五四精神卻在他的心底深深地紮下了根，在抗戰新形勢下，結出了豐碩的果實。

作品裏的小羊圈胡同是淪陷區北平的縮影，小羊圈胡同居民的心理變化也折射出老中國兒女傳統文化心理受挫、困窘、無奈從而在痛苦中演進的軌跡。雖說中國文化有著悠久的愛國主義傳統，但由於種種緣故，家的觀念在民族文化心

理中佔有強勢的地位，而國家意識則被大大沖淡。冠曉荷、
大赤包之類見利忘義、屈膝投敵的民族敗類另當別論，本
分、善良的普通市民在國難臨頭之際對於國家的命運也遠不
如應有的那樣關切。在祁老人眼裏，國家似乎離他這個平民
百姓十分遙遠，惟有四世同堂最為重要，國家大事他管不
了，可是四世同堂的堡壘必須堅決守住；錢默吟曾經沈醉於
吟詩、作畫、看書、澆花，小文夫婦迷戀于唱戲，藉以謀生
與自娛，在他們的世界裏，少有國家的位置；錢默吟的親家
金三爺甚至有時因為房地產生意好做、有利可圖，而以為日
本人的入侵也未必全是壞事。然而，侵略者的鐵蹄踐踏到亡
國奴的頭頂，刺刀架在了脖子上，愛好和平的人們失去了安
寧，原以為國家與己無干的人們品嘗了亡國奴的苦味與血
腥，這才意識到國將不國、何以家為的意味，這才感受到國
家興亡匹夫有責的沈重。他們習慣於敷衍，只要面子上過得
去，不願深究是與非；習慣於忍辱負重，遇到凌辱與委屈，
每每責備自己得罪了人，或是歎息自己的運氣不佳，只要能
夠馬馬虎虎地活著，不管什麼生命價值不價值；習慣於散沙
似的生存狀態，在義氣、渾和的表層下面，存在著彼此深深
的隔膜、冷漠。於是，就有了惟利是圖、見利忘義的文化怪
胎冠曉荷之流的覥顏事敵，也有了普通市民的忍辱偷生，有
了把「奸商」遊街當熱鬧看而忘卻恥辱與是非、更提不到憤
怒的冷酷，有了小羊圈居民把對日本人的憤怒轉向本是眾望
所歸的李四爺的顢頂。戰爭給惡欲的膨脹與醜類的現形提供
了舞臺，也給國民性的轉變提供了契機。錢默吟在經歷了死
神的折磨與喪親的哀痛之後，終於從自我陶醉的狹小庭院走

向民族救亡的社會生活；小文在目睹妻子當眾受辱之際，一反向來的文弱，毅然操起了椅子砸向日本軍官的腦袋；在民族大義與家庭責任、理當反抗與習慣敷衍之間徘徊不定、惶惑不安的瑞宣，終於為從事地下鬥爭的三弟助了一臂之力；就連一向以四世同堂為榮耀、以和氣生財為準則的祁老人，也終於對二孫子瑞豐怒言相斥，對冠曉荷下了逐客令，對特務拍胸脯叫號。自然，國民性的沈痾痼疾不可能被八年抗戰一掃而盡，但血與火的洗禮卻無疑使國民性有了可喜的改觀，愛國主義空前地深入人心，敷衍、屈從等精神弱點得到一次深刻的清算，從這一點來說，抗戰勝利不僅贏得了國家的獨立與民族的解放，而且意味著中國文化的更新與國民心理的昇華。《四世同堂》以小羊圈胡同為舞臺展開的細膩刻畫與深入開掘，表現了文化批判的重要主題，這是老舍對抗戰文學富於獨創性的貢獻，也是對五四精神的繼承發揚。

　　作為一部描寫淪陷區生活的作品，《四世同堂》可以說是愁雲籠罩，但其間卻不乏喜劇的光芒。愁城淚眼，有激忿之淚，有悲痛之淚，有鬱悶之淚，也有譏刺之淚，有婉諷之淚，有微哂之淚。淚眼的喜劇內涵，不能不歸功於老舍擅長幽默敘事的喜劇天賦與功力。對於冠曉荷、大赤包、瑞豐、菊子、李空山、藍東陽等反面人物，作者做了三種處理：一是肖像、舉止的漫畫式描寫，讓其盡顯醜陋乖張；二是自私、卑怯、貪欲、鄙俗、無恥、殘忍的盡情展露，讓其在可惡至極的同時也見出荒唐可笑；三是惡人惡報，不得善終，或是被主子活埋，或是淪落為妓，或是被主子抄家關押發瘋而死，等等，借助命運之神來懲罰並嘲弄他們。如果說對漢奸

丑類的描寫大多屬於帶有辛辣味的諷刺性幽默的話，那麼，對祁老人、祁瑞宣等人物則是溫和委婉的本色幽默觀照，筆觸深入內心世界，揭示出其性格的矛盾可笑之處，這種笑來得更為自然、更為雋永。譬如，祁老人對於防災避難自有一番主張，他認為只要家裏老存著夠吃三個月的糧食與鹹菜，再用裝滿石頭的破缸頂上大門，便足以保障老少平安，因為他總以為北平是天底下最可靠的大城，不管有什麼災難，到三個月必定災消難滿，諸事大吉。這種執信來源於北平市民長期在天子腳下生活所養成的盲目自信，愚鈍可笑，殘酷的戰爭無情地粉碎了老人的虛幻執信，執信與現實之間的強烈反差構成了深刻的喜劇性。幽默敘事更多的是體現於生動的語言與詼諧的語調。譬如，說冠曉荷對日本侵略者極盡諂媚之能事，被抄了家之後仍對主子忠心不二，見到日本憲兵，他「把臉上的笑意一直運送到腳指頭尖上，全身像剛發青的春柳似的，柔媚的給他們鞠躬。」說大赤包的頤指氣使：「她的喜怒哀樂都是大起大落，整出整入的；只有這樣說惱便惱，說笑便笑，才能表現出她的魄力與氣派，而使她像西太后。」大赤包到祁家為瑞豐「榮升」科長賀喜，她的聲勢浩大，第一聲笑嚇跑了樹上的麻雀，第二聲笑嚇退了兩個孩子，第三聲笑把祁老人和天佑太太都趕到炕上去睡倒，而且都發出不見客的哼哼。不無誇張的描敘既表現出大赤包的粗野，同時也反映了祁家人對她的厭惡。說丁約翰的洋奴思想嚴重：「一提到身家，他便告訴人家他是世襲基督徒，一提到職業，他便聲明自己是在英國府作洋事──他永遠管使館叫作『府』，因為『府』只比『宮』次一等兒。」他的房間

裏頗有些洋擺設：「案頭上有許多內容一樣而封面不同的洋
書──四福音書和聖詩；櫥子裏有許多殘破而能將就使用的
啤酒杯，香檳杯，和各式樣的玻璃瓶與咖啡盒子。」作者的
獨到眼光，總能透過恐怖與悲苦的陰雲，發現並抓住幽默的
苗頭，予以巧妙的發揮。有了一雙幽默的慧眼，不僅從人物
的相貌表情、言行舉止、心理活動、命運遭際中能夠看出可
笑之處，而且在對於政治事件的敘述中也不放過幽默譏刺的
機會。譬如，作品在寫到倉促拼湊的維持會等漢奸組織與偽
政權時，做了這樣一番評述：「好諷刺的人管這叫作傀儡戲，
其實傀儡戲也要行頭鮮明，鑼鼓齊備，而且要生末淨旦俱
全；這不能算是傀儡戲，而只是一鑼，一羊，一猴的猴子戲
而已。用金錢，心血，人命，而只換來一場猴子把戲，是多
滑稽而可憐呢！」幽默敘事加強了對邪惡勢力的鞭撻力度，
也使文化批判能夠自然地切入這部淪陷區題材的作品，深化
了主題的開掘；從藝術表現與審美欣賞的角度來看，由喜劇
性格、喜劇場景、幽默語調等構成的喜劇色彩，與淪陷區生
活的悲劇氛圍形成一種獨特的張力，二者既是反襯，又是對
比，既有調節作用，又有增益效應，愈是悲劇氣氛濃郁，愈
能見出喜劇性的荒誕，反之，愈是加以喜劇性的適度張揚，
就愈能強化悲劇效果。如前所述，悲喜劇交融是老舍創作自
始而來的風格特徵，《四世同堂》在復歸作者所熟悉的創作
熱土的同時，也保持了他所擅長的幽默風格。這樣一來，這
部作品的成功就勢在必然了。

五、幽默絕響

　　老舍晚年，值得重視的小說是 1961 年動筆的自傳體長篇小說《正紅旗下》。自小就耳濡目染的北京文化氛圍，浸入身心成長史的家庭故事，熟稔其音容笑貌、洞察其內心機微的北京市民，等等，老舍寫起來如魚得水。北京春天的風沙，描寫得讓人如臨其境，讀者仿佛聽得見它的鬼哭神號與萬物的呻吟驚叫，看得見含著馬尿驢糞的黑土與雞毛蒜皮飛向天空、樹叉上的鴉巢在灰黃色的沙霧中七零八落。各色旗人——遊手好閒的八旗子弟，精明強幹的新式旗人，攀附教會的洋奴，含辛茹苦的母親，刁鑽古怪的孀婦，忍氣吞聲的媳婦，等等，都刻畫得活靈活現。幽默找到了最適於它觀照的對象——苦澀而不至於絕望的生活，可憐而尚未走進絕境的苦人兒，可憎可氣而復可笑的人間「蟲兒」，有錢闊講究、沒錢窮講究的面子文化；從詞語的色彩到語調的分寸，從性格的刻畫到場景的描寫，從情調的流貫到氛圍的渲染，從情節的發展到結構的架構，幽默得到了淋漓盡致的發揮。徜徉其間，猶如步入喜劇女神的後花園，鳥兒啼囀是笑，溪水潺潺是笑，就連無語的青石與花草也都扮演著一個個喜劇角色。笑裏有輕鬆與詼諧，也有沈重與苦澀，有欣賞與自嘲，也有譏刺與反諷。在熱諷而不無冷嘲的笑渦裏，折射出清末社會的「殘燈破廟」景象，在溫婉而不無犀利的智慧之光下，透視出旗人文化乃至整個中國傳統文化的病竈，這樣一來，文中的幽默就再也見不到早期那種單純逗笑的膚淺與失控，而是呈現出自然天成而意味深長的醇厚品味。如果這部

長篇小說能夠寫完，我們一定可以看到老舍幽默的集大成之作，看到一軸清末旗人生活的「清明上河圖」，看到清末社會劇烈變動的清晰側影，看到五四精神繼承者對傳統文化的深刻剖析與透徹澄清，那樣的話，不僅老舍的小說會再創輝煌，而且中國乃至世界文學也將又添瑰寶。然而，由於大興現代文字獄，傳記小說成了危機四伏的雷區，已經寫了十一章、共八萬多字的《正紅旗下》不得不擱淺，而且從此難以為繼，成為一個永恆的遺憾。

　　從 1963 年起，老舍再也沒有創作過小說，也幾乎沒有其他有分量的創作，他生前發表的最後一篇作品是題名為《陳各莊上養豬多》的快板。豈止創作，等到 1966 年無產階級文化大革命風暴席地而起，連人的生存都成為問題。1966 年 8 月 23 日，老舍正在辦公室參加學習，被一群狂暴者把他和二十多位著名作家藝術家一起拉到國子監院裏，用京劇道具打得滿臉是血、遍體鱗傷，被送回北京市文聯後，又受到無知少年的百般侮辱與輪番毒打。直到凌晨兩點多鍾，才被允許讓家人接回。8 月 24 日上午，老舍拄著手杖，拖著傷體，帶著一卷不知他何時親筆抄寫的毛澤東詞，告別了年幼的孫女，離開家門。翌日晚上，人們在德勝門外的太平湖西側，發現了老舍的遺體，還有漂在湖面上的老舍抄寫得工工整整的毛澤東詞《卜算子·詠梅》：「風雨送春歸，飛雪迎春到。已是懸崖百丈冰，猶有花枝俏。　俏也不爭春，只把春來報。待到山花爛漫時，她在叢中笑。」

　　老舍笑著走上文壇，四十二年後以悲憤至極的方式辭別人間。笑與淚貫穿了他的生命歷程與小說世界。

第三章

火山的噴發與沈寂

　　1929 年前後，文壇上各種論爭此起彼伏、紛紛攘攘，小說創作卻相對沈寂。這也難怪，政治風雲突變，必然引發社會心態與文學思潮的一系列嬗變，作家的應變要有一個過程，比起標舉新的旗幟來，推出像樣的創作實績要艱難得多。而在一定程度上置身於論爭的漩渦之外，從自己的熟稔生活與切身體驗出發，反倒能創作出個性鮮明而易於動人的作品來。1929 年 1—4 月《小說月報》連載的長篇小說《滅亡》，以其火山噴發般的獻身熱情與文體形式引起了讀者的關注。曾想當一個從事實際工作的革命者的巴金，由此成為知名作家。

一、激流奔騰

　　繼《滅亡》之後，巴金又有《霧》、《雨》、《電》三部中篇構成的《愛情的三部曲》等小說。但真正確立巴金文學史地位的作品，都與家文化的批判密切相關。

　　中國是一個家文化十分發達的國度，社會文化近乎家文化的擴大，家文化也可以視為社會文化的縮影，家族內部的

倫理秩序大致反映出整個社會的等級秩序，家庭倫理是封建禮教的基石。要清算封建禮教的罪惡，不能不把解剖刀首先指向封建家庭。

巴金，原名李堯棠，字芾甘，1904 年 11 月 25 日出生於四川成都一個世代為官、數代同堂的封建大家庭。五進三重的李公館大宅院裏，他有將近二十個的長輩，有三十個以上的兄弟姐妹，還有四五十個男女僕人。當過知州、知縣的祖父在這個家庭曾經擁有絕對的權威，但後來面對不肖之子的墮落與孫子輩的反叛已經無能為力了。在李公館的十九年生活裏，巴金感受到了親情的溫馨，也飽嘗過勢利的冷眼，認識了「上等人」的驕奢放浪，也看到了「下等人」的屈辱貧賤，看見過活生生的青春是怎樣被封建禮教活活地吞噬，也體驗過人性與個性被牢牢束縛的苦楚，他的心裏聚集了太多的愛和恨，一旦時機來臨，胸中的積鬱必定會化為岩漿噴湧而出，燒毀封建禮教的虛偽面具，現出其殘忍的原形。

1931 年春天，上海《時報》編者託人約巴金給《時報》寫一部連載小說，爛熟於心的題材便溢出了筆端。這部作品就是連載時題為《激流》、1933 年 5 月由開明書店作為《激流三部曲》之第一部推出的《家》。

「風刮得很緊，雪片像扯破了的棉絮一樣在空中飛舞」，「風在空中怒吼，聲音淒厲，跟雪地上的腳步聲混合在一起，成了一種古怪的音樂，這音樂刺痛行人的耳朵，好像在警告他們：風雪會長久地管治著世界，明媚的春天不會回來了。」《家》開篇所描寫的風雪正是高家這個高門深院

裏封建禮教肅殺氛圍的象徵。在高公館，開創了這份家業的高老太爺擁有至高無上的權威，他所代表的家長意志要決定兒孫們的命運。自小聰慧、成績優良的長房長孫覺新，打算中學畢業後上大學深造，還想到德國去留學。但高老太爺希望早抱重孫，便打破了他的美妙幻想，斷送了他的前程。本來，他與錢家表妹梅芬青梅竹馬，心心相印，可是因為長輩的不和而無法結為連理，然後僅憑長者的拈鬮便決定了他的終身大事。妻子瑞珏臨產，被陳姨太等族中長輩以防血光之災的名目趕到郊外，結果不治而亡。禮教權威對自家人尚且如此，拿下人更是不當人待。道學家馮樂山想討姨太太，高老太爺不假思索便決定從自家的婢女中挑一個作為禮物送過去，17 歲的鳴鳳成了犧牲品，她性情剛烈，憤而投湖自盡。但在高老太爺看來，丫頭都不是人，死了一個，自然可以拿另一個去頂替，於是，丫頭婉兒被送了過去，讓她去備受老怪物的蹂躪。

　　巴金對受戕害者寄予了深切的同情。他以寄沈痛於平淡的筆觸，描寫了錢梅芬孤獨而淒涼的心境與心灰意冷的憊懶而逝；也以濃墨重彩渲染了瑞珏難產時痛苦無助的慘叫與她在生命的最後時刻同丈夫隔門而不能相見的哀慟；還細緻入微地刻畫了鳴鳳投湖前向意中人訣別的堅忍與留戀人生而又痛苦絕望的錯綜心理。正是通過不幸者的哀痛與悽楚，控訴了封建禮教與封建制度的虛偽、殘忍。心理創傷與個性扭曲的深入開掘，更是對封建禮教的強烈控訴。覺新曾經有過美好的希冀，有過蓬勃的朝氣，可是，標舉三綱五常的儒家思想消解了他為自己的命運抗爭的勇氣，溫和的天性演變成

忍讓、屈從的軟弱性格。他無言地接受了中斷學業與包辦婚姻的家長意志，他所表示的不滿只是關上門倒在床上用鋪蓋蒙著頭哭。他漸漸地忘卻了少年的追求，步入了長輩給他安排的生活軌道。面對來自家族內部的傾軋，他也曾憤怒過，抗爭過，然而，毫無結果而且精疲力竭之後，他便學會了更大程度的退讓、敷衍。五四新文化思潮席地而來，他一面從新書報中汲取精神安慰，另一面卻以「作揖主義」繼續過舊式生活、應付現實困境。劈分家產，他明知長房吃虧，而不敢據理力爭；妻子被趕往城外生產，他明知不妥，卻聽任陳姨太們發號施令。他以個性的扭曲來換取傳統社會的認可，而心中卻要承受極大的痛苦。覺新的性格悲劇展示了封建禮教戕害心靈的殘酷性。

這部作品給讀者帶來的震撼與啟迪，不只是沈痛的伸冤與悲憤的控訴，也有青春的善然覺醒與激烈反抗。覺民抗婚出走，終於逼得高老太爺讓步；覺慧投身社會活動，家裏也奈何他不得，最後，他毅然辭家遠行，去追尋奔騰不息的時代激流。他們以勇敢的反抗向人們昭示：封建禮教的冰天雪地大勢已去，明媚的春天正在走來。

魯迅的《狂人日記》，通過狂人心理的特殊視角，揭露了封建家族制度與封建禮教的「吃人」本質，為新文學開啟了一條重要主題線索。而後，出現了大批表現這一主題的作品。但在《激流》連載之前，還沒有一部作品能夠像這樣通過一個大家庭的生動描寫，揭露封建家族制度與封建禮教的殘忍、虛偽，表現出在時代風氣的鼓蕩下，封建家長的權威發生了動搖，年輕一代開始了勇敢的反抗，也從來沒有一部

像這樣激情貫穿始終、結構開闊有度、情節起伏跌宕、語言酣暢淋漓、魅力長久不衰的長篇小說。

而後，巴金又創作了《春》、《秋》，完成了規模宏偉的《激流三部曲》。從《家》到《春》再到《秋》，通過高家悲歡離合的歷史，血淚交迸地揭露了封建家族制度與封建禮教的殘忍、虛偽的本質及其日薄西山的下場，喊出了青年一代備受壓抑、折磨、摧殘的痛苦、冤氣與憤慨，也展示了他們叛逆的勇氣與覺醒、掙扎的艱難歷程，並昭示出反抗者、求索者的美好未來。作品字裏行間乃至情節結構流貫著愛憎分明、大愛大憎的激情，語調色彩鮮明，語言節奏明快，題材與文體水乳交融，真實而深刻、生動而恢弘地表現出 20 世紀二三十年代生活激流動蕩、奔騰的形態與氣勢，因而贏得了廣大讀者、尤其是青年讀者的喜愛。四十年代初，桂林的一位中學教師有感于《激流三部曲》在青年中的影響之深之廣，編了一本名為《論巴金的家、春、秋及其它》的小冊子。書中對「巴金迷」的現象做了生動的描述：「要是你活在學生青年群中，你便可以看到巴金的作品怎樣地被喜愛。儘管大熱天，儘管是警報、綠蔭下、岩洞裏，總有人捧著他的作品狼吞虎嚥，上課，儘管老師講的滿頭青筋，喉嚨像火，他們卻在講臺下盡看他們的《家》、《春》、《秋》，有時，淚水就冒充著汗水流下來。夜半巡宿舍，儘管燈光似磷火，也有人開夜車，一晚上吞噬了六七百面的《秋》並非奇怪。」「這些人物經常掛在他們的口上：反抗家庭的，說是《家》的『覺慧』、『覺民』；『作揖哲學』的是『覺新』……總之，他（她）們記得爛熟，他們談論得

唾沫四射」[1]。一位作家在談到《激流三部曲》時也說,「現在真是家弦戶誦,男女老幼,誰人不知,哪個不曉,改編成話劇,天天賣滿座,改攝成電影,連映七八十天,甚至連專演京劇的舞臺,現在都上演起《家》來,藉以號召觀眾了。一部作品能擁有如許讀者和觀眾,至少這部作品可說是不朽的了」。這位作家指出,這三部作品深受青年讀者的歡迎,「一大半原因也就由於中國知識青年大多數是從宗法社會的大家庭裏生長起來,和巴金有同樣的境遇,他們不滿意這大家庭也正與巴金相同,所以巴金的三部曲自會得著他們特殊親切的好感了」[2]。的確如此。雖然辛亥革命已經推翻了綿延兩千餘年的皇權,而後又經歷過五四新文化運動的洗禮,但封建宗法制度以及與其相適應的封建禮教決不肯輕易退出歷史舞臺,即使到了三四十年代乃至後來,反封建仍是中國社會發展與文化建設的重要任務。從五十年代起,巴金曾多次說他的作品已經完成了它們的歷史使命。經歷了「文革」,他才意識到原來並非如此,封建家長制的餘緒未絕,封建禮教的遺毒尚在,要加快中國前進的步履,必須持久地反封建。也就是說,反封建是中國的世紀性乃至跨世紀的命題,《激流三部曲》切中了這個歷史脈搏,所以才像奔騰不息的激流一樣,擁有了健朗而恒長的生命力。

---

[1]　林螢聰:《巴金謎與巴金研究》,《論巴金的家、春、秋及其它》,柳州文叢出版社,1943年3月版。

[2]　王易庵:《巴金的家·春·秋及其它》,上海《雜誌》月刊第9卷第6期(復刊第2號),1942年9月10日。

二、雪下的火山

　　抗戰爆發後，巴金有「抗戰三部曲」《火》等創作，但更能代表其創作個性與成就的則是中篇小說《憩園》與長篇小說《寒夜》。

　　在巴金所寫過的題材中，最熟悉、最透徹、感情浸淫最深的莫過於封建大家庭的生活。要想獲得創作的成功，在吃透新的題材之前，還須回到最有把握的題材上去。1941 年初，巴金在離開家鄉十八年之後第一次回到成都。「似乎一切全變了，又似乎都沒有改變；死了許多人，毀了許多家；許多可愛的生命埋進黃土，又有許多新的人接著來演那不必要的悲劇」[3]。讓他感觸最深的事情之一，是胡作非為的五叔被家人趕出家門之後的病死。五叔曾經作為高克定的原型，在《激流三部曲》中醜態百出，暴露了嬌寵溺愛的自食苦果，也昭示出封建世家的窮途末路。五叔之死，早在意料之中，既沒有突兀之感，也不曾引起哀痛和惋惜，但卻讓巴金感到憤慨，因為在當時的成都，仍然到處可見過去的幽靈，在身邊的親戚圈子裏，還有人繼續走著祖父與五叔的路——視金錢為萬能的寶貝，富貴者無所顧忌地作威作福，為了金錢不惜出賣自己的靈魂；長輩以為把金錢留給後人，是最大的關愛，能夠「長宜子孫」。巴金從昔日的李公館門前走過，見那照壁上「長宜子孫」的大字仍在，可是公館早已換了主人，這是多麼大的反諷！那時，他曾想過以五叔之死為題材寫一部《冬》，作為《秋》的續篇、《激流三部曲》

---

[3]　巴金：《談〈憩園〉》。

的尾聲。他在散文《愛爾克的燈光》裏表述過擬想中的《冬》所要表明的主旨：「財富並不『長宜子孫』，倘使不給他們一個生活技能，不向他們指示一條生活道路！『家』這個小圈子只能摧毀年輕心靈的發育成長，倘使不同時讓他們睜開眼睛去看廣大世界；財富只能毀滅崇高的理想和善良的氣質，要是它只消耗在個人的利益上面。」1942 年再次回川，所見所聞愈加強化了這一意念。經過幾年的醞釀，這一題材已經成竹在胸，新婚旅行的怡悅與閒暇，給了巴金以靈感的刺激與寫作的契機，於是，小說的題目由《冬》而改為《憩園》，儘管寫作期間遠徙辛勞，但作品運筆順暢，一氣貫通，成為巴金小說中的一部力作。

　　1944 年 10 月《憩園》由文化生活出版社初版發行時，巴金曾經寫過如下的內容說明：

> 這部小說借著一所公館的線索寫出了舊社會中前後兩家主人的不幸的故事。……不勞而獲的金錢成了家庭災禍的原因和子孫墮落的機會。富裕的寄生生活使得一個年輕人淹死在河裏，使得一個闊少爺病死在監牢中，使得兒子趕走父親、妻子不認丈夫。憩園的舊主人楊家垮了，它的新主人姚家開始走著下坡路。連那個希望「揩乾每只流淚的眼睛」的好心女人將來也會悶死在這個公館裏面，除非她有勇氣衝出來。[4]

　　以往巴金的小說，多是熱情的敘述，少有冷靜的沈思；

---

[4]　巴金：《〈憩園〉法文譯本序》。

語言在酣暢淋漓的另一面，或多或少地存在著不夠洗練的問題；結構上也往往不甚講究，線索大多比較單純，多重線索交織時每有兼顧不周的疏漏。《憩園》有了此前創作經驗的積澱，加之構思的時間較長，藝術上有了新的拓展。作品從一個 15 歲的少年為何折花這一疑問切入，然後步步進逼，探求謎底，頗有懸念效果。在結構上，楊、姚兩家呈現一種疊印狀態，以楊夢癡的淒涼結局預示小虎即使不出意外也會重蹈覆轍，以外婆家及姚誦詩對小虎的溺愛折射楊夢癡年少時所受教育對他靈魂的戕害。姚誦詩熱心幫助解救楊夢癡，構成了一種不無辛辣的反諷：因為外婆家及姚誦詩對小虎的溺愛與放縱，事實上正是在培養自家的楊夢癡。敘事者——作家黎先生，既是敘事線索的引線人，又是敘事對象的審視者，其間既有感情的投入，更有理性的求索，感情因理性的滲入而變得深沈，理性因感情的融化而變得親切，情理交融，感人肺腑，也啟迪智慧。沈思的功夫與感情的節制，也使得語言平添洗練、簡潔的新氣象。

　　也許是由於閱歷增加、思索深化的緣故，或許新婚甜蜜的滋潤更使巴金本來就博大的愛心富於溫馨，《憩園》在對楊夢癡的態度上表現出作者前所未有的寬容。一是給楊夢癡性格留有一線光亮：他雖然為大家庭的富裕和嬌寵所害，荒唐放浪，弄得傾家蕩產、眾叛親離，但到頭來畢竟恢復了一點自尊心與羞恥感，恢復了一點良知與愛心，對兒子深懷歉疚，不願給兒子丟人，寧死不再回家。再就是借助於楊夢癡次子寒兒形象的塑造：他雖然也曾飽受其父之苦，卻以德報怨，希望父親回家，關心父親的病苦，安慰父親的心靈，牽

掛父親的去向，他年僅 15 歲，卻有著異乎尋常的愛心，仿佛耶穌的化身。姚太太的寬容與博愛富於女性的溫柔，她在人間何嘗沒有看見痛苦和不幸，可她又看見更多的愛，她自己何嘗沒有委屈和挫折，但她的心像春天一樣總要給人多添一點溫暖。廣博而溫馨的愛已從巴金以往作品的背景更多地浮現到敘事表層，從個別人物的理念與感情滲透到整個敘事結構，向來被巴金所首肯的復仇，此時遇到了耶穌式人道主義的強有力的挑戰。《憩園》交織著兩條主題線索：一條是對富貴之家溺愛子弟的解剖與批判，小虎的溺水而死，楊夢癡的霍亂不救，二人都是死不見屍身，就連楊夢癡曾經寄身的大仙祠也已化為成堆的瓦礫，這些無疑寓示著那種愚昧家教的害人本質及其末路；另一條是對愛心的澄清與弘揚，父子之間的親情、朋友之間的友情，澤被人間的博愛，交相輝映，給這木折花落的憩園平添幾縷暖意。這部作品標誌著巴金的小說創作進入了一個新的階段，激情風格注入了剖析透視的新質，從中既可以看見巴金素有的控訴者姿態，也透露出睿智的思想者風采。

從《滅亡》開始，巴金就在他的小說世界裏激烈地抨擊帶有封建色彩的舊式家庭，讚美自由戀愛結成的新式婚姻。隨著社會生活的發展，他逐漸意識到，在一個黑雲籠罩、寒風逼人的社會，即使青年男女勇敢地衝破包辦婚姻的樊籬，在自由戀愛的基礎上組成新式家庭，也未必能夠獲得幸福。婚姻生活的質量，固然取決於個中人的素質及其努力的程度，在很大程度上也取決於社會所提供的條件。娜拉出走之後怎樣，魯迅早在五四時期就提出過這樣的問題，他還曾經

寫出過詩情與哲理水乳交融的《傷逝》，探索個性解放與社會解放的關係以及婚姻幸福等帶有永恒性的問題。巴金的長篇小說《寒夜》，沿著魯迅開啟的道路繼續前行，表現出40年代青年知識份子的生存困境與精神矛盾。

　　這部作品動筆於抗戰勝利前艱難熬煎時的 1944 年冬，完成於抗戰勝利後內戰爆發、生靈塗炭的 1946 年底。這期間，巴金親身體驗了為侵略與腐敗所夾擊的後方生活的窘迫困苦，經受了勝利後由欣喜若狂到痛感失望的情緒跌落，飽嘗了至愛情深的三哥與友人不治而亡的剜心哀痛，他要寫出暗夜沈沈的現實與傷痕累累的心靈。人世間的逼人寒氣與自然界的凜冽寒風扭結在一起，給作品的整個敘事結構甚至每個細節都注滿了寒意。小職員汪文宣在夜色中向我們走來，寒冷穿透的豈止是他那件單薄的夾袍，更是他那顆顫抖的心靈。敵機轟炸的警報暫時解除了，可是謀生的危機卻像達摩克利斯劍一樣懸在他的頭頂，隨時都可能掉下來，家裏的「戰事」也是劍拔弩張，讓人透不過氣來。汪母愛兒子、愛孫子，惟獨不愛兒媳，這不僅因為年輕時就守寡的汪母一向把兒子作為感情的寄託，害怕兒媳分割兒子對她的愛，而且因為她思想守舊，看不慣新派的兒媳未經明媒正娶就進了家門，看不慣年輕的女人拋頭露面到外面去做事，更不必說陪著別的男人去吃飯、跳舞。受過大學教育的兒媳曾樹生，自然不會順著婆母的意思去做。為了生存，她要工作，為了自己的個性發展，她也不能走傳統婦女的「鍋臺轉」老路。婆媳之間無休無止的戰火灼燒著戰事的雙方，受傷最重的還是汪文宣。他一面要承受母親的訴苦與詛咒，設法緩和她的偏執與

怨毒，另一面又要強忍住自己的委屈和不悅，努力消解妻子
的責備與氣惱。他終於沒有能夠留住妻子同他一道在困頓中
死守，眼看著她與年輕英俊而有地位的陳主任飛往蘭州。飯
碗丟掉了，妻子飛走了，汪文宣在社會壓迫與家庭角鬥的兩
面夾擊下倒下了，即使後來戰局有了轉機，主任換了個好心
人，他的飯碗失而復得，他的身心也終於支撐不住，在街上
慶祝抗戰勝利的喧天鑼鼓聲中，痛苦地嚥下最後一口氣。等
到將近兩個月後曾樹生歸來，死者不知葬于何處，兒子小宣
也不知跟隨祖母漂泊何方。家破人亡，誰之罪過？

　　如果不是日本軍國主義者喪心病狂地發動侵華戰爭，不
是在戰亂的條件下社會弊端暴露、叢集，汪文宣與曾樹生大
學時代的鄉村教育理想怎麼會破滅得如此之快，他們自由戀
愛構築的新式家庭怎麼會坍塌得如此之慘？汪家的悲劇是
社會的悲劇、民族的悲劇，在這場大悲劇中被推上祭壇的豈
止一個汪文宣？文學碩士唐柏青不也是家破人亡，老實厚道
的鍾老不是也在勝利前夕被霍亂奪去生命？即使熬到了勝
利，還不是先前大發國難財的貪官污吏投機商又來大摘勝利
果，平民百姓有家難歸？難怪他們要抱怨「倒了勝利楣」。

　　如果沒有汪母從中作梗，對兒媳冷眼相向、惡語傷人，
引發家庭戰事頻仍，兒媳還會忍無可忍地遠走高飛、兒子還
會那樣備受家庭風浪的顛簸嗎？當一位母親只是滿足於自
己對兒子的單向慈愛，而毫不顧及兒子的個性發展與多重感
情權利時，這樣的母愛就失去了無私、博大與寬厚的應有品
格，而帶上了自私、狹隘與專斷的瑕疵。誠然，汪母對兒子
有養育之恩和扶助之情，可是她那偏狹的母愛、她那由耳濡

目染而來的封建觀念，實際上卻對兒子的不幸起了推波助瀾的作用。

如果曾樹生再忍一忍、熬一熬，那麼汪家的悲劇也許可以避免，也許可以延遲，或者可以減輕。可是，曾樹生是新派女性，比起物質貧困來說，精神創痛更加讓她無法忍耐，讓她頂著「姘頭」的罵名，當一個任婆婆支配、辱罵的舊式媳婦，甚於要她的性命。她受過西方個人主義的熏陶，不認為爭取個人的權利是一種罪過，她愛動，愛熱鬧，要追求享樂，追求幸福，追求新鮮的刺激，汪文宣的忍讓在她看來只是軟弱，汪文宣的病弱身體與生存本領無法滿足她的生活追求，何況家裏有一個處處與她為敵的婆母，外面還有一位英俊瀟灑、執著追求她的上司，她不能在古廟似的汪家枯死，不願在婆媳之戰中消耗青春，不願放棄自由、痛快的人生追求，她為了個人的幸福，終於離家而去，並且寄來了一封袒露胸襟但不無殘忍刻薄的訣別書，斬斷了汪文宣的最後一絲精神希望。曾樹生回來「探親」，已是人去室空，她確乎擺脫了汪家的重負，可是她能忘懷她與汪文宣的初戀和風雨同舟的十幾年生活嗎？能割斷她與小宣的母子情緣嗎？在一個天寒地凍的社會，要尋覓個人的溫暖，談何容易！

《寒夜》是血淚吞嚥的控訴，更是透骨徹髓的深思。作者沒有像以往那樣確認舊制度的代表人物，然後霹靂閃電般地予以重擊，而是鮮血淋漓地寫出悲劇人物的慘像，激發讀者對悲劇製造者的認定與憤慨；作者也沒有像以往那樣一針見血地指斥所要抨擊的對象，而是著力刻畫相互衝突的性格，深入開掘各自的心理世界，充分展示其合理

性與必然性，引發讀者去進行思索與裁斷。錯綜複雜的愛與恨，構成一個張力巨大的情感情緒場和一個幽曲深邃的心理世界，形成一個涉及社會批判、倫理審視與幸福本質的哲學探究等多層面的思維空間，讀者一旦步入其中，便不能自已地為其感動，受其啟迪，在仇恨外敵侵略與憎惡社會腐敗的同時，注意到新式家庭在傳統陰影下與動蕩社會裏所面臨的重重危機，注意到所謂新女性與其所信奉的個人主義所蘊含的多面性。

　　與巴金那些激情澎湃的前期小說相比，《寒夜》像一座雪下的火山，熱情內斂、聚集、凝縮，但讀者卻能夠從中感悟到巨大的力量，那不只是愛與憎、仇與怨等錯綜交織的感情，而且還有對這些感情及其源頭進行理性審視的思索。這種思索是巴金在多年尋覓、探究的基礎之上激情昇華的結晶，也是新文學初創以來二十幾年藝術思維不斷深化的反映。《寒夜》以其厚重的精神意蘊與含蓄雋永的藝術魅力成為巴金繼《家》之後的又一個創作高峰，也堪稱中國現代小說藝術水準的重要代表。心理開掘的深入幽曲，精神意蘊的豐富層面，敘事結構的整飭嚴密，情節發展的張弛有致，情感情緒的把握分寸，敘事語調的起伏跌宕，語言色彩的沈鬱蒼涼，等等優長，足以使《寒夜》步入世界文學寶庫而毫無愧色。

　　在《寒夜》前後，巴金還創作了中篇小說《第四病室》與結集為《小人小事》的一批短篇小說，對掙扎在水深火熱之中的平民百姓予以較多的關注。也許因為巴金寫過幾種三部曲，《憩園》、《第四病室》與《寒夜》在主題與風格上

有一定的相近性，後來的論者遂有「人間三部曲」[5]、「地獄三部曲」[6]、「小人小事三部曲」[7]等說法。以巴金的創作才能與寫作習慣，他也許會再寫出不止一種三部曲。然而，50 年代起，由於生活積累不足，批判型的創作個性與歌頌性的主題追求難以諧調，問世的小說多不如意，加之風波叠起，始終缺少一個從容創作的環境。「文革」不僅剝奪了他的創作自由，更將他同千千萬萬知識份子一道打入另冊，並且奪去了他的夫人蕭珊的生命。浩劫過後，他不再掛記早年的夙願，而是想寫一兩部以「文革」時期知識份子生活為題材的長篇小說。但是，他把苛刻的歷史留給他不多的寫作時間幾乎全都用在了清算歷史的《隨想錄》上面，把如火的激情與成熟的深思全部投入到這部巨著之中，小說創作成了他輝煌的歷史與永遠的夢想。

---

[5]　司馬長風：《中國新文學史》下卷，香港昭明出版社，1978 年 12 月版。
[6]　郭志剛：《中國現代文學漫話》，知識出版社，1988 年 6 月版。
[7]　李存光：《巴金傳》，北京十月文藝出版社，1994 年 12 月版。

第四章

為巴山蜀水作傳

　　五四時期影響較大的鄉土文學作家，主要是魯迅及他的浙江同鄉王任叔、許欽文、王魯彥、許傑，還有湖南的彭家煌、黎錦明，貴州的蹇先艾，安徽的臺靜農，湖北的廢名等。他們雖然以綿綿鄉愁描寫了浙、湘、黔、皖、鄂等地的風土，但在當時的啟蒙主義主潮的影響下，主要筆墨或寫宗法制社會的弊端，或揭露國民性弱點，意在喚起人的覺醒，鄉土題材的歷史與文化的深度開掘還只是剛剛起步，筆致也偏於凝重一路。進入 30 年代後，鄉土文學無論是題材視野還是文體風格都有了更為寬廣的展開，其中四川作家的鄉土意識、題材的鄉土色彩、作品的鄉土風格、小說的創作成就均十分突出。如果說郭沫若、巴金、陽翰笙（華漢）、沈起予等人，還只是較多地稟賦了巴蜀文化的反叛精神與青春激情的話，那麼，李劼人、沙汀、艾蕪、周文（何谷天）、羅淑、王餘杞等人，則在題材與文體等方面更能代表巴蜀特色，尤其是以往沒有得到足夠關注的資深作家李劼人。

一、「小說的近代《華陽國志》」

李劼人（1891-1962），原名李家祥，四川省華陽縣（屬成都）人。早年發表過多篇短篇小說，最能代表其創作個性與藝術成就的則是《死水微瀾》(中華書局 1936 年 7 月初版)、《暴風雨前》(中華書局 1936 年 12 月初版)、《大波》(上、中、下卷，中華書局 1937 年 1、4、7 月)。1937 年 5 月，正在日本的郭沫若一氣讀完三部曲中已出版的大部分（當時他尚未讀到《大波》中、下卷），於 6 月 7 日寫成熱情洋溢的長文《中國左拉之待望》，稱讚李劼人小說，「規模之宏大已經相當地足以驚人，而各個時代的主流及其遞禪，地方上的風土氣韻，各個階層的人物之生活樣式，心理狀態，言語口吻，無論是男的還是女的老的少的，都虧他研究得那樣透闢，描寫得那樣自然。他那一支令人羨慕的筆，自由自在地，寫去寫來，寫來寫去，時而渾厚，時而細膩，時而浩浩蕩蕩，時而曲曲折折，寫人恰如其人，寫景恰如其景，不矜持，不炫異，不惜力，不偷巧，以正確的事實為骨幹，憑藉著各種各樣的典型人物，把過去了的時代，活鮮鮮地形象化了出來。」因此，他「想稱頌劼人的小說為『小說的近代史』，至少是『小說的近代《華陽國志》』」[1]。

李劼人是一個做事十分認真的人，在中學時即因講究精緻而有「精公」的雅號，對待創作從來一絲不苟，1954 年 11 月起，應作家出版社之約，他動手修改三部曲。《死水微瀾》1955 年新版，只是在初版本的基礎上做了少許字詞

---

[1]　《中國文藝》第 1 卷第 2 期，1937 年 6 月 15 日。

及注釋方面的修訂。《暴風雨前》更動較大，「抽去幾章，補寫幾章，另外修改的也有四分之一」[2]。《大波》篇幅最長，初版本中的問題最多，改動也最大，有些地方等於重寫。改寫得很苦，總共廢掉三次重寫的幾十萬字，第四次重寫的才算是定稿。上中下三卷的格局改為四部，第四部直到他病倒的前一天，寫了 12 萬字，大約還有 30 萬字沒有寫完。儘管改寫本有些人物的性格失去了原有的豐富性，諸如開會之類的社會場景的描寫在藝術性上仍有欠缺，但由於作者又下了大量的資料調查功夫，加上歷史認識的深化等緣故，從整體看來，歷史的視野更為廣闊，對歷史的反映更為真實，對歷史脈絡的把握也更為準確。[3]

三部曲的歷史品格，首先表現在社會場景的真實描繪上。《死水微瀾》以成都近郊天回鎮興順號女主人蔡大嫂的性愛糾葛為主線，顯示出庚子事變前後中國社會的重大變遷。精靈能幹而姿色撩人的鄧么姑，之所以能被父母許配給貌不驚人的興順號蔡掌櫃，除了他有一個鋪底殷實的雜貨鋪與老實本分的性格之外，他那身為袍哥的老表羅歪嘴的聲名勢力，更把蔡傻子抬高了幾倍。羅歪嘴擔當哥老會本碼頭舵把子朱大爺的大管事，「能夠走官府，進衙門，給人家包打贏官司，包收濫帳」，「縱橫八九十里，只要以羅五爺一張名片，盡可吃通」。憑藉羅歪嘴的護法力量，鎮上那些饞涎

---

[2]　《死水微瀾·前記》。

[3]　因改寫本不屬於那種習見的因政治形勢的變化而拔高的情況，而是更為接近歷史真實的認真負責的修訂乃至重寫，所以本章在作品分析時所依據的對象均為修訂本。出自初版本的將在注釋中說明。

欲滴的登徒子誰也不敢對蔡大嫂輕舉妄動。哥老會，四川俗稱袍哥，清初以「反清復明」為宗旨的民間秘密結社，會眾有農民、破產農民、失業手工業者、遊民，也有地主，還有在編的軍人及散兵遊勇[4]。袍哥繼承了中國的武俠傳統，有行俠仗義、與官府對峙、反抗貪官污吏的一面，在太平天國、義和團與辛亥革命等革命鬥爭中，曾經發揮過積極的作用，但也有其恃強凌弱、敲詐勒索、吃喝嫖賭等消極、落後的一面。羅歪嘴講述的余樹南的事迹就代表了袍哥的光榮。余樹南十五歲就敢在省城大街，提刀給人報仇，把左手大拇指砍斷。武舉人王立堂做「渾水生意」（打家劫舍）時犯了人命官司，余樹南使了個掉包計，將王立堂放走，而憑自己遠播蜀中的聲名找了個李老九頂替人犯上了縣衙，然後疏通師爺，將李老九保出，一樁人命案化為烏有。然而，鴉片戰爭以來，洋教的勢力仗著洋槍洋炮的威力愈來愈盛，其勢直逼官府，也令袍哥節節敗退。一個城裏糧戶因五斗穀子的小事將其佃客送到縣裏，一關就是幾個月。佃客有個親戚是碼頭上的兄弟，託羅歪嘴說情，已准保提放。糧戶不服，立遞一呈，連羅歪嘴也告在內。縣大老爺簽差將這糧戶鎖去，正欲用刑，那糧戶卻忽然大喊，自稱他是教民，結果嚇倒了滿堂官卒。後來，即使查明了這人並未奉教，縣官也不敢追究糧戶咆哮公堂、欺騙父母官的罪愆，因為他擔心糧戶當真去奉教，等洋人走來，自己要因此丟掉官帽。如果說這還是袍哥與洋教的間接交鋒，就已經掃了袍哥的臉面的話，那麼等八

4 參照隗瀛濤：《四川保路運動史》，四川人民出版社 1981 年版。

國聯軍把慈禧太后和光緒皇帝嚇得遠逃西安後，袍哥的臉面才真是掃了個精光。此前，色迷心竅的紳糧顧天成在天回鎮陷入了羅歪嘴布下的迷魂陣，原本用來捐官的和在成都贏來的銀子輸個精光，又遭了一頓毒打。因為牧師的洋藥治癒了重病，更是為了復仇，他奉了天主教。顧天成奉教後，忽然飛來了義和拳殺到京城、且有官軍相助攻打使館的消息，妨礙了他的復仇大計。皇太后電諭叫把這裏的洋人通通殺完，教堂通通毀掉。四川將軍建議以折中的辦法對待電諭，派兵駐紮在教堂周圍，並將洋人接到衙門裏，優禮相待，靜觀局勢發展。顧天成的遭遇恰恰反映了一波三折的形勢發展。他 4 月初奉教，4 月底就被顧么伯通知親族，在祠堂裏告祖，將他攆出祠堂。5 月中，義和拳的風聲更緊，他怕被當作二毛子殺掉，跑到城裏藏身，家裏的田地農莊連同一條水牛全被么伯以充公的名義占了去。就連埋在祖墳垻子外的老婆的棺材，竟也被破土取出，拋在水溝旁邊。等到局勢翻了過來，么伯當面賠禮、認錯，「充公」的財產盡數奉還，又格外奉送五十畝良田，說是給他老婆做祭田，老婆的棺材，也已端端正正葬在祖墳垻子內。另外還賠付了一封老白錠等。縣官為了替教民復仇，不惜捉拿無辜、製造冤案，羅歪嘴等星散逃亡，蔡大嫂與蔡掌櫃也受到連累。先前顧天成只能在花會上趁亂擠擠摸摸的蔡大嫂，終於如願以償地娶進家中。袍哥羅歪嘴的大勢已去與教民顧天成的翻轉發燒，透露出滿清統治搖搖欲墜的態勢，也反映了庚子事變給中華民族帶來的嚴重危機。

　　《暴風雨前》表現的時代為 1901 年至 1909 年。義和團雖被鎮壓下去，但華與洋、官與民之間的矛盾仍未得到緩

解，反而更趨緊張。成都北門外紅燈教盛極一時，二十幾個鄉下小夥子吶喊著「紅燈教來了」，衝向制台衙門，但腰刀寶劍畢竟敵不住官軍的洋槍，以死傷慘敗告終。半個月後，不僅省城的紅燈教煙消火滅，就連石板灘的那個頂負盛名的廖觀音，也被生擒活捉，斬首示眾。由盲目的仇恨與發洋財心理激起的砸搶四聖祠教堂的行動，只是帶來了酷烈的清算。時代在向前發展，紅燈教之類的造反已經漸漸地失去了歷史的光榮，取而代之的是一浪高過一浪的新潮。大批有志青年赴海外留學，歸國後，開創報紙與出版業，興辦新式教育，開啟民智，為宦者也順應時潮推行新政，如開辦勸業場，實行警察制度、衛生管理等，連令官老爺頭疼的諮議局，也在光緒皇帝與慈禧太后相跟著歸天之後，終於設立了起來。革命黨人奔走呼號，激烈無畏，但不免有幼稚、浮躁之處。涪州一個黨人一支手槍，就敢喊攏一百多個船夫，撲進城去。敘永試做炸彈失敗，險些被官府發現。江安縣預定放火為號的戴氏父女被告發，起義失敗，革命黨人慘遭殺害。成都起義拖延既久，走漏風聲，起義未遂。然而，在這群山環抱之中的四川盆地，水已不再是巨石只能激起幾絲漣漪的死水，山也不再是沈睡不起的醉漢，官吏昏庸，營伍腐敗，人有思亂之心，官無防禦之術，一種腐朽僵化的社會制度到了崩潰的邊緣，只待時機到來，便會掀起滔天大波。確如作品裏的王中立所感歎：世道大變，好看的戲文，怕還在後頭。《死水微瀾》裏，變法維新與義和團還只是作為遠景來處理，到了《暴風雨前》，政治性的人物與事件便走上了前臺，黨人的起義雖然相繼失敗，但革

命黨人的激烈言辭與震天動地的爆炸聲已經預示出山雨欲來風滿樓的緊張態勢。

　　《大波》接下來描寫了辛亥時期川江上下的歷史巨瀾：保路同志會宣告成立，罷市罷課，省諮議局正副議長蒲殿俊、羅綸等六人被拘，四川總督衙門前發生槍殺和平請願群眾的「開紅山」血案，革命黨人發「水電報」傳播消息，同志軍、學生軍揭竿而起，龍泉驛兵變，三渡水陳錦江部慘遭屠殺，重慶反正，湖北新軍起義殺死欽命接替總督大任的端方，趙爾豐假獨立，東校場點兵發餉銀時巡防軍譁變，洗劫省城，少壯派川籍軍官尹昌衡乘機奪權，改組軍政府，自任都督，成立四川軍政府……四川從保路風潮初興到同志軍風起雲湧、再到革命結出果實的歷史進程，及其對武昌首義所起的契機作用，被真實清晰地再現出來。在這一歷史演進中，立憲黨人、革命黨人等各種政治力量的矛盾衝突與相依相生，革命黨與袍哥對軍事力量的滲透與爭取，同志軍、團防、義軍，陸軍、巡防軍等多種軍事力量的分化、重組、聯合或衝突，官場上的爾虞我詐、勾心鬥角，滿清官吏在四面楚歌之際的垂死掙扎，各種社會關係犬牙交錯的複雜局面，不同社會力量在歷史舞臺的登場表現，都得到相當充分的展示。

　　歷史在這裏，呈現出接近原生相的豐富性，也就是說，沒有為教科書式的揭示必然性而忽略偶然性的事件，而是如實地表現出當社會怨憤積累到一定程度，只要一點火星的偶然迸發就能引起燎原大火。彭縣風潮的發生，其導火索緣於營務處總辦的女兒田小姐的妖冶招搖。田小姐是兩任總督太

太的乾女兒，又是兩個總督公子的相好。她在把一個制台衙門攪成一塘混水後，尊乾媽之命嫁給一個光桿候補知縣，於是那候補知縣被派到彭縣得了個經徵局局長的肥差。風流成性的田小姐在彭縣土地會看戲時，故意在看臺上扭來扭去，被一些人當作監視戶（妓女），要她陪酒燒鴉片，局長命局丁開槍，激怒百姓，上千人衝進經徵局，見人就打，見東西就搶，搶不走的砸得稀爛。新繁縣知縣余慎在步出衙門要上街巡查時，忽聞一聲震耳爆響，循聲逮到一個約摸十二歲的又髒又爛的放爆竹惡作劇的娃娃，知縣不願在一個調皮娃娃面前失去威風，命人用刑，打得皮開肉綻，一個當地袍哥的舵把子挺身而出，知縣要把他拿進衙門去重辦，結果激起民變，百姓跟著袍哥一起動手，打跑了官吏，索性抬出了同志軍的招牌，趁勢招兵買馬，霸佔了城池。敘事者評論說：「新繁縣的亂子，幾乎同好多州縣的亂子一樣，都是由於一二樁小事情鬧起來的。」作品在偶然性事件的生動描寫中，揭示了從保路到革命的歷史必然性，也寫出了個體由於共同或相近的利益要求，怎樣由自發無為的行動彙成洶湧澎湃的時代激流。作品中的人物王文炳對立憲派召開的市民大會的感受，就是一個象徵：「大家坐在一堂，你一言，我一語，三下兩下，人的話就變成了一股風。風一起，人的感情就潮動了。風是越來越大，潮是越動越高。於是潮頭一捲，……連自己也不知不覺隨波逐流起來」。

　　保路風潮有旗幟鮮明的進擊，也有不無狡黠的策略，譬如所謂「郭烈士」跳井的「壯舉」，就是「借雞下蛋」式的變形張揚。四川提法使江毓昌開辦了一所法官養成所，各州

縣遵命保送人員竟達千餘人，引起司法學堂方面的抗議，向諮議局彈劾。新任提法使周善培要搞甄別考試，32 歲的秀才郭煥文因擔心自己被篩選下來而憂心忡忡，再加上在周善培點名接見時，他從門旁缺口爬進去，受到周善培一頓尖酸刻薄的譏刺，便患上了被迫害狂，不管白天黑夜，老是找同鄉重複他的執見：賣國的奸臣盛宣懷與賣川的奸臣周善培勾結起來，就只為了害他一個人。他一連兩三天沒吃過東西，兩三夜沒上床睡過覺，在考試前一夜鬧得格外厲害，跑遍每個同鄉的房間，嘴裏不停地吵著。兩天後在井裏發現了他的屍體。為了擴大宣傳的聲勢，學生在傳單上說他是為了愛國而死，還煞有介事地編出一段烈士殉難的動人故事：「郭君聞盛宣懷賣路事，憤極大病。二十八夜，出大廳哭且呼曰，吾輩今處亡國時代，幸我蜀同志諸君具熱忱，力爭破約保路！但恐龍頭蛇尾，吾當先死，以堅諸同志之志！」此計果然奏效，使原本對國事川事不感興趣的一些市民被深深打動，也都情緒亢奮地投身到風潮中去。

作品沒有一味渲染革命的勢如破竹，而是尊重歷史，還原歷史，真實地表現革命過程中的波折與盲目。如龍泉驛兵變，一般記載說是出於夏之時有計劃的領導，而據作者的深入調查與研究，認為「也只是因緣湊合，並非出於夏之時的預定計劃」[5]。於是描寫了這一人物不期然而然地被推上了英雄位置的歷史實情，以及他在緊要關頭的惶惑與振作。立憲黨人與革命黨人在推進中國近代化的進程中，有矛盾衝

---

[5] 《〈大波〉第三部書後》。

突，也有攜手共進，不少歷史著作與文學作品在突出革命黨
人作用的同時，往往貶低立憲黨人的影響，李劼人在《大波》
裏，本著歷史主義的態度，如實反映兩種力量在歷史上的作
用。肯定了立憲黨人順應民心、體察民意、發動並領導保路
運動的功績，也對其幼稚與軟弱有所批判，如東校場發餉銀
激起兵變，就與立憲黨人有著直接的關聯。對四川革命黨人
也沒有去刻意拔高，而是既寫出他們的勇敢無畏精神，又寫
出他們的「一盤散沙」與準備不足、倉促上陣。

　　《大波》充分揭示了從保路風潮到辛亥革命的正義性，
也沒有回避革命過程中常常不甘缺席的殘酷性。譬如陳錦江
遇害事件，有些回憶錄和歷史著作把這件事說成是同志軍的
戰績，宣揚「伏兵一齊突出，清軍投江和被擊斃者八九十人，
軍官全被打死，無一幸存」，「革命聲威從此大振」[6]。李
劼人則在下了一番扎扎實實的調查功夫之後，再現出歷史的
真實。六十八標督隊官陳錦江率領陸軍第十七鎮第三十四協
第六十七標第一營第二隊 130 餘名官兵，和四百多名腳夫，
運送四十萬顆子彈，前往崇慶州接濟被同志軍圍困的官軍，
渡過一條大河之後，剛要整隊前行，便傳來了一片驚人的過
山號聲與倒海翻江的呼嘯聲。陳錦江急忙亮出自己的革命黨
身份，向襲來的同志軍提出「和平交涉」，對方要其投降，
陳錦江以保全全隊生命、然後一道攻打趙爾豐為條件，率隊
繳械投降。同志軍首領孫澤沛卻為了獲取武器裝備與炫耀
「戰果」而背信棄義，並且在明知陳錦江的革命黨人身份的

---

[6]　轉引自李士文：《李劼人的生平和創作》，四川省社會科學院出版社
　　1986 年版，第 240 頁。

情況下，大開殺戒。作品渲染了三渡水河岸邊那幅殘酷的景象：「三株老黃桷樹的四周，幾乎遍地都是用馬刀，用腰刀，用各種刀，斫得血骨令當的死屍。絕大多數的死屍都被剝光衣服，有的尚穿著黃咔嘰布的軍褲，有的卻是把褲腳拽到腿彎上的大褲管藍布褲。而且都是用各種找得到的繩子——麻的、棕的、裹腿布一破兩開扭成的，把兩隻手臂結結實實反剪在背上。就這樣，也看得出臨死時的那種掙扎鬥爭痕跡。因為每個死屍都不是一刀喪命的，從致命的腦殼、肚腹、兩脅、腰眼這些地方，無一具死屍不可數出十幾處刀傷，或者梭鏢戳的窟窿。因此，流的血也多，到處都看得出一窪一窪尚未凝結的鮮紅的人血。」瘋狂的殺戮之中，五十多名挑子彈匣和挑行李的精壯民夫一併罹難。甚至同志軍中的馮繼祖，也被殺得眼紅的自家人兩刀斫死。新軍中的革命黨人姜登選等，奉命進攻新津，本想虛應其事，以佯攻援助同志軍，但因陳錦江及所部遇害激起義憤，猛烈攻擊，攻陷了新津城，使同志軍遭受了本來可以避免的損失。敘事者以陳部橫遭屠戮的慘像與新津的戰局，揭露孫澤沛的兇狠殘暴與目光短淺尚嫌不夠，還借學生彭家驥之口，直指「草莽英雄」之流的要害說：「孫澤沛、吳慶熙這般袍哥，到底不是革命黨。所以這般人要是得了勢，當然不會有啥子文明舉動的。」

　　初版本對武裝起義的評價偏於冷靜：「全川的亂事，誠然以爭路事件做了火藥，以七月十五日逮捕蒲、羅事件做了信管，但是在新津攻下的前後，變亂性質業已漸漸變為與爭路與蒲、羅不大有關的匪亂……及至武昌舉義，自太陽曆十月十日、太陰曆七月十九之後，革命消息傳將進來，四川亂

事的性質，又為之一變。這一變就太複雜了，仔細分析起來：
正宗革命者，占十分之一；不滿現狀而想借此打破，另外來
一個的，占十分之一；趁火打劫，學一套成則為王、敗則為
寇的舊把戲的，占十分之二；一切不顧，只是為反對趙爾豐，
並無別的宗旨的，占十分之二；純粹是土匪，其志只在打家
劫舍，而無絲毫別的妄念的，占十分之三；天性喜歡混亂，
唯恐天下太平，而於人於己全無半點好處的，又占十分之
一。」新版本對這種略嫌消極性的分析做了消減，但對革命
的複雜局面的分析性描寫仍有保留與發展，反映了當時客觀
存在的假革命之名、行利己之實的情形。那邊同志軍正與官
府的巡防軍苦戰之際，卻也有「一些流氓痞子便乘機而起，
公然宣稱為同志軍借糧借餉，挨家挨戶地搜米派款，一次未
了，二次又來，把一般二簸簸糧戶嚇得都朝省城內搬。」有
些鄉鎮先前潛伏的袍哥公開亮相，奪得了當地的事權，一時
間地方秩序大亂，「賭博不消說是公開了；看看快要禁絕的
鴉片煙，也把紅燈煙館恢復起來；本已隱藏了的私娼，也公
然打扮得妖妖嬈嬈招搖過市」。即便是同志軍，也是魚龍混
雜，周興武就不是真正的同志軍，而是棒老二。他本是威遠
一帶出名的渾水袍哥大爺，平日就派出弟兄四處搶劫，提起
他來，無論是住家人戶，還是行商坐賈，抑或地方紳糧，各
個害怕。七月十五以後，他忽然打出同志軍旗號，人們希望
他改邪歸正，反對趙爾豐。於是，大家都盡力支援他，出錢
出糧出人。可是，隊伍擴大、錢糧備足之後，他卻不肯同趙
爾豐的巡防軍打仗，甚至更其明目張膽地幹著他那打家劫
舍、橫不講理的勾當。忠於趙爾豐的巡防軍趁著蒲都督發放

飼銀之機，驟然兵變。半天一夜的暴動，使得成都面貌全非。十一營巡防軍帶頭譁變，四營才由雅洲開到不久的邊防軍繼起譁變，跟著譁變的還有幾營陸軍、千餘名武裝巡警、治安警察。消防隊、衙門差役和散住在各廟宇、各公共場所的同志軍，也有不少人捲入了這場風暴。一夥遊手好閒、掌紅吃黑、茶坊出、酒館進、打條騙人、專撿魌頭的流痞和哥老會的弟兄，也像嗅到腥氣的蒼蠅，成群結隊地湧到藩庫，前去「沾光」的還有難以數記的窮苦人，男女老少，甚至連一些疲癃殘疾和臥病在床的男女，也帶起寧可不要命的架勢，拖著兩腿爬了起來。暴動後首先遭殃的，是幾家新式銀行及三十七家銀號、捐號和票號。遭殃最烈的，是藩庫與鹽庫，被搶得精光，分別損失五百多萬元、二百萬元，連同各銀行、銀號、捐號、票號，公私共損失的現金，達八百多萬元，還不計入十餘家金號的金葉子、金條子、金錠子，以及正待熔鑄的若干袋沙金。遭殃輕重不等的，還有十多條繁華街道上的商家。接著從繁華街道擴展到尋常街道，從商號擴展到大公館、大住宅，及至搶到當鋪，才算登峰造極。與搶者有積怨的公館，損失更慘，能拿走的，一件不留，不能拿走的，如穿衣鏡、楠木家具等，便用石頭砸碎，用馬刀斫破，連壁上懸掛的時賢字畫，也撕成碎片。藩庫和十來家當鋪的火光照紅了天空。作品描寫了半天整夜的兵變與洗劫給這個歷史上素有富庶安樂之稱的錦官城的慘樣，其意義遠遠超出了對譁變軍隊及其背後的腐敗官僚集團的抨擊，而且寓含著對歷史根源與現實基礎十分深厚的盲目暴亂的清算。作者於 1949 年著手寫的《說成都》中，痛心而又憤懣地評述了張獻忠的

屠城史，其意旨與《大波》相通，都是反對美其名曰「亂中制勝」、「以亂達治」的破壞性與劫掠性的暴亂。三部曲所展示的社會場景，不是經過意識形態化了的歷史，而是作者親身經歷過的、並且以歷史理性與個人思考燭照過的歷史。

　　三部曲也不是一般政治史的演義，而是在歷史長卷中包含著《清明上河圖》式的風俗場景。作者在談到《大波》的創作時這樣說道：「你寫政治上的變革，你能不寫生活上、思想上的變革麼？你寫生活上、思想上的脈動，你又能不寫當時政治、經濟的脈動麼？必須盡力寫出時代的全貌，別人也才能由你的筆，瞭解到當時歷史的真實。」[7]的確，作者是把風俗場景作為時代全貌的有機組成部分來予以描寫的。在作品裏，由風土人情構成的風俗場景提供了歷史事件發生的背景。譬如，正是由於描寫了群山環抱、交通不便的自然環境，才能夠使人理解川人何以對修路抱有那麼大的熱情與執著精神，四川的哥老會何以那樣山頭林立，總督的兵馬何以調動不靈。再如，由於山高皇帝遠，吏治更加腐敗，哥老會才有深厚的群眾基礎，以致形成如此強大的勢力，敢於同官府分庭抗禮，保路風潮一起，更是一呼百應，頓成翻江倒海之勢。

　　風俗場景的變換也是歷史變遷的標誌。成都的皇城，唐代本為節度使府，前後蜀辟為宮室苑圃，宋元廢圮荒蕪，明代為蜀王的藩王府，張獻忠辟為大西國皇宮，清康熙年間，改建成考試的貢院，清末光緒三十一年廢止科舉，成為一個

7　《〈大波〉第二部書後》。

百戲雜陳、無奇不有的場所，後借此來開辦學堂，再後成為慶祝革命成功的會場，人山人海，好不熱鬧。一部皇城沿革史，仿佛千餘年歷史的縮影。成都的戲園開始於1906年吳碧澄設於忠烈祠北街的詠裳茶社（可園），此前只有逢年過節由會館主辦的連臺本戲。[8]因而，《暴風雨前》只有江南會館裏的名旦演出與新泰厚票號的堂會，《大波》則寫到戲園裏的「京班」、「川班」的演出，既顯示出新政的一點業績，也通過人物的活動及其感受反映出新的氣象——戲園已成為編織情網的好去處。

　　婚喪嫁娶的儀式，是民俗的一個窗口，既能窺見地方特色，又能看出時代的演進。蔡大嫂與顧天成、王四姑兒與伍平的婚禮，均為虛寫。郝又三與葉文婉的婚禮則是實寫，從婚期前兩天的過禮、回禮，到婚日頭一晚男家熱鬧的花宵，再到迎娶之日的花轎迎親、拜堂、撒帳，揭蓋頭、老長親傳授性知識、謝客、婚宴、鬧房，寫出了20世紀初四川官紳之家婚禮的熱鬧與煩瑣、禮數與野蠻。到了辛亥年間，周宏道與龍么妹的婚禮，則除了不得不安慰龍老太太，新娘子坐了花轎、花轎前後打著飛鳳旗、飛龍旗、紅日照與黑油掌扇之外，其他全是新式：介紹人演說、來賓致辭、新郎演說等等，免去了那些繁文縟節，一派新氣象，而且法政學堂監督帶來了人們關注的時政消息，人們的話題很快從私人空間轉向了社會生活，顯示了社會變革對日常生活的激盪。

8　參見艾蘆：《「過去的成都活在他的筆下」——李劼人三部曲的地方色彩與生活情調》，收《李劼人作品的思想與藝術》。

　　士風也是社會的一面鏡子，過去唯科舉是正途，戊戌維新後留學成為一批有志青年的選擇，郝又三沒有跟上出國留學的潮流，大有落魄之感，後來進了成都的新學堂，才算彌補了一點落伍之憾。考試作文，從前講古雅、方正，現在講時髦、趨新，田伯行告訴老友郝又三作文的秘訣是：「不管啥子題，你只顧說下些大話，搬用些新名詞，總之，要做得蓬勃，打著『新民叢報』的調子，……隨便引幾句英儒某某有言曰，法儒某某有言曰，哪怕你就不通，就狗屁胡說，也夠把看卷子的先生們麻著了！」這些看起來滑稽可笑的「秘訣」，卻是維新時代替換「子曰」之類作為走進新門檻的切實有效的敲門磚。其實，何止 20 世紀初期，這種惟洋是聽的學風在整個 20 世紀不是盛行了許多年嗎？至今尚未絕跡。文風的荒唐，折射出民族文化的窘境與民族自信心的缺失。

　　世風的種種變化反映出時代的遞嬗。先前，女學生走在街上看見有趣事情，不當心開口笑一笑，立刻就謠言蜂起。小姐逛廟會被男人看時，窘得不知如何是好。隨著社會風氣的逐漸開放，女學生的一顰一笑不再成為謠言緊盯不放的目標，郝家小姐逛廟會再有人看時，也變得鎮定自若起來。革命黨人尤鐵民到郝家避難，香芸小姐大有相見恨晚之意。龍么妹為了牢牢地拴住留學生周宏道，沒等結婚便與意中人共效于飛之樂，讓她那多情的姐姐在訕笑中好不羨慕。四川遠離中原，自古以來禮教的鉗制相對弛緩，但像三部曲裏羅歪嘴與蔡大嫂、郝又三、吳金廷與伍大嫂、黃太太與楚用等那樣開放，到底得益於西風的東漸。

　　日常生活起居，如照明的工具從菜油燈到洋油燈，留影的方式從畫像到照相，也傳達出歷史進步的資訊。再如作息時間，往昔成都人以總督衙門頭門外的醒炮、起更炮等炮聲為準則，反映了專制統治對社會生活無孔不入的滲透；1905年開辦警察後取消夜禁，機器局上下工的汽笛開始成為相當標準的報時，待保路風潮起來後，放炮報時完全取消。百姓日常生活減少了一些整齊劃一、刻板沈悶，多了一些個性色彩、自由活潑。

　　風俗場景除了社會意義與歷史價值之外，也自有其豐富的文化意義與審美價值。如吃，城市裏有官紳之家名目典雅的豐盛宴席，鄉鎮上有趕場日子紅紅火火的紅鍋飯鋪，四城門外有專門賣給一般窮人乞丐的「十二象」；為了慶祝成都獨立，皇城被允許人們進去參觀的短短幾天，成都人就把那裏變成了小吃的天堂：涼粉擔子、苕麵擔子、抄手擔子、蒸蒸糕擔子、豆腐酪擔子、雞絲油花擔子、馬蹄糕擔子、素麵甜水麵擔子，茶湯攤子、雞酒攤子、油茶攤子、燒臘滷菜攤子、蒜羊血攤子、蝦羹湯、雞絲豆花攤子、牛舌酥鍋塊攤子，此外還有賣各種零食的籃子，瓜子花生自不必說，另有糖酥核桃、橘子青果、糖炒板栗、黃豆米酥芝麻糕、白糖蒸饃、三河場薑糖、熟油辣子大頭菜、紅油萵筍片等等，獨立後人們的興奮心情可見一斑，也表現出成都小吃文化的強大生命力。再如衣與行，清末官服，新娘子妝，當時時興衣著的衣料、色彩、款式，出行所乘的拐子轎等，又如生育送至親好友報喜的紅蛋，小殮、大殮、成服、葬禮，中元祀祖燒袱子，正月牌坊燈，青羊宮花會等民俗活動，以及鄉鎮的豬市、米

市、家禽市、家畜市、沿街擺設雜貨攤的小市，等等，都具
有史料價值與審美價值。作者尤其對幾乎每一條街都有的茶
鋪格外青睞，描寫了大小不等、佈局相異、家什茶具、吃茶
方式各有千秋的種種茶鋪，並不避冗贅地介紹了茶鋪的多種
功能：一是各業交易的市場；二是集會和評理的場所；三是
普遍地作為中等以下人家的客廳或休息室。坐在茶鋪裏，可
以無拘無束地暢談，也可以借那個地方剃頭、修臉、打髮辮，
還可以聽隔座閒談，消磨時光。同為四川作家的沙汀也寫到
過茶館，如《在其香居茶館裏》，主要是把茶館作為人物活
動的場景，雖說反映了川人的生活方式，但在對茶館本身的
文化意味的揭示與品味上，不如李劼人來得這樣深入而醇
厚。李劼人對四川的風土人情懷有簡直超乎血緣關係之上的
親情。成都平原的秋夜景色與冬日景色的描寫，洋溢出濃郁
的鄉情。青羊宮等名勝古迹的描寫，流露出作者對四川的摯
愛與熟稔。寫同志軍四處蜂起之際，他都忘不了忙裏偷閒寫
上一筆麻婆豆腐的來歷。作者寫三部曲，不僅是為了記下歷
史的軌迹，而且是為了慰藉鄉情。他對家鄉的一切，始終抱
有濃厚的興趣。1949 年初夏動筆、1960 年前後定稿、約十
六七萬字的《說成都》，是其巴蜀情結的進一步對象化。1981
年，巴金在一封信中稱讚李劼人：「只有他才是成都的歷史
家，過去的成都活在他的筆下。」9

　　風俗包容著豐富的心理內涵。當保路風潮乍起時，同志
會通知每家須在門首顯著處供奉先皇牌位，後來幾百個平民

9　謝揚青：《巴金同志的一封信》，《成都晚報》1985 年 5 月 23 日。

百姓聚到總督衙門口去請願，每個人都拿著一片黃紙——各家貼在鋪門上的先皇牌位。這一帶有地方色彩的奇特舉措，暴露出民眾心理深層還保留著怎樣的愚昧。當初滿清統治者以殺頭（「留髮不留頭，留頭不留髮」）為要挾，在製造了無數因不從滿俗而人頭落地的慘劇之後，使男人留起了辮子（四川俗稱帽根兒）。這種習俗一旦形成，便與保守、因襲的傳統心理發生了粘合作用，變得相當固著，留學生歸國以後為了生活的方便與生存的安全，不得不裝上了假辮子。辛亥革命發生之後，一部分學生率先剪去了帽根兒，還要受到一般民眾的驚異甚至嘲笑。就連對革命拍手稱快的製傘鋪主傅隆盛，儘管知道帽根兒早晚都要剪，但「覺得在自己身上生長了六十幾年的東西，一下把它去掉，雖然不癢不痛，但心上總有點不大自在」，所以還是「想等大家都剪掉了，再剪不遲」。為了能進皇城開會，聰明的傅隆盛想出了一個萬全之策——拿簪子把帽根兒別在腦頂上，用帽子一扣。這很像《阿Q正傳》裏未莊人的「聰明」之舉，也許他們的動機並不完全相同[10]，但保守這一點則別無二致。社會的進步從來都是伴隨著風俗的演化與心理的變革，並且後者往往更為艱難與緩慢，因而李劼人在大幅度地展開社會場景與風俗場景的同時，也探入了幽深曲折的心理場景。

　　社會心態所反映的國民性弊端是作者關注的重要方面。在作品中，人們樂於相信並傳播紅燈教廖觀音法力無

10　趙秀才大概主要是為了留後路，趙司晨、趙白眼與阿Q、小D則大半是模仿，而傅隆盛恐怕更是緣於保守。

邊的現代神話，然而一旦廖觀音被抓，人們卻期待著照大
清律例與世俗相傳的活劇：將女犯人脫得精赤條條，一絲
不掛，反剪著手，跨坐在一頭毛驢背上；然後以破鑼破鼓，
押送到東門外蓮花池，綁在一座高臺的獨木樁上；先割掉
兩隻奶子，然後照額頭一刀，將頭皮割破剝下，蓋住兩眼，
然後從兩膀兩腿一塊一塊地肉割，割到九十九刀，才當心
一刀致死。等到用刑那天，果然是人山人海，人潮相激相
盪。眼看著年輕女人赤著上身，露出半段粉白的肉，兩隻
大奶子挺在胸前。在看客們的呼喊中人頭落地，看客的心
理得到了極大的滿足。這場面很容易使人想到魯迅的
《藥》、《示眾》、《阿Ｑ正傳》及王魯彥的《柚子》等
篇裏所描寫的斬首或槍斃的場面，而且更為慘烈。喜歡圍
觀而不論是非，說重了是殘忍，至少也是無聊。專制統治
嚴重壓抑了人的個性發展與創造性的發揮，卻大批量地孳
生無聊的社會心態。成都下蓮池的人們，哪怕各人有自己
的正經事待做，但只要一聽見誰家出了一樁豆大的事，大
家總必趕快把手上的事丟下，呼朋喚友，一齊跑去，「一
以表示他們被髮攖冠的熱忱，一以滿足他們探奇好異的心
理」。何況伍家新媳婦過門還不到一月，就同婆婆如此吵
起，加以婆婆的一張利嘴，簡直把新媳婦半個多月的性生
活，巨細無遺地全盤抖落出來。所以，擁在門前的一般姑
姑、嫂嫂們，各個都在臉上擺出了一副衷心歡樂的笑容，
少年男子也趁機合不攏嘴地連向女人們擠眼睛、歪嘴。這
幅「觀戰圖」，生動地再現出那時的四川乃至中國日常生
活中隨處可見的無聊圍觀。

　　作品也觸及了無特操與缺乏愛國心的文化心態。顧天成當初皈依洋教，並非出於多麼崇高的信仰要求，而是出於報仇雪恨的個人動機。蔡大嫂先前對洋教恨之入骨，義憤填膺，後來為了生存嫁給顧天成，絲毫不顧忌新夫正是她所痛恨過的洋教的教民。底層社會的人們如此，郝達三等紳士也是首鼠兩端，先前慷慨激昂地咒罵洋人，稱許義和團的威風，頌揚電諭殺洋人毀教堂的太后聖明，一旦形勢翻轉過來，便痛罵起敢犯教案的愚民來了。衣食無慮的郝家姑太太聽到八國聯軍打進了北京城的消息，非但不恐懼氣憤，竟然大笑起來，視之莫若麻腳瘟之嚴重，照樣打她們的牌。至於皇后和皇帝都向山西逃跑了，覺得更「與我們啥相干」。就連一度參加過學生軍並負傷的楚用，當他傷好以後，對社會事物也失去了曾有的熱情，而是沈浸在個人的感情生活之中。作者在不同的社會階層都發現了無特操與缺乏愛國心的文化心態，冷靜的表現中蘊涵著無言的憤慨與焦灼的期待。

　　作品還對兩性心理世界做了深入的挖掘，如通過羅歪嘴表現男性的佔有欲和多變性，通過郝又三表現男性在婚姻道德感、社會責任感與本能佔有欲、感情冒險欲之間的徘徊，通過蔡大嫂、伍太太等人的生存方式揭示女性的依附心理，通過黃太太的大膽宣言──你男人可以有三妻四妾，女人為啥不可以多有幾個相好的──來顯示女性的個性覺醒。對性心理的微妙處，作品多有生動傳神的表現。如《死水微瀾》裏，羅歪嘴最初與蔡大嫂接觸時，以保護神自居，待到看出這位表弟媳婦的氣概真不大像鄉壩裏的婆娘們時，雖然在意識上仍保持著居高臨下的姿態，但從不經意的動作中已經透

露出別樣的心思。羅歪嘴「無意之間，一眼落在她那解開外衣襟而露出的一件汗衣上，粉紅布的，還是新嫁娘時候穿的喜衣，雖是已洗褪了一色，但仍嬌豔地襯著那一隻渾圓飽滿的奶子，和半邊雪白粉細的胸脯。他忙把眼光移到幾根生意蔥蘢，正在牽蔓的豆角藤上去。」他「不經意地伸手將豆角葉子摘了一片，在指頭上揉著」，一片被揉爛了，又摘第二片。心頭仍舊在想著：「這婆娘！……這婆娘！……」在這裏，豆角葉子就成了蔡大嫂的替代物，揉葉子的動作帶上了隱喻的意義。再如郝達三娶姨太太時，太太難過了一陣，但恰巧這時，在外冶遊的小叔子尊三回到家來。太太要他幫她管家，倒也風平浪靜。後來尊三要往外跑，太太大為惱怒，罵他沒良心。後來，為了留住他，強把自己的丫頭春秀嫁給了尊三，但看見春秀，太太就氣不打一處來。又如伍大嫂給魏三爺當了乾女兒之後，每每會無中生有地歎氣，問她，說是想丈夫伍平，還是年輕喪夫、寡居多年的伍太婆深知兒媳歎氣的真正原因，是三爺年紀偏大了的緣故。為了生計，她半是慈恩半是默許地看著兒媳走上了「半開門」的生涯。黃太太比丈夫小將近二十歲，不知不覺地對丈夫的表侄——比她年輕八歲的楚用——產生了一絲微妙的感情。她以長輩的身份格外關注這個誠懇樸實的小夥子，雖然表面上遵規守矩，但心裏未嘗不有些亂了方寸。在戲園看戲時，黃太太向楚用的微笑點頭引起服務女賓的一個老媽子的誤會，來獻殷勤，願意為黃太太傳遞紀念品，黃太太悄悄地把這故事告訴給楚用，讓他笑得滿臉通紅，她也未嘗不從中獲得快感。她幾日不見楚用，就擔心楚用被下流痞子勾引下水，於是想把

自己的三妹說給楚用為妻，潛意識裏是想把他拴在自己的身邊。剛剛還在為楚用沒跟她打招呼就外出而憤怒，可是當她似乎無意中發現了楚用藏在枕頭底下的寶物竟是她的繡有蘭花的抽紗編花白洋紗手巾時，她為自己已經年過俗念中花兒盛開的季節卻能得到青年男子的青睞而興奮與自豪，她在意識表層想教訓他幾句，內心深處卻不願傷了人家的一片感情，當小夥子突然進來看見了她手裏握著的手巾時，她便打破了一切心理障礙，品嘗了衝破禁忌後的欣悅。而後，為此而品味忽晴忽雨、又甜又辣的情好滋味。當得知楚用受傷的消息時，像挨了悶棒一樣，許多天沒露出過笑臉。派人接回楚用，她那觸電一樣的感覺，對他不告而辭的嗔怪，問他是否想家的一語雙關的探詢，思念難耐的心理溢於言表。楚家來信要楚用回鄉結婚，她開始勸楚用回鄉成親的一番話語，乍聽起來是反語，但其實是其內心深處的另一方面。她在道德層面，深知自己與表侄的戀情的悖倫性與危險性，何嘗不想真的借此一刀兩斷。但接下來的嗔怪就表露出更為強烈的愛情一面，經過一夜的輾轉反側，她終於拿定了主意，要楚用回去結婚，但須遵守兩個條件：一是保守他倆之間的秘密，即使對妻子也絕對不能泄露；二是成親幾天之後必須趕回成都來。這的確是一個萬全之策，既可繼續發展侄嬸戀情，又不致於露出蛛絲馬迹。大家少婦既要紅杏出牆品嘗禁果又要維持婚姻保住臉面的複雜心理，寫得深致細膩，曲盡其妙。

　　三部曲以近 140 萬言的篇幅，在社會場景、風俗場景與心理場景的交織中，全面地展示了 19 世紀末到 20 世紀

初四川的歷史風貌，就其宏大的規模、真切的寫實與豐富
的內涵而言，確實當得起郭沫若所稱讚的「小說的近代《華
陽國志》」[11]。

二、歷史小說與川味敘事的獨創性

　　中國本來不乏史傳文學傳統，《左傳》、《戰國策》、
《史記》、《漢書》等，雖為史書，但有許多文學筆法，如
《左傳》記敘歷史事件與描寫戰爭場面的善於剪裁，《戰國
策》刻畫人物的婉妙生動與文筆的清新流麗，尤其是《史記》
中的部分篇章，簡直可以當作出色的歷史小說來讀，它所創
造的紀傳體，可以視為英雄傳奇小說的直接源頭。就史傳敘
事傳統而言，中國的小說與史乘有著淵源關係。《西京雜記》
序言中說，此書是「以裨《漢書》之闕」的，劉知幾也主張
小說應該「自成一家，而能與正史參行」[12]。這種小說補史
的觀念雖有功利化之嫌，但也從一個側面反映了小說與歷史
的淵源關係。能為歷史「補闕」、「參行」的「小說」，在
當時還只是那種半史半文、亦史亦文的作品。作為一種獨立
文體的歷史小說，肇始於宋代講史話本，其基本面貌，從《新
編五代史平話》、《宣和遺事》等便可窺見一斑。元末明初
的《三國志演義》是第一部文體成熟的歷史演義小說，而後

---

[11]　《華陽國志》，東晉常璩撰。十二卷，附錄一卷。包括巴、漢中、蜀、
　　　南中等十二志。記遠古到東晉穆帝永和三年（西元 347 年）期間巴蜀
　　　史事。作者系蜀郡江原（今四川崇慶）人，對蜀事見聞親切，所述蜀
　　　漢事迹及蜀中晉代史事較詳。

[12]　《史通・雜述》。

有《徐文長批評隋唐演義》、《兩漢開國中興傳志》、《三
寶太監西洋記通俗演義》、《東周列國志》、《說唐演義全
傳》等。近人蔡東藩自 1916 年起，十年間陸續推出《中國
歷代通俗演義》[13]，共 11 種，以 600 萬言敘述漢代至民國初
年的兩千餘年歷史。其規模與跨度均不可謂不大，但內容偏
重于政治史，敘述方式和語體帶有較多的傳統痕迹，性格描
寫與人性探詢明顯不足，與文學的現代性尚有相當的距離。
現代小說登場以後，目光主要集中在現實題材上，一時無暇
在歷史題材上做大文章。李劼人的《死水微瀾》要算是第一
部現代長篇歷史小說，到 20 世紀 70 年代為止,《死水微瀾》、
《暴風雨前》、《大波》三部曲仍是現代文學史上規模最大
的歷史小說。李劼人三部曲的文學史意義不止於此，更在於
其對歷史小說的創新性價值。

　　傳統的歷史小說，從類別來看，大致可以分為兩類：一
類是以朝代演進更迭的歷史為敘事線索的歷史演義，還有一
類是以人物（歷史上實有其人，或傳說中的古代英雄）的經
歷為敘事線索的英雄傳奇。歷史演義的主要筆墨放在政治史
上，直接描寫宮廷之變、權力更迭、軍事征討、靖邊平亂等
重大事件。英雄傳奇的主要旨趣則在於渲染人物經歷的傳奇
色彩，歷史背景往往被淡化，這種傾向致使英雄傳奇漸漸淡
出歷史小說。《死水微瀾》則開創了以民間生活的風俗畫來
反映重大歷史變遷的先河。作品沒有直接寫八國聯軍打進北

---

[13]　《中國歷代通俗演義》，會文堂書局，1916 年後陸續出版，1935 年改
　　印，總書名為《歷朝通俗演義》。

京的血腥恐怖，也沒有寫慈禧太后與光緒皇帝的倉皇西逃，而是通過蔡大嫂的依傍對象由羅歪嘴向顧天成的轉移，表現本土權威向異域權威的不得已的讓步，從而折射出愈益加重的民族危機。《暴風雨前》以半官半紳的郝家為窗口，展示新思潮給社會文化帶來的一系列變化。《大波》雖然有對保路風潮及其走向革命的歷史脈絡的勾勒，但並非單一的政治運動史，而是也以豐富的風俗場景、幽曲的心理場景參與歷史的再現。沙汀注意到三部曲「不是一般的歷史小說。他不去就歷史事件寫歷史事件，而是把歷史事件作為人物活動的條件和背景，多方面地展示整個社會生活，表現各階層人物在歷史轉折關頭的地位、心理、反應。」[14]李劼人三部曲的這一新穎的歷史敘事，得益於西方文學的影響。司各特的歷史小說，在選擇題材時就常常避開重大政治事件，而擅長於以風土人情的細膩描寫和社會生活與私生活的廣闊展開來反映歷史。巴爾扎克對司各特有所揚棄，減少了浪漫的成分，加強了寫實色彩，在《人間喜劇》裏寫出了更為廣闊、更為真切的風俗史。托爾斯泰的《戰爭與和平》弱化了以個人命運為敘事中心的歐洲長篇小說模式，在更為開放的結構框架裏表現歷史的全景。[15]正是在西方文學的啟迪下，李劼人成功地進行了以風俗場景、心理場景與社會場景的交織來表現歷史的嘗試。

[14] 沙汀：《為川壩子人民立傳的李劼老》，收《李劼人作品的思想與藝術》，中國文聯出版公司 1989 年 9 月第 1 版。
[15] 參照楊繼興：《長篇歷史小說傳統形式的突破──論李劼人歷史小說的獨創性及其在文學史上的地位》，收《李劼人作品的思想與藝術》。

　　與風俗畫的切入點密切相關，李劼人的三部曲不像傳統的歷史小說那樣以少數英雄人物為中心，而是主要以平民形象為載體來再現歷史。蔡大嫂、羅歪嘴、顧天成、伍太太、郝又三、黃太太、楚用等本屬虛構的平實小人物自不必說，即使是在保路運動與辛亥革命中實有其人的風雲人物蒲殿俊、羅綸、夏之時、尹昌衡等，作品也沒有去渲染其英雄色彩，歷史小說不再是傳統式的英雄傳奇，而是顯示出人民群眾參與創造的歷史的本來面目。值得注意的是，《死水微瀾》裏的蔡大嫂、《暴風雨前》裏的伍太太，《大波》裏的黃太太，頗似司各特小說裏的「中間人物」[16]，她們並未直接參與重大歷史事件，只是同參與者有著千絲萬縷的聯繫，但卻在作品中佔有重要位置，不僅是聯結多種力量的樞紐，而且是冷眼旁觀歷史變遷的審視者。這種人物設定，未嘗不可以看作是對中心人物型或英雄傳奇型的傳統歷史小說模式的消解。

　　從寫法的傾向來看，傳統的歷史小說有《東周列國志》為代表的寫實派，也有以《三國志演義》為代表的虛實結合派[17]。寫實派作品主要情節根據史實，自有其所長，但往往過於拘泥，歷史與文學的融會尚欠圓融；而虛實結合派作品雖然能夠自由地馳騁于歷史與文學之間，揮灑自如，引人入勝，但有一些基本的史實卻經不起推敲。正如論者已經注意到的那樣，《三國志演義》其實具有很大的傳奇色彩，歷史

---

[16]　同上。
[17]　參照寧宗一主編：《中國小說學通論》，安徽教育出版社 1995 年 12 月第 1 版，第 449－481 頁。

細節自不必說，就連一些重要的歷史事件發生的時間、背景
等都與史實有較大的出入。李劼人的三部曲有大膽而別出機
杼的藝術虛構，但在寫實性上做了艱辛的努力，真正確立了
歷史小說的現代品格。瞭解他的創作過程的老友張秀熟說：
「辛亥革命雖然是他的親身經歷，又有直接的聞見，但他為
了資料真實，仍盡力搜集檔案、公牘、報章雜誌、府州縣誌、
筆記小說、墓誌碑刻和私人詩文。並訪問過許多人，請客送
禮，不吝金錢。每修改一次，又要搜集一次，相互核實」。[18]
沙汀也曾回憶說，李劼人為了更全面地掌握四川保路運動的
情況，「採訪了許多置身事變中心的人物。抗戰期間，他在
重慶北岸農村就和楊滄白談過多次，當時飽經風霜，年已老
邁，素又多病的楊滄白，有時放了緊急警報，也等閒視之，
從不轉移；而他也甘冒敵機轟炸的危險，讓楊滄白乘興暢談
下去。此外，他還搜集了不少早年的書畫資料，包括一些家
族的族譜、祭文，乃至流水帳等，以及外國傳教士向本國宗
教團體介紹四川鄉土民情的信件。」[19]後來在修訂過程中，
他又做了大量的訪問當事人與查閱研究文獻資料的工作。有
時，為了一個細節就翻閱幾十萬字的文件，拜訪十幾個人，
用在書裏，只有一句話。正是在親身經歷與體驗、扎扎實實
的調查和研究的基礎之上，作品的歷史真實性才有了確鑿的
保證，正面涉及的立憲派召集的重要會議、趙爾豐的各種策
劃、學生軍的第一次戰鬥（犀浦之戰）、陳錦江部遇害、龍

---

18 張秀熟：《李劼人選集·序》。
19 沙汀：《為川西壩人民立傳的李劼老》。

泉驛陸軍起義、重慶蜀軍政府成立、端方被殺、大漢四川軍
政府成立、成都兵變等重要事件的時間、地點與史實基本吻
合。官方的告示、呈文等歷史文獻的直錄，使小說具有了實
錄性，就連諸如戲園裏的茶價（因在茶社演戲）、當紅的演
員與上演的劇目等細節，也具有歷史真實性，成為珍貴的史
料。作者還以注釋的形式，為讀者提供了進入作品語境的歷
史資料，如職官（道台、布政使等）、地理（成綿龍茂道等）、
經濟活動（官當、簽捐彩票等）、軍隊編制（巡防軍、陸軍）、
歷史事件（東鄉慘案），等等。這樣看來，文學史家曹聚仁
說《三國演義》「看起來便像歷史，其實是小說，而《戰爭
與和平》、《大波》，看起來是小說，其實是歷史」[20]，可
以說是的當的評價。

　　李劼人能夠創作出如此規模宏大、面貌一新的歷史小
說，首先應該溯源到中國的史家傳統，尤其是巴蜀重史的文
化積澱。因地理偏遠且風俗殊異等緣故，巴蜀之地格外注意
修撰地方誌，據統計，我國現存歷代方志共 8273 種，按方
志所屬省區劃分，四川 672 種，位居第一[21]。《華陽國志》
就是中國現存的最早講究體例的一部方志。特定的地理環境以
及悠久豐厚的史傳傳統，帶給川人一種強烈的「方志意識」[22]。
這種文化氛圍潛移默化地涵養了李劼人的歷史興趣。其次，
西方文學，尤其是法國左拉、福樓拜等人的自然主義小說、

20　曹聚仁：《小說新語》，第 90 頁。
21　參見劉緯毅：《中國地方誌》，第 17－18 頁，新華出版社 1991 年版。
22　參照李怡：《現代四川文學的巴蜀文化闡釋》，湖南教育出版社 1995
　　年版，第 175－176 頁。

司各特的歷史小說、巴爾扎克的《人間喜劇》、托爾斯泰的《戰爭與和平》等，打開了李劼人的藝術視野。李劼人從中外文化、文學中廣博地汲取營養，加上自身富於悟性與才情的熔鑄、堅持不懈的探索，促成了歷史小說從古代品格向現代品格的轉換。

　　在小說敘事上，李劼人也頗有建樹，其中最富於獨創性的，就是地方色彩濃郁的川味敘事。敘事結構汲取了擺龍門陣的一些特點。川人擺龍門陣（聊天、講故事）有三個特點，一是講究故事的來龍去脈，二是不時夾進相關的插曲，三是眾人對同一主題或氛圍的參與。李劼人的三部曲裏，從保路風潮的興起到辛亥革命的發生，來龍去脈勾勒得清晰明瞭，其中的不少情節就是在眾人團團圍坐擺龍門陣中講出來的。作品在展開敘事主線時，常有相關的插曲，有的是補敘，有的則是隱喻。後者如《死水微瀾》第四部分裏，羅歪嘴被劉三金一席話搔到了癢處，一晚上沒有睡好，大清早起來，不知不覺地去了興順號。這中間，說到上官房的陝西客人要起身了，就順便寫了一段轎夫抬陝西客人的規矩。表面上看，這與羅歪嘴沒有什麼關聯，實則轎夫的最初強忍著絕不說重，等到走了二十里快要黃昏了，才向客人要求加挑子減重量，同羅歪嘴與蔡大嫂的最初矜持正經、後來終於打得火熱有著內在的相似之處。但擺龍門陣也有一定的限制，轉述能夠以第一人稱的親見加強真實性，但也容易失去生動性，顯得單調枯澀而且重複。為此，作者不時地變換視角，在限知視角與全知視角的交替中推進情節，並且後來較多地將轉述變成直接描寫，效果較好。敘事者有時似在場景之中，有

時則像說書人那樣，有一點超越與調侃，如《大波》裏，楚用向黃太太剖白心迹，剛巧黃瀾生進了家門，黃太太趕忙將手足無措的楚用與翌日的事情做好了安排，「楚用尚沒有完全平靜下來，黃太太臉頰上的酒渦業已露出」，敘事者緊接著忍不住做了一個評價：「光這一點，這小夥子就非輸不可！」這種筆法，有點類乎川劇的幫腔，對人物刻畫有一種加強的效果，也是一種氣氛的調侃。

　　也許與巴蜀自古較之中原要少一些儒家禮教的羈絆有關，抑或那塊土地本來就適於幽默心態的生長，喜幽默、愛諷刺成為川人文化性格的顯著特點。無論是在茶館庭院的龍門陣裏，還是在舞臺上的川劇裏，抑或在川人的日常話語中，這一川味都能撲鼻而來。為巴山蜀水作傳的李劼人，自然而然地把幽默與諷刺作為小說的敘事語調。細分起來，有修辭的詼諧，如《死水微瀾》寫羅歪嘴走進蔡興順夫婦的臥室，「看見床鋪已打疊得整整齊齊，家具都已抹得放光，地板也掃得乾乾淨淨；就是櫃桌上的那只錫燈盞，也放得頗為適宜，她的那只御用的紅漆洗臉木盆，正放在架子床側面的一張圓凳上。」「御用」一詞，準確地表達出羅歪嘴對蔡大嫂的仰慕與愛戀之意，簡直如同女皇一樣，個中含有一點調侃的意味。再如《大波》裏，黃太太在悅來戲園看戲時，給前來獻殷勤的老媽子開了個玩笑，「逗得那壞東西連屁股上都是笑」。也有不動聲色的反諷，如《暴風雨前》說王四姑兒使落魄的王大爺深感麻煩，並非因她一天到晚在鄰居家走動，並同著一夥所謂不甚正經的婦女們打得火熱，而是因其脾氣不好，動輒抱怨吃穿不好。後來，伍太婆到王家去相親，

四姑兒假裝不曉得，不過舉動之間，終免不了有點忸怩。這在伍太婆眼裏，「偏偏認為是並不曾下流過的姑娘，才能如此」。於是，王四姑兒一頂花轎抬進了伍家，當上了伍大嫂。後來丈夫去當巡防兵，她在丈夫走後三天，「便拜給魏三爺做了他第十七名乾女，而規規矩矩受了乾爹的接濟供養了」。這些地方，用的都是「欲擒故縱」法，表面上是一本正經的肯定，實際上卻具有反諷的意味。上述的幽默與諷刺，是借助於描敘語言的色彩同描敘對象的實情的強烈反差達成的，而還有一些幽默與諷刺則是通過人物性格的矛盾性與荒謬性來實現的。如《大波》第三部第一章寫華陽縣知縣史九龍正在與姨太太打麻將，手裏一副好牌，不巧一個親信小跟班進來報稱：管監獄的高老爺便衣稟見，報了一遍，不見理睬，不像往日那樣見機退出，而是提高嗓門吆喝道：「回老爺，高老爺來稟見，為的是兵備處總辦王大人親身來到監獄，看老爺過不過去伺候一下！」史九龍聽見是王大人，立刻撲地把牌往桌上一推，大罵小跟班不早稟告。前後的表現構成對比性的諷刺。接下來寫史九龍聽了典獄官高老爺細說詳情後，不由得又氣又笑，氣是因為好牌被攪，笑則是因為在他看來，「這個初出茅廬的鄉壩佬，何事不可為，挑蔥賣蒜，大小也是職業，卻偏偏要來作官！」他「故意輕言細語問道：『王大人真是胡鬧。依你老兄意思，要我兄弟怎樣辦呢？莫非要兄弟坐堂簽差，去把王大人抓來，辦他一個知法犯法，打三十大板取保開釋不成？』」史九龍以世故的老官僚自居，自以為聰明得意，看著法律界中那夥才出山的新毛猴好笑，其實養成這種老油條的官場才真正荒謬可笑。在現

代文學的喜劇風格作家中，李劼人的笑聲顯得清淳流暢，而不像老舍那樣把悲劇作為喜劇的底色，生成一種抑揚頓挫美；也偏重于超越性的審美，而不像張天翼那樣對審醜傾注著冷峭的激情；同是川味的諷刺，又不像沙汀那樣峻急而辛辣，而是透露出一種從容的機智與婉轉的深刻。

　　李劼人對外國文學的閱讀與翻譯，不能不給他的小說語言留下痕迹，譬如歐化的長句子。長句子在表現特定事物時有一種特殊的韻味，如《死水微瀾》裏，蔡大嫂受傷後，回到娘家養傷，父親進城去探望女婿歸來，擔心地勸坐在院子裏的女兒回堂屋去，「她搖搖頭，直等她父親進房去把雨傘放下，出來，拿了一根帶回的雞骨糖遞與金娃子，拖了一根高板凳坐著，把生牛皮葉子煙盒取出，捲著煙葉時，她才冷冷地、有陽無氣地說了一句：『還是那樣嗎？』似乎是在問他，而眼睛卻又瞅著她的兒子。」長句子及其緩慢節奏，表現了蔡大嫂對她本來就毫無愛情可言的丈夫的冷漠與斷念。有時長句式加進一些說明性的內容，如《大波》第三部第一章第二段，說到黃瀾生尚在制台衙門沒有公退，便加進了關於制台衙門的描述近 150 個字。稍後括弧內關於楚用學堂的說明性文字更多，竟達 360 多字。這是一種從外國文學借鑒來的方法，豐富了語境層次與內涵。

　　然而，從整體上看來，李劼人小說的語言更能見出民族特色，尤其是巴蜀韻味。最突出的特點是選用了不少充滿活力與生趣的四川方言。從方言本身的類別來分，主要有兩種：一、哥老會術語，其中有些已經進入日常話語，如對識（介紹）、撒豪（恃強仗勢、胡亂行為）、搭手（幫助）、

水漲了（風聲緊急或是什麼危險臨頭）、戳到鍋鏟上（碰上
硬東西，不但搶不到手，反而有後患）。二、四川通用的成
語、俗語等語彙，如油大（葷腥菜肴）、伸抖（丰姿出眾）、
蘇氣（稱道一個人態度大方、打扮漂亮，由蘇州氣象簡化而
來，與土氣、苕氣、土頭土腦相反）、苕果兒（土氣）、煮
屎（說臭話，背地道人是非）、巴適（巴結，合適，適應）、
毨皮（傷了面子）、扁毛兒（毛病）、打捶（打架）、角逆
（相爭、相罵，也有鬥毆之意）、散談子（開玩笑）、整倒
注（整得徹底）、燙毛子（以非遊戲規則把別人的銀錢弄光，
又叫整豬，亦與剝狗皮、被人拔了蘿蔔纓同義），裝蟒吃象
（假裝胡塗）、不撇火（不畏懼、不怯懦）、開紅山（見人
就殺）、地皮風（聳人聽聞、使人茫然奔避的謠言）、袍皮
老兒（成都人以前稱呼袍哥的名稱，在口齒間含有一種鄙薄
之意）、大天四亮、默道（暗想）、門限漢兒（只在家裏對
自己人稱好漢，卻不敢對外人稱豪傑）、瓜瓜（老實人）、
言子（方言、土語、諺語、歇後語、某一些術語都叫做言子）、
沖殼子與沖天殼子（說大話、誇海口，無中生有）；癩疙疤
躲端午，躲得過初五，躲不過十五。作者在初版本與修訂本
中對一些方言加上了簡明扼要的解釋，有的還對方言的字詞
音義予以縝密的考證，為川外人提供了理解方言的鑰匙，
其實有些方言詞語即使沒有注釋，在特定的語境中也能悟得
其意。

　　方言用於人物語言，自然、貼切，既能見出說話者的川
人身份，更能傳達出四川文化背景下的人物性格。方言用於
描敘語言，與描寫對象諧調一致，使語境生動、活潑，洋溢

著巴蜀文化氛圍。如《死水微瀾》裏，描寫蔡大嫂對鏡梳妝的一段：「於是，把眼眶睜開，將那黑白分明最為羅歪嘴恭維的眼珠，向左右一轉動，覺得仍與平常一樣的呼靈；復偏過頭去，斜窺著鏡中，把翹起的上唇，微微一啟，露出也是羅歪嘴常常恭維的細白齒尖，做弄出一種媚笑，自己覺得還是那麼迷人。再看鏡中人時，委實是自然地在笑，而且眼角上自然而然像微微染了些胭脂似的，眼波更像清水一般，眉頭也活動起來。……心想：『難怪羅哥那樣地癲狂！難怪男人家都喜歡盯著我不轉眼！』但是鏡中人又立刻回復到眼泡浮起微青，臉色慘白微瘦的樣子。她好象警覺了，口裏微微歎道：『還是不能太任性，太胡鬧了！這樣下去，不到一個月，不死，也不成人樣了！死了倒好，不成人樣，他們還能像目前這樣熱我嗎？不見得罷？那才苦哩！』」這段既有描寫語言、又有人物自語的文字，用了「呼靈」、「做弄」、「熱」等方言詞，將一個在過度性愛中有所自省的少婦自憐自愛也有幾分擔憂的複雜心理點染得活靈活現。

在現代小說家中，李劼人是選用方言較多的一位。個中動機，自然有加強鄉土色彩的因素，但更是為了使敘事語言貼近生活，貼近人物。為此，他的選擇視野就遠遠不止於四川方言，四川及外地的鮮活的口語，文言與古代白話小說中有生命力的語彙與句式等，均為廣收博取，融合化用，形成了自然、生動、傳神的語言風格。《死水微瀾》裏，羅歪嘴布下迷魂陣，讓妓女劉三金在好色的顧天成面前走過，又順便向這邊窗子上一望，仿佛是故意送來的一個眼風，張占魁將顧天成引到劉的面前，劉「正拿著一張細毛葛巾在揩手，

笑泥了」。一個「泥」字，何等的生動，妓女的形象特點與此時她將顧天成引入圈套的得意心情盡在其中。《暴風雨前》裏，伍家婆媳吵罵，最初點起戰火來的鄰居朱家姆與張嫂前來勸架，年老的朱家姆勸媳婦：「泰山之高，也壓不下公婆。你是媳婦，說完一本《千字文》，總是小輩子，又是才過門的新媳婦，咋好不讓她一步呢？你就讓她多說兩句，人家也不會笑你。……」年輕的張嫂勸伍太婆：「你也是啦！才過門的新媳婦，懂得啥子？就說昏天黑地的貪耍，不做事，也是當新人的本等呀！你做老人的，還該望他們小夫婦老是這樣恩恩愛愛的方對！大家都當過新媳婦，大家都昏過來，新婚新婚，越昏越好。你做老人的，凡事擔待一些，不就算了麼？要教哩，好好地教，何犯著去揭鋪蓋。人就說昏，也是要臉的，年輕人自然氣性大點，讓她吵兩句，不就完了？知道的，誰不說你當老人婆的大量，能容人，盡鬥著吵些醜話，做啥子？」雖顯得有點嘮叨，但既符合勸架的特定情境，又能見出兩個勸架者不同的角度、傾向和語調。其自然、生動、傳神，完全可以同老舍《離婚》、《駱駝祥子》裏純熟的北京話媲美。饒有意味的是，這兩位小說語言老到而鮮活的作家，心中都裝著自己家鄉的風土人情色聲調，也許這正應了朱熹的那句詩：「問渠哪得清如許，為有源頭活水來。」

第五章

市民文學的承傳與嬗變

　　新文學，無論是精神意蘊還是文體形式，都是作為傳統文學的對立物而誕生與成長起來的，但正如歷史鏈條上的任何一個環節一樣，新文學不可能完全切斷傳統的血脈，事實上，傳統文學不僅作為底蘊悄然參與了新文學的創造，而且其中某些部分也以革故鼎新的姿態獲得了新的生命。也就是說，新文學的發展並非單線條的持續突進，而是在其內部存在著先鋒與後衛、雅文學與通俗文學等相互糾葛的多條線索，它們之間有對立、衝突，也有借鑒、融合。三四十年代，處於先鋒位置的一翼幾次有意識地從傳統中尋找支援，發起了文學大眾化運動與延安文藝座談會以後的新的通俗文學運動；處於後衛位置的另一翼，則更多地依傍傳統，同時也向新潮、或直接向西方汲取養分，創造出亦新亦舊、俗中有雅的市民文學，為廣大市民讀者所喜聞樂見。後者的代表性作家當首推張恨水。無論是就創作量而論，還是從讀者面來說，在 20 世紀上半葉的中國文學史上，張恨水恐怕罕有可比者。他創作的中、長篇小說達 110 餘部，字數約 1500 萬，還有雜文近 5000 篇及大量的詩詞，總創作量達 3500 萬字左右。張恨水的小說，以《清明上河圖》般的長卷展現了 20

世紀上半葉中國市民社會的生活場景，其新舊錯雜的思想情調恰好反映出社會轉型期市民階層的複雜心態，其古今融會、雅俗兼備的章回小說文體充分顯示出傳統文學進行創造性轉化後的生命活力及其廣闊前景。

一、立足於市民趣味

　　張恨水（1895-1967），本名心遠，祖籍安徽潛山。新聞工作練就了一副快筆，又開闊了眼界，為後來他那高產的小說創作積累了生活素材。成名作是 1924 年 4 月 12 日至 1929 年 1 月 24 日《世界晚報》副刊《夜光》上連載的《春明外史》。《春明外史》走的是社會小說與言情小說相結合的路子，既攝取了《儒林外史》、《官場現形記》等諷刺小說、譴責小說廣闊的社會視野與譏刺鋒芒，又吸收了《花月痕》一類言情小說的纏綿筆致與感傷情調。旅居北京的皖中才子楊杏園，先是鍾情於八大胡同的雛妓梨雲，因老鴇作祟開出贖身的天價，使意中人不能及早跳出火坑，有情人難成眷屬，等他因故去天津回京，藏嬌無計、偕老有約、生平認為風塵知己的梨雲，卻已香消玉隕。取代梨雲在楊杏園心目中地位的，是大家庭的庶出女子李冬青，二人詩文往還，情動於衷，楊杏園信誓旦旦，決意非她不娶，無奈李冬青有「先天暗疾，百體不全」，不能婚配，遂把好友史科蓮推薦給楊杏園，自己遠去南方。但由於楊杏園資助過史科蓮，不願落一個「居心示惠」、德行有虧的負擔，再者內心又割捨不下李冬青；史科蓮也誤以為是自己妨礙了楊李的姻緣，遠離北

京。陰差陽錯,好夢難圓,楊杏園沈溺於佛學,最後在冬青趕到之際含笑圓寂,了卻一段塵緣。主人公感傷味濃郁的戀愛,對於生活上有些餘裕、而且是在這類傳統的感傷小說中熏陶過的市民讀者群來說,自然是一劑引發同情、慰藉空虛的良藥。但使作品帶有風俗畫特徵、當時乃至後來贏得廣大讀者的,還要屬世情描寫。

「春明」本是唐代都城長安的東三門之一,後人以此泛指京都,所謂「春明外史」,實際上就是京都野史。這部長篇前面還纏綿於主人公的感情糾葛,越往後越側重於世態的描寫。作品以報人楊杏園的所見所聞為線索,描繪了 20 世紀一二十年代的社會百態。風俗場景有戲園子裏熱鬧場面背後的把戲:有錢人拋灑金錢捧角走紅,戲子巴結有權有勢有錢者,「拆白黨」混跡其中,尋機詐騙。也有八大胡同等級分明、裝飾各異的妓院,老鴇盤剝的伎倆,嫖客豪橫欺人或者聊解積鬱的行止,妓女無奈苦熬或者麻木度日的生存況味。還有汗臭、油味、煙香五味俱全,抽煙聲、打呼聲、捽鼻涕聲、喁喁細語聲聲聲入耳,瓜子皮、煙捲頭、鼻涕濃痰滿地狼籍的大煙鋪;眾議員與開窯子的龜奴、私販煙土的小流氓沆瀣一氣的賭場,等等。道德場景光怪陸離:前清遺老們整日價哀歎帝制推翻後人心不古、道德淪喪,而他們自己個個都羅致了不少年輕漂亮的坤角做「乾女兒」,一聽說乾女兒坤角來電話,立刻就鬍子先笑著翹起來。退職將軍冉久衡捧角捧得精力不夠,自有兒子冉伯騏接腳,老子認下的乾女兒,兒子要討了做姨太太,兒子捧戲子囊中羞澀,竟設計盜取老子保險箱裏的金錢珠寶。官僚甄大覺花重金捧女伶餐

霞仙子，拋棄了姨太太，等到仙子飛走，姨太太覆水難收，
甄大覺竟然與姨太太一樣，拋棄了兩個年幼的女兒，逍遙自
在地出京去了。鐵路局長得知一個二等科員與他同嫖一個妓
女，一個電話就將其裁掉，可憐的小職員丟了飯碗還不知道
哪兒出了錯。男權社會的主人狎邪冶遊、尋歡作樂，作為男
權奴僕的女性也就有了變態的報復，或是假扮名門閨秀騙取
錢財，或是寂寞難耐的太太與女戲子沈溺於同性戀。文化場
景有新聞界的墮落：把輿論當作滿足私欲的工具，敲金報記
者柳上惠與坤角「互利互惠」，一從坤角手裏拿到錢，柳上
惠便有吹捧文章見報，而且還為坤角捉刀作詩。某報記者利
用某部參事三個兒子都與父親的姨太太有染的隱私，擬訂十
二回回目，先在報上發表，竹槓一敲，500塊大洋到手。又
有文化教育界的逆流：下野的官僚大搞扶乩鬧劇，扶乩的批
字盡是強制性的「著汝捐款千元賑災，另捐五百元，為本會
服務人員津貼」之類。在位的教育總長竟然主辦刊物反對白
話文，給腐敗校長做後臺鎮壓學生風潮；學生僅僅由於自由
戀愛，就落得個雙雙被開除學籍的結局。不過，也有些不含
褒貶的如實描寫，譬如人體素描課上，女模特與第一次面對
裸體女模特時的學生的各種心態、情態的真切刻畫，讓人們
看到風氣初開時的一些文化景觀。筆鋒最尖利的要數對政界
腐敗風氣的揭露：十六七歲的改良外蒙毛革督辦甄寶蔭，除
了談些嫖經賭經而外，就是談哪位總長的近況如何，哪位闊
人的靠山奚似。范統總長花一千元賃個妓女當臨時姨太太參
加選美大會。下了台的財政總長閔克玉為了官復原職，授意
姨太太向魏大帥的紅人秦彥禮「運動」，宴請時他託故走開。

秦彥禮只因為擅長為主子洗腳，便榮任出納處長要職。衛伯修把自己的妻子與妹妹送到魯大帥的專車上解悶陪樂，作為回報，大帥把他由鐵路上的一個小段長破格提升為副局長。現任巡閱使魯大昌手下幾十萬兵，管轄兩省地盤，靠強行派發公債搜刮民脂民膏，一個月就「發行」3000 萬公債；錢來得方便，出手也大方，賞兩個察言觀色會說話的妓女，一出手就是一人 4000 元，韓總指揮看不過去，為月餉十元的護兵鳴不平，連兩個護兵也叨光每人得了 4000 元。魯大帥花錢如流水，任官唯鄉親，童謠云「會說夕縣話，就把洋刀掛」，夕縣只有兩種半人與官無緣，一是仇人，二是未出世者，半種是未解世事的孩子。籌邊使邊防軍營長朱有良仗勢欺人欺到了武功高強者身上，栽了面子，改換門庭投靠魯大帥，一口夕縣話，便弄來個知縣。王化仙靠給大帥算命，算來個管十幾個縣的道尹。內政部長陳伯儒，假造永定河水位上漲、即將淹沒北京的謠言，以美人計討得總理歡心，換來了十五萬元河工款的批復，扣除分給中間人秦彥禮的兩萬，他還至少可以撈取八萬元的好處。統率數十萬兵馬的督理關孟綱，進京進見總統，動用十八輛汽車，接來四五十個妓女，解開成捆的鈔票開賞。為了把妓女「公平」地分配給前來湊趣的督理、總司令、參謀總長、內閣總長，採取抓鬮的古老辦法。總理章學孟嫖妓，高興時的「花頭」一掏就是 500 多元，至於討來做姨太太的價，打算付出一萬兩銀子。為官者橫徵暴斂，巧取豪奪，窮奢極欲，而另一方面，內務部發不出薪水，發代用券，四川甚至有以鴉片代薪水的咄咄怪事。學校因為欠薪過久，以至影響正常授課的，則已見怪不怪。

《春明外史》展開的視野相當廣闊，風俗、道德、文化、社會，各種場景相互交錯，構成了一幅 20 世紀初軍閥統治下的京城全景圖，就其反映生活的真實性與廣闊性而言，在同時期的文學創作中無可匹敵。其批判鋒芒也十分尖銳，總統、總理、議長、總長等盡現醜態。這在當時殊為難得。

　　《金粉世家》從 1927 年 2 月 14 日起在《世界日報》上連載，到 1932 年 5 月 22 日登完，歷時五年多，長達近百萬言，是張恨水小說中連載時間最長、篇幅最大的一部。《金粉世家》是言情小說與家庭小說的聯姻。女主人公冷清秋，出身於破落之家，為總理公子金燕西的甜言蜜語和顯赫家世所吸引，動了芳心，嫁了過去。不想結婚之後，金燕西獵豔成癖、放蕩不羈的本來面目暴露，與有豪門背景的前情人白秀珠舊情複燃，又同女戲子勾連往還，打得火熱。極度失望的冷清秋自閉小樓，以佛學來慰藉自己。最後趁著一把火悄然離去。敘事者對冷清秋的不幸婚姻固然懷有同情之心，但對她的愛慕虛榮與輕信、幼稚也不無嗔責之意，對她最後的抉擇自然是給予幾分贊許。敘事者的態度可以說是作者態度的直接投射，因為他在生活中一定看見過許多這類女性的悲劇。《春明外史》的人物性格基本是平面的展示，沒有發展，而這部作品裏的冷清秋前後的性格則有很大的變化。當她從打破的鏡子看到自己被折磨得面黃肌瘦、眼色無光的憔悴而失神落魄的樣子時，痛定思痛，對自己以前貪慕虛榮的思想與百孔千瘡的婚姻有了徹底的反省與覺悟：「那時以為穿好衣服，吃好飲食，住好房屋，以至於坐汽車，多用僕人，這就是幸福。而今樣樣都嘗遍了，又有多大意思？那天真活潑

的女同學，起居隨便的小家庭，出外也好，在家也好，心裏不帶一點痕跡，而今看來，那是無拘束的神仙世界了。我當時還只知齊大非偶，怕人家瞧不起。其實自己實為金錢虛榮引誘了，讓一個紈綺子弟去施展他的手腕，已經是自己瞧不起自己了。念了上十年的書，新舊的知識都也有些，結果是賣了自己的身子，來受人家的奚落，我這些書讀得有什麼用處？」當金太太與金家姐妹對她表示同情，要阻攔金燕西胡鬧時，她不像一般女人那樣如遇救星、感激涕零，而是冷靜地表示：「夫婦是由愛情結合，沒有愛情，結合在一處，他也不痛快，我也不痛快，一點意思也沒有。」「我為尊重我自己的人格起見，我也不能再向他去求妥協，成一個寄生蟲。我自信憑我的能耐，還可以找碗飯吃，縱然找不到飯吃，餓死我也願意。」這是一個半新半舊的女性走過彎路後的覺醒，她不再像傳統女性那樣把生命的意義全部寄託在愛情婚姻上面，而是看到愛情婚姻嚴重受挫之後的生活道路還很寬廣，她也不再把自己的一切託付給男性，而是相信憑藉自己的能力可以在社會上立足。在女性解放這一點上，《金粉世家》與魯迅的《傷逝》可謂殊途同歸。《傷逝》是截取生活的一個橫斷面，以淒冷的悲劇來暗示女性解放的方向，而《金粉世家》則以雍容舒展的長篇，細膩地展示出人物迷途知返的精神歷程。選材的不同，人物命運的不同，正可見出兩位作者審美眼光的不同：魯迅冷峻而含蓄，張恨水溫煦而明朗。

在《金粉世家》裏，悲劇的直接釀造者金燕西，自然是道德批判的對象，作品通過他把冷清秋弄到手前後的巨大反差，揭露了這個所謂愛情追求者的醜惡嘴臉。但道德

批判的鋒芒並不單單指向這一個人物，而且更指向他所賴以產生的家庭制度與男權傳統。正如作者所說，這部作品不像《紅樓夢》那樣把重點放在幾個主角，而是「把重點放在這個『家』上，主角只是作個全文貫穿的人物而已」[1]。金燕西的行為並非獨一無二的個案，而是豪門巨族不思進取的紈絝子弟的通病，金家三個公子雖然都是家有豔妻，但無一例外地在外尋花問柳，其實他們的所作所為不過是父親金銓——堂堂國務總理私生活的翻版。金銓道貌岸然地反對兒子納妾，可是他自己納了兩個妾還嫌不夠。金氏父子的所作所為，不只是個人品德的敗壞，而且透露出深遠的社會文化背景。在男權社會裏，兩性地位嚴重不平等，有錢有勢的男人可以無休止地追求性欲、佔有欲等本能欲望的滿足，而他們的妻室則只能關在高門深院裏等候男人的恩賜，或者遭受男人的冷眼甚至欺淩。金家姐妹不是出於血緣關係去支援金燕西，而是反過來聲援外姓人冷清秋，女性的同情心背後掩映著對男權傳統的反抗。冷清秋的傲然對立以及最後不辭而別，連同金氏姐妹的支援，其實是對家庭乃至整個社會男權權威的挑戰。家庭本應是天倫之樂的伊甸園，親情融融的芳草地，但在張恨水筆下的這個金粉世家，夫妻之間，嫡庶之間，甚至母子之間，都充滿了陰謀、欺騙、猜忌、角鬥，溫情脈脈的虛偽面紗被撕得七零八落。大家庭的污濁內幕，及其土崩瓦解前後的巨大反差，既揭穿了舊的家族制度的虛偽性與腐朽性，也

---

[1] 張恨水：《寫作生涯回憶》。

帶來了情節上平淡中見奇崛的張力，對讀者有著強烈的吸引力。作者後來回顧說，這部作品「故事輕鬆，熱鬧，傷感，使社會上的小市民層看了之後，頗感到親近有味。尤其是婦女們，最愛看這類小說。我十幾年來，經過東南、西南各省，知道人家常常提到這本書。在若干應酬場上，常有女士們把書中的故事見問。……它始終在那生活穩定的人家，為男女老少所傳看。」40 年代有評論家指出：「作者對於大家庭內幕的熟悉和社會人物的口語之各合其分，使這書處理得很自然而真實。既沒有謾罵小說的謾罵，也沒有『鴛鴦蝴蝶』的肉麻，故事的發展也了無偶然性和誇大之處，使我們明白『齊大非偶』和世家之沒落有其必然的地方。這種種都是以大家庭為題材的許多新文藝作家們所還未能做到的好處。」[2]

　　從 1930 年 3 月 17 日至 11 月 30 日在《新聞報》副刊《快活林》上連載的《啼笑因緣》，造就了無數《啼笑因緣》迷。連載期間，作品中人物的命運走向成為人們見面時的話題，許多平素沒有看報習慣的市民也訂起報來，《新聞報》的銷路直線上升，商家的廣告爭相要求登在靠近《啼笑因緣》的版面上。看到此作竟有如許人望，《新聞報》的三位編輯，臨時組織起三友書社，於 1930 年 12 月首先推出單行本，第一版一萬部，第二版一萬五千部，僅到 1948 年底，就已超過 20 版。評彈、說書、話劇等藝術門類紛紛予以移植改編。

[2]　徐文瀅：《民國以來的章回小說》，1941 年 12《萬象》第 1 年第 6 期。

為了爭奪攝製權，明星電影公司和大華電影社還打了一場官司，經名律師章士釗調停，大華社停拍，明星公司賠款十萬元。饒有意味的是，曾任司法總長兼教育總長的章士釗，就是《春明外史》裏支援頑固腐敗校長鎮壓學潮的教育總長金士章的生活原型。章士釗到底是個不失儒家風範的文人，當他卸去能使人扭曲變形的官印後，知識份子的良知與律師的職責讓他做了不少利國利民、也重塑個人形象的好事。《啼笑因緣》廣有人緣，原來主要是為京津讀者所熟悉的張恨水，此番卻馳名大江南北了。

　　《啼笑因緣》大獲成功，原因何在？嚴獨鶴在初版本《序》中，將其歸結為：一、能表現個性，不止男主人公，而且三個女主角以及其他配角都有特殊的個性。二、能深合情理，人乃世上應有之人，事乃世上應有之事，絲毫不荒唐，也絲毫不勉強。三、能於細節中傳神，如第三回鳳喜之纏手帕與數磚走路，第六回秀姑之修指甲，第二十二回樊家樹之兩次跌跤，何麗娜之掩窗簾，與家樹之以手指拈菊花乾，俱為神來之筆。四、在結構與佈局上，明暗相間、虛實並用。如第五回鳳喜被樊家樹送到女子職業學校補習班上學沒幾天，看到別的同學有什麼，就向樊家樹要什麼，先是要手錶、兩截式的高跟皮鞋，白紡綢圍巾，過了兩天，又要他給買自來水筆、玳瑁邊眼鏡等，顯露出鳳喜貪慕虛榮的性格苗頭，為後來眩惑於劉將軍的富貴埋下了伏筆；家樹與秀姑之不能結合，在第十九回看戲，批評十三妹一段，已有了暗示；第二十二回樊、何結合，也不明說，只用桌上一對紅燭作為暗示。沈三玄在坑陷鳳喜的陰謀中的作用，關氏父女「山寺鋤

奸」等情節，採用虛寫，「論意境是十分空靈，論文境也省卻了不少的累贅」。《啼笑因緣》的轟動效應，的確如嚴獨鶴所說緣於作品的真實性和作者的藝術功力，但不可忽略的還在於迎合了市民的趣味。沈鳳喜雖然後來半是屈從於軍閥的壓力、半是貪戀其財富，背離了此前恩主般的意中人，但後來的發瘋表面上是被軍閥的凌辱與淫威所嚇，深層則是緣於內心深處承受不了良心的譴責，心理防線崩潰的必然結局。也就是說，沈鳳喜為感情的背叛付出了沈重的代價，反證了樊家樹的魅力。關秀姑內心傾慕樊家樹，卻願意成全意中人的願望，一次又一次地做出自我犧牲，一副俠骨柔腸，儼然救苦救難的南海觀世音菩薩。何麗娜美豔聰穎，光彩奪人，雖然先前奢華放浪，但畢竟能夠迷途知返，而且在三個女性中，在文化意趣上她與樊家樹有著較多的共同語言。幾個佳人圍繞心地善良、英俊瀟灑的青年男子轉，原本是傳統小說慣有的思路，如今拿來用在現代人物身上，感情的糾葛自有其令人牽腸掛肚的吸引力。男性讀者從中得到自詡自不必說，女性讀者也能從他的遭際中對女性的性格、命運引起無限的感喟，年輕的女性讀者或許還能激起一點樂於沈浸其中的婚戀幻想。這部小說不僅有言情的婉轉、細膩、纏綿，也有社會批判的剛直、犀利、強烈。當關壽峰聽到沈鳳喜被劉將軍搶走的消息時，就跳著腳怒吼：「這是什麼世界！北京城裏，大總統住著的地方，都是這樣不講理。若是在別的地方，老百姓別過日子了，大街上有的是好看的姑娘，看見了……」而後，關氏父女到底刺殺了劉將軍，出了胸中一口悶氣。在關氏父女身上滲透出武俠小說的俠義精神與奇幻色

彩，這一方面是應編者之約，為了滿足上海讀者對武俠的喜
好，另一方面也是作者崇拜武功高強的祖父的幼年情結的借
機展示。作者在關壽峰、關秀姑父女身上寫了一些近乎傳說
的武俠功夫，譬如關壽峰力舉千鈞的神力與筷夾蒼蠅的敏
捷，再如秀姑的輕功，第十五回裏，樊家樹在院子覓月散心，
「樹枝上有噗篤噗篤的聲音落到地上」，一株梧桐樹無風自
動起來，樹葉和梧桐上的積雨落了滿地，回到屋裏，卻見墨
盒上壓著一張字條，寫著「風雨欺人，勸君珍重」，字條誰
人所寫，怎樣送來，大有神龍見首不見尾之玄妙。言情、社
會與武俠相融互動，構成一個意蘊充盈、趣味豐富的藝術整
體，滿足了市民讀者的多重需求。

　　20 年代本是新文學迅速崛起的時期，在此之際，被新
潮派視為舊派小說家的張恨水竟能聲名鵲起，似乎令人費
解。但實際上，張恨水的小說，無論是精神意蘊還是文體形
式，都已經吸收了不少新的因子，並非舊派小說所能涵蓋。
他那半新半舊的思想情調、新舊雜糅的文體形式，恰恰適應
了廣大市民讀者的欣賞水平與閱讀期待。市民社會是一個有
著巨大潛力的文學富礦與文化市場，可以說市民社會與市民
文化造就了張恨水，市民趣味成全了張恨水。

二、意味的演進

　　新文學陣營的批評與「九‧一八」事變的爆發，成為張
恨水以及一批被視為舊派的作家的小說創作轉變的契機，他
們紛紛做起了「國難小說」。張恨水的國難小說有《彎弓集》、

《東北四連長》、《中原豪俠傳》、《大江東去》、《虎賁萬歲》、《蜀道難》、《牛馬走》等。其中最值得注意的是《八十一夢》。這部長篇 1939 年 12 月 1 日至 1941 年 4 月25 日在《新民報・最後關頭》副刊連載，1942 年 3 月由重慶新民報社印行初版本。作者在初版本《自序》中說，「取材於《儒林外史》與《西遊》、《封神》之間」，以「使人讀之啟齒一哂」，「排解後方人士之苦悶」。荒誕的藝術手法誠然可以讓人在笑聲中排解苦悶，但笑過之後諷刺的辣味足以讓人頭腦清醒。正如《楔子》末尾的詩中所說：「盧生自說邯鄲夢，未必槐蔭沒是非。」《新民報》總經理陳銘德在單行本《序言》中闡釋說，這些夢包含了作者在抗戰司令台下的「憤慨、感觸，還有說不出的情緒」，「是抗戰聲中砭石，也是建國途上的南針」。是否「南針」或可探討，但稱為「砭石」則當之無愧。作品中古今錯雜、荒誕不經的神鬼世界其實正是現實生活的折射，從變形的魔鏡中分明可以領略重慶的一片烏煙瘴氣，可以看到形形色色丑類的卑鄙嘴臉，也可以體認到習焉不察的國民性弊病。抗戰時期的諷刺小說，在視野之寬廣、鋒芒之尖銳、手法之奇特等方面，《八十一夢》都堪稱第一。

　　囤積居奇是抗戰時期大後方人民最敏感的問題之一，有權者「近水樓臺先得月」，其他人是「八仙過海各顯其能」。黎民百姓深惡痛絕的這種畸形現象，不止一次變形地甚至直接地出現在《八十一夢》中。警察署督辦豬八戒將走私貨的洋商標撕去，換上土產品商標，囤積起來，等待時機賺取更大的利潤。已故縣公署科長鄧進才也加入了這一行列，從漢

口撤退時買了兩箱子西藥入川，大大地發了一筆國難財。比
起王老虎、錢老豹來，鄧進才實在是小巫見大巫。王老虎囤
米為主，五金、棉紗、化妝品等相容並蓄，日進萬元。錢老
豹更是囤積有方、進項無量，在眾多流亡者只能在號稱「國
難房」的茅草房裏躲風避雨時，他家卻能在深山大谷裏蓋起
最新式的七層洋樓，正應了那玉石牌坊上刻著的對聯：「卻
攬萬山歸掌中，不流滴水到人間」，橫眉：「無天日處」。
一語著實罵得痛快。正是由於他們昧著良心巧取豪奪，才過
著窮奢極欲的生活。黎民百姓食不果腹，而豪門貴族則動用
民航飛機空運香蕉、碭山梨、美國橘子、海鮮、桂魚、北平
填鴨、廣東新豐雞，而且富公館日用品免稅。豪門得勢，哈
巴狗翻毛雞都可以乘上空中電車，從錢眼車站上車，直入雲
霄。難怪車站門將「順治通寶」改成了「孔道通天」。正所
謂一人得道，雞犬登天。這一描寫很容易讓當時的讀者想到
一則激起民憤的醜聞：太平洋戰爭爆發後，許多知名人士困
在香港，一時難以脫身，而當朝權貴孔祥熙的太太卻帶著雞
犬箱籠乘機飛回重慶。

　　《第三十六夢　天堂之遊》裏的天堂，正如敘事者所
悟，也不過說著好聽，其實這裏是什麼怪物都有。豬督辦
不僅囤積居奇，對女色也是貪得無厭，除了高老莊那位夫
人之外，又討了幾位新夫人，有的是瑤池裏出來的花得厲
害的董雙成的姊妹班，有的是路過南海討來的慣於鋪張的
海派。路上來來往往的與汽車裏坐著的人，有的人頭獸身，
有的人身而牛頭象頭豬頭獐頭猴頭，雖然西裝革履，但那
舉止上各現出原形來。西門慶雖是現出肥頭胖腦、狐頭蛇

眼的本相，但是十家大銀行的董事與行長，獨資或合資開
了一百二十家公司，家居有豪華公館，出行有高級汽車，
威風得了不得。潘金蓮跳下車來，直奔了站在路當中指揮
交通的警察，伸出玉臂，向警察臉上一個巴掌劈去，左腮
猛可的吃她一掌，打得臉向右一偏。這有些湊近她的左手，
她索性抬起左手來，又給他右腮一巴掌。兩耳巴之後，她
也沒有說一個字，板著臉扭轉身來，上車揚長而去。天堂
裏人浮於事，機構疊床架屋，盂蘭大會之外，另設局面小
些的支會，每一個支會裏都有一個分會長，有十二個副分
會長，每個會長之下，有九十六組，每組一個組長，一百
二十四個副組長。遊歷者（敘事者）感歎「好一個膨大的
組織」，善財童子道：「也沒有多大的組織，不過容納一
兩萬辦事人員而已。」「超度一兩千鬼魂，天下倒要動員
一兩萬天兵天將，十個人侍侯一個孤魂野鬼，未免太周到
了。」於此還不夠數，還要聘請五百名顧問。報應司煞有
介事地設立了科律斟酌委員會，散仙恰合三十六天罡數，
每位一年只攤到辦大半件案子，乾薪卻要拿七千二百兩銀
子。天堂裏沒有王法可言，十四五歲的龍女菩薩，只因為
茶房偷看了她幾眼，她便龍顏大怒，闖到機關裏召來文武
天官，調遣身披甲冑、手拿斧鉞的天兵，配以七八輛紅漆
的救火車，響聲震地、雲霧遮天地殺奔酒樓。生前正直、
死後被冊封為九天司命府竈神的郝三，本應善惡分明，但
面對如此跋扈的龍女，亦無可奈何。正如另一言官所作的
竈神自嘲所說：「沒法勤勞沒法貪，半條冷凳坐言官。明
知有膽能驚世，只恐無鄉可掛冠。　多拍蒼蠅原痛快，一

逢老虎便寒酸。吾儕巨筆今還在，寫幅招牌大家看。」天
堂裏標語漫天飛，但與實際無涉。大幅標語上寫著「一滴
汽油一滴脂膏」，但官僚與闊商照樣把汽車開得滿世界跑。

　　作品的鋒芒也指向種種國民性弊端。如此慘烈悲壯的抗
戰，竟沒有改變某些人國家意識淡薄而私心重重的病態精
神，自私的房東為了多賺取一點高房租，竟然希望抗戰的勝
利晚些到來。有的人崇洋媚外到了自輕自賤、令人作嘔的程
度，糖果必是外國的好，闊人不用外國貨就會咳嗽，藥商兼
全島公墓督辦每當心口疼時，必得外國人打他，才百病皆
除、通體舒泰。渾談國裏渾談成風，以至誤國。每天要聚攏
千百人在一處渾談一氣，談者無所不談，不知所談，聽者渾
渾噩噩，不知所聽。淩雲大廈奠基已有百年，設計委員會已
換了幾代人，大廈還是一個泥坑。討伐軍大兵壓境，下了最
後通牒，直到最後五分鐘，才派出代表要求延遲期限，因其
同胞在城裏正在開會。延緩的一個小時過去，衝進城裏，看
見議政堂裏外上下七十二所會場，每所會場書桌沙發煙茶瓜
子花生俱全，還有提醒「請勿打瞌睡」的字條與「睡眠者超
過半數方可使用」的大鼓。他們高談闊論，議而不決，直到
亡國滅種。最後一批人被困死在一片林子裏，與屍首一起留
下的是「臨渴掘井討論委員會」的條幅與「求水設計委員會
小組會議」的紙條，這一描寫與老舍《貓城記》中被關在囚
籠裏的最後兩個貓人還在「窩裏鬥」有異曲同工之妙。

　　作品在抨擊社會醜惡與文化弊端時，或隱或顯地總是以
一股正氣作為參照。正氣有時由敘事者直接出面闡揚，有時
則通過古往今來的各色人物來表現。《第十五夢　退回去了

廿年》，假託民國八年，衙門裏家天下，總長家的大少爺兼差 36 個，上由國務院，下到直隸省統稅局，他都掛上一個名。小姐去上海吃喜酒，竟堂而皇之地掛專車。李錄事正擔心惹惱了科長的紅人影響自己的飯碗，不想自己為二小姐拉胡琴反倒升任秘書，敘事者撿了鑽戒還給主人二少爺，也被總長提拔為薦任秘書。沒想到回到家裏，挨了祖父厲聲訓斥：「我家屢世清白，人號義門，你今天作了裙帶衣冠，辱沒先人，辜負師傅，不自愧死，得意洋洋⋯⋯」孫悟空被妖魔的黃霧所困，伯夷叔齊道：「此霧是金銀銅氣所煉，平常的人，一觸就會昏迷。其實要破這妖霧也很容易，只要人有一股寧可餓死也不委屈的精神，這霧就不靈。」伯夷叔齊先後在幾個夢裏出現，似乎就是為了體現這種精神。素以克己奉公著稱的墨子也一再被敘事者請出來匡正世風，當歡迎上天進寶的四海龍王的諂媚標語貼到了墨子門上時，墨子憤然道：「四海龍王不過有幾個錢，並不見得有什麼能耐。你們這樣下身份去歡迎他，叫他笑你天上人不開眼，只認得有錢的財主。我不能下這身份，我也不歡迎他的錢。我墨翟處心救世，赴湯蹈火，在所不辭，什麼四海龍王，我不管那門帳！」可謂鐵骨錚錚，正氣凜然。

　　賄賂公行、貪污叢生的腐敗現象在夢中反覆出現。《第四十八夢　在鍾馗帳下》所寫的阿堵關，守關官卒，無一不索要賄賂，名目冠冕堂皇，無非為的是敲詐勒索。所謂私貨嚴厲檢查處，實則賄賂嚴厲索要處，總稽核連錢帶物，多多益善。主將錢維重更是刮地三尺，鑽進了錢眼裏，就連抓他也是憑了以毒攻毒的辦法：到劉海大仙那裏借了一

串大金錢，擺在大路上，錢維重正帶著千百輛車子，滿載金珠，要到美洲新大陸去做黃金大王，看見路上金錢光芒萬道，不肯放過，便鑽進錢眼裏，這才被像牽狗一樣牽來了。忠實新村裏熱心社會事業的金不取，嘴巴上信誓旦旦，說「盜取該款分毫，決非人類」，但那一筆捐款都盡數裝入自己的腰包。高喊「打倒老朽分子」、「掃蕩貪污分子」的年輕人，一旦自己掌權，比「老朽」有過之而無不及，連本村人進村都要收取入村稅。《第七十七夢　北平之冬》借時光倒轉回五四時代把矛頭指向新貴：「不但將來，現在就有我們的大批同志，向政界裏拼命的鑽。我雖不知道民國二十年三十年將來是個什麼局面，可是我敢預言，『五四』運動時代的學生代表，那日子必定有大批的作上了特任官與簡任官。今日之喊打倒腐敗官僚者，那時……」作品裏寫道，「牆角警察崗棚子裏有人哈哈大笑道：『你們可漏了！』我被那笑聲驚醒。」作者在夢境的王國裏天馬行空，看似自由，其實在言論鉗制嚴厲的司令台下，他難免不懸著一顆心，夢境不止一次被嚇醒。《第五十八夢　上下古今》裏，敘事者正和蘇東坡談得痛快，「忽然竹林裏有人大聲喝道：『你們毀謗君父聖賢，還說得意，一齊抓去辦了。』隨了這一聲喝，青天白日，罩下一層不可張目的霧煙，我也就不得再起古人而問之了。」《八十一夢》只做了十四個，果然做不下去了。在報上陸續連載時，被揭發、被譴責的一撮人，就感到臉上無光，很不好過。他們不但不反躬自省，痛改前非；反倒惱羞成怒，要和作者為難，即使對一個受市民大眾青睞的中間色彩的作家，也

不能再容忍下去了。只是因為小說究竟是小說，沒有指名道姓，因而沒有人願意出頭自認罵名。但又不甘罷休，便暗裏施放「霧煙」。先是檢查來往書信，尋找「赤化」的證據，繼而授意新聞檢查所，予以檢扣，後來祭起「不利於團結抗戰」這頂大帽子，勒令停刊這部小說，均未能奏效。終於，一個擔任政府要職的人物出面了，他以安徽同鄉的身份把張恨水請到豪華的家裏，酒肉招待，勸了一宿，先是慷慨激昂地談抗戰，繼而痛罵豪門貴族，稱讚《八十一夢》寫得好，罵得對，希望他就此打住，恰倒好處。最後，問他是否有意到貴州息烽一帶休息兩年。張恨水自然知道，息烽一帶有一座國民黨關押政治犯的集中營（楊虎城將軍就曾在那裏羈留），在這方面，當局是「言必信、行必果」的，只好答應「算了」，於是，《八十一夢》只做了十四個便告結束。

　　張恨水早期帶有一點文人自戀色彩的膚淺的感傷，被貼近時代脈搏、反映大眾呼聲的深沈感情與理性思索所取代；對市民趣味的單純迎合，變為對市民趣味的引導與改造。在抨擊腐朽社會的方面，他已從後衛的位置進到了前鋒的位置。抗戰勝利後，他繼續沿著《八十一夢》的路向，創作了《巴山夜雨》、《紙醉金迷》、《五子登科》等一系列小說。社會批判儘管激烈，但張恨水寧願保持獨立作家的姿態。他的激烈，與其說是出於政治立場，毋寧說是發自作家對社會變遷與時代氛圍的敏感，出於知識份子的良知和情繫人民的感情傾向。

三、融合與創新

　　張恨水在 20 世紀小說史上是個特殊的存在。他在深受讀者歡迎之後許久才被文壇不情願地認可，因為他的成名照出了新文學弄潮兒的尷尬。無論是在文學革命中披荊斬棘的前驅者，還是思想激進的左翼，抑或以性靈自由與英式幽默作招牌的論語派，還有追趕西方新潮的現代派，都曾不約而同地對張恨水表示不屑一顧。這也難怪，在一個幾乎一切都在劇烈變動的時代裏，一般創作者嘔心瀝血想要出新尚且惟恐不及，而張恨水卻對古已有之的章回體情有獨鍾，並且奇迹般地贏得了讀者的青睞。這不能不激起文壇夾雜著嫉妒的憤怒，以輕蔑表達的不滿。但一味地指責張恨水守舊與讀者層次不高，顯然改變不了文學市場上張恨水走紅的現狀，也背離了張恨水的創作個性。事實上，張恨水小說已經不是傳統意義上的章回體，而是一種融合古今、兼取中外、雜糅雅俗的現代章回體。30 年代初，《申報》編輯周瘦鵑失去了《自由談》副刊的陣地，另闢《春秋》副刊，為了穩定老讀者，爭取新讀者，要發連載章回小說，他設定的標準是既要通俗，又要有幾分雅致，既要保留一點傳統風格，更要不脫離時代，他想來想去，終於找到了最佳人選張恨水。不同階層、不同年齡、不同審美趣味的讀者中，都有許多張恨水小說迷，其中一個重要的原因就在於張恨水小說文體的多元性：戀舊的讀者看得到傳統的框架、熟悉的手法，趨新的讀者能發現傳統的點化、富於靈性的創新。

　　在非新即舊、舊即應該淘汰的兩極性思維占主導地位的文化氛圍裏，張恨水文體的多元性價值要被認可，並非易事。五四文學革命時期，為了清理出一塊基地，建立新文學大廈，新文學陣營對傳統的東西採取了激進的批判態度。在被視為新文學綱領性文獻的《人的文學》裏，周作人在意義的層面上，把《西遊記》列入迷信的鬼神書類，把《聊齋志異》列入妖怪書類，把《水滸傳》列入強盜書類，認為它們「妨礙人性的生長，破壞人類的平和」，應該予以排斥。儘管事實上現代小說、散文、詩歌等文體的建立都有傳統文學在起作用，但前驅者不願承認這一點。並且，對於留戀傳統的一群，大有視為不開化的落伍者的感覺。張恨水就曾這樣回顧自己當年的情形：「在『五四』的時候，幾個知己的朋友，曾以我寫章回小說感到不快，勸我改寫新體，我未加深辯。自《春明外史》發行，略引起了新興文藝家的注意。《啼笑因緣》出，簡直認為是個奇蹟，大家有這樣一個感想：丟進了毛廁的章回小說，還有這樣問世的可能嗎？這時，有些前輩，頗認為我對文化運動起反動作用。而前進的青年，簡直要掃除這棵花圃中的臭草。但是，我依然未加深辯。」他解釋自己緘默不語、堅持不懈的緣由：「我覺得章回小說，不盡是可遺棄的東西，不然，紅樓水滸，何以成為世界名著呢？自然，章回小說，有其弱點存在，但這個缺點，不是無可挽救的（挽救的當然不是我）；而新派小說，雖一切前進，而文法上的組織，非習慣讀中國書，說中國話的普通民眾所能接受。正如雅頌之詩，高則高矣，美則美矣，而匹夫匹婦對之莫名其妙。我們沒有理由遺棄這一班人，也無法把西洋

文法組織的文字,硬灌入這一班人的腦袋,竊不自量,我願
為這班人工作。有人說,中國舊章回小說,浩如煙海,盡夠
這班人享受的了,何勞你再去多事?但這有兩個問題:那浩
如煙海的東西,他不是現代的反映,那班人需要一點寫現代
事物的小說,他們從何覓取呢?大家若都鄙棄章回小說而不
為,讓這班人永遠去看俠客口中吐白光,才子中狀元,佳人
後花園私訂終身的故事,拿筆桿的人,似乎要負一點責任。
我非大言不慚,能負這個責任,可是不妨拋磚引玉,來試一
試。」[3]如果說他剛剛嘗試小說創作時還有些懵懵懂懂,只
是興之所至的話,那麼從《春明外史》開始,他就有意識地
對中國小說的傳統予以繼承並進行革新了。

　　從文類來看,自《春明外史》開始,他的創作裏很少有
單一的新聞小說、社會小說、言情小說、武俠小說、家庭小
說,而通常是幾種融為一體,較多的是以社會為經、以言情
為緯的社會言情小說。把社會小說與言情小說融為一體,在
張恨水之前,就已經有一些小說家做了種種嘗試,譬如《孽
海花》、《廣陵潮》等,但張恨水更為自覺、更為成功,二
者有交叉,也有對比[4],互應互動,自有一種重新整合的審
美效應。在社會風雲與感情漣漪的交織中,他還注意將人物
生活舞臺的風俗引入情境,這不僅有助於性格的刻畫與情節
的推進,而且平添一種風俗小說的韻味。譬如《啼笑因緣》
裏的北京天橋,就給讀者留下鮮明的印象,以至「讀過這部

---

[3]　張恨水:《總答謝》,1944 年 5 月 20 日－22 日重慶《新民報》。
[4]　參照袁進:《張恨水評傳》,湖南文藝出版社 1988 年版,第 98 頁。

小說的南方人，到北京來必訪天橋」[5]。張恨水把自己十分熟悉的中國古典小說作為創作的重要資源，對古典題材採取「新翻楊柳」的寫法，為現代小說提供了一種新的文類。《新斬鬼傳》翻用的是清代康熙年間煙霞散人《斬鬼傳》鍾馗打鬼的題材，讓鍾馗在推翻帝制、建立共和的背景下，斬殺新時代的種種鬼怪：鴉片鬼、狠心鬼、玄學鬼、空心鬼、不通鬼、大話鬼、道學鬼、勢利鬼、頑固鬼、沒臉鬼等等，以神怪小說的方式批判現實社會。雖然不無辭氣浮躁、遊戲淺薄之處，但體式新穎別致，且鋒芒犀利，非一般程式化、娘娘腔的章回小說可比。《水滸新傳》借用《水滸傳》的人物，上承七十回本，寫梁山好漢抗金，慷慨悲愴，壯懷激烈，敘事在歷史地理方面有所考據，不失其真，人物有所生發，故事有所創設，力求與原著神形皆似。現代小說史上，歷史小說頗有不少，但像這樣的新翻楊柳之作卻是張恨水的獨創。可見傳統文學是個富礦，可以進行多方面的開採，關鍵在於是否具備獨到的眼光、敏悟的靈性與扎實的功力。

中國古代文學寶庫中有一批寓言小說，神魔題材的有《西遊記》，夢幻題材的有《枕中記》、《南柯夢》、《鏡花緣》等等。其豐富的想像力與奇異的天地給張恨水打下了深刻的烙印。早在嘗試創作階段，他的《真假寶玉》，就讓《紅樓夢》中的寶玉下凡，同當時舞臺上扮演寶玉的演員查天影、歐陽予倩、梅蘭芳等人進行對比，對名角說長道短。《小說迷魂遊地府記》寫夢魂出殼，遊逛地府，借地府言人

---

[5] 　張友鸞《章回小說大家張恨水》，《新文學史料》1982 年第 1 期。

間事，抨擊北洋軍閥。寫於 30 年代前半期的《秘密谷》，
似乎是從陶淵明的《桃花源記》受到啟迪，描寫兩個現代人
到天柱山探險，在一處「仙境」中遇到避居山中、不知山外
滄桑的明朝遺民後代。「仙人」並非心如古潭，一遇外來刺
激，便挖空心思爭奪皇座，可是待到出山，連謀生都成了困
難。作品以現代探險和古代奇遇的融合，象徵地勾勒與批判
了夜郎自大的士大夫心態與窩裏鬥的國民性，「大概可以當
作一個閉關鎖國的古老民族生存境遇的寓言來讀」[6]。到了
《八十一夢》，古今錯雜、人神鬼交流的藝術天地更是廣闊
無涯。時空顛倒，陰陽交滙，現實世界與幻想世界打通，人
能上天堂「攬勝」，也可下地獄遊歷，不同朝代的歷史人物
伯夷叔齊、墨子、子路、魯仲連、司馬懿，文學人物李師師、
梁山好漢、牛魔王，可以齊聚一堂，古人的亡魂能夠復活，
張士誠大談元末風雲，蘇東坡褒貶宋代人物……夢魂上天入
地，出入古今，荒誕出人意表，意緒卻緊貼現實。《八十一
夢》與老舍的《貓城記》、張天翼的《鬼土日記》等寓言體
諷刺小說，都屬於以怪誕折射現實的奇書。《鬼土日記》透
露出左翼的政治眼光與青春的銳氣，筆鋒尖利，文化諷刺尤
見靈性，而制度諷刺有嫌直露；《貓城記》結構宏大，一氣
貫通，嬉笑怒罵皆成文章，但由於創作心境的危亡焦慮及投
射進作品裏的悲劇結局，作者擅長的幽默未能盡情發揮。這
兩部作品從意旨到文體明顯受到《格列弗遊記》等西方寓言
體小說的影響，或多或少帶有點洋味。比較起來，《八十一

6　楊義：《張恨水：文學奇觀和文學史困惑》，《張恨水名作欣賞》。

夢》由於以單個夢為單元，各夢互不相涉，因而結構相對緊湊，描寫的自由度更大；又因作者熟諳且喜愛古典，所以借助古典資源的地方較多，在整個情境氛圍上有濃郁的民族色彩與歷史韻味。

在 20 世紀上半葉的中國小說史上，恐怕沒有哪一位新文學作家在文體上保持的傳統色彩會比張恨水多。章回小說的基本體式，回目的精警俏皮，白描的質樸自然，意象敘事的含蓄幽邃，都被張恨水繼承下來，譬如評論者常常引以為例的樊家樹與沈鳳喜聯袂彈唱《霸王別姬》突然琴弦崩斷，就仿佛《紅樓夢》黛玉葬花的預言敘事，《金粉世家》甚至連人物設置及有些細節描寫等，也能看出《紅樓夢》的痕迹。但傳統的章回體存在著種種弊病，諸如回目的過分雕琢，濫用典故，陳言套語，敘事拖杳板滯，每回雙峰並峙結構的程式化，詩歌辭賦在整體結構中顯得冗贅，只是為了顯示作者的「才氣」，或者表達某種並不高明甚至迂腐的觀念，等等，也曾成為張恨水的負擔，他的前期創作中就或多或少留有一些舊痕，尤其是第一部長篇《春明外史》，上述弱點幾乎都能找得到。然而，隨著自身創作經驗教訓的積累，加上外面文學新潮的刺激與感召不斷加強，他的革新意識越來越自覺，創新的步子越來越大。

1944 年 5 月，他在答謝友人賀壽的盛意時，就對自己的創作做過這樣的總結：「關於改良方面，我自始就增加一部分風景的描寫與心理的描寫。有時，也特地寫些小動作。實不相瞞，這是得自西洋小說。所有章回小說的老套，我是一向取逐漸淘汰手法，那意思也是試試看。在近十年來，除

了文法上的組織，我簡直不用舊章回小說的套子了。嚴格的
說，也許這成了姜子牙騎的『四不像』。」[7]中國傳統小說
的景物描寫，一則量少，二則程式化，三則往往文氣十足，
夾雜在白話敘事中甚不諧調，總的來看，尚無獨立的品格。
張恨水對景物的重視顯然超過了前人，不僅社會言情小說中
有大段的寫景，而且就連寓言體的《八十一夢》也不乏景物
描寫。景物描寫有時與人物心理或情節發展密切相關，如《春
明外史》第二十二回楊杏園給梨雲送殯時的雪景描寫，越發
暗得緊了的天色，飄飄蕩蕩越來越大的雪花，收拾未盡的蘆
在風中的瑟瑟響聲，槓夫足下的踏雪聲，加重了淒慘的氣
氛。有時則貌似疏離，實則有一種電影的「空鏡頭」效果，
又似書法的「飛白」，還像樂曲中的休止符，對於人物刻畫
與情節推進而言，屬於不寫之寫，似斷還續。如《八十一夢》
第八夢開頭的月景描寫，深藍色的夜幕上，猶如鏡子一樣的
月盤，給山面上輕輕塗了一層薄粉，山谷裏閃爍的燈光仿佛
有點詩意。表面上看，這與後面的「生財之道」沒有必然的
聯繫，實際上，則如詩歌中的起興，讓「我」聯想到李白低
頭思故鄉的詩句，喚起鄉愁，從而與後面所要譏刺的大發國
難財形成鮮明的對照。景物描寫盡力追求個性化，同是寫月
景，此時此地之月不同於彼時彼地之月，極少重復之處；而
且也用白話寫景，力避套語，與寫人、敘述故事的語調諧調
一致。傳統小說的心理描寫長於通過人物的言語和動作顯
現，有時也借助夢境展開。張恨水小說繼承了這些長處，動

7　張恨水：《總答謝──並自我檢討》。

感強，夢境出入自然，同時也學習西方文學的手法，引入了人物的內心獨白與敘事者的心理剖析。《金粉世家》第九十回冷清秋望月傷神，想到嫦娥偷吃后羿的靈藥飛升廣寒宮的傳說與古人詠嫦娥的詩，感慨無限。這裏，人物的內心活動、敘事者的插入剖析與自然景物交織互滲，構成一個月光一樣清澈而幽邃的審美意境。風景描寫與心理描寫分量的加重與方式的變革，無疑為章回小說大大拓展了藝術空間。

在敘事結構與敘事手法上，張恨水對傳統的套路和新潮的樣式廣收博采、重新熔鑄。鑒於《儒林外史》、《官場現形記》類似短篇的連綴，缺少貫通的人物與情節，他在幾十萬字乃至近百萬言的長篇裏，安排一個貫穿始終的主角，借主角的眼光與經歷展示社會面貌、民俗風情與社會心態，情節直接或間接地有所勾連，結構顯得圓融而舒展。但像《八十一夢》，由於寓言體諷刺的需要，在某種程度上是對傳統的復歸，十四個夢之間雖然沒有直接的關聯，但是，夢這一象喻形式相同，構思的奇警怪誕相通，而且夢的諷刺、憤懣、抨擊的意緒一脈貫通，仿佛一個個相對獨立的珠子串成了一串，倒也渾然一體。傳統章回體小說的內部結構，由於對偶式思維及其在回目上的表現——對仗的聯句——的制約，一般每回都是雙峰並峙，張恨水也曾搬用過這一程式，但後來漸漸弱化對偶性，以至不少作品乾脆每回只設一個高潮，以便集中描寫，在簡練中求得了深入。作為章回小說門面的回目，自然也不是墨守成規，1935 年在上海《立報》發表的《藝術之宮》，就已經不用對仗的回目了。抗戰期間的《衝鋒》、《八十一夢》、《牛馬走》，抗戰勝利後發表的《巴

山夜雨》、《紙醉金迷》等，作品的章題，更為自然、俗白、自由，從單字到八、九個字，長短不等，自有一種參差之美。至於中後期有些小說仍用對仗的回目，機智俏皮依舊，但已少了早期的雕琢氣。章回題目的自然簡潔正是結構自由舒展的反映。張恨水閱讀過大量的包括小說、傳記等在內的傳統史傳文學，對前人運用得出色的敘事方法──諸如白描、意象、渲染、穿插、剪裁等等，仔細揣摩，可謂爛熟於心。同時，他也注意吸收西方文學的長處，他還是個電影迷，對電影蒙太奇等頗感興趣。他逐漸把傳統的與新潮的、中國的與西方的、文學的與其他藝術門類的敘事手法熔為一爐，既有細針密縷，也有大刀闊斧，敘事方式走向多樣化，削減了一些傳統章回體敘事的粘滯、拖沓、緩慢、呆板。到了四十年代，他的小說敘事的現代性相當明顯，有的作品可以說進入了先鋒的行列。《八十一夢》的《第十夢　狗頭國一瞥》裏，錯覺被巧妙地加以運用，譬如：聽萬士通介紹這島是世界上叫花子最多的一個國家，小巷子是叫花子所走的，我順著這條巷子向前走，「不到十丈遠，就見兩具叫花子屍體躺在地上，有一具屍體，用草席蓋了半截。另一具赤身露體，皮膚變成了灰黑，骨頭根根由皮裏撐出來。我正驚異著，只管向前走，遠遠看到一片大海，直接天腳。有幾隻懸海盜旗子的帆船，在水上出沒。那些逃跑了的叫花子不見了，由近而遠，直到海灘，都是大大小小窮苦的屍骨堆，我仔細看時，又不是屍骨，有的是人家花園的圍牆，牆角下的石頭刻了裸體人像，有的是汽車間車門上的石刻。我所看的窮人屍骨，是我眼睛看錯了，實在是富強人家牆基上的石刻。這雕琢工夫真

好，個個都有精彩的表演姿勢，我正賞鑒著，不料那些石刻，一齊活動著，大喊一聲，向我撲來。」由於先前朋友的介紹與確實看見了屍骨，所以敘事者產生了錯覺，然而剛剛定下神來認定眼前不過是石刻，卻突然活動起來，喊叫著撲來。似真似幻，亦真亦假，情境怪誕，意象跳宕，很像新感覺派的筆法，自有一種奇異的閱讀效果。

傳統章回體多取全知全能的視角，敘事者無論是隱藏在背後，還是直接出面提醒列位看官，都仿佛高居雲端的智者，視角缺少變化。張恨水的章回體小說有全知全能的視角，也有故意給讀者留下想象空間的限制性視角，有第一人稱的遊歷者視角，還有化為主人公的體驗視角，多種視角交織並用，活躍了敘事氛圍，拓展了敘事空間。他的小說語言，前後期變化也比較明顯。《春明外史》等作品，插入了不少文言的詩歌辭賦，又沿用一些套語，文氣外露，典雅有餘，且提煉不夠，有嫌冗贅；後期作品，摒棄了炫耀文采與抒發感情的文言詩賦，增加了一些現代口語的平易自然，但仍是保持了傳統章回小說的基本語調。張恨水與老舍同樣繼承了《紅樓夢》與《兒女英雄傳》等所代表的白話傳統，比較起來，老舍的語言是提純了的口語，更為質樸自然，也更為精練純淨；張恨水的語言則是改造了的書面白話，俗中有雅，自成格調。

張恨水對章回小說的革新，即使在激進的左翼文壇上，也並非沒有慧眼識珠者。在《啼笑因緣》受到左翼激烈批評之時，茅盾就曾在將其思想意識判定為「半封建」的同時，認為在寫作技巧方面，自有其長處，在通俗教育方面，也還

不失為一個可利用的工具[8]。1946 年，茅盾在認真比較了一些作家的章回體作品之後說：「三十年來，運用章回體而能善為揚棄，使章回體延續了新生命的，應當首推張恨水先生。」[9]

　　隨著歷史的發展，市民階層以及其他讀者群的知識構成、文化視野、審美情趣等都會發生深刻的變化，對於後來人來說，也許張恨水小說顯得文氣嫌重，不甚精練，節奏緩慢，但作為曾經贏得廣大讀者喜愛的文學作品，將成為文學史研究的典型現象。張恨水以他對傳統文學的綿綿深情與對廣大市民讀者的拳拳之愛，為章回體小說的現代化轉化傾注了幾十年的心血，其執著精神與豐碩成果，在 20 世紀中國小說史上書寫了不可磨滅的一頁。研究張恨水現象，不僅有助於「真正理解中國小說在 20 世紀轉型過程中沈重的失落感，以及突破舊程式的艱難步伐」[10]，而且可以激勵今人乃至後人在多元化的世界文化格局中，自覺地繼承與弘揚民族文化的優秀傳統，自主地實行傳統的現代化轉化，為人類文明作出中華民族應有的貢獻。

---

[8]　參見張恨水：《一段旅途的回憶》，1945 年 6 月 24 日《新華日報》。

[9]　茅盾：《關於呂梁英雄傳》，《中華論壇》第 2 卷第 1 期，1946 年 8 月 22 日。

[10]　楊義：《張恨水：文學奇觀和文學史困惑》，《張恨水名作欣賞》，中國和平出版社 1996 年版，第 2 頁。

第六章

湘西山水的野性與靈氣

　　新文學的第一、二代作家，絕大多數都是城市文明的產兒，或是曾經留學異邦，直接沐浴過歐風美雨，或是在國內接受過正規的新式教育，間接地汲取異域文學養分。沈從文沒有這樣幸運，他只在閉塞的湘西上過小學，直到五四新文化運動落潮時，他才驚奇地發現原來山外竟然還有這樣一個廣闊而新奇的世界。他可以算是自學成才的作家，卻是現代文學史上屈指可數的高產作家之一，作品結集出版的就約有80多部，其中短篇小說150篇以上，中長篇小說十部左右。他的獨特之處不止在於他的特殊經歷與驚人的創作量，更在於，他以「鄉下人」的眼光打量世間萬象，以湘西山水的野性與靈氣創造出中國現代文學史上獨一無二的「湘西世界」。沈從文對湘西世界的傾心描繪，頗似福克納對約克納帕塔法的專注開掘，但他不是像福克納一樣清算那塊土地上精神遺產的不良影響，而是恰恰相反，不僅要為向來被人誤解的故鄉正名，更是要藉此為民族精神的發現與重構而盡力。其自由而自許的精神傲骨與波詭雲譎的文體實驗，在當時令人耳目一新，對後世亦有多方啟迪。

一、在湘西世界獲得創作自由

　　沈從文（1902-1988），原名沈岳煥，苗族，湘西鳳凰人。早年曾經有過 5 年湘西軍旅生涯，1922 年到北京，求學未果，走上創作道路。

　　沈從文的初期小說，從題材上可以劃分為兩大類：一類是都市圖景，一類是鄉土回憶。城市人的奢靡、虛偽與鄉下人的貧困、樸厚，構成一種鮮明的對照。沈從文以鄉下人自居，對鄉土的眷戀與自許大於遺憾與鞭撻，對都市的厭惡與嘲笑壓倒了驚詫與欣羨。他不怕鐵硬的殘酷而恐懼溫柔的誘惑，對都市的憎惡、逃避中隱含著幾分自憐與自戀。他似乎要通過都市圖景的描繪來戰勝自卑，通過湘西的鄉土回憶來尋找心靈的慰藉，確立人格與創作的自信。

　　真正使沈從文找到創作自由、確立藝術個性、創造文學輝煌的，正是湘西世界。

　　在這裏，人的自然生命力得到肯定與張揚。女性的豐乳肥臀，成為美的象徵，「白臉長身見人善作媚笑」，被當作可愛女性的典型特徵反覆提及。《蕭蕭》表現的抱郎妻現象，還有對「有悖婦德者」以沈潭或發賣加以懲處的習俗，都是不人道的，蕭蕭 12 歲嫁給不到 3 歲的丈夫，顯然是一樁荒唐的婚姻。3 年後，花狗唱亂了蕭蕭的心，蕭蕭遂了花狗的意，生命的自然律動對不人道的婚姻提出了抗爭。作品的特出之處在於，沒有為了加強批判力量而渲染悲劇結局，而是出人意料地給蕭蕭留下一條生路：伯父不忍把蕭蕭沈潭，生了個團頭大眼的兒子之後，也不將蕭蕭

另嫁。不在乎傳統倫理向來注重的子嗣血緣的純潔性與妻子的貞操，而是看重「團頭大眼的兒子」，這正反映了湘西人對自然生命力的重視。

對自然生命力的崇尚，在一定程度上消解了倫理價值與社會價值。《第一次做男人的那個人》，沒有像一般作品那樣對嫖妓的男子作道德評價，或對產生妓女現象的複雜背景進行社會批判，而是如實地描寫了男主人公的第一次性生活給他作為一個男人在心理與生理上帶來的種種新奇體驗——「女人是救了他，使他證實了生活的真與情欲的美」。他的癡情與厚道感動了賣笑女子，向他真誠地表示愛意，然而，男子想到自己生活的漂泊不定、時時擔心到餓死，便躊躇、沈默起來。人性的自然層面的歡欣，一旦轉到社會層面，就染上了憂鬱色彩。《柏子》的水手柏子，沒有文化人那麼多的感傷。他像他的許多同行一樣，在水上辛苦勞作一個月，回到停靠的碼頭，把風裏浪裏賺來的幾個銅錢與積蓄了一個月的精力，一起送給吊腳樓上的意中人。他們從不曾要人憐憫，也不知道可憐自己，從來不為此後悔，而是樂於沈浸在快樂的回憶之中，以為他的所得抵得過一個月的一切勞苦，抵得過船隻來去路上的風雨太陽，抵得過打牌輸錢的損失。在沈從文的許多作品裏，水手與妓女，其形式有別的「水上生意」的社會涵義被悄然省略掉了，作品張揚的是生命的力量，二者的歡會成為生命力蓬勃旺盛的象徵，《柏子》就潑墨般地渲染了水手柏子公牛般的雄強與妓女的熱烈及其恣意縱情的歡會。如果說《柏子》一類的作品，是把底層社會、尤其是女性的社會悲劇化為張揚生命力的正劇的話，那

麼，《參軍》對生命原欲的表現，則出之以喜劇式的速寫。
在這篇小說裏，先是有命令說部隊馬上要開拔，隨後又取消
了開拔的命令，身穿舊中校服的老參軍屢屢去騷擾弁兵與相
好女人的「告別式」，表面上說是擔心弁兵過勞或「算帳」
中止而落病，實際上恰恰反映了這位已屆天命之年的老軍官
身心深處湧動的原欲。《道師與道場》裏，恪守經義的師兄
在師弟的鼓動與策劃下，終於陶醉在美酒與溫柔鄉中。這兩
篇作品以諧謔的方式肯定了生命的自然律動。

　　本色天然，適性得意，才有了敢想敢愛，敢作敢為的湘
西性格，而不是像城裏人那樣拿張作致，矯揉造作。在沈從
文的小說裏，不止「花帕族的女人，在戀愛上的野心等於白
臉族男子打仗的勇敢」，大膽地向神巫求愛（《神巫之愛》），
一般女兒家，只要是稟賦了崇山麗水的野性與靈氣，都樂於
綻開蓓蕾承領性愛的甘霖。《雨後》裏「春江水暖鴨先知」
的少女，見景生情，以「我也總有一天要枯的」言辭挑逗少
年四狗「撒野」，在雨後清新的氛圍中，兩個人合成了一個，
「四狗給她一些氣力，一些強硬，一些溫柔，她用這些東西
把自己陶醉，醉到不知人事」。作品以細膩的筆觸渲染少男
少女生命體驗的難以言傳的快意，又插入敘事者的言說——
「四狗幸好不認字，不然這一對，當更不知道在這樣天氣下
找應當找的快樂了」，這分明表現出對壓抑人性的所謂文化
的否定，對自然生命力的崇尚。即使是妓女，在敢恨敢愛的
人格上也予以肯定。《邊城》就這樣寫道：「便是作妓女，
也永遠那麼渾厚，遇不相熟的人，做生意時得先交錢，再關
門撒野，人既相熟後，錢便在可有可無之間了。妓女多靠四

川商人維持生活，但恩情所結，則多在水手方面。感情好的，互相咬著嘴唇咬著頸脖發了誓，約好了『分手後各人皆不許胡鬧』，四十天或五十天，在船上浮著的那一個，同留在岸上的這一個，便皆呆著打發這一堆日子，盡把自己的心緊緊縛定遠遠的一個人。尤其是婦人感情真摯，癡到無可形容，男子過了約定時間不回來，做夢時，就總常常夢船攏了岸，一個人搖搖蕩蕩的從船跳板到了岸上，直向身邊跑來。或日中有了疑心，則夢裏看見男子在桅上向另一方面唱歌，卻不理會自己。性格弱一點的，接著就在夢裏吞鴉片煙，性格強一點兒的便手執菜刀，直向那水手奔去。……」

　　柔情似水的女子尚且如此，天性剛烈的男性更加強悍不羈。《說故事人的故事》的男主人公——弁兵頭目，因為傾慕夭妹的膽識與美麗，同這個被囚的女大王密謀一道上山，並且竟敢賺進並非本部的川軍獄中，大天白日做了「那呆事情」，結果被本部師長下令槍斃。讓人稱奇的是這個弁目惹了天大的禍並不害怕，也不後悔，敘事者冷靜的敘述中隱含了對這個響當當的硬漢的贊佩。《虎雛》的小主人公原是軍官的小護兵，因其聰明伶俐，被長官的兄長留在上海，要他讀書，希望他另走一條更宜於他的生活道路。無奈野性已經鑄成，一旦有外因觸及，立刻野性復發。他與一個進城的馬弁上街，情急之中殺了人，只好逃之夭夭，讓有意培養他的文化人大失所望，倒是印證了小護兵上司先前的預見。敘事者沒有去追索導致虎雛殺人的起因，那樣或許可以為自己所喜愛的人物作道德的開脫；也沒有進行簡單的道德批判，而是在表現野性的難以馴服

時，給予一種悟解之後的認同。《建議》的男主人公是一個年輕、有力、不懶惰的工人。在一次受兩個流氓欺負時，得到一個軍人的幫助，從此兩人結為好友。軍人建議殺死倒賣軍火的私販子，攫取其不義之財，他不甚情願地答應下來。不料狡猾的私販子改變了接頭地點，使他們的計劃落了空。當他掃興回去的時候，路遇牧師，酒後的牧師以居高臨下的姿態絮絮叨叨地對他傳教，還在推扯之中發現了他帶著打劫的小錘，揭穿了他的預謀。工人沒有實現的犯罪欲望一下子有了對象，在醉意與憤怒等複雜情緒夾雜中殺死了牧師。作品沒有在貧富之差、土洋之異等方面挖掘犯罪根源，而是著力表現人的原欲的執著與強悍，一旦發動起來，就很難控制。對這種「出格」的性格的表現，蘇雪林的一段評論不無道理：沈從文的理想「是想借文字的力量，把野蠻人的血液注射到老邁龍鍾頹廢腐敗的中華民族身體裏去，使他興奮起來；年輕起來，好在廿世紀舞臺上與別個民族爭生存權利。」「沈從文雖然也是這老大民族中間的一份子，但他屬於生活力較強的湖南民族，又生長湘西地方，比我們多帶一分蠻野氣質。他很想將這分蠻野氣質當作火炬，引燃整個民族青春之焰。所以他把『雄強』、『獷悍』整天掛在嘴邊。他愛寫湘西民族的下等階級，從他們齷齪，卑鄙，粗暴，淫亂的性格中，酗酒，賭博，打架，爭吵，偷竊，劫掠的行為中，發現他們也有一顆同我們一樣的鮮紅熱烈的心，也有一種同我們一樣的人性，哪怕是炒人心肝吃的劊子手，割負心情婦舌頭來下酒的軍官，謀財害命的工人，擄人勒索的綁票匪，也有他的

天真可愛處。」[1]

正是在崇尚人的自然生命力的前提下，愛的力量得到了充分的張揚。《龍朱》的白耳族王子龍朱，美麗強壯像獅子，溫和謙馴如小羊，成為當地美與愛的象徵。他鍥而不捨地追求理想的愛情，終於如願以償，找到了最美麗的花帕族姑娘。故事情節相當簡單，但主僕關係的設定及其展開，對歌求偶的風俗描寫，營構了一個伊甸園般的愛情樂園，每一支歌都像是一串豐滿晶瑩的甜蜜葡萄。後來，沈從文把龍朱與虎雛用作自己的兩個兒子的名字，可見他對筆下人物的喜愛之深。《神巫之愛》在帶有神秘色彩的巫風氛圍中，表現出愛的巨大力量。面對花兒一樣的花帕青裙的美貌女子，神巫毫不動心。他之所以拋棄了無數聰明若冰雪、溫柔如棉絮、精緻似美玉的女子的熱情，緣自一種奇怪的念頭：「他不願意把自己身心給某一女人，意思就是想使所有世間好女人都有對他長遠傾心的機會。他認清楚神巫的職分，應當屬於眾人，所以他把他自己愛情的門緊閉，獨身下來，盡眾女人愛他。」這其實是一種以壓抑人性為代價的神性之愛。但他畢竟是有著七情六欲的人，一個長髮白衣少女的秀媚通靈的美目流盼，終於使他神性迷亂，春心萌動。在經歷一番挫折之後，他到底越窗來到白衣少女的寢室，顫抖著走近人性之愛。

愛使人勇敢，使人癡迷，有時也使人迷狂得做出悖情之舉。沈從文就寫了幾種奇特的變態之愛，從反向表現了愛的力量。《都市一婦人》的女主人公相貌俏麗，氣質優雅，然

---

[1]　蘇雪林：《沈從文論》，《文學》第 3 卷第 3 號。

而幾度婚戀均不遂人意：初戀的科長狂熱過後不願承擔生活的責任，小小爭執之後便拂袖而去；中年的總長娶她做姨太太，妻妾爭寵的日子沒過多久，總長就遇刺身亡；跌落風塵之後，牽連上人命官司，幸被擔任法庭審判主席的老將軍憐香惜玉，納為秘密別室，但不幸的是不久老將軍就死於政治事變。於是她厭倦了愛情生活，把熱情投入到老兵俱樂部的工作當中去。不料，一個年輕上尉再次燃起了她的情欲之火，很快便被她俘虜到石榴裙下。曾經飽嘗愛情苦果的女人，為了永久獨佔上尉的感情世界，竟然用有毒的草藥將上尉弄成雙目失明，只是一次意外的翻船事故才結束了這場病態之愛的悲劇。作品借一個熟悉上尉夫婦的人物之口說：「一個有了愛的人，什麼都作得出，至於這個女人，她作這件事，是更合理而近情的！」敘事者感歎大多數女子「把氣派較大，生活較寬，性格較強，都看成一種罪惡」，而她們自身「不是極平庸，就是極下賤，沒有什麼靈魂，也沒有什麼個性」。「那個婦人如一個光華炫目的流星，本體已向不可知的一個方向流去毀滅多日了，在我眼前只那一瞥，保留到我的印象上，就似乎比許多女人活到世界上還更真實一點。」在敘事者的心目中，追求愛情的熾烈淡化了手段的殘忍。《醫生》描寫了一樁奇遇：醫生被劫持到一個山洞，處於執迷狀態的劫持者，許是相信了人死七日可以復活的傳說，執意要他把一個分明已經死去兩天的美麗女人救活。女人那一身式樣十分古怪的衣服，還有衣服上的許多黃土，給人留下了許多疑點，果然，後來劫持者承認是從墳裏將她掘出、背來。死者因何而死，劫持者為何將她背到山洞裏來？都是解不開

的謎團。但從劫持者劫持醫生的鹵莽匆迫、相信能夠起死回生的執著癡迷與採折許多美麗的山花供奉在洞中女人身邊的虔誠體貼，似乎可以揣測與愛有關。《三個男人與一個女人的故事》與此篇雖無直接的聯繫，但從主題意旨及情節順序來看，不妨可以看作它的前篇。三個地位卑微的男人，一個是豆腐鋪小老闆，一個是軍隊的傷殘號兵，一個是作為敘事者的小班長。他們不約而同地愛上了商會會長的千金小姐，這裏沒有多角戀愛的糾葛，而是刻畫了他們共同的淒苦的單相思。明知無望，還是癡心不改。小姐無緣接近，只好以接近小姐的愛犬作為感情的慰藉與彌補。不料，這個花季少女不知何故吞金自殺，誠然這是人間的不幸，也確曾給三個默默的愛戀者帶來心靈上的撞擊。但對於他們來說，未始不是一種不無快意的解脫，因為他們無須為將來哪個有福之人娶走小姐而嫉妒並憤怒了。事情並沒有結束，小姐下葬以後，三人之中起碼有兩人關注起小姐的墓穴來了。可是等號兵去墓地準備實施計劃時，竟發現已經人去墓空。接著又發現豆腐鋪小老闆已經不知去向。後來有人說「這少女屍骸有人在去墳墓半里的石洞裏發現，赤光著個身子睡在洞中石床上，地下身上各處撒滿了藍色野菊花」。這種事情在現實生活中無疑被視為醜惡之事，向來為倫理道德所不容，作者的散文裏，就真實地記敘了作為小說原型的盜屍者被處以極刑的悲慘結局。小說是根據生活中的實事創作的，但在小說裏，作者無論如何不忍保留這樣的結局，如果那樣就變成了一則駭人聽聞的事件的復述，或者類似於古代的《十洲記》、《搜神記》、《世說新語》裏的奇聞逸事了。作者所要表現

的不是神魔的奇幻怪譎，而是人間的真率執著，不是清雅之
士的雅語清言、風流韻事，而是底層社會因百般壓抑而屈折
變形的生命原欲。經過沈從文的魔筆點化，使作品在奇異的
愛的光焰照耀下，化腐朽為神奇，變醜陋為美麗，還悖德以
人情味，將現實合理性寄寓在怪誕之中：活著時由於身份地
位的巨大差異無緣相愛，只有死後才能用背倫的方式得以親
近，這正是底層社會的無涯苦惱。於是，讀者由詫異轉成理
解，將厭惡化為同情了。

在沈從文的湘西世界裏，與葳蕤蓬勃的自然生命力相映
生輝的，是一個人性的理想王國。《會明》裏的老兵會明，
從國民軍討袁時即任火夫，等到全連戰死的戰死，高升的高
升，這個天真如小狗、忠厚馴良如母牛的老兵，依然身上纏
裹著那面象徵著連隊榮譽的旗子，誠信著多年前蔡鍔將軍的
愛國思想，在火夫的職位上按照規矩做著粗重骯髒的雜務。
成千成百馬弁、流氓都做了大官，而他在別人看來只長進了
他的呆處。「他正像一株極容易生長的大葉楊，生到這世界
地面上，一切的風雨寒暑，不能摧殘它，卻反而促成它的堅
實長大。」他單純得可愛，聽說要有戰事，寧可早戰，也不
願五黃六月開戰，因為那時無論誰戰死，都會腫脹、糜爛得
不忍目睹。一旦議和的局勢成熟，他便為一連人沒有一個人
腐爛而慶幸，並且陶醉於母雞與雞雛的安寧世界之中。《燈》
裏的老司務長也有一顆單純善良的赤子之心，懷戀未經督辦
省長之類敗壞時的好人好風俗，痛恨專門欺壓百姓的土匪、
軍閥，奉行忠誠正直的傳統道德，對昔日長官的少爺無微不
至地予以關切，猶如一個十八世紀的老管家。沐浴過血雨腥

風的行伍中人尚且如此，在青山綠水中長大的鄉間少男少女
更是這樣。《三三》裏的少女三三，一派清水出芙蓉的清新
之氣，她被那個到鄉間養病的城市青年的虛幻身影喚起了朦
朧的愛情，對絕無希望的事情抱有隱隱的希望，一旦養病者
病逝，她還要默默咀嚼著淡淡的哀愁。《月下小景》裏的少
女被寨主的兒子儺佑溫柔纏綿的歌聲與超人壯麗華美的四
肢所征服，在萬物成熟的金秋，兩個年輕美麗的生命忘記了
當地的魔鬼習俗，自然而然地融為一體，可當他們從愛情的
迷醉中清醒過來，意識到按照女子本族的規矩——女子同第
一個男子戀愛，卻只許同第二個男子結婚，否則將受到石磨
捆身、墜入深潭或地眼的嚴酷處罰。「沒有船舶不能過河，
沒有愛情如何過這一生？」未曾出過大山的年輕人，以為人
世間已經沒有他們的出路，於是毅然決然地咽下了梧桐子大
小的毒藥，在業已枯萎了的野花鋪就的石床上看著明月隱入
雲中。《媚金‧豹子‧與那羊》描述了又一個為愛殉身的淒
美故事：白臉苗最美麗風流的女子媚金，與鳳凰族相貌極美
又頂有一切美德的年輕男子豹子，因唱歌而心心相印，相約
夜裏在寶石洞裏相會，實現人生最甜美的融合。媚金吃過晚
飯，換過內衣，身上擦香油，臉上擦官粉，早早去了寶石洞。
她用乾麥桿草鋪好了石床，安置好了為豹子準備的酒葫蘆與
繡花荷包，解開首巾，拆鬆髮髻，在黑暗中等待年輕壯美的
情人快快到來。媚金在等待中輕輕地唱著一切的歌，娛悅自
己。她用歌去稱讚山中豹子的武勇與人中豹子的美麗，又用
歌形容到自己此時的心情與豹子的心情。媚金頗有屈原《九
歌》裏山鬼的癡情及幽怨，又比山鬼剛烈。當她看見天已快

亮而情人未到，便以為他失信而感到受辱，忿然自殺。等到豹子終於趕到寶石洞，解釋他原來是為了找到一隻象徵著純潔的純白小羊耽擱了時間，媚金這才得到了安慰。癡情而剛烈的媚金又是柔和而寬容的，她得知真情後勸豹子乘天未大明遠走高飛，但豹子不肯聽從媚金的勸告，拔出媚金胸脯上的刀子槊進了自己的胸脯。如此癡情與剛烈、重信而自尊，難怪會留下一個動人的傳說。

　　《邊城》（上海生活書店 1934 年 10 月初版）更是一幅純淨無瑕的至美人性的長軸。湘西小城茶峒，依山憑水，風俗淳樸，人們重義輕利，守信自約，「即便是娼妓，也常常較之講道德知羞恥的城市中人還更可信任」。掌水碼頭的船總順順，當過軍隊的什長，卻毫無霸道之氣，明事明理，正直平和，豪放豁達，對有難求助的，莫不盡力幫助。在城外溪邊碧溪岨擺渡的爺爺和翠翠，更是深得山之厚重水之清澈。爺爺古道熱腸，吃了茶峒人供給的口糧之外，決不肯再收過渡人的錢，過渡人硬塞，能退回的便退回，退不回去的就用來買茶葉和草煙，招待過渡人。翠翠的家世就是一曲美麗清純的戀歌。老船夫的女兒與茶峒屯戍軍士在熱戀中孕育了愛情的種子，當時最好的出路是一同向下游出走，但一個離不開孤獨的父親，一個也慮及毀損軍人的名譽，軍士以為一同去生既無法聚首，一同去死當無人可以阻攔，便首先服毒殉情。姑娘待到女兒出世，也吃了許多冷水追隨情人幽魂。青山綠水養育的翠翠，心靈如同她那一對眸子一樣明澈，天真活潑，從不想到殘忍事情，從不發愁，從不動氣，儼然一個無憂無慮的小天使。順順家的大老與儺送兄弟二人

都愛上了翠翠，大老託人前來說媒，可翠翠喜歡的卻是儺送。兄弟二人無法定奪，只好以當地求愛傳統的唱歌來決定。大老自知不是對手，憮然出船，不幸溺水身亡。傷於失兄之痛的儺送心中有了芥蒂，埋怨老船夫樸訥不痛快，也駕船遠遊。一個暴風雨之夜，白塔倒塌了，渡船漂走了，爺爺也在雷雨將息時悄然去世，只有爺爺的朋友、好心的老馬兵前來為翠翠作伴。圯坍了的白塔重新修好了，可是那個在月下唱歌，使翠翠在睡夢裏為歌聲把靈魂輕輕浮起的儺送，還會回來嗎，卻是個未知數，留下一個淡淡憂傷的尾音。邊城簡直是桃花源的翻版，這裏沒有一個惡人，連在一般作品裏被寫成兇神惡煞般的戍軍長官，在這裏也是一派溫和面貌，端午節賽龍舟時，為了與民同樂，在水中放入 30 隻雄性鴨子，任人捉取。這裏也沒有是非之爭，大老溺水身亡，是個偶然事故，對於一個情場失意者來說，又未始不是一種解脫；爺爺悄然而逝，仿佛是回歸自然，敘事者沒有釀造悲劇氣氛。整篇作品猶如一片白丁香，在淡雅的色調中散發出一股不甚濃烈但足以醉人的幽香。

　　作者的家鄉人情固然質樸，但歷經千百年來的政治風雨摧折，尤其是在 20 世紀以來「近代文明」的步步緊逼之下，何嘗如此清澄、安寧。在現實生活中，以船總的地位，或許要有幾多蠻橫霸道也說不定。《邊城》創作期間，因為探望母親，沈從文回了一次湘西，在他的散文以及部分小說中，分明留下了「清黨」大開殺戒、稅吏敲詐等負面的印記。但在這部作品裏，他顯然是對生活進行了提純，濾掉了一切雜質，按照理想的樣子完成了一幅桃花源般的圖畫。這不是寫

實，而是有感於社會爾虞我詐、人性蛻變，特意創造一個參照物，給人們以靈魂的慰藉與引導。1933 年，報刊上展開了關於「民族文學」、「農民文學」的討論，他寫這部小說，意在提出一個自己的構圖。1936 年，他這樣回顧說：「這作品原本近於一個小房子的設計，用料少，占地少，希望他既經濟而又不缺少空氣和陽光。我要表現的本是一種『人生的形式』，一種『優美，健康，自然而又不悖乎人性的人生形式』。我主意不在領導讀者去桃源旅行，卻想借重桃源上行七百里路酉水流域一個小城小市中幾個愚夫俗子，被一件普通人事牽連在一處時，各人應有的一分哀樂，為人類『愛』字作一度恰如其分的說明。……只看他表現得對不對，合理不合理。若處置題材表現人物一切都無問題，那麼，這種世界雖消滅了，自然還能夠生存在我那故事中。這種世界即或根本沒有，也無礙於故事的真實。」「這世界上或有想在沙基或水面上建造崇樓傑閣的人，那可不是我。我只想造希臘小廟。選山地作基礎，用堅硬石頭堆砌它。精緻，結實，勻稱，形體雖小而不纖巧，是我理想的建築。這神廟供奉的是『人性』。」[2]這些話道出了《邊城》乃至整個湘西系列人性畫卷的創作動機。

　　他曾把創作分為兩種，一種是「為大眾苦悶而有所寫作的」，一種是「為這個民族理智與德性而來有所寫作的」[3]，他說對前者表示尊敬，對後者則是愛。的確，他自己就大致

2　沈從文：《從文小說習作選・代序》。
3　沈從文：《鳳子・題記》。

屬於後者。《龍朱》的故事情節展開之前，敘事者告白說：
為了消解城市道德虛偽庸懦的大毒，追回熱情、勇敢與誠實
的高貴品格，重新建立起信仰與自信，從悲慟與消沈中解脫
出來，他才來追懷百年以前另一時代的白耳族王子。這不僅
是《龍朱》一篇作品，而且是整個湘西系列的指歸所在。他
對審美效應的期待，既不是政治功利性的，也不是苦悶宣泄
性的，而是審美的愉悅和「向善」的引導。他所說的「向善」，
不屬於一般的「做好人」的理想，而是「讀者從作品中接觸
了另外一種人生，從這種人生景象中有所啟示，對『人生』
或『生命』能做更深一層的理解。」[4]其實，這也正是京派
的理論前驅周作人所倡言的：「藝術是獨立的，卻又原來是
人性的」[5]。毫無疑問，沈從文的創作最能代表京派的精神
指歸與藝術傾向。

　　沈從文描寫湘西的桃花源景象時，通常時代是模糊的，
時空有一種懸浮感。而一旦回到實有的時空，則難免要觸及
種種腐惡與痛苦，「靜穆」就不能貫徹到底了。《七個野人
與最後一個迎春節》裏，北溪村的七個男子要作化外之民，
他們寧可過簡單而平和的日子，保持本族直率慷慨的性格，
也不願接受官府的統治，讓道義與習俗被外來文化所傳
染……這七個硬漢反抗無效，只好搬到山洞去住。又一個迎
春節來臨，北溪村人紛紛跑到山洞去聚會過傳統的狂歡節，
忘形地笑鬧跳擲。然而，第三天，有七十個持槍帶刀的軍人，

---

[4]　沈從文：《短篇小說》。
[5]　周作人：《自己的園地》，1922 年 1 月 22 日《晨報副鐫》。

由一個統兵官用指揮刀調度，圍住野人洞，砍下七顆頭顱帶回北溪，掛在稅關門前大樹上，罪名是圖謀傾覆政府，有造反心。凡到洞中吃酒的，自首則酌量罰款，自首不速察出者，抄家，本人充軍，兒女發官媒賣作奴隸。這簡直就是一部血腥的邊民馴服史了。

　　如果說這還只是已被北溪人遺忘了的陳年舊事的話，那麼，現實中的血腥更是讓人驚心動魄。《我的教育》裏，已被殺戮麻木了的軍人，以看殺人為樂趣，拿攀上塔去撥示眾的人頭的眼睛為遊戲。《黔小景》路上無名人頭屍身，少年挑著不知名主、不知何故被砍下的人頭進城。《還鄉》表現了人們因「清黨」而引起的恐懼。《失業》通過一個譯電員的內部透視，揭露出所謂清鄉剿匪不過是軍隊濫殺無辜、搜刮民財的藉口。《新與舊》從歷史的進步與倒退的視角，描寫了當局為了鎮壓共產黨，竟用起了早已廢止的砍頭刑罰。可見，在沈從文的文學世界裏，不僅存在著都市與鄉下的對比圖景，而且湘西也不是清一色的桃花源，只要他從人性小廟探出頭來，就無法回避戕害人性的暴虐殘忍。

　　民風樸厚也不意味著忠厚、馴順的一成不變。《丈夫》寫了一種湘西特殊的風俗：生計艱難的鄉下，不呱呱於生養孩子的婦人，到城市做船上「生意」，把一部分收入送給留在鄉下誠實耐勞種田為生的丈夫，丈夫的名分不失，利益存在。由於當地的經濟、環境與文化心理等因素，這種情況並不與道德衝突，年輕而強健的丈夫，什麼時候想及在船上做「生意」的媳婦，便像走親戚一樣進城探親。到了晚上，倘若媳婦仍有「生意」要做，丈夫只好四處去聽戲、喝茶、看

景，到睡覺時回來，若是媳婦還須在前艙陪客，他只能悄悄
地躲在後艙「和平」地睡覺。窮鄉僻壤，多少人多少代都是
這樣過來的。如今這位老七的男人，到碼頭來探親。本應是
主人的身份，到了老七的生意船上，卻是個十足的怯生生的
客。老七上岸，他要替老七看船，替老七接待地頭蛇水保，
聽人家吩咐「告她晚上不要接客，我要來」。開始他卑屈地
認同、迎合，稍後則咀嚼出了屈辱，心頭增加了憤怒。晚上，
眼見兩個喝醉的大兵上船胡鬧，又無奈地聽任巡官上船詳細
地「考察」老七，丈夫起碼的尊嚴——人的自尊、男人的自
尊、丈夫的自尊終於覺醒了、震怒了，他一早起來就要走路，
沈默的一句話不說，老七一而再地拿錢，也無法啟開丈夫的
口，錢竟給撒到了地上，男兒有淚不輕彈，堂堂男子漢竟然
用手掌搗著臉孔，像小孩子那樣莫名其妙地哭了起來。終於
夫婦一道回轉鄉下去了。《貴生》裏年輕能幹的主人公，眼
看著自己的意中人被有錢的老鄉紳娶進家門，去用處女的童
貞之血沖滌賭博的晦氣，忠厚善良、忍讓馴順的性格也發生
了一百八十度的大轉彎，一怒之下，放火焚燒了女方的與他
自家的房屋。丈夫對傳統由認同到反叛，貴生對命運由順從
到抗爭，屬於人性雕像的另一面，其中隱含著作者對湘西獷
悍性格的呼喚。

　　沈從文在建構一個野性力量與人性溫情經緯相織的湘
西世界時，沒有忘記養育如此人文精神的大自然，崇山峻
嶺，急流險灘，清澄小溪，奇妙山洞，林木花草、飛禽走獸，
風雨雷電，豐富物產，等等，有著寫意與工筆兼備的描寫；
對於這塊土地上凝結著山水靈氣與人文精神的民俗，則寄予

更為熱心的關注，諸如娶抱郎婦、唱情歌結對子的搖馬郎、跳儺、謝土儀式、美女為神巫獻身、迎春節狂歡、端午節龍舟競渡等等，都描繪了一幅幅原汁原味的湘西風俗畫。正是這地理與人文、歷史與現實、自然與靈魂的多方面開掘，展示出一個蘊涵豐富的湘西世界。

別具一格的湘西世界的創造，奠定了沈從文在文壇的地位。1934 年，《人間世》雜誌向國內知名作家徵詢「一九三四年我愛讀的書籍」，周作人與老舍都以《從文自傳》作答。[6]埃德加・斯諾編譯《活的中國》，第一次向西方讀者介紹中國新文學成就，就收入了沈從文的《柏子》。他在《編者序言》裏，還把《邊城》列為「傑作」，稱許沈從文與巴金「對現代中國文學的發展都有過巨大貢獻」[7]。20 年代曾對沈從文產生過誤解的魯迅，在 1933 年 2 月對斯諾談到新文學代表作家時，也撇開 30 年代仍然存在的思想分歧，把沈從文譽為最好的作家之一。[8]

二、桃花源的變遷

多年以來錯綜複雜的湘西社會矛盾——民與官、地方與中央、苗族等少數民族與漢族的矛盾，引發了 1936 年初的苗民起義，蔣介石調兵遣將，進剿起義軍。抗戰爆發後，中

---

[6] 《人間世》第 19 期，1935 年 1 月。
[7] 《新文學史料》1978 年第 1 期。
[8] 尼姆・威爾士：《現代中國文學運動》，《新文學史料》1978 年第 1 期。此段三個評價材料，參見凌宇：《沈從文傳》，北京十月文藝出版社 1988 年版，第 302－303 頁。

央政府在進剿屢屢失利之後不得不放棄武力解決湘西問題的方略。苗族起義軍接受改編，開赴抗日前線，取得了著名的「湘北大捷」。但由於地理環境的隔絕，多年來宣傳上的偏差，外界對湘西積年形成的誤解一時難以消除，湘西在一些人腦子裏仍是「匪區」，湘西人仍被視為「土匪」。為了消除誤解，讓世人真正瞭解湘西與湘西人，也為了使鄉親們打開視野，認識山外的廣闊世界，使地方安定下來，團結抗日，沈從文有意識地繼續他對湘西世界的描繪。只是先前桃花源般的牧歌風格與夢幻色彩，已經被希望與憂鬱雜糅的變奏曲風格與現實色彩所取代了。總題《湘西》的散文先於1938年下半年在報上連載，後於1939年8月由長沙商務印書館結集出版。較之抗戰前的《湘西散記》，《湘西》的重點不再是描寫湘西的風土人情，尤其是生機勃勃的野性，而是從苗民問題的歷史與現狀、自然風物與出產、生產方式與生活方式的演進、源遠流長的巫文化與遊俠風、女性的生存狀態、近代以來的文化建樹等方面，全面展示了湘西的歷史與近代以來的巨大變遷。

　　1939年著手創作的長篇小說《長河》，與《湘西》屬於異軌同奔之作，同《邊城》相比，風貌迥然有別。《邊城》為了重新燃起年輕人的自尊心與自信心，復原並放大了湘西人的淳厚、正直與熱情，營構出一個桃花源式的意境；《長河》則由《邊城》的單一的直線描寫改為「常」與「變」的雙曲線錯綜。「常」，就是通過自然風光、民間傳說、別致民俗、樸厚民風與民間打情罵俏的生活場景等，表現湘西的可愛之處。但「人事上的調和」、「牧歌的諧趣」，在近代

以來都市文明的衝擊下，發生了巨大的變遷。「農村社會所保有那點正直樸素人情美，幾幾乎快要消失無餘，代替而來的卻是近二十年實際社會培養成功的一種唯實唯利庸俗人生觀」[9]。時代畫面由詩意的朦朧變為現實的清晰，少有人為矛盾的寧靜、清澄變為人間惡魔興妖作怪的渾濁、淆亂，湘西子弟從戎為榮的生活道路有了變化，女性的生存方式也出現了新的資訊。人物的樸訥被賦予一點愚鈍的色彩，由讚歎變為喜劇的哂笑。老水手們對「新生活運動」的誤解雖有幾分可笑，但也並非毫無來由，因為伴隨著中央軍進湘的新生活運動喚起了湘西人疊印著血腥與痛楚的歷史記憶，後來事態的發展證明了他們的擔心並非多餘。在大的風暴到來之前，《邊城》未曾出現過的地頭蛇在這裏開始興風作浪了：保安隊長倚勢霸蠻，以砍光橘子園相要挾，強要長順「賣」一船橘子給他，說是要送禮，實則用來牟利；並且，他還對天真無邪的俊俏少女夭夭動起了邪念。世道的變化，使不知有漢遑論魏晉的超然為現實的焦慮與激憤所取代，作品中借人物之口，甚至對委員長「說的倒好聽，說了永遠不兌現」的「嘉政」頗有微詞。單純得帶點愚鈍的老水手仿佛預感到大風暴的襲來，感歎說「好看的總不會長久，好碗容易打破，好花容易凍死」。的確，達摩克利斯劍懸在楓樹坳、呂家坪乃至整個湘西的頭上，隨時都可能掉落下來，造成血腥悲劇。作者的敘事語調也發生了變化，《邊城》裏的從容不迫與悠然自得，變為匆促與惶恐起來。《長河》原擬寫四卷，

---

[9]　沈從文：《長河・題記》。

最後苗族起義軍走上前線，蔣介石企圖假日軍之手消滅這支生力軍，揭示苗族乃至整個湘西的悲劇命運。但這樣一種構思，在當時的背景下，顯然是難以完成的。第一卷最先在香港發表時，就被刪節了一部分，1941 年重寫分章發表時，又有部分章節不准刊載。到預備在桂林印行送審時，被檢查處認為「思想不妥」，全部扣壓。幸得朋友輾轉交涉，徑送重慶複審，重加刪節，過了一年才發還付印，即 1943 年 9 月由桂林開明書店出版的刪節本，全文的面世則已到了 1948 年 8 月。

抗戰勝利後，沈從文回避戰火紛飛的現實題材，仍然回到記憶中的湘西世界尋找心靈的安慰與藝術的自由，但題材與筆調都發生了變化。在以少年回憶的視角表現山區兩族血腥世仇的《雪晴》（未完，現存四章：《赤魘》、《雪晴》、《巧秀和冬生》、《傳奇不奇》）中，寫了巧秀與她母親命運的截然不同：母親當年因拒絕族長之子的親事而自己選擇了情人，遭到了沈潭的厄運；而女兒巧秀則與情人逃婚成功，雖然後來情人捲入了一場因劫物而引發的武力對抗，不幸慘死，但巧秀終於倖免於難。第四章《傳奇不奇》裏，田家兩兄弟帶著一幫人馬劫了煙幫，本來不過是想按照當地的習俗換幾條槍，不料因激生變，最後慘遭剿滅。作者在描寫強悍性格與血腥場面時，粗獷依舊，但顯而易見的是，初期創作的超然靜觀甚至不無寒意的欣賞，已經被一種深沈的悲愴所取代。篇末寫道：（帶隊剿匪的滿大隊長所在的）「滿家莊子在新年裏，村子中有人牽羊擔酒送匾，把大門原有的那塊『樂善好施』移入二門，新換上的是『安良除暴』。上

匾這一天，滿老太太卻藉故吃齋，和巧秀守在碾坊裏碾米。」這一章寫於 1947 年 10 月，想必當時內戰的硝煙影響了作者對於暴力題材的敘事語調。

值得注意的是，沈從文在 40 年代的小說創作中，對大自然給予了更多的注意，甚至出現了《虹橋》、《赤魘》、《雪晴》那樣以自然之美為主要描寫對象的作品。《虹橋》裏，與駄馬幫同行的幾個大學畢業生，在莽山中，發現了壯美奇幻的景色：遠處「兩百里外雪峰插入雲中，在太陽下如一片綠玉，綠玉一旁還鑲了片珊瑚紅，靺鞨紫」；近處「有一截被天風割斷了的虹，沒有頭，不見尾，只直杪杪的如一個彩色藥杵，一匹懸空的錦綺，它的存在和變化，都無可形容描繪」；「還有那左側邊一列黛色石坎，上面石竹科的花朵，粉紅的、深藍的、鴿桃灰的、貝殼紫的，完全如天衣上一條花邊，在午後陽光下閃耀。陽光所及處，這條花邊就若在慢慢的燃燒起來，放出銀綠和銀紅相混的火焰……」在語言與畫筆都無法傳達出其神韻的自然面前，他們不禁為之傾倒，甚至於有點頹唐，「覺得一切意見一切成就都失去了意義」。對大自然近乎崇拜的描寫與讚頌，既是湘西本色的復原與拓展，也可以說透露出一點作者心目中的人性與社會的桃花源夢破滅的資訊。

1949 年以後，沈從文不得已放下了生花妙筆，轉而從事文物工作，先後編著了《中國絲綢圖案》、《唐宋銅鏡》、《明錦》、《龍鳳藝術》、《戰國漆器》、《中國古代服飾研究》等著作。從文學世界來到文物世界，這也是桃花源的一種變遷。從七八十年代之交開始，這位已經 40 餘年沒有

小說新作的小說家，40 年以前的小說作品越來越被人們提起並看重。

三、追求天籟之美

沈從文最初幾年的小說，結構散漫，許多都沒有故事情節，甚至沒有中心人物，這或許與他接觸新文學較晚有關，但主要的原因恐怕在於他那湘、沅一樣自由奔放的個性氣質。若不然，就無法理解為什麼他的小說創作進入成熟期以後，仍然保留了鮮明的散文化特點。如果說開始還渾然不覺的話，那麼，經過一段時間的摸索之後，他對自己的創作個性有了較為清醒的體認，自由揮灑的散文化體式就成為沈從文小說創作的自覺追求，因而成為其小說的一個重要特色。

他在 1929 年夏所寫的《石子船‧後記》中說：「從這一小本集子上看，可以得一結論，就是文章更近於小品散文，於描寫雖同樣盡力，於結構更疏忽了。照一般說法，短篇小說的必需條件，所謂『事物的中心』、『人物的中心』，『提高』或『拉緊』，我全沒有顧全到。也像是有意這樣做，我只平平的寫去，到要完了就止。……我還沒有寫過一篇一般人所謂小說的小說，是因為我願意在章法外接受失敗，不想在章法內得到成功。」這一觀點，頗似中國傳統畫論的「大體需有，定體則無」，「至人無法非無法也，無法而法乃為至法」。不拘泥於成規定式，就有了自由開放的小說體式。他的不少小說，或許可以稱為遊歷體，諸如《我的教育》、《入伍後》、《還鄉》等，沒有一個中心故事，而是通過人

物（許多場合是「我」）的一段經歷，信馬由繮地展開敘述，
表現人生的一段際遇或社會的一種風貌或一種情緒。有些小
說，或可叫作攝影小說，由一個個鏡頭組成，如《腐爛》，
無家可歸的孩子在街頭流浪，賣淫求生的婦女淒淒惶惶地找
不見主顧，這樣一些底層社會的生活場景，雖然沒有一個中
心人物或事件貫穿，但控訴社會「腐爛」的意緒將它們連成
一體，猶如一張張攝自不同角落的照片，構成一個主題圖片
展覽。有的小說鋪敘一個事件，其取材的角度與行文的筆
法，很像樸實的敘事散文。有的小說描繪一個美麗的景致，
其富於象徵性的意境與含蓄蘊藉的詩味，宛如空靈的散文
詩，可以稱之為詩性小說或意境小說。有的作品多種體式並
用，日記、書信自不必說，山歌、新詩等也大段大段地信手
拈來，雜糅其中。有的作品構成頗為單純，只是一個生活場
景的速寫，或是一個人物的剪影，幾與散文無異。即使是中、
長篇小說，也用了不少散文筆法。《鳳子》第一卷，作品的
結構沿著人物的足迹展開。第一至第四章，寫一個在北京生
活有年的湘西青年來到青島後的見聞感興及其與紳士朋友
的結識；從第五章開始，進入以紳士朋友為二十年前的故事
主人公的湘西敘事。先是以地方誌的筆法描繪了湘西的歷
史、地理面貌，接著通過身為工程師的旅行者的所見所聞，
描寫湘西富饒的物產、秀麗的山光水色、優美的對歌文化與
熱情質樸而強悍剛勇的人性民風；尤其是第十章《神之再
現》，以潑墨般的激情與工筆畫的細膩描敘了當地跳儺的一
種──謝土儀式：大火燒亮夜空，大鍋開水沸騰，豬羊開膛
破腹，巫師紅袍加身，牛角呼號，歌聲動地，法事完畢後又

有娛神戲劇，神祇、人間，無不歡娛……這部作品，仿佛一幅散點透視的湘西《清明上河圖》，沒有通常意義上的故事情節，散文體式即是其結構。散文體最大的長處是自由靈活，但用來組織長篇小說的確有一定的難度，沈從文的長篇小說幾乎沒有一種完成預定計劃，中、短篇小說藝術成就也大於長篇小說，便與這一點有關。

　　不遵循通常的小說範式並非缺乏文體意識，事實上，沈從文追求的是文體的自由性，他在多種體式上做了大膽的探索與嘗試，為中國現代小說的文體建設拓展了道路，豐富了文體樣式。《阿麗思中國遊記》是現代文學史上最早的寓言體長篇小說，後來才有張天翼的《鬼土日記》（1931 年）、老舍的《貓城記》（1933 年）。儘管前後是否有直接的影響關係，現在還不能斷定，而且《阿麗思中國遊記》還相當粗糙，但敢為天下先的勇氣則應予以肯定。《龍朱》，從對歌求愛的題材、主奴互襯的人物設置、富於形象比喻的語彙、略帶誇飾的語調等方面，都頗似山地流傳有年的民間故事。《媚金‧豹子‧與那羊》陰差陽錯的誤解，纏綿悱惻的情感，淒美悲愴的結局，頗有一點傳奇小說的韻致。《神巫之愛》氤氳著古代荊楚之地的巫風，白衣女子口不能言而美目代之，姐妹酷似，並頭而眠，撲朔迷離，神秘怪誕，語言雖為白話，但氣氛仿佛《聊齋志異》。短篇小說集《月下小景》，除了頭一篇同題小說之外，其餘八題十則都取材於《真誥》、《法苑珠林》、《雲笈七籤》等書，其演繹佛經的教訓意味，生動情節，傳奇色彩，活脫脫唐代「敷衍佛經」的變文體的現代版；各篇之間，貫之以旅館圍火夜談的形式，

敘事者與聽講者之間相互交流，這種形式又有點薄伽丘《十日談》的韻味，所以作者自己又給這個集子起了一個別名《新十日談》。《第四》等篇，前面有一個或長或短的楔子，很像宋代的「說話」。小說體式上的「轉益多師是吾師」，融會古今多方探究，根源於作家崇尚自由的個性，也是為了配合他在大學的文學課教學。他在《月下小景·題記》中說：「我因為教小說史，對於六朝志怪，唐人傳奇，宋人白話小說，在形體結構方面如何發生長成加以注意」。可以說，沈從文小說體式的多樣化及其與傳統文體的聯繫，在現代文學史上鮮有可比者。

　　雖然不願接受既定的小說程式，但沈從文在敘事藝術上卻是十分講究的。他在 1935 年寫的《論技巧》一文中，就對「數年來技巧二字被侮辱，被蔑視」的狀況表示不滿，提醒人們「莫輕視技巧」。他在自己的創作中精心營構，力求出新。遊歷體、故事體、話本體、民間傳說體等，看似隨意，其實在舒展流暢的敘事中自有作者的一番苦心。有的作品敘事結構更是顯出匠心獨運。《大小阮》採取雙曲線的形式，對照刻畫了性格與命運都截然不同的阮氏叔侄，形成一種對比的張力：小阮自大學時代起就投身革命，後在北伐戰爭、南昌暴動、廣州起義中浴血奮戰，最後因組織唐山工人罷工而被捕，在獄中的絕食鬥爭中犧牲；大阮則卑污苟且，利欲熏心，私吞小阮寄存在他那裏的一筆革命經費，在捧戲子、玩娼妓的荒唐之後，找了一個南京政府的三等要人的千金，「百事遂心」地混迹人間。《新與舊》則以前後對比的方式表現了新時代裏專制兇殘的舊影。光緒年間，戰兵楊金標是

當地最優秀的劊子手，獨傳拐子刀法屢屢贏得看客的喝彩；
轉眼到了民國，朝廷改稱政府，斬首被槍斃所取代，楊金標
變成了一個把守城門上閂下鎖的老士兵，他的光榮時代已經
過去。但是，到了民國十八年，當局屠殺共產黨又讓他的故
技派上了用場，然而，當他仍按舊例在砍完人頭後去城隍廟
「自首」結案時，畢竟時代不同了，知道典故的老廟祝早已
死去，他的循例「自首」竟被當作發瘋，捉住痛打一頓，五
花大綁起來吊在廊柱上。歷史與現實的強烈反差，使老戰兵
無論如何不能理解，他終於帶著困惑死去。

　　在敘事方法上，豐富多樣，靈活機動。有的作品是單一
的主觀視角，通篇是人物的傾訴，有的則是冷眼的旁觀，有
的還設置了幾個敘事者與多重視角。譬如《醫生》先是第三
人稱敘事，敘述醫生失蹤七天後，紳士與教會為醫生遺產分
配調解妥當，準備開追悼會，借此表現人間的虛偽與冷漠；
繼而轉換成第一人稱敘事，由醫生現身說法，表現出事件的
蹊蹺與氛圍的奇詭怪異。《第四》裏，第一個敘事者是個穿
針引線者，一個旁觀者，一個故事主人公的對話者；第二個
敘事者即故事的主角，講述了他的戀愛故事。二重敘事者的
設置，給了作者一個評價主人公的機會，對於不堪一擊的浪
漫過後的了無痕迹，寄予了心裏被蝕空的感覺。《媚金‧豹
子‧與那羊》也有多重視角：一重是乾脆對媚金故事的省略；
一重是說豹子真的失約，苦等一夜的媚金冷死在洞中，豹子
睡至天明才記起，趕到洞中，見情人的慘狀，當即自殺在媚
金身旁；還有一重，說豹子此後常聽見媚金的歌，因尋不到
唱歌人，所以自殺；最後才是後面展開描寫的一種。多重視

角表現出多重意緒，隱喻著當今社會媚金的缺席或對男性的批判或對男性的懲罰，多種選擇的可能性給讀者提供了較大的想象與思考空間，也以其多樣性接近了生活的原生態。這一點好似日本芥川龍之介的名篇《藪中》。在描寫手法上，傳統的白描，運用得得心應手；新潮的意識流，也大膽汲取，為我所用。作於 1928 年冬的《夜》，意識流的手法就已經用得相當熟練了，恰好刻畫出舞女晝夜顛倒的特殊生活及無所寄託的淒苦心境。蘊藉豐滿的意象敘事，融合了西方象徵主義與傳統的意象等東西方敘事智慧。譬如《燈》裏面隱喻著古樸的人情美的燈，《媚金‧豹子‧與那羊》裏象徵著純潔愛情的小白羊，《建設》裏面暗喻工人殺人的日落後那一片怕人的血紅，《邊城》裏象徵著古樸民風的白塔與渡船。他曾經在課堂上教給學生說，創作要「用各種官能向自然捕捉各種聲音、顏色同氣味，向社會中注意各種人事。脫去一切陳腐的拘束，學會把一支筆運用自然，在執筆時且如何訓練一個人的耳朵、鼻子、眼睛，在現實裏以至於在回憶同想象裏馳騁，來產生一個作品」[10]。這段話強調了自由精神的重要，同時也涉及到通感的運用。沈從文在自己的創作中，就常常五官並用，營構出能夠產生聲、色、氣、味等多重複合感覺的審美情境。敘事方法富於變化，有的先設懸念，隨後漸次解扣，如《醫生》，主人公在眾人為他準備召開追悼會時突然歸來，然後由他自述山洞奇遇。有的從容展開，結尾突起波瀾，如《虎雛》裏的小兵不告而辭、《夜》裏的隱

---

[10]　沈從文：《〈幽僻的陳莊〉題記》，《水星》第 1 卷第 6 期。

居老人開房示人以婦人死屍等。這一手法用得最有代表性的
是《牛》，前面以擬人手法深致地刻畫牛的心理，又加之以
人與牛的對話，大牛伯對牛的珍愛（傷牛之後的痛悔、為牛
治病的焦慮、牛傷癒合之後的喜悅，他甚至還夢見牛有了幾
個夥伴，期待到十二月大概就有希望）鋪寫得淋漓盡致，到
結尾處，突然一轉：「到了十二月，蕩裏所以的牛全被衙門
徵發到一個不可知的地方去了，大牛伯只有成天到保正家去
探信一件事可做。順眼無意中望到棄在自己屋角的木榔槌，
就後悔為什麼不重重的一下把那畜生的腳打斷。」結尾的意
外一轉，頗有美國小說家歐·亨利的奇智機巧。敘事風格多
樣，有時簡澹數言，自然渺遠，頗有晉宋筆記小說風致；有
時枝蔓旁生，信筆揮灑，好似宋代話本；有時敘事插入議論，
不乏雋思妙語，或風趣幽默，入情解頤，或鞭辟入裏，一針
見血，借鑒了隨筆雜錄的筆法。鏡頭遠推時，以幾百座碉堡、
營汛烘托出蒼茫悲愴的湘西歷史；鏡頭近拉時，看得見吊腳
樓上女子的一顰一笑。敘事節奏是快是慢，敘事密度是緊是
疏，全看描述的對象。《我的教育》為了表現湘西地方軍隊
生活的無聊，有三節，分別只有高度重複的一行文字：

二十

今天落雨，打牌的就在營裏打牌，非常熱鬧。

二十一

又落雨，打牌的也還是打牌。

二十二

還是落雨。

　　沈從文把小說看成「用文字很恰當記錄下來的人事」，認為作品成功的條件，完全從這種「恰當」產生，「文字要恰當，描寫要恰當，全篇分配更要恰當」[11]。採取何種文體，構建怎樣的結構，運用哪些敘事手法，控制在多大的篇幅，等等，都取決於對於表現對象的「恰當」，也就是內容與形式、神韻與文體和諧圓融的藝術「天籟」。

　　語體的選擇也是這樣。因為他所寫的小說，多數是水邊的故事，以船上水上作為背景，以水邊船上所見過的人物作為主人公，所以文字風格流動著湘西之水的韻律。這源於家鄉自然與人文環境的耳濡目染，也出自審美境界的自覺追求。人物對話頗多湘西人慣用的語彙、比喻、巧妙的對比、機智的「頂針」等話語方式。如《鳳子》裏，總爺說山裏女人的美麗多情：「好看草木不通咬爛手掌，好看女人可得咬爛年輕人心肝。」一個少婦說自己的年輕丈夫無意中被人殺死：「流星太捷，他去的不是正路，虹霓極美，可惜他性命不長！」客店女主人勸慰說：「一切皆屬無常：誰見過月亮長圓？誰能要星子永遠放光？好花終究會謝，記憶永遠不老。」《長河》裏，老水手嘲笑年輕水手長壽：「你這個人眼眶子好大，一隻下水船面對面也看不明白。你是整天看水鴨子打架，還是眼睛落了個毛毛蟲，癢蘇蘇的不管事？」剛從常德大碼頭回來的船主說起「新生活運動」，末了說了句笑話：「大家左邊走，不是左傾了嗎？」在這聯想豐富的話語中，隱含了對當局曾以「左傾」的罪名殺害上萬年輕學生

---

[11]　沈從文：《短篇小說》，《國文月刊》第 18 期。

的冷嘲。老水手誤會了船主的笑話，反駁道：「哪裡的話。」船主用起了湘西人愛用的「頂針」句式：「老夥計，哪裡畫？壁上掛；唐伯虎畫的。這事你不信，人家還親眼見過！」這些話語，質樸而生動，充滿了濃郁的生活氣息和湘西人的靈性。描敘語言也稟賦了順勢而下、跌宕多姿的水的性格。寫到三三、翠翠等少女時，短句較多，語調輕靈活潑，如山泉汩汩，小溪潺潺；寫到野性十足的虎雛、弁目時，則多用長句，語調變得凝重、蒼涼起來。《龍朱》、《月下小景》等，描寫苗族美麗的愛情傳說，所以描敘語言多用比喻，如：「女孩子一張小小的尖尖的白臉，似乎被月光漂過的大理石，又似乎月光本身。一頭黑髮，如同用冬天的黑夜作為材料，由盤踞在山洞中的女妖親手紡成的細紗。眼睛，鼻子，耳朵，同那一張產生幸福的泉源的小口，以及頰邊微妙圓形的小渦，如本地人所說的藏吻之巢窩，無一處不見得是神所著意成就的工作。」這種誇張的語調，濃豔的色彩，在一般的小說裏本來有所忌諱，但用在這裏，則顯得恰如其分。《新與舊》裏，描寫光緒年間場面時，語彙、句式、語調頗近話本：「馳馬盡馬匹入跑道後，縱轡奔馳，真個是來去如風。人在馬上顯本事，便用長矛殺球，或回身射箭百步穿楊，看本領如何，博取彩聲和嘲笑。」後面寫到民國，時代有了變化，描敘的語調也隨之變化，程式化的古雅為自由化的清新所取代。當他進入都市題材的諷刺描寫時，語言色彩顯得單一，節奏變得緩慢，語調也流於平直。而一旦回到他的湘西桃花源，則頓然活潑靈動起來，《邊城》讓人久久難忘，就與詩一樣的描寫有關：「若溯流而上，則三丈五丈的深潭皆清澈

見底。深潭為白日所映照，河底小小白石子，有花紋的瑪瑙石子，全看得明明白白。水中游魚來去，全如浮在空氣裏。兩岸多高山，山中多可以造紙的細竹，長年作深翠顏色，逼人眼目。近水人家多在桃杏花裏，春天時只須注意，凡有桃花處必有人家，凡有人家處必可沽酒。夏天則曬晾在日光下耀目的紫花布衣褲，可以作為人家所在的旗幟。秋冬來時，房屋在懸崖上的，濱水的，無不朗然如目。黃泥的牆，烏黑的瓦，位置則永遠那麼妥帖，且與四圍環境極其調和，使人迎面得到的印象，實在非常愉快。……」遠與近，動與靜，自然與人生，和諧之美足以使仙女下凡不思復歸，難怪讀者會神往傾心了。多彩而純淨的語言，自由而精妙的結構，恰與古樸而浪漫的內涵融為一體，生成一種詩性的氛圍。在現代詩性小說的發展中，沈從文書寫了洋溢著湘西靈氣的一頁。

　　沈從文把自己的創作視為一種使情感「凝聚成為淵潭，平鋪成為湖泊」的體操，一種「扭曲文字試驗它的韌性，重捶文字試驗它的硬性」[12]的體操。對於紛紜複雜的社會生活、千差萬別的人物性格、變幻無窮的心理世界與氣象萬千的自然景象，他從民間汲取養分，向西方有所借鑒，積極融會，勇於創新，嘗試以多種話語方式適應表現對象。儘管他的一些作品還存在著冗贅、蕪雜等問題，儘管在語言的純熟圓融方面他不如老舍，在人物話語的生活化、性格化方面也稍遜於張天翼，但在語言的探索性與多樣化方面，沈從文則自有

---

[12]　沈從文：《廢郵存底・情緒的體操》。

其所長。正是由於沈從文對敘事藝術的高度重視與執著努力及其突出成就，30 年代起就有的「文體家」[13]之譽，他是當之無愧的。

　　獨特的意義指向與文體形式，使沈從文小說在審美效應上也別具一格。早在 1935 年，批評家劉西渭就曾指出：「有些人的作品叫我們看，想，瞭解；然而沈從文先生一類的小說，是叫我們感覺，想，回味；……他熱情地崇拜美。在他藝術的製作裏，他表現一段具體的生命，而這生命是美化了的，經過他的熱情再現的。」「他能把醜惡的材料提煉成功一篇無瑕的玉石。他有美的感覺，可以從亂石堆發現可能的美麗。這也就是為什麼，他的小說具有一種特殊的空氣，現今中國任何作家所缺乏的一種舒適的呼吸。」[14]這種以發現美與創造美為天職的小說，在血火交迸的三四十年代，的確是個「異類」，但是，既然社會與人生對文學的需求是多樣的，而審美又是文學的本性，那麼，沈從文小說在三四十年代的能夠立足以及四十年後的出土重光，就不難理解了。歸根結底，人們還是由衷地欣賞美，喜歡「舒適的呼吸」。

---

[13]　參見蘇雪林：《沈從文論》，《文學》第 3 卷第 3 號，1934 年 9 月 1 日。

[14]　劉西渭：《邊城──沈從文作》，收《咀華集》，文化生活出版社 1936 年 12 月初版。

第七章

冷峭的審醜

　　20 世紀 20 年代後半期至 30 年代前半期，具有左翼傾向的文學新人的活躍，是一個重要的文學現象。蔣光慈、柔石、胡也頻、丁玲、魏金枝、葉紫、歐陽山、草明、葛琴、樓適夷、孫席珍、謝冰瑩、沙汀、艾蕪、周文、蔣牧良、吳組緗等作家，以相通的激情與相異的個性致力於時代風雲與社會心態的描繪，小說創作風格多樣、異彩紛呈。其中張天翼冷峭的審醜自成一格，在視野、視角、結構、語言與敘事態度等方面，對現代小說、尤其是短篇小說的文體建設功不可沒。

　　張天翼（1906-1985），原名張元定，生於江蘇南京。16 歲開始發表小說，後以《鬼土日記》與短篇小說《二十一個》、《華威先生》等知名。

　　張天翼筆下也有苦難，也有慘痛，也有悲壯，但這些都不是他的主要審美指向，他的著眼點與其說是審美，毋寧說是審醜，即以醜惡鄙俗的社會文化弊端與病態人格為對象的藝術觀照。30 年代，有位論者曾經注意到這一現象：「在張天翼的小說裏有一點我們應該注意的：他所描寫的全是中國人性格中劣性的人物。我沒有找到一個具有偉大性格的描

寫。」但這位論者並沒有認識到審醜的重要意義與張天翼的個性價值，而是感慨地說：「中國人雖然在現在的世界上已公認為一個沒落的民族，但我相信民族性中間還有幾點值得稱讚的性格——尤其在天真純樸的老百姓裏面，和後進可畏的年輕人裏面。即使劣性多於好的性格，文學的使命卻是創造偉大的性格來感化人群的，我覺得現代的作家們在暴露罪惡和劣性之外，應該創造偉大可敬的性格來感化一班劣性的國人。」為此，他「希望極有能力的作家如張天翼應該開始向這方面去努力」[1]。殊不知文學自古以來就有審美與審醜的雙重功能，由於社會的需求與作家的個性等緣故，永遠也無須擔心文學殿堂會成為審醜的一統天下，事實上執著於審醜的只是少數作家，他們對社會文化陰影的揭露只會促進民族性格在不斷反省中更新，推動社會文化逐漸消除弊端向著新的好的方面演進。如果強求一律地要求長於審醜的作家也去加入「創造偉大可敬的性格」的行列，就會失去生龍活虎的張天翼，擴而言之，將會削弱文學的批判功能，縮小文學的表現天地。倒是茅盾於 1934 年肯定性地指出了張天翼的特點：「他是在找那些社會意義極濃厚的題材，而且他是在找尋要點來加以刺攻。」[2]

張天翼何嘗不知醜類在人群中只占少數，何嘗不知生活中有很多莊嚴與美麗值得歌頌，有許多悽愴與慘痛值得悲

---

[1]　顧仲彝：《張天翼的短篇小說》，1935 年 4 月 10 日《新中華》第 3 卷第 7 期。
[2]　茅盾：《〈文學季刊〉第二期內的創作》，1934 年 7 月 1 日《文學》第 3 卷第 1 期。

憫，但他偏偏生成了一雙冷峻犀利的眼睛，具備了一副能使
醜陋窮形盡相的手筆，個性使他自然而然地選擇了審醜的視
角。在他的視閾裏，有社會政治的腐敗，諸如虛假民主掩飾
下的爭權奪利，上流社會的荒淫墮落，賣國者反成「大英雄」
的鬧劇，保安隊通匪養匪充匪的荒唐；也有種種文化的弊
端，諸如「八字腳文化」與「小白臉文化」雜糅的光怪陸離
的現象，五花八門惟獨沒有教育的學校；更多的是形形色色
醜惡的或病態的人物，諸如心狠手辣的土豪，賣國獲利的漢
奸，接受賄賂而從輕報災的調查委員，出爾反爾的善人，吝
嗇成癖的佃主，蠻不講理的潑婦，為了「賣文章」不打自招
的老節婦，借抗戰中飽私囊的投機者，懷柔政策失敗而本性
暴露的老太爺，招搖撞騙的騙子，心理變態的母親，為了謀
取美差不惜讓妻子去以色情籠絡省長令弟的丈夫，白色恐怖
下的膽怯者，尋找刺激的無聊文人，五四後的退嬰者，等等。
張天翼不是像啄木鳥一樣盯住一個地方不停地敲擊，而是仿
佛凌空翱翔的雄鷹，目光敏銳，視野廣闊，喙爪尖利，一經
發現地面上的蛇鼠，立即俯衝而下，克敵制勝。

　　正因為要審醜，所以，在別的作家那裏通常要回避的一
些汙言穢物，在張天翼筆下並不忌諱，有時甚至還要恣意張
揚，以期達到一種特殊的效果。先來看頗為有的論者所詬病[3]
的粗話。其實，粗話並非篇篇皆有，也不是僅僅作為身份與
生活氛圍的表徵，它的運用，主要是出自性格刻畫與主題表

　　慎吾：《關於張天翼的小說》，1933 年 8 月 26 日天津《益世報》「文
　　學周刊」第 38 期。

現的需要。粗話出自強勢者嘴裏時，表現的是其淫威，譬如
《小賬》裏老闆對小夥計的一連串的叱罵。出自底層社會
時，則大半是一種宣洩。譬如《團圓》裏面，大根動輒就罵
「操你妹子的哥哥」，前前後後竟有十六七次之多，這也難
怪，從前在奉天兵工廠做活的父親，「九‧一八」後跑到南
方，一年多音信杳無，五個孩子無以糊口，無奈的母親只好
賣身維持生計，有時候外人當著孩子的面戲弄母親，有時候
叫他們到外面去呆那麼兩三個鐘頭才開門放他們回家，有時
候把母親拖出去整晚整晚地不回家，有時候她病在床上也給
拉起來。初識世事的大根，在家咀嚼著恥辱，在外承受著嘲
罵，幼小的心靈承受著多麼大的痛苦，在這種境遇中，污言
穢語就成了他發洩屈辱與憤懣的火山口。粗話出自某些人口
中，還有其他深層涵義。譬如《善女人》裏的長生奶奶，一
提起兒媳來，就稱為「爛汙屄」。丈夫長生活著時，儘管賣
了豆漿的錢不是推輸了牌九就是喝了老酒，煩躁起來只會拿
她的身子來發洩，但那畢竟也是一點安慰。丈夫一死，她把
感情寄託在兒子身上，可是當兒子阿大娶了媳婦之後，生活
沒有變好，感情卻大為失落，她便把不滿發洩在兒媳身上，
一個狐狸精的雅號遠遠不夠解恨，於是「爛汙屄」便寄託了
她對兒媳的嫉恨與生活困苦的怨艾以及種種遺憾與不滿，這
一稱謂全篇中竟用了二十幾次之多，就連兒子也叨光被她稱
為「婊子兒子」。正是這些穢語連同她通過尼姑庵老師太向
兒子放高利貸的行為一道，深刻地揭示出這個母親的變態心
理。粗話的運用，具有多重功能，除了有助於表現生活的原
生態與揭示人物的性格心理之外，未始不也作為作者憤懣情

緒的一種宣泄。

　　再來看一些容易使讀者引起不快反應的穢物與不雅的動作，諸如鼻涕、眼屎、帶血的痰、頭上招蒼蠅的癩瘡、懶懶地冒著熱氣的大便，還有拈臭蟲，搓泥卷，搓完腳丫把手拿到鼻孔邊嗅等。的確如張天翼自己所說，他「愛注意人家一些不相干的事」[4]。甚至一些穢物，竟用典雅的美麗的東西來比附，可見審醜意識之強。如：牆角上十幾家男人撒尿的痕跡，竟用掛了幾百年的舊字畫來比喻；頭紅得仿佛塗過胭脂、身子綠得發光的大頭蒼蠅，用美麗可愛的豔裝女人作比，等等。作家決非有什麼嗜痂之癖，而是用這些東西來為整體藝術構思服務。《講理》寫店鋪門口的大便之有礙觀瞻，正反襯出女主人公的蠻不講理，其霸道也正同懶懶地冒熱氣的東西彼此映襯。《砥柱》裏的搓腳嗜臭的粗俗之舉也正折射出假道學先生的淫邪品行。《移行》裏，小胡吐血的慘狀與淡綠色的帶著血絲的痰及其帶來的滿屋臭味得到渲染，桑華由革命者變成享樂者的「移行」才有了依據，真實可信。《蜜月生活》裏，盜狗墓時，「一股沖鼻子的臭味兒打扳開的縫裏往外迸」，才越發顯出乞兒們無家可歸、無以為食的可憐。《小賬》裏，夥計們往老闆的飯菜裏吐唾沫，放鴨腸裏的黃灰色的東西，用來泄憤。這些小夥計走又無以為生，不走就要承受老闆的盤剝、凌辱甚至毒打，除了做一點這樣粗俗的惡作劇，他們又拿什麼來出一口胸中的悶氣呢？《仇

---

[4]　張天翼：《論缺點──習作雜談之四》，1939 年 6 月 1 日《力報》半月刊（邵陽版）第 1 卷第 4 期。

恨》裏，傷兵把粘著肉的灰布硬拉下來，「傷口像茶杯口那
麼大小。成千累萬的蛆在這紅色的洞口裏爬著，全都吃得白
白胖胖的，身上浴著膿血。紫紅的血，淡黃的膿，給攪成了
一片。灰布剛一解開，這些白胖的蛆蟲害怕似地亂竄亂奔起
來。有幾條爬出傷口，把脊背一鞠一鞠地爬上武大郎的手，
他手上就給彎彎曲曲畫了一條紅線。有幾條鞠得不小心，摔
到了地上，在滾燙的黃土裏掙扎著。……」遭受兵禍而流離
失所的難民，本來恨恨地要活埋三個傷兵，可是當他們知道
了傷兵原來也是種地的，出於無奈才去當兵吃糧，如今又是
如此受罪，終於化干戈為玉帛，仇恨歸於和解。在這裏，傷
口的描寫推動了情節的發展，深化了主題的表現。寫醜是為
了讓人們加強對醜惡、醜陋的警醒，最終消除醜惡與醜陋，
而決非「故意的以醜惡的東西來做駭人聽聞的刺激的工具」[5]。
張天翼的小說，不避甚至有意渲染病態、醜陋、粗鄙、儈俗
等偏於暗色的事物，與唐代詩人賈島有幾分相像。賈島「愛
深夜過於愛黃昏，愛冬過於愛秋」，「甚至愛貧、病、醜和
恐怖」[6]，很有一點審醜的意味。張天翼對晚清《官場現形
記》、《二十年目睹之怪現狀》所代表的譴責小說更是有著
明顯的繼承，不僅其視角、語調，而且拿妻子當巴結權貴的
工具的題材，也能找到影響的痕迹。另外，從張天翼的小說
裏，還能多少看出一點法國波特萊爾的影響。

---

[5]　慎吾：《關於張天翼的小說》，1933 年 8 月 26 日天津《益世報》「文
　　學周刊」第 38 期。
[6]　聞一多：《唐詩雜論》。

　　筆鋒觸及醜陋污穢，張天翼確有一種不同尋常的冷峻的敘事態度。對於心狠手辣的惡霸，有時作者施與的是寒氣逼人的直接揭露。譬如三太爺（《三太爺與桂生》），躲過在北伐戰爭的高潮中興起的農民運動，回過頭來對曾經在農運中活躍過的本家佃戶桂生伺機報復，先是想讓桂生為他販運鴉片，以圖借刀殺人，後來農民聯合起來不許加租，三太爺便迫不及待地殺一儆百，硬是捏造一個姐弟通姦的罪名，利用宗族的權威，把桂生與其姐姐一道活埋。作品採用一個當年恰在陳府上伺候三太爺的下人的敘述角度，既從內裏揭破三太爺的殺人隱秘，又對桂生的慘死保持有距離的敘述：「抬來了，一塊藍大布封著他倆的嘴。……一抬進陳家，三太爺便叫給衣服褲都剝了，兩口子便光著屁股。……一剝了衣服褲就好像是真通了姦似的……他們什麼時候去捉的，怎麼個捉法，連我也說不上。」「埋的時候我跑過去瞧的，兩口子用布蒙住嘴。叫不出，只用鼻子喊，像是裏在被裏叫出的聲音。……招弟好像暈了過去，不動。桂生先是掙扎，一鏟土倒下去，又掙扎，像你踹了一腳的蚯蚓一樣。他臉上一股哭樣子，額上鼻子上都是皺紋，或者有點像恨，似乎正在肚子裏咒娘。……再一大堆土下去，只見土動了。……這樣就動也不動了……」。用墨不多，而且坑殺無辜的慘烈為敘述者冷眼旁觀的冷靜所沖淡，然而筆鋒如刃，刀刀見血，三太爺的陰險狠毒原形畢現。再如《笑》裏的九爺，手裏掌握著幾十個打手和民團，稱霸地方，叫膽敢衝撞他九爺的發新吃了「王法」，為了報復，也為了滿足永遠填不飽的欲壑，他一面以對發新嚴辦來威脅，一面以從寬發落作誘餌，終於佔有

了發新嫂，之後又拿一塊假銀圓給發新嫂，逼使她出於生計不得不來換銀圓，趁機當眾再次調戲和羞辱她。這篇作品題名為《笑》，實際上決然引不起善良讀者的笑意，相反，九爺三次逼迫屈辱與淒苦的發新嫂強顏作笑，鄉鎮惡霸的歹毒與豪橫只能引起讀者的憤怒。最後，發新嫂忍無可忍，飛起一把茶壺打向九爺，這是人物憤怒情緒的總爆發，也是作者激憤情緒的大宣泄。

　　這樣的作品讓讀者打戰，作者寫起來也像法官審判一個心狠手辣的歹徒一樣要強壓住心中的激憤。在更多的作品裏，富於喜劇才華的張天翼把對醜惡的激憤化為犀利的諷刺。《脊背與奶子》裏，身為族紳的長太爺，早就覬覦在他看來如同「芡實粉、蒸雞蛋」一樣的同族任三嫂，言語挑逗，動手動腳，都遭到痛斥，不能奏效，於是，以懲治她「淫奔」為由把她從「野老公」那裏抓了回來，假其丈夫任三之手，剝了她的衣服，打一百筋條，借機看她只隔一層衣服的高高突出的奶子。繼而又以催債為由，讓任三拿妻子應招伺候抵債。任三嫂用計逃脫，與意中人遠走高飛。長太爺吃了任三嫂重重一拳，臉上青腫起來。「長太爺要整頓風氣，要給任家族上掙點家聲，任三倒放她走！……」「長太爺是頂講老規矩的。」「繆白眼說是氣腫的，族上出了這種事，長太爺自然生氣呀。」這些不明真相者或拍馬屁者的話，從表面上看，是對長太爺的恭維，實際上則被作者用來作為反諷。反諷是張天翼的常用手法。譬如：《保鏢》裏的向連長，剛一登場時，對逃避追捕的農會朋友是何等的講義氣，引見內人，稱兄道弟，詛咒不從命令的下屬，痛罵反革命，還有汾

酒栗子雞——好一派知己、同志的情誼，然而，武裝護送，竟送到土豪楊財神手裏，一個反轉，暴露出向鐵皮——當年投機革命，如今絞殺革命——狡黠、殘忍、無恥的本來面目。《成業恒》裏的主人公本來一心反共，卻因同一利益集團內部的爭鬥，反被當作共產黨嫌疑抓了起來，於是，他只能在獄中恨恨不平了。他越是恨恨不平，就越是暴露出專制社會的荒謬與反動陣營的污濁，從而給讀者帶來輕蔑與解恨的笑意。《砥柱》的男主人公黃宜庵當過秀才又學過法政，是聞名四方的道德君子，為了巴結權貴，要拿 16 歲的女兒去同易總辦結親家且不去說，在船上，一副道貌岸然的樣子，不准女兒與敞開衣襟餵孩子的少婦交談，又怕女兒聽到了隔壁淫邪的對話，不停地教訓天真無邪的女兒，恨恨地要把隔壁船艙裏傷風敗俗的傢夥鎖到牢裏。實際上，只有他這樣的做過「別人想都想不到的秘密花頭」的「此中老手」，才聽得懂風月場裏的種種行話暗語。當他氣勢洶洶地去警告隔壁大放淫詞者時，誰知竟是一群深知其底細的經學研究會的老相識，「在戲臺上玩魔術的——自然只玩給別人看，難道對自己伙計還玩這一套麼？」於是，黃老先生的正經事，只是讓女兒離開船艙，到那個敞開胸襟餵孩子的少婦那裏去，而他自己則加入經學研究會的談陣，以其「經驗」的豐富成為話題的中心。理學先生黃宜庵先前的假正經，在「膩膩的發抖的笑聲」中抖落得片羽皆無。這真是絕妙的反諷，給人帶來恥笑、嘲笑的快感。

張天翼的諷刺，除了對少數幾個人物（譬如《包氏父子》裏望子成龍的老包）帶有一點溫煦的同情以外，大多屬於冷

嘲。對長太爺、成業恒、黃宜庵之流固然毫不手軟，以犀利的鋒芒顯現其可鄙可笑的醜惡嘴臉，對一些有著某種性格弱點的灰色人物也不饒過，讓他們在尖刻的笑聲中露出狼狽相。譬如《陸寶田》裏自輕自賤巴結鑽營的同名主人公，掛上代表軍官身份的斜皮帶前後患得患失的鄧炳生（《皮帶》），失戀後想要從婢女那裏尋找安慰結果碰了一鼻子灰的江震先生（《找尋刺激的人》），受託照顧朋友妹妹、開始如同父親照應子女、後來則陷入情網不能自拔的有婦之夫老柏（《溫柔製造者》），等等。作者仿佛煉就一雙火眼金睛的孫行者，對妖魔鬼怪的本來面目以及形形色色人物的自私、虛偽、矯情、軟弱等弱點洞若觀火，或猛下金箍棒，讓妖孽原形畢現，或縱情大笑，令灰色人物難以自安。

　　張天翼的諷刺與老舍的幽默形成鮮明的對照。老舍也有諷刺，但更富於幽默，其幽默像中秋之月，秋天的淒冷初上，而夏日的熱情猶存，她默默地注視著你，伴隨著你，對你無聲地微笑，那成熟的金黃色透露出幾分溫馨，幾分柔和，叫你寬慰，叫你自省。張天翼也有幽默，但最具本色的還是諷刺，其諷刺猶如盛夏驕陽，早在冬日裏鬱積起來的憤懣，春天激發起來的活力，一齊噴射出來，其光芒熾烈、熱辣、直截、眩目，仿佛要在頃刻之間燒盡一切腐朽，其勇氣、其力度、其勢頭都那麼咄咄逼人。月色呈陰柔之美，那正是老舍小說的基本色調。他也去觀照仁人志士、智者勇者，但總是霧裏看花，朦朦朧朧；他也去投射急風暴雨、大波大瀾，但往往失之纖弱，甚至當他潑墨般描繪醜類時，也顯得有些輕微；只有當他矚目於灰色人物與灰色世態時，才最大限度地

顯示出他的敏感、力度與準確性。張天翼則不是如水月色般去浸透、溶解，而是通過聚光鏡射出一束強光，集中在某一點，深入其骨髓。泥濘、雜草，自然不在話下，就是惡沼、頑石，也只管徑直照去，照散其迷霧，燒穿其肺腑。強光聚焦，在某一點上集中突破，大力渲染，自有強烈效應，但也未免單一。除了《包氏父子》等少數幾篇帶有複調之外，張天翼的小說大部分色調較為單純，譬如：《中秋》只見葵大爺的吝嗇、刻毒，《皮帶》只見鄧炳生的虛榮，《一九二四──一九三四》只見某君的虛偽……色調單純的長處是人物性格特徵突出，短處是不耐咀嚼，陸寶田與老舍《離婚》裏的老李、老張都是小科員，但前者的文化韻味顯然不如後者富贍。

　　冷嘲的骨子裏是疾惡如仇的少年憤激。這種感情類型的形成與家庭影響有著密切的聯繫。張天翼所出身的大家族，有高官顯貴，有紈絝子弟，他從這些人身上就見識過兇悍卑劣與矯情虛偽。他受其父親影響，從小就養成了疾惡如仇的性格。父親張通模，性情耿直，潔身自好，有名士風，光緒年間中舉，又參加清末「經濟特科」考試，被選為江蘇江寧知事，不應。後做教員、職員，亦靠賣字謀生。他思想開明，知識淵博，性喜詼諧，「愛說諷刺話」。二姐也「愛說彎曲的笑話，愛形容人，往往挖到別人心底裏去。可是一嚴肅就嚴肅得了不得。」[7]這都給張天翼不小的影響。一方面，他

---

[7]　張天翼：《我的幼年生活》，1933 年 5 月 15 日《文學雜誌》月刊第 1 卷第 2 號。

個性耿直，凡事不願違心屈從，上美術學校，因學費較貴，又對課程不滿，遂毅然輟學，北京大學很多人都欲進其門而不得，而他卻因對所學課程失望而斷然退學。生活中，志同道合者，傾心相交，道不同者則不相為謀，即使登門造訪，竟能置之不理。另一方面，他活潑俏皮，善於發現可笑之處，言談話語，手舞足蹈，都能令人發笑。這種性格使他自然而然地接近吳敬梓、魯迅與果戈理、契訶夫、狄更斯等長於諷刺的作家，並與之相交融，逐漸形成了冷峭的創作個性。

　　憤激的感情特徵，冷峻的敘事態度，決定了張天翼小說敘事結構的明快與敘事語言的峭拔。他在《創作的故事》[8]中把自己的創作經驗總結為：直接而不彎曲、質樸自然而非雅馴、簡練而非冗贅。的確，他的小說重人物不重故事，喜以對話推進情節，「故事進展簡單明快，寫對話和敘述一句一行，鮮明跳動，筆姿活潑」。描敘「多是淡筆勾勒，重點皴染，抓住幾個瑣屑專案反覆刻畫」[9]。如《華威先生》簡直找不出可以婉轉起伏的故事，只是通過主人公匆匆趕赴幾個會議的相似的表演，就把一個抗戰官僚的形象描繪得栩栩如生了。《笑》以九爺三次強迫發新嫂笑的細節為情節發展的關節，反覆渲染，層層遞進，凸現出九爺的殘忍狡點與發新嫂的屈辱淒涼。《砥柱》多次描寫黃宜庵的搓腳動作，如果說開始還只是表現了這一人物的嗜臭之癖的話，那麼後來，當他再三看到胖女人餵孩子時露出的豐滿的奶子，又瞥見一

---

[8]　載魯迅等著：《創作的經驗》，上海天馬書店 1933 年 6 月版。
[9]　吳福輝記錄整理：《吳組緗談張天翼》，載《張天翼研究資料》，中國社會科學出版社 1982 年版。

個中年男人「拿著一本小書在看著：蹺著一條腿子，把一隻手在褲襠裏搔著什麼」，隔壁又飄來「三開門」之類的淫藝語，他便加快了搓腳的頻率，兩手都在狠命地對付腳丫，竟至於把腳搓得發燙，「身上什麼地方」的「熱氣」與腳趾縫的癢相互作用，想到地下打個滾，於是，「腿子沒命地屈了起來，兩手伸過去拼命擦著腳丫，好像在趕做什麼工作——一下緊接著一下，連嗅嗅的工夫都沒有。」這時的搓腳，在黃宜庵來說，已經變成了淫藝欲望的發散了。搓腳動作的反覆描寫，刻畫出假道學的真面目。張天翼小說敘事用筆經濟，少有景物描寫，偶有勾勒，必與人物心理密切相關。譬如《脊背與奶子》，長太爺自以為得計，樂顛顛地去接任三嫂，「他覺得一切的景物都可愛起來，那些乾枯的瘦樹仿佛很苗條。前面那灰白色的山似乎在對他笑。墳堆像任三嫂的奶子。」眼中景實為心中景，竟能把墳堆看作奶子，十足見出長太爺急不可耐的淫藝心理，也預示了這個族紳的麻姑爬背夢想的破滅。借景寫心，堪稱妙筆。更多的心理描寫，則直接切入，少用鋪墊、解釋。有時為了簡捷起見，敘事者的全能視角與人物的視角交互運用，譬如《笑》裏寫九爺一隻手抓住了發新嫂的肩膀，「接著一條冰冷的舌子舐到了她腮巴上——鑿刀似的。」這種感覺分明是發新嫂的感覺，但敘事者沒有用「她感到」之類的說明語，筆勢利落，文氣逼促，恰與情境吻合。這種敘事方式，能夠熔鑄精練的短篇小說，而對長篇小說來說，則有欠曲折性與連綿性。張天翼的長篇小說結構大多鬆散，便與此有關。

　　自小跟隨父親四處漂流的生活經歷，使張天翼接觸到許多地區新鮮生動、色彩各異的語言。當他從事小說創作時，就顯露出語言敏感性與豐富性的特長。敘述語言從生活中多有採擷，不僅有大量活生生的語彙，而且還有包括句式、語調等在內的語言習慣，加以鍛造，形成一種簡勁雄健的色彩，頗有一點江西詩派似的瘦硬峭拔，但遠比江西詩派接近自然，硬而不「險」，且有幾分俏皮，自成一種風姿。至於人物語言，更為口語化，性格化。文學史家夏志清稱許他能「用喜劇或者戲劇性的精確，來類比每一社會階層的語言習慣。就方言的廣度和準確性而論，張天翼在現代中國小說中，是首屈一指的。就他和當時中國小說的關係而言，張天翼採取了海明威式精細大膽的外科手法，切除了白話語彙的平鋪直敘、繁瑣和籠統等等病害。」[10]

　　簡捷明快的敘事方式與自然而峭拔的語言，為張天翼的審醜圖的描繪提供了恰如其分的構架與筆墨，也顯示出白話文學在移植外來影響於民族土壤、融會經典傳統與民間活力的一條路徑。張天翼的小說生涯不長，但其冷峭的審醜則富於生命力，它總能給人以震撼、警醒與超越性的快感。社會的健康發展，永遠也離不開冷峭的目光。

---

[10]　夏志清：《中國現代小說史》（中文本），劉紹銘等譯，香港友聯出版社 1979 年 7 月版，此章為水晶譯。

第八章
呼蘭河的女兒

　　由於地理與歷史的「邊地」位置，五四新文學在東北地區的回響，顯然要比中原、南方、特別是沿海地區遜色得多。但「九・一八」事變給東北人民帶來了巨大的屈辱和壓迫，這一特殊的歷史境遇刺激起東北文學創作的空前繁榮，將其推向歷史的前臺。在上海，李輝英率先發表短篇小說《最後一課》（1932 年 1 月）、長篇小說《萬寶山》（1933 年 3 月）等，向讀者透露出東北人民失卻家園的義憤與痛苦。在關外的黑土地上，金劍嘯（巴來）、舒群（黑人）、羅烽（洛虹）、姜椿芳、蕭軍（三郎）、蕭紅（悄吟）、鄧立（梁山丁）、白朗（弋白）等人，先後以《哈爾濱新報・新潮》副刊、《大同報・夜哨》副刊、《國際協報・文藝》周刊與該報的《國際公園》副刊等為陣地，發表作品，表現東北人民的生活，透露出反日情緒。這時，他們的影響還只限於東北地區，而蕭軍的《八月的鄉村》（1935 年 8 月）與蕭紅的《生死場》（1935 年 12 月）在上海的出版，則在上海乃至整個中國文壇上，引起了不小的驚奇與震動。生活在和平幻想中的人們，深為東北同胞在侵略者的鐵蹄下面的掙扎與反抗所震悚，也為蒼涼而雄強的黑土地文學風格所感奮。東北作家群開始以群體的卓異風采出現於全國讀者面前。在東北

作家群中，蕭紅無疑是引人注目的一位。這不僅因為她較早地表現了抗日題材，也不僅因為她才華橫溢卻英年早逝的悲愴命運，而且更因為她那如詩如畫的女性敘事在中國現代小說史上留下了沈雄而清麗的一頁。

一、曠野的呼喊

　　蕭紅（1911-1941），原名張乃瑩，黑龍江呼蘭人。以《生死場》成為知名作家。

　　《生死場》以簡潔明快的構圖和女性富於實感與質感的筆觸，描繪出東北人民在「九‧一八」前後的生存狀態。這裏的底層社會，在層層壓榨之下，就連身體也打上了扭曲變形的烙印。麻面婆，是天花肆虐的見證，她的丈夫二里半是個跛子，兒子只有「羅圈腿」的綽號，而不知其是否有正式的名字。在這裏，生活是如此貧困艱辛，以至於「農家無論是菜棵，或是一株茅草也要超過人的價值。」難怪金枝只因摘了未熟的青柿子就遭到了母親的怒罵踢打。世間最溫馨的母愛也被貧困而粗糙的生活所消解，「母親們對於孩子們永遠和對敵人一般。當孩子（在酷冷的冬天）把爹爹的棉帽偷著戴起跑出去的時候，媽媽追在後面打罵著奪回來，媽媽們摧殘孩子永久瘋狂著。」平兒偷穿爹爹的大氈靴子，被母親王婆像山間的野獸要獵食小獸一般兇暴地奪回，母親手裏提著靴子，而讓兒子赤腳走在雪地上，如同走在火上一般不能停留。貧困滋生愚昧，二者交相作用，使人的價值受到蔑視

甚至踐踏。婦女的生育非但被消解了人類繁衍的莊嚴，如同狗、豬等家畜的生產，而且不如動物那樣自然落地，反而成為一個刑罰的日子：五姑姑的姐姐光著身子趴在土炕上，像一條魚一樣，難產痛苦得臉色灰白、轉黃，家人開始為她準備葬衣，丈夫像歷次她生產一樣怒罵，舉起大盆向她拋去。孩子終於落地，不過當即死去。金枝臨產前照樣做著往常一樣的繁重活計，而且被丈夫朦朧地發泄著性欲的本能。這裏麻面婆在哭鬧聲中生下的孩子在土炕上啼哭，那邊李二嬸子小產，一時閉住了氣。生的如此痛苦、低賤，生命就已不當一回事。成業一怒之下竟然摔死剛剛滿月的小金枝。王婆的三歲的女兒從草堆上掉下來跌死在鐵犁上，當母親的開始並不當做一回事。「這莊上的誰家養小孩，一遇到孩子不能養下來，我就去拿著鈎子，也許用那個掘菜的刀子，把孩子從娘的肚裏硬攪出來。孩子死，不算一回事……起先我心也覺得發顫，可是我一看見麥田在我眼前時，我一點都不後悔，我一滴眼淚都沒淌下。」後來，看見人家的孩子長起來了，她才感到了難過，從此，也不把什麼看重了。當她聞知與第一個丈夫生的兒子當鬍子被槍斃的消息後，悲憤難以自禁，服毒自殺。人們對待死亡比對待生育更為草率、粗暴，王婆尚未斷氣，人們就張羅著要把她抬進棺材，丈夫趙三也好像為了她的死等待得不耐煩似的，困倦得倚著牆瞌睡。等王婆嘴裏流出黑血，終於大吼兩聲，人們說是「死屍還魂」，趙三用扁擔壓過去，扎實地刀一般的切在她的腰間，血從口腔直噴。大家恨不能立刻把她下葬，以便了結一樁「活計」。終於把她裝進棺材，只是王婆命大，竟然死裏逃生，活了過來。

　　在《生死場》痛苦的呻吟與呼喊中，女性的聲音最為悽楚、尖銳。打魚村最美麗的女人月英，溫柔而多情，「每個人接觸她的眼光，好比落到綿絨中那樣愉快和溫暖」。可是，當她患了癱病，請神、燒香、去土地廟討藥無濟於事之後，丈夫就對她失去了愛心與耐心，動輒大罵，還嘴分辯，還要動打，最後不再管她。「晚上他從城裏賣完青菜回來，燒飯自己吃，吃完便睡下，一夜睡到天明，坐在一邊那個受罪的女人一夜呼喚到天明。宛如一個人和一個鬼安放在一起，彼此不相關聯。」月英被枕頭四面圍住，一年沒能倒下睡過；被磚頭倚住，瘦空了的骨盆淹浸在排泄物裏，臀下生了一些小蛆蟲，整個下體已經失去了感覺。「她的眼睛，白眼珠完全變綠，整齊的一排前齒也完全變綠，她的頭髮燒焦了似的，緊貼住頭皮。她像一頭患病的貓兒，孤獨而無望。」幾天後，月英被葬在荒山下。只有王婆和五姑姑這些女人們前來看望。王婆服毒自殺後，當要把她釘在棺材裏時，村中的女人們坐在棺材邊號啕大哭，有哭孩子的，有哭自己丈夫的，有哭自己命苦的，不管有什麼冤屈都到這裏來送。這哭聲，正是女性對人間不平、對政權、族權、神權、男權等重重桎梏的控訴。女性的痛苦何止於此，當國土淪陷、民族遭殃時，女性更是首當其衝，日本人來了以後，半夜三更假裝搜查，為的就是捉女人，十幾歲的小姑娘也不放過。在太陽旗招搖的「王道樂土」上，女性成為獸性發泄的對象，搶去姦，姦完殺。金枝為了逃避這種災難，到城裏去靠縫窮謀生。然而，在亂世之中，一個孤寡的年輕女人到底沒能逃出同胞中的野性男人「憐憫」的圈套，她勇敢地闖進都市，羞憤又

把她趕回了鄉村。她從前恨男人，日本人來了恨小日本子，城裏受辱的經歷又使她恨起了中國人——自然是那些不敢去同侵略者拼搏、卻躲在城裏欺侮女人的國人。金枝的恨與眾婦人守在王婆的棺材旁痛哭一樣，分明隱含著女性對男權的憤懟。

　　作品不止表現出底層社會生存的艱難與痛苦，也表現了東北人民「對於生的堅強，對於死的掙扎」[1]。先前，在同地主加租的抗爭中，趙三的打退堂鼓，暴露出農民的怯懦與狹隘。當時，敢於鋌而走險的農民只是極少數。日本侵略者的瘋狂劫掠、肆意踐踏與殘暴殺戮，則激起了廣大人民的極大憤慨與殊死反抗。「紅鬍子」把槍口對準了日寇，「人民革命軍」揭竿而起，老實巴交的農民積極回應，王婆的女兒拿起了槍，為國殉難，早年組織過反對加租的「鐮刀會」的李青山帶著寡婦們、亡家的獨身漢與年輕人盟誓上山，抗日救國。先前在阻止地主加租的回合中敗下陣來的趙三，此時也重新振作起來，把兒子送上抗日第一線，他表示自己也決不當亡國奴，哪怕埋在墳裏，也要把中國旗子插在墳頂。就連一向把老羊當作命根子的二里半，當妻兒被殺之後，也終於把羊託付給村民，自己跛著腳，去投奔抗日義勇軍。

　　《生死場》從結構來說，前後不勻稱，前面豐潤細膩，後面則顯得粗礪一些，但那真真切切、鮮血淋漓的生存寫實，那「用鋼戟向晴空一揮似的筆觸」[2]，在當時具有強烈

---

[1]　魯迅：《生死場・序》。

[2]　胡風：《〈生死場〉讀後記》。

的感染力；還有魯迅在序中所稱讚的「女性作者的細緻的觀察和越軌的筆致，又增加了不少明麗和新鮮」，都讓讀者耳目一新。曾經親知出版過程與作品反響的許廣平，後來這樣回顧說：「作為東北人民向征服者抗議的里程碑的作品，是如眾所知的《八月的鄉村》和《生死場》。這兩部作品的出現，無疑地給上海文壇一個不少的新奇與驚動，因為是那麼雄厚和堅定，是血淋淋的現實縮影。」[3]

二、為呼蘭河作傳

　　流亡異鄉之後，呼蘭河始終縈繞在蕭紅心中。她那些出色的小說幾乎都是取材於家鄉的土地。《生死場》自不必說，《橋》、《手》、《牛車上》也是，即使在東京寂寞難耐的日子裏，所作短篇小說《家族以外的人》寫的還是呼蘭河人物，呼蘭河成為她在流亡生涯中安慰孤寂靈魂的一塊永恒的綠洲。完成於 1940 年 12 月 20 日的《呼蘭河傳》（1940 年 9 月 1 日至 12 月 27 日在香港《星島日報》副刊上連載，1941 年 5 月由遷至桂林的上海雜誌公司印行初版本），以童年與成年二重視角觀照童年印象中的呼蘭河，如歌行板地寫出了一部呼蘭河的文化傳記。

　　第二章集中描寫了呼蘭河的精神上的「盛舉」：跳大神、唱秧歌、放河燈、野臺子戲、四月十八娘娘廟大會……大神穿著奇怪的衣裳、圍著紅色的裙子，哆嗦，打顫，下神，打

---

[3]　景宋：《追憶蕭紅》，《文藝復興》第 1 卷第 6 期，1946 年 7 月 1 日。

鼓，亂跳，大鬧，等到殺了雞，便送神歸山，打馬回朝。大神那雲山霧罩的話語，混合著鼓聲的唱詞與旋律，讓那些平素沒有什麼文化娛樂活動的農民得到一種藝術審美的享樂，於無意識中滿足了祖祖輩輩積澱下來的原始宗教感情需求。難怪農民對此懷有那麼大的熱情，「只要一打起鼓來，就男女老幼，都往這跳神的人家跑，若是夏天，就屋裏屋外都擠滿了人。還有些女人，拉著孩子，哭天叫地地從牆頭上跳過來，跳過來看跳神的。」但這種準宗教活動的效應是多方面的。那混合著鼓聲的詞調，給人一種冷森森的感覺，讓人越聽越悲涼。「聽了這種鼓聲，往往終夜而不能眠的人也有。」「若趕上一個下雨的夜，就特別淒涼，寡婦可以落淚，鰥夫就要起來彷徨。那鼓聲就好像故意招惹那般不幸的人，打得有急有慢，好像一個迷路的人在夜裏訴說著他的迷惘，又好像不幸的老人在回想著他幸福的短短的幼年，又好像慈愛的母親送著她的兒子遠行。又好像是生離死別，萬分地難捨。」然而，人們照樣為那鼓聲而慌忙地爬牆的爬牆，登門的登門，「看看這一家的大神，顯的是什麼本領，穿的是什麼衣裳，聽聽她唱的是什麼腔調，看看她的衣裳漂亮不漂亮。」還有七月十五盂蘭會，和尚、道士吹著笙、管、笛、簫，穿著拼金大紅緞子的褊衫，在河沿上打起場子做道場。呼蘭河上，白菜燈，西瓜燈，蓮花燈，無以數計的河燈，金乎乎、亮通通地從河面上擁擁擠擠地浮向下游。岸上有千萬人的觀眾，姑娘媳婦，尤其是「孩子們，拍手叫絕，跳腳歡迎。燈光照著河水幽幽地發亮，水上跳躍著天空的月亮。真是人生何世，會有這樣好的景況。」為豐收還願等原因而舉

辦的野臺子戲，在滿足人們的娛樂願望的同時，也成為說親、相親與走親戚的上好機緣。這些民俗文化活動，在代代相傳的過程中，已經消弱了它本來所有的人與神、人與鬼交涉的宗教意義，人的生趣浮到表面上來，佔據了重要位置。當蕭紅繪聲繪色地描寫其熱烈的場面與民間生趣時，看得出她對鄉土文化的那份如醉如癡的依戀。

文化風俗的描寫，寄託了作者的綿綿鄉情，也寓含了拳拳的愛國情懷。但她對呼蘭河的感情是複雜的，有依戀與陶醉，也有反思與批判，在描寫家鄉的風土人情的審美層面時，童心復萌，喜愛與自豪溢於言表，而一旦觸及精神文化的病態層面，則以國民性批判的五四新文學傳統予以理性的透視，痛切而冷峻。在整部作品中，文化審視甚至比風俗描寫佔有更多的比重。第一章開篇所寫的能把大地凍裂的嚴寒仿佛是文化弊端的象徵。接下來反覆渲染的東二道街上的大泥坑，是小城人精神面貌的一面鏡子。大泥坑不下雨泥漿如粥，下雨成河，翻車陷馬，行人落水，淹死過狗，悶死過貓狗雞鴨，如此大坑，人們說拆掉兩邊院牆的有，說沿著牆根栽樹的也有，可就是沒有人主張用土把泥坑填平。人們寧願按著老樣子生活，忍受接二連三的麻煩，也不願從根本上改變現狀。人們的保守與麻木可見一斑。在這個很多人窮得連一塊豆腐都買不起、孩子為此立志長大以後開豆腐房的貧困地方，人們的同情心也並不富有。一群狗咬叫化子，主僕看見和聽見無動於衷。冰天雪地裏，賣饅頭老人跌倒在地，路過的人非但不去安慰與照拂，反而會撿來饅頭一邊吃著一邊走去。王家大姑娘未出嫁時，人們誇她大辮子大眼睛長得好

看，臉紅得像一盆火似的，膀大腰圓的帶點福相，「這姑娘將來是個興家立業的好手！」可是等她嫁給了一無所有的磨倌馮歪嘴子，並且生了個兒子，輿論立馬發生了 180 度的大轉彎，同院住的，街坊鄰居，有閑的老太太，出苦力的長工，異口同聲地說王大姑娘這樣壞，那樣壞，一看就知道不是好東西。連她的長相、髮式都成了不是：眼睛長得不好，辮子也太長，力氣又太大，「男人要長個粗壯，女子要長個秀氣。沒見過一個姑娘長得和一個扛大個似的。」一時間，作傳、作論、作日記的，應有盡有，還有人為了取得宣傳的材料，冰天雪地地守在窗戶外邊，偷聽消息，捕風捉影，散佈嬰兒凍死、馮歪嘴子上吊自刎的謠言，招來幾十個來看子虛烏有的熱鬧的看客。

　　如果說王大姑娘等人的際遇還只是反映出冷漠、勢利與無定性等國民性弱點的話，那麼，第五章中，給小團圓媳婦的「治病」則更是表現出文化「吃人」的殘忍性一面。小團圓媳婦過門時是一個多麼健康活潑的女孩兒，然而一進了婆家的門就被加上了神權、男權與種種禮教規矩的桎梏。長得高仿佛是見不得人的事情，明明是 12 歲的年齡，卻被告知要對人說是 14 歲，即使如此，也還是被人懷疑是瞞了歲數。發乎天性的開朗活潑與坐得筆直、走得風快也成為罪過，被視為不知羞，沒有媳婦樣子，於是婆婆給她下馬威，用各種方法折磨她，用烙紅的烙鐵烙她的腳心，還把她吊在房梁上，讓她叔公公用皮鞭子抽她，抽得昏死過去。折磨成病，婆婆說她有病，於是，跳神趕鬼，抽帖占卜，還用些光怪陸離的偏方，並且竟然當著眾人之面，

將她脫光了身子洗所謂熱水澡，實則用滾熱的水澆燙，結果，連著澆燙三遍，不久就奪走了這個少女的活潑潑的生命。小團圓媳婦的慘死，是對封建禮教和愚昧迷信的揭露，也是對男權的控訴。婆婆所代表的，正是男權的眼光與力量；最後直接導致小團圓媳婦之死的「洗澡」，其實也是為了滿足大神不便明言的觀裸癖。小團圓媳婦之死與《生死場》裏的月英之死，都是對男權的控訴與批判，這是蕭紅的一貫立場。作為一個女性作家，蕭紅從創作一開始就具有的女權主義色彩，在《呼蘭河傳》中得到繼承與發展。第二章在寫到唱大戲每每成為訂親的場合時，訴說在弊端叢生的指腹為親中，女性尤其處於劣勢，作者為之鳴不平，情不自禁地插入了關於女權的議論：「節婦坊上為什麼沒寫著讚美女子跳井跳得勇敢的贊詞？那是修節婦坊的人故意給刪去的，因為修節婦坊的，多半是男人，他家裏也有一個女人。他怕是寫上了，將來他打他女人的時候，他的女人也去跳井。女人也跳下井，留下一大群孩子可怎麼辦？於是一律不寫。只寫，溫文爾雅，孝敬公婆……」四月十八娘娘廟大會，求子求孫的燒香人，本應先到娘娘廟燒香，卻先老爺廟後娘娘廟。作者從這裏看出性別歧視的陰影，譏刺地嘲弄說這是因為「人們都以為陰間也是一樣的重男輕女，所以不敢倒反天干」。寫到塑像男的兇猛、女的溫順時，戲謔中飽含沈重地解釋道，「那就是讓你一見生畏，不但磕頭，而且要心服。就是磕完了頭站起再看著，也絕不會後悔，不會後悔這頭是向一個平庸無奇的人白白磕了。至於塑像的人塑起女子來為什麼要那麼溫順，那就告

訴人，溫順的就是老實的，老實的就是好欺負的，告訴人快來欺負她們吧。」字裏行間透射出強烈的女權主義意緒。

當觸及社會貧困、審視文化弊端及感歎逝水流年時，作品流露出憂鬱蒼涼的語調。第四章通篇描寫的院子裏的荒涼，便是這種語調的集中體現。夜風刮得滿院子蒿草成群結隊的響，朽木爛柴舊磚散泥，破缸及缸裏似魚非魚似蟲非蟲的活物，破缸外的潮蟲，豬槽底上的蘑菇，槽旁生銹的犁頭，耗子成群的糧倉，風中作響的房子，院子裏那些房客與佃農——他們不知道光明在哪里、可是實實在在地感到寒涼就在他們身上……作品的尾聲以一連串的「了」字敘述小城的變故：「老主人死了，小主人逃荒去了。那園裏的蝴蝶，螞蚱，蜻蜓，也許還是年年仍舊，也許現在完全荒涼了。」語調裏滲透出無限的感傷與懷戀。這種蒼涼的語調，與張愛玲的小說頗有些相似之處，但張愛玲專揀人性的陰暗面揭露，抓住人性弱點不遺餘力地嘲弄，而蕭紅在《呼蘭河傳》裏，能在荒涼中找到童趣，能在冷漠中尋覓親情，能在疲憊中發現堅韌。譬如馮歪嘴子雖然遭受了喪妻的巨大痛苦與人間冷漠的咬齧，但他不向厄運屈服，仍然執著地把希望寄託在孩子身上，頑韌地拉扯著兩個孩子艱難度日，敘事者對於這個帶有西緒弗斯色彩的人物不是給予嘲笑，而是寄予同情和欽敬。張愛玲雖然運筆於炎熱的滬港之間，但其作品裏的蒼涼卻是透徹骨髓的冰冷；蕭紅雖然追憶的是冰天雪地的北國，但活躍其間的童趣、親情與人物性格中的可愛之處，卻多少消解了一些自然與社會的酷寒。溫馨與蒼涼、熱情與冷峻構成了《呼蘭河傳》的複式語調。

　　《呼蘭河傳》的創作正值抗戰期間，蕭紅沒有像她的成名作《生死場》及其他作品一樣，去直接表現抗戰內容，這曾經引起不少人的不滿與非議。就連對這部作品頗為欣賞的茅盾，也批評說：「如果讓我們在《呼蘭河傳》找作者思想的弱點，那麼，問題恐怕不在於作者所寫的人物都缺乏積極性，而在於作者寫這些人物的夢魘似的生活時給人們以這樣一個印象：除了因為愚昧保守而自食其果，這些人物的生活原也悠然自得其樂，在這裏，我們看不見封建的剝削和壓迫，也看不見日本帝國主義那種血腥的侵略。而這兩重的鐵枷，在呼蘭河人民生活的比重上，該也不會輕於他們自身的愚昧保守罷？」[4] 單從抽象的時代性來說，這種意見不無道理。但實際上，作家創作是一個十分複雜的現象。就作家的創作個性來說，蕭紅本來不是一個以政治性見長的作家，甚至對社會性也不像很多作家那樣關注，她更傾向於而且最擅長的是文化視角的生存狀態的表現。「九‧一八」的喪土之痛，加上後來《跋涉》被禁，激發起強烈的民族義憤，才有由低沈走向亢奮的《生死場》。《生死場》的轟動效應與抗日題材有關，但最成功的部分還要數「九‧一八」事變之前的描寫。一到後來日本入侵以後的描寫，則如同提綱或速寫一般，運筆匆促，線條粗放而有幾分凌亂，在當時的特定背景下確有震撼人心的力度，但遠遠談不上豐滿與潤澤。在創作《呼蘭河傳》的前後，蕭紅未始沒有表現抗日的作品，譬如發表於 1939 年的《黃河》、《曠野的呼喊》、《朦朧的

---

[4]　茅盾：《論蕭紅的〈呼蘭河傳〉》，《文藝生活》1946 年 12 月號。

期待》等小說，以及 1941 年 9 月發表的《給流亡異地的東
北同胞書》等，就充滿了強烈的愛國激情。但在《呼蘭河傳》
裏，她則專注於老化與清新雜糅、疲塌與頑韌並存的鄉土文
化的追憶與解剖，她是以一種特殊的方式來表達自己對時代
的態度。作品有意淡化了社會背景，這對於時代性來說，或
許是一種犧牲，但對於文學來說，無疑是一種有意義的犧
牲。並不熟悉戰地生活的蕭紅，得心應手地創作一部意蘊飽
滿、風格別具的《呼蘭河傳》，顯然比勉為其難地寫一部戰
爭題材的作品要好的多。時代從來都是多元的，應該允許作
家有多種表現與各自的姿態。事實上，暫時「躲開」主潮的
喧鬧，按照自己的創作個性去埋頭創作，這並非蕭紅一個人
的覺悟與舉措。抗戰進入相持階段以後，抗戰之初的亢奮為
此時的沈思所取代，不少作家都轉向了大後方生活或國民性
反思的作品。譬如沙汀，1939 年從抗日民主根據地回到家
鄉四川，就為的是發揮自己之所長，寫出扎實厚重的作品。
他於 1943 年推出的長篇小說《淘金記》描寫的是川西鄉鎮
「上流社會」爾虞我詐的惡鬥，展示人性的邪惡與社會的毒
瘤。1945 年問世的《困獸記》寫的是知識份子在大後方報
國受壓、感情生活也是危機重重的生存狀態。這些作品的主
旨都不是抗戰與揭露封建剝削，但無疑是成功之作。相反，
即使是名作家，在抗戰期間表現抗戰題材的急就章，諸如茅
盾的《第一階段的故事》、老舍的《火葬》、巴金的《火》
三部曲等，激情可嘉可感，但在藝術上卻相當粗糙，與他們
的藝術水準不相匹配。茅盾抗戰時期的小說佳作，當首推江
南風情濃郁的《霜葉紅似二月花》，這部長篇小說表現的是

五四前後的歷史風貌，而不是抗戰的現實生活。老舍表現抗
戰的成功之作是完成於抗戰結束之後的《四世同堂》，這恐
怕主要是因為他回到了自己最有把握的北京熱土與他所擅
長的國民性批判題材。巴金抗戰時期最好的小說，是並非抗
戰題材的《憩園》，當他回到自己熟悉的巴山蜀水與人生人
性探索的園地，他才能運斤成風。沈從文於 1943 年推出的
長篇小說《長河》，也是同「主潮」保持相當距離的成功之
作。在這一背景中來看蕭紅的所謂「消極」[5]，實在不能說
是消極的退隱，而應該說是順應了藝術規律的積極的進取。

三、如詩如畫的敘事

　　蕭紅是一位個性很強的作家，出於自己的創作個性，也
為了追求藝術的生命力，她既不憚於疏離主流意識，也樂於
突破一般的小說模式。她曾表示不相信那套「小說有一定的
寫法，一定要具備幾種東西，一定寫得像巴爾扎克或契訶夫
的作品那樣」的小說學，她認為，「有各式各樣的作者，有
各式各樣的小說。」[6]蕭紅的小說通常被看作散文體小說，
確有一定的道理，因其重敘事而不重人物，重場面而不重情
節。但同其他作家的散文體小說比較起來，蕭紅的小說又是
別具一格。她的筆觸更為細膩，感覺的即時性與場面的跳躍

---

[5]　轉引自茅盾：《論蕭紅的〈呼蘭河傳〉》。

[6]　聶紺弩：《〈蕭紅選集〉序》，《蕭紅選集》，人民文學出版社，1958
　　年 12 月版。

性更強，畫面感鮮明，詩的韻味醇厚。茅盾在《論蕭紅的〈呼蘭河傳〉》一文中，說「它是一篇敘事詩，一幅多彩的風土畫，一串淒婉的歌謠。」其實，何止一部《呼蘭河傳》，如詩如畫可以說是蕭紅小說整體上最為突出的敘事特徵。

也許同女性感覺的纖細和對美術的愛好有關，蕭紅對自然景物與社會生活有著異常敏銳的畫面感，並擁有出色的意象營構能力。她的第一篇小說《王阿嫂的死》，開篇寫到：「草葉和菜葉都蒙蓋上灰白色的霜，山上黃了葉子的樹，在等候太陽。太陽出來了，又走進朝霞去。野甸上的花花草草，在飄送著秋天零落淒迷的香氣。」這簡直是畫的彩筆、詩的韻致，東北的深秋景色，被點染得鮮明動人而富於象徵意味，白霜黃葉為後來主人公的淒慘命運透露出一點資訊。她的最後一個短篇小說《小城三月》的尾聲，捕捉到富於地方特色的春天景象──「街上有提著筐子賣蒲公英的了，也有賣小根蒜的了。更有些孩子們，他們按著時節去折了那剛發芽的柳條，正好可以擰成哨子，就含在嘴裏滿街地吹。」正是在這樣一幅春意盎然的圖景中，翠姨墳頭草籽發芽所顯出的淡淡青色，在常常從上面跑過的白色山羊的腳下，顯得格外的淒涼。她的作品中有時像電影的「空鏡頭」一樣，插入一點景物描寫，表面上看起來，與本來就很淡化的情節沒有什麼直接的關聯，但其實具有表達意緒的功能。如《呼蘭河傳》第一章第八節裏，有一段關於火燒雲的出色描繪：大白狗變大紅狗，紅公雞變金公雞，紅堂堂，金洞洞，半紫半黃，半灰半百合色，葡萄灰，大黃梨，紫茄子，還有些說也說不上來的，見也未曾見過的顏色，駿馬奔騰，蒼狗疾跑，獅子

威武雄踞，猴子靈活多動，其逼真的形態與絢麗的色彩好似
丹青高手的彩繪，其瞬息即逝的變化又遠非靜止的畫面可
比，其藝術性足可與茅盾、巴金、老舍、沈從文等人一流的
自然描寫相媲美。奇幻的自然景色描寫，插入晚飯後的農家
生活場景的描敘之中，切入化出自然天成，「空鏡頭」意蘊
豐滿，寄託著作者懷戀故鄉的拳拳遊子情。

　　在蕭紅小說裏，畫面常常作為敘事的基本要素，如同構
成神經組織的神經節或更小的神經元。她的許多作品都是靠
一個一個鏡頭感很強的畫面（自然景物、生活場景、人物特
寫等）剪輯而成的。有的作品還設置一個中心意象，全篇圍
繞著中心意象展開描寫，構成一種帶有象徵色彩的藝術空
間。譬如《橋》裏的那條水溝，貧婦黃良子的喪子悲劇和在
此前後的焦慮痛苦，都與它密切相關。在這裏，水溝象喻著
階級之間難以逾越的鴻溝，建造了新橋，黃良子的兒子反倒
落水而亡，這是對命運不公的血淚控訴。又如《手》裏那雙
染上了顏色的手，女主人公王亞明固然英語不地道，學習吃
些力，但她受到從同學到校役再到女校長的歧視，直至不待
考試就被打發回家，根源就在於她那雙染坊匠女兒的手。讀
過這篇小說之後，也許主人公的名字很快就會被忘卻，簡單
的情節也留不下多少印象，但那雙藍的、黑的、又好像紫的、
從指甲一直變色到手腕以上的手，卻會深深地印在讀者的腦
海裏。再如《曠野的呼喊》裏的風，那種東北原野上早春的
大風──不知從哪里來，帶來了人聲、狗叫聲，使一切都喧
嘩起來，吼叫起來，吹翻牆囤頭上的泥土，拔脫屋頂的草，
路邊的樹，刮得漫天混沌，地動山搖，其聲勢給人以強烈的

印象，它是意蘊寬廣的象徵，隱喻著日本侵略者帶來的巨大災難，和由此激起的中華民族的憤怒反抗。有了大風這一主體意象的描寫，這個短篇才有了活力，有了氣勢。除了善於利用自然物象營構意象之外，蕭紅還以其敏銳的感悟與超拔的聯想，每每在事物的聯繫中創造出別致的意象。如《生死場》裏，五姑姑的姐姐難產，家裏人「為她開始預備葬衣，在恐怖的燭光裏四下翻尋衣裳，全家為了死的黑影所騷動。」「恐怖仿佛是僵屍，直伸在家屋。」這個意象，貼切而新異，強化了作品所要渲染的恐怖氛圍。

　　畫面感強而情節性弱，貌似單純、散漫，實際上蕭紅很講究結構藝術，她的小說代表作大多有一個精緻的結構。《橋》開頭是孩子要找母親吃奶而哭，結尾是母親因不幸喪子而哭。《手》從女主人公帶著一雙有顏色的手初來學校寫起，結尾寫她被校方打發回家，在碎玻璃一樣閃光刺眼的雪地上離去，來與去，黑與白，構成強烈的對比。《曠野的呼喊》以「風撒歡了」開篇，以「地平線在混沌裏完全消融，風便做了一切的主宰」結尾。《小城三月》從三月的原野新綠寫起，以姑娘們忙著換春裝，「只是不見載著翠姨的馬車來」結尾，同是春天，卻已物是人非、生死迴異，不能不讓讀者備感悲涼。無論是短篇，還是中長篇，畫面之間、片斷或單元之間，有跳躍，有穿插，但並非硬性的鑲嵌，而是有著內在的關聯。譬如《生死場》，從表面上看，沒有貫穿始終的情節，也沒有統領全局的中心人物，實際上卻有一條忽隱忽現、欲斷還續的內在脈絡。第一章《麥場》，寫農民對家畜的珍愛（因為這裏的窮苦農民沒有自己的土地，所以家

畜即是他們最貴重的家產），主要是男人的世界；第二章《菜
圃》，接下來寫女人與性愛；第三章《老馬走進屠場》，寫
農民的困境，與第一章的愛家畜形成對比性的銜接；第四章
《荒山》，寫女人們苦中作樂的生趣與月英之死顯露出來的
女性的生存危機，與第二章隔章銜接，又作為農民對困境的
自然反應，寫了農民準備反抗加租及其半途而廢；第五章《羊
群》，承接上一章的脈絡，寫農民趙三父子無奈的生計及其
挫折；第六章《刑罰的日子》，寫女性的生育痛苦；第七章
《罪惡的五月節》，以王婆的服毒與小金枝的慘死將女性的
悽楚命運推向極致；第八章《蚊蟲繁忙著》，寫王婆死而復
生的頹唐與對女兒復仇的希望；第九章《傳染病》，寫病魔
的襲擊與農民對「洋鬼子」的恐怖，為後面日本侵略者的出
場做了鋪墊；經過第十章《十年》的過渡之後，第十一、十
二兩章寫「王道」旗幟下的暴行；第十三章《你要死滅嗎？》
寫東北人民的奮起抗日；第十四章《到都市去》，寫未走上
抗日第一線的女性的生計；第十五章《失敗的黃色藥包》，
寫義勇軍的受挫與其重新選擇；第十六章《尼姑》，寫進城
受辱的金枝要做尼姑而不能，寓示除了反抗別無出路；第十
七章《不健全的腿》，寫農民走上正確的抗日道路。由上可
知，各章之間，或是直接承繼，或是隔章相銜，仿佛詩詞歌
賦不同的押韻方式，整體上一脈貫通。全書的末尾，連自私、
怯懦的二里半也割捨下心愛的老羊，奔赴抗日前線，與作品
開篇處同一人物為尋找走失的老羊時的惶急與暴躁，恰成一
個鮮明的對比，在結構上見得出首尾相顧的匠心。整體上如
此，每一章也有其內在的脈絡。如第七章，王婆服毒——亂

墳崗子掘墓坑——插入關於墳場的詠歎——述說農民活著的艱難——趙三進城——棺材鋪場景——裝殮後的王婆——王婆女兒的悲哀——「死屍還魂」的對策與反應——送葬——王婆死而復生——二里半對悲劇的麻木——小金枝被暴怒的父親成業摔死——成業的墳場印象。場景的跳躍與插入，不但沒有削弱、反而強化了死亡的氛圍。

　　使得敘事結構一脈貫通，也是引導讀者易於進入作品情境的重要因素，是詩的情思與詩的韻律。蕭紅不像廬隱那樣宣泄式地直抒胸臆，而是把深情摯意隱藏在意象、意境之中，冷靜的敘事中蕩漾著激情彈奏出來的詩的韻律，猶如雄壯磅礡或陰柔哀婉的音樂。《呼蘭河傳》就像一部旋律富於起伏變化的交響曲。第一章寫艱難而卑瑣、循環往復而缺少變化的生存狀態，語調沈重、蒼涼；第二章寫精神上的盛舉，語調轉為歡快、活潑；第三章沈浸於自己在老祖父的庇蔭下，在後園裏的快樂童年，語調洋溢著童趣；第四章從場景、物什到院子裏的窮人及人際關係，渲染家的荒涼，語調轉向低沈；第五章順著這樣的調式繼續發展，寫小團圓媳婦的慘劇，語調至為悽楚、悲愴，達到全篇悲劇的高潮；但作者顯然並不是要把這部作品處理成一部悲劇，所以在接下來的第六章中，刻畫了有二伯的性格，這個自尊與卑怯兼備、正直與狡黠雜糅的人物，給作品染上了一點喜劇色彩，對前一章給讀者帶來的嚴重壓抑多少是一點削減，讓讀者能獲得一點情緒上的舒解；第七章寫馮歪嘴子與王大姑娘的喜與悲，鄰人的冷酷，最後馮歪嘴子執著的生命意志給全篇一個希望，明暗交錯的語調終於以一絲明朗收束；尾聲在對家鄉的無限

眷戀中結束。連同尾聲在內的八個部分，可以按照語調大致
分為四個板塊，呈現為蒼涼——歡欣——淒苦——沈重中的
解放（希望），這很像由快板、慢板、小步舞曲或詼諧曲、
快板四個樂章構成的奏鳴曲。第一章也如奏鳴曲式的結構，
第一節猶如呈示部，圍繞著一個大坑，相繼呈現出生存狀
態、國民性批判與文化景觀等三條主題線索，三者之間形成
相依相生、對比互稱的關係；從第二節到第八節，仿佛展開
部，通過王寡婦喪子、染缸房淹死學徒、造紙房有一個私生
子餓死、紮彩鋪的生意等各種偶發事件或日常生活的描寫，
充分發揮呈示部各主題中具有特徵的因素；第九節好像再現
部，以自然景物的流轉象徵呼蘭河生活的循環往復，基本上
是呈示部的再現，使整章形成一個統一、完整的調式，也為
後面奠定了旋律色調的基礎。

　　1920 年，周作人在翻譯庫普林的小說《晚間的來客》
時，提出了「抒情詩的小說」[7]這一概念。魯迅最早在這種
詩化小說的創作上獲得了成功，而後，廢名、沈從文等作家
也有這方面的佳績。蕭紅受到前驅者的影響，再早還可以追
溯到童年時代祖父給予她的詩教。文學影響與大自然的熏
陶，使這個呼蘭河的女兒養成了詩意的眼神和詩性的才能。
她能從自然景色與生活場景中發現詩意，加以詩性的藝術表
現。意象的捕捉、意境的營造自不必說，詩歌辭賦的技巧也
得到得心應手的運用。譬如《呼蘭河傳》第四章，以複沓的
手法寫荒涼的意境。「荒涼」是這一章的「詩眼」，第一節

7　周作人：《晚間的來客・譯者後記》，《新青年》第 7 卷第 5 號。

以滿院的蒿草在颱風和下雨乃至晴天時的種種徵象來指認
「荒涼」。接下來的幾節中，均以「我家是荒涼的」或「我
家的院子是很荒涼的」起句，後面便以院子裏的破房及其住
戶種種景況鋪展這種荒涼，最後的第五節以蜻蜓和蝴蝶在蒿
草中的喧鬧強化了荒涼寂寞的意境。小說的敘事語言，汲取
了詩歌的凝練、節奏感與韻律感。詩性語言的韻味很難予以
傳神的評價，姑且徵引《呼蘭河傳》第一章第九節的一段文
字，以見其詩性本色：

> 烏鴉一飛過，這一天才真正地過去了。
>
> 因為大昴星升起來了，大昴星好像銅球似的亮晶晶的
> 了。
>
> 天河和月亮也都上來了。
>
> 蝙蝠也飛起來了。
>
> 是凡跟著太陽一起來的，現在都回去了。人睡了，豬、
> 馬、牛、羊也都睡了，燕子和蝴蝶也都不飛了。就連
> 房根底下的牽牛花，也一朵沒有開的。含苞的含苞，
> 卷縮的卷縮。含苞的準備著歡迎那早晨又要來的太
> 陽，那卷縮的，因為它已經在昨天歡迎過了，它要落
> 去了。
>
> 隨著月亮上來的星夜，大昴星也不過是月亮的一個馬
> 前卒，讓它先跑到一步就是了。
>
> 夜一來蛤蟆就叫，在河溝裏叫，在窪地裏叫。蟲子也
> 叫，在院心草棵子裏，在城外的大田上，有的叫在人
> 家的花盆裏，有的叫在人家的墳頭上。

　　作者在這裏仿佛不是寫小說，而是寫散文詩。難得的是這種詩的情思詩的意境詩的語言不止於個別片斷，而是蕭紅小說到處可見的敘事常態。蕭紅小說的詩性，與其說是自覺的追求，毋寧說是創作個性的自然顯現。要論及中國現代詩性小說的發展，蕭紅無疑佔據著重要的位置。

第九章

黑土地之子

　　1932 年初至 1934 年，東北作家群在哈爾濱初成氣候時，遠在京津的端木蕻良尚處於這個群體之外。1935 年，蕭軍、蕭紅有幸得到魯迅的扶助，因《八月的鄉村》與《生死場》問世而名聲大振，而此時的端木蕻良在文壇上還是默默無聞。然而，從 1936 年 8 月起，端木蕻良這個名字在《文學》、《作家》與《中流》等影響較大的刊物上頻頻出現，其意緒飽滿、表現別致的作品給人留下了深刻的印象，頗受好評。隨著時光的流逝，一些當年走紅一時的作品已漸漸為人們所淡忘，而端木蕻良小說——來自黑土地的歌吟，卻依然魅力不減。

一、黑土地的憂鬱和憤怒

　　端木蕻良的小說，從步入上海文壇的第一篇作品《鷺鷥湖的憂鬱》開始，就表現出黑土地的憂鬱。深沈的憂鬱，源自對黑土地眷戀的執著。

　　端木蕻良（1912-1996），原名曹漢文，又名曹京平，遼寧昌圖人。昌圖位於科爾沁旗草原。據史料載，蒙古分六

盟，哲裏木為六盟之一，科爾沁旗又為哲裏木四部之一。科爾沁草原是忽必烈的領地，他把這塊草原封給自己的孫子科爾沁，草原遂以科爾沁命名，下分三旗，昌圖即為左翼後旗。18 世紀中葉以前，這裏屬遊牧地，但清代康、雍年間，清廷貴族與地主豪強競相兼併土地，被迫破產的關內大批農民，為了生存，踏上了闖關東的險途。1775 年（乾隆四十年）起，清廷為了緩和矛盾，禁令漸開，准許漢人開荒。端木蕻良的先人就是在這一背景下從祖籍河北遷徙到此，逐漸發迹為當地巨室的，端木蕻良的曾祖父曹泰擁有 2000 多垧（合 5000 多公頃）良田，並進入滿清王朝的特權階層，屬漢八旗裏的正白旗。但近代以來，帝國主義列強侵淩的魔爪深深地抓傷了這塊富庶的土地，連幾代為官、高門大院、僕婢甚眾、良田千垧的曹家也未能倖免。1904－1905 年日俄戰爭前後，昌圖因地處交通要道，飽受日俄兩國軍隊侵掠、蹂躪，據 1908 年編撰的《昌圖鄉土志》稱：「日俄之戰，人民流離失所者何止數千人，死傷道路者何止數千人！」俄軍就曾將曹家祖宅據為指揮部，將曹家祖塋叢林作為屯兵點，敗走前將曹家洗劫一空，使逃難在外的曹家不得不另覓居所。[1] 日本戰勝俄國之後，步步緊逼地要當亞洲霸主，加重對中國的軍事威逼與經濟蠶食，加劇了東北社會的動蕩不安。端木蕻良出生一個月左右，全家人就為了逃避當地土匪的頻繁騷擾，離開了出生地鷥鷺樹，移居昌圖縣城。端木蕻

---

[1]　科爾沁旗史料參照孫一寒：《〈科爾沁旗草原〉情節與歷史的真實》，紀念端木蕻良文學生涯 70 周年國際研討會論文。

良於 1928 年上天津讀南開中學，從此，徹底離開了養育他
的科爾沁旗草原。但鄉土的慘痛歷史已經深深地刻在端木蕻
良的心底。

　　國土淪陷，家鄉阻隔，而請纓無路，報國無門，端木蕻
良怎能不悲憤填膺、意緒難平？新式教育使他朝著新人的方
向成長，他的思想感情，已與傳統的世家子弟有了天壤之
別，他對土地的歷史與現狀的審視滲透了社會科學的眼光，
他對臉朝土地背朝天的農民懷有深深的同情，這種同情不僅
源於他敏感的天性與新文化的熏陶，而且源於他對土地制度
下地主的稱王稱霸與農民的當牛作馬的瞭解，尤其是他所摯
愛的母親的特殊身世給他打下的深深烙印。他的母親是當地
一個佃農的女兒，因為美麗而善良，被大戶曹家強娶為妾，
後雖因大房去世而扶正，但搶婚的屈辱和對於丈夫在外浪蕩
的無奈，給她造成了畢生未能消泯的傷痛。她曾不止一次地
囑咐少年時的端木蕻良，要他長大以後寫出母親的遭遇。承
傳自母系的對於高門深宅的憎惡，對於父系發家史罪惡的痛
恨，對於底層社會的悲憫，對於鄉土受蹂躪、國土被宰割的
憂憤，彙集在端木蕻良的胸中，萬端沈鬱凝結成 30 餘萬言
長篇小說《科爾沁旗草原》。

　　科爾沁旗草原，積澱著多麼深厚的歷史記憶，糾葛著多
麼錯綜的現實矛盾，浸透著多少希望與絕望，蒸騰著多少惶
惑與憤懣。作為「左聯」成員，他不能不注意到地主階級與
貧苦農民的矛盾與衝突；作為研讀過現代社會科學理論的知
識份子，他還揭示了自然經濟向市場經濟過渡的歷史必然性
與自然經濟走向崩潰的慘澹相；作為流亡關內的東北青年，

他也描寫了故鄉人民在早年的俄軍與現今的日寇踐踏下的屈辱與反抗。但是，與同時代作家相比，在表現階級矛盾的尖銳程度方面，他顯然不如葉紫、茅盾等人，在表現東北抗日鬥爭的嚴酷性方面，他也沒有超越蕭軍等人。他的獨特視角在於：努力發掘科爾沁旗草原所蘊涵的巨大張力。

在這部作品裏，科爾沁旗草原本來具有頂天立地的品格，擁有「中國所唯一儲藏的原始的力」，正是它的肥沃、神秘與偉力，召喚著逃荒者曆盡千難萬險，到此開闢出新的家園。然而，「一個看不見的用時間的筆蘸著被損害者的血寫下的無字天書——制度」，給原始的廣袤碧野染上了斑斑血淚，給單純的自然力強加上層層疊疊的社會網路。自然與社會，歷史與現實，人間的愛與憎，形成了錯綜複雜的巨大張力。這塊土地既是人物活動的舞臺，又是參與歷史變遷、見證時代演進的重要角色，人間的生生死死、恩恩怨怨，社會的潮起潮落、風雲變幻，都與這塊土地發生了深刻的關聯。土地，意味著權利，所以才有丁四爺勾結知府除掉另一個土地所有者北天王的陰謀，才有呂存義為了減少地租而讓兒媳婦在熱炕上侍奉丁大爺的醜劇，才有丁小爺先軟後硬、逼搶佃戶女兒成親的「喜事」，才有佃戶們聯合「推地」（退佃）的抗爭，才有佃戶殺死泰發堂大管事的暴舉。土地擁有多色調的營養，賦予人以靈性或質樸，也賦予人以狡猾或愚鈍，賦予大山以剛烈粗獷，也賦予丁寧以優柔寡斷，賦予佃戶以欲進還退的彷徨踟躕。土地產生財富，產生權威，也滋生出腐朽，反撥出叛逆。地主階級的剝削與壓迫逼得貧苦農民鋌而走險，外國的強勢經濟與軍事力量的侵入，加劇了社

會矛盾，粉碎了早期墾殖者在這塊土地上安居樂業的夢想，連丁小爺那樣的既得利益者也不再像長輩一樣毫無保留地信賴土地，而是在自然經濟露出破綻時走向投機，至於丁小爺的兒子丁寧，則更是遠離家鄉，背離祖傳的生活方式，要去尋找一條新的道路。平展的原野起伏著動蕩的波浪，沈靜的大地發出了喧囂的聲響，「大地焦躁地冒著熱氣，一刻也不耐地等待著，等待著一個更洪大的巨響。」篇末老北風領導的義勇軍就可以見出這「巨響」的端倪，而後在《渾河的急流》、《大地的海》與《大江》等作品裏，我們都可以看到大地多重張力引起的「巨響」的壯劇。

　　值得注意的是，端木蕻良對於社會矛盾所引發的激變，持有一種分析的態度。在發端於 20 年代後期的革命文學中，從蔣光慈到丁玲、葉紫、周立波等，群眾暴動題材幾乎沒有例外地都予以肯定性的描寫，盡力張揚其合理性、正義性，渲染其宏偉場面與不可抵禦的力量。但《科爾沁旗草原》最後一章對暴亂的描寫則表現出獨到的眼光：一方面揭示了暴亂的必然性、合理性，另一方面也如實地暴露了暴亂的盲目性、野蠻性與破壞性。「九·一八」，日本侵略者的鐵蹄踐踏了全東北，「義匪」老北風樹起了「天下第一義勇軍」的三尖狼牙旗，召喚不願做奴隸的人們去向侵略者討還土地。而與此同時，土匪天狗卻趁機作亂，鬧翻了古榆城。暴亂之際，人們的欲望無限擴張，魚龍混雜，泥沙俱下，「紅鬍，無賴，遊杆子，開人……還有，一切的從前出入在醜惡的夾縫的，晝伏夜出的，躲避在人生的暗角的，被人踹在腳底板底下喘息的，專門靠破壞別人的幸福、所有、存在來求

生存的，都如復蘇的春草，在暗無天日的大地鑽出。」「大
家都絕對的不能想到自己企望的無恥或是回頭去幻想一下
自己所造出來的結果是如何的悲慘，他們並不，他們這時的
思想是沒有感覺的，要勉強說有，那就是一種單純的快樂，
一種從來所沒敢想過的，所沒敢染指的秘密的快樂。……」
這是何等深刻的揭示。果然，我們看到了盲目報復、瘋狂攫
取的描寫。攻打大戶的槍聲一響，街上的閑漢便嘯聚著去李
老財家搶錢，一會兒又想起王家有個好姑娘，搶足了錢的便
奔向王家。就連丁家護院的炮手也出現了倒戈者，劉老二從
背後一槍放倒了他的同行程喜春，不論是出於積怨的宣泄，
還是想乘機渾水摸魚，總不是發自什麼階級覺悟，為窮苦人
向大戶復仇。縣衙裏，綁在抱柱上的商務會長和腰棧大老闆
被澆上了洋油，堵住了嘴巴，點了天燈，當然燒毀的還有縣
衙的前廳以及街上的店鋪，喪命的也遠不止兜售嗎啡的日本
掌櫃、平日裏作威作福的闊老，也有為丁家看守富聚銀號的
郭掌櫃，更有花容月貌的富家小姐、本本分分的普通市民、
趁火打劫的閒人無賴……中國歷史上，每一次大規模的農民
起義，每一次改朝換代，都要伴隨著沖天大火，伴隨著要搗
毀一切的大破壞。對相沿成習的盲目破壞，富於歷史責任感
的作家理當做出自己的判斷與藝術表現。這種近乎反主流的
獨到眼光，大概也是導致端木蕻良多年受到「冷處理」的一
個原因。但真正富於真理性的眼光終究會被廣大讀者認同，
歷史的發展證明了這一點。

　　端木蕻良對科爾沁旗草原懷有揮灑不盡的憂鬱，為肥沃
土地的飽受蹂躪，為底層社會的悲慘命運，也為憤怒爆發的

本身，還為大地之子的種種弱點。作者在描繪土地歷史與現實的同時，揭示了各色各樣的草原之子的複雜的精神世界。善良的靈子對未來抱有不切實際的幻想；農民們在要求減租鬥爭中的欲進還退、踟躕彷徨；自詡甚高的「新人」丁寧，一方面同情弱勢者，另一方面又為了維護自家利益不肯讓步，一方面嚮往理想的人格，另一方面又恣意任性，做出對弱小女子極不負責任的事情來。丁寧對草原的現狀與未來充滿了憂鬱，在這個人物身上，又何嘗不寄託著作者對這類「新人」性格及其前途的憂鬱。

　　端木蕻良的小說裏可以見出強烈的社會使命感與深邃的歷史穿透力，但從個人氣質來看，他更富於藝術情趣與文化品味，這種氣質在他晚年的《曹雪芹》創作中，得到了淋漓盡致的發揮，即使在他三四十年代的創作中，也有充沛豐盈的表現。《科爾沁旗草原》，在深刻地表現土地的歷史與現實所包容的巨大張力之時，也盡力發掘黑土地所蘊涵的文化魅力。逃難的路上，鄉下戲子仍斷不了用寬敞的嗓子唱民間小調：「內四方呵，外四方，／哎嘮哎嘮──唧──／關東城的景致，數著瀋陽……小鳥雀呵，落樹梢，／白蓮花呀，水上漂，／哼，哎嘮唧──／大姑娘的嬌嬌，全仗著方頭三寸高……」這小調，與復蘇的生命活力同在，儘管沙啞的嗓子透露出哀涼，但畢竟是艱辛的慰藉、苦悶的排遣。水災之後的瘟疫死死地追逐著逃難的人們，瘟神固然可怕，更為可怕的還是人的精神的崩潰，一個老婦因炒米被搶而發瘋死去，又一個女人因喪子而發瘋，人們的神經更脆弱了……正當此時，精明的丁半仙借助古老的宗教儀式，運用傳統的按

摩療法與心理療法為瘋者施療，贏得了眾人的信賴，奠定了
他在逃荒者中的地位，又用相看陰宅的舉措與神秘的遺囑奠
定了一個東北大地主的成功的開頭。丁四太爺繼承了先人的
精明，策劃了一場帶有原始薩滿教巫風的跳大神，編造出胡
仙保佑的神話，藉以掩飾他與官府勾結、瓜分北天王家產的
罪惡。原始宗教儀式，最初是人們無法把握自身命運時的一
種精神寄託，逐漸演為積澱深厚的文化形態，它在民眾心理
中有一種默認的權威。作為個人的信仰選擇，一個現代作家
可以否認它的權威價值，但作為對時代的審美觀照，一個富
於現實感與歷史感的作家，則不能不承認它在生活中的實際
地位。端木蕻良在《科爾沁旗草原》裏，就通過幾次原始性
的宗教儀式的描寫，展示出薩滿教對民眾精神的統攝力。這
些描寫生動傳神，從中可以得知大神的接續傳承的原委，可
以感受跳神的神秘氛圍與「神詞」的特殊韻味，可以領略大
神跳神的「風采」與機巧，可以瞭解普通百姓對跳神的敬畏、
執信與欣賞的複雜心理。

　　《科爾沁旗草原》深厚的歷史容量與複雜的精神含
蘊，不僅在 30 年代十分突出，而且在整個 20 世紀中國小
說史上也是特異的存在。就其對歷史追本溯源的濃厚興
趣、講述英雄傳奇的熱情、對重大歷史事件或與此密切相
關的時代主題的關注、場面的宏闊與氣勢的雄壯而言，的
確稱得上是一部史詩性作品。它從關於逃荒的古遠的傳說
切入，接下來追溯帶有傳奇色彩與血腥氣味的丁府發家
史；歷史追溯與現實描寫中，涉及到沙俄入侵與「九‧一
八」事變等重大歷史事件以及土地自然經濟破產的重大經

濟變革；塑造了硬漢大山的剛烈性格與「義匪」老北風的傳奇式形象；縱觀幾百年歷史變遷，鳥瞰大草原風波激盪，大到中華民族危亡臨頭，小至少女心理漣漪輕漾，縱橫捭闔，起伏跌宕，場面廓大，氣勢恢弘。1933 年，看到《科爾沁旗草原》原稿的鄭振鐸情不自禁地稱讚說：「這將是中國十幾年來最長的一部小說；且在質上，也極好」，「出版後，預計必可驚動一世耳目！」[2]雖然這部寫於 1933 年的長篇小說歷經磨難，直到 1939 年才得以問世，戰火紛飛使其轟動效應要稍遜於抗戰之前，但其藝術價值並未因晚出而失色，而是頗受批評界與讀者的好評。當年的評論家稱許它是「直立起來的《科爾沁旗草原》」[3]。後來的文學史家讚揚它「是一部沖激著文學規矩繩墨，在縱橫運墨之間顯得藝術元氣酣暢淋漓的巨構」[4]。

二、文體建樹：結構、意象、語言

端木蕻良在 20 世紀中國小說史上的意義，不僅在於他以富於個性的歌喉唱出了大地的壯歌與自己的衷曲，並且還有一點不應忽略的，就是他對現代小說文體建設做出的獨創性貢獻。

---

[2] 轉引自端木蕻良：《致魯迅（1936 年 7 月 18 日）》，載《魯迅研究資料》第 5 輯，天津人民出版社 1980 年版。

[3] 黃伯昂（巴人）：《直立起來的〈科爾沁旗草原〉》，載《文學集林》第 2 集《望──》。

[4] 楊義：《中國現代小說史》第 3 卷，人民文學出版社 1991 年 5 月第 1 版。

　　在敘事結構上，端木蕻良的短篇小說誠然有其構思精巧之美，但長篇小說恢弘的史詩性結構則更具獨創性與建設性。尤其是《科爾沁旗草原》，你可以指出它結構上的種種不足，譬如：小爺的線索似乎過於玄妙，自然經濟的崩潰缺乏具像的描寫，春兒、水水以及那個以豬頂租的佃戶的不幸結局的補敘有嫌突兀，原有的第三章——洪荒時代的關東草原的鳥瞰圖——刪去以後，丁寧對草原的依戀少了依託，等等；然而，整部作品具有未經砍伐的東北原始森林般的野莽蒼鬱，有因雷劈火燒而不規則倒地的殘木朽木，更有巍然挺拔、直沖雲天的蒼然老松，有循迹可查的野獸蹤影，也有來無影去無蹤的神秘飛禽，而這正是本色的史詩風味。應該說，史詩性追求是中國現代小說進入 30 年代以後走向整體性成熟的一個標誌。從文體發展來看，新文學第一個十年，前驅者急於披荊斬棘、開疆拓土，最便當也最易見出成效的文體自然是中短篇。到了第二個十年，隨著現代小說創作經驗的積累與外國文學譯介的擴大，步入長篇小說領域的作者漸次多了起來。從主體心態來看，經歷過五四時期高亢的吶喊與啟蒙落潮後的悵惘，心境相對平靜下來，可以比較從容地考察社會歷史、咀嚼心靈體驗、熔鑄宏篇巨製。長篇小說為史詩性提供了文體框架，史詩性為長篇小說增加了精神力度。茅盾的《子夜》等作品都可以視為帶有史詩意味的成功之作。但從意境的宏闊幽深與結構的大開大合以及氣勢的雄渾粗獷來看，《科爾沁旗草原》顯然更具史詩風采。為什麼端木蕻良初出茅廬就選擇了這樣一種史詩結構呢？究其原因，一個是如同不少論者指出的那樣，是受到巴爾扎克、托

爾斯泰的影響。再一個是同東北人的尋根情結有關。東北地區由於特殊的地理位置、氣候條件以及複雜的歷史原因，開發得比較晚，或者說從遊牧文化到農耕文化的轉變比較晚，而農耕文明的開拓者不少是來自關內的逃難者、冒險者。當年，他們為了逃生或實現發財的夢想，千里迢迢，歷盡艱辛，終於在這片廣袤的黑土地上站住了腳跟，繁衍子孫。但那遙遠的鄉愁一直縈繞不去，成為自我折磨的一塊心病，也作為自我安慰的一劑良藥，大凡老輩的東北人，都知道自己的老家是在山東或河南或其他什麼地方，有的還能講述一段故園的或者逃荒的或者開拓的故事。19 世紀以來，東北人飽嘗沙俄掠奪之苦，又慘遭日本宰割之痛，率先品味著亡國的苦澀。歷史與現實都強化了東北人的尋根情結。「我生長在科爾沁旗草原上，草原的血液，總在我血管裏流動著。」[5]草原的蒼茫肥沃，民風的粗獷豪放，歷史記憶的悠遠沈痛，現實生活的陰霾籠罩，從小受到這樣一種自然環境與社會文化氛圍的熏陶，加之特殊的家庭背景──一方面出身於具有代表性的移民大戶，另一方面母親當年被強逼成親而生出無涯怨憤，囑託他寫出父家的罪惡，這些自然有助於養成端木蕻良的史詩興味。

　　如果說史詩性指稱藝術構架的廣度與氣勢的力度的話，那麼，端木蕻良的小說在結構上還呈示出一種多層面的複調性，用作家自己的話說就是富於「潛流」。他在《〈早

---

[5]　端木蕻良：《書窗留語──關於〈科爾沁旗草原〉》，《端木蕻良近作》，花城出版社 1983 年 1 月第 1 版。

期作品選集〉前記》裏說：「我聽音樂，總喜歡聽有伴奏的旋律，音域較寬的音樂。閱讀文藝創作，也總喜歡那些富有弦外之音的作品。我也喜歡追求在作品裏，有著『潛流』的東西。」的確，我們在端木蕻良小說裏時常可以感受到這種「潛流」。《科爾沁旗草原》就有多重旋律：一重是丁家的發迹衰敗史，一重是丁寧的心靈史，在這背後還掩映著近代以來的民族屈辱史、黑土地經濟結構變遷史，交織著底層社會的苦難史反抗史。自然、社會與文化，控訴與剖析，抨擊與讚美，多重旋律，每一個都值得認真展開，每一個都能產生動人的效果。但端木蕻良把它們巧妙地交織在一起，彙成一部多重主題、多樂章的交響曲，從而產生多元複合的審美效應，讓人既感受自然的魅力，又領略歷史的滄桑，既認識社會的眾生相，又品味文化的意蘊，既咀嚼重濁的苦澀，又激發遙遠的希冀。即使是較之《科爾沁旗草原》要單純得多的《新都花絮》，在對嬌弱自私的都市之花的諷刺性刻畫的表層之下，暗裏也隱含著對時政與達官貴人的政治諷刺。作品中的「潛流」，有時浮上敘事表層，與主調交織並進，有時則如沙中流水，潛行無聲。無論哪種情形，都拓展了藝術空間，加強了審美張力。

　　與時空大跨度、樣態多層面相應，端木蕻良在小說結構中借用了蒙太奇等電影語言。特寫、近景，中景，遠景，長鏡頭，短鏡頭，鏡頭的推、拉、搖，定格，閃回，切換，等等，在他的作品裏都有信手拈來的運用。譬如《科爾沁旗草原》第五章裏，丁寧與太太對話中由春兄語及蘇大姨，立刻在丁寧的腦海裏閃回出蘇大姨不幸的一生，等等。這種手法

在新感覺派那裏運用的較多，也許與他們所表現的大多是都
市生活有關，動感較強而給人以眩目感。比較起來，在端木
蕻良這裏，鏡頭的切換較為自然，儘量照顧其相對的完整
性，文脈曲折而流暢。

　　在敘事中，誠然有突兀的插曲，有迂迴的補敘，但更有
構思精巧的對襯敘事。體現在人物設定上，如《科爾沁旗草
原》裏的草原之子就有丁寧與大山，一個優柔寡斷，一個剛
烈果決，一個敏感細膩，一個粗獷豪放，兩個人的道路也有
不同。《大地的海》裏有來頭與虎頭，《大江》裏有鐵嶺與
李三麻子，等等，他們或迥然不同，或相異互補。體現在場
面描寫上，如《科爾沁旗草原》，把三十三嬸勾引丁寧作愛
與二十三嬸病痛之中的痛苦掙扎對照起來展開描寫，三十三
嬸在這邊愈是狂亂地、邪速地、毫無顧忌地揉搓、絮語、浪
笑、呻吟，僅僅一架書畫集錦的隔扇那邊，二十三嬸的病痛、
窘迫、憤怒就愈顯嚴重，反過來，二十三嬸越是難堪、絕望，
就愈見出三十三嬸的放蕩無恥。而三十三嬸與二十三嬸又同
是封建社會男權治下的犧牲品，丈夫把她們娶入家門，膩了
之後便獨自外出浪蕩，將她們置於這種守活寡的境地，於是
才導致她們一個誘惑族侄亂倫發泄、一個煎熬成疾油盡燈枯
的不幸結局。二人表現的形式有別，而作為被損害被壓迫者
的命運則並無二致。第十九章把靈子之死與古城暴亂對照起
來描寫則更有一番深意。侍女靈子與少爺丁寧發生了性關
係，不管在丁寧來說，是出於對草原少女清純之氣的喜愛，
還是出於一時煩憂的發泄，無論如何，靈子都是無辜的，她
有權利享受愛的甜蜜，也有理由憧憬玫瑰色的未來。然而，

她的懷孕觸怒了太太，不僅因為她僭越身份「勾引壞了」少
爺，而且她的幸福簡直等於給太太喪夫之痛的傷口上撒上了
大把大把的鹽。太太威逼靈子喝下已經調好的濃釅的鴉片，
其殘忍、刻毒令人髮指。太太的言辭越是刻毒，強逼靈子服
毒的淫威越是猙獰，靈子服毒後的症狀越是慘烈，對人生越
是留戀，後面暴民復仇的瘋狂就越是有了合理性的前提。

　　另外，在端木蕻良小說的敘事結構上，還有頗具大氣的
寫實與寫意的參差交錯。單純地寫實，歷史的追溯會受到局
限，而且容易流於沈悶；參之以寫意，則可以開拓敘事空間，
啟動藝術氣韻。在刻畫人物心理、敘述生活細節、描寫現場
氛圍時，端木蕻良常用工筆細描，而述及歷史變遷，昭示時
代走向，塑造英雄形象，則往往用潑墨般的大寫意。這樣，
寫實與寫意交織，細膩與粗獷相濟，構成一種疏密相間的空
間佈局美與抑揚頓挫的韻律美。無論是對稱敘事，還是虛實
互補，都看得出中國傳統對偶美學的底蘊在起作用。中國傳
統陰陽互補的「二元」思維方式的原型，滲透到文學創作的
原理裏，很早就形成了源遠流長的「對偶美學」[6]。熟諳中
國古代文學的端木蕻良，在小說創作中，繼承了對偶美學的
傳統，把剛與柔、虛與實、悲與喜、雅與俗、動與靜、離與
聚等巧妙地交織起來，構成了互映互動的對偶關係，在整體
不拘泥於繩墨的前提下，敘事結構內部則構成相對的整飭。
這也正如蒼茫的原始森林，自然總是造化出相對整飭的松

---

[6]　浦安迪：《中國敘事學》，第 48 頁，北京大學出版社 1996 年 3 月第
　　1 版。

林、白樺林、灌木叢以及林間草坪，高低錯落有致，色彩相映成趣，在整體上的放達不羈之中自有一種秩序美。

　　不止一位評論家、文學史家指出過端木蕻良小說的詩性特徵[7]。像《女神》那種抒情散文式的小說自不必說，值得注意的是，在敘事性較強的小說中，端木蕻良也善於營造一種抒情境界，將其與事件的敘述、人物的刻畫一樣納入敘事結構。有些作品，譬如中篇小說《柳條邊外》，開頭與結尾有大段大段的景物描寫，表面上看起來與人物、事件沒有直接關係，其實，一方面作為人物活動的自然背景——家園如此可愛，才越發容不得侵略者踐踏；另一方面，景語皆情語，清新美麗的自然是主人公也是敘事者的感情寄託。有此景語，敘事結構豐滿圓潤；捨此景語，敘事則顯得瘦削乾枯。有些作品，在刻畫人物、描敘事件時，敘事者情之所至地展開抒情式描寫，甚至更有情不自禁的禮讚，其語言激情飽滿，富於韻律，詩意盎然。譬如，《科爾沁旗草原》述及丁寧對草原的感情以及對未來的憧憬，特別是第十八章寫到他馳馬離開草原時，敘事者與主人公渾然一體，儼然一個抒情詩人。對於草原風暴的描寫，對於草原未來的預示，對於大山與老北風的刻畫，對於如同路上的馬蘭花一般美麗而受到踐踏的水水、春兄、靈子等少女不幸命運的描敘，也都洋溢著濃濃的詩情。評論家巴人在這部小說發表不久，就滿懷共鳴的激動說道：「這在我們讀了，覺得像讀了一首無盡長的

7　楊義《中國現代小說史》第 3 卷第五章第一節題為《端木蕻良：土地與人的行吟詩人》，第一部分的小題為「現代小說界的邊塞詩風」。

敘事詩。作者的澎湃的熱情與草原的蒼莽而深厚的潛力，交響出一首『中國的進行曲』。音樂的調子，彩色的丰姿，充滿了每一篇幅。我們的作者，有一副包容這整個草原的胸臆。傾聽著它的啜泣，怒吼，歌唱，哀叫；還傾聽著它衰老的歎息，新生的血崩……我們作者是個小說家嗎？不，他是拜倫式的詩人。」[8]中國的敘事文學有著悠久的抒情傳統，敘述、描寫中的情感色彩姑且不論，浮現在文體表層的抒情結構就有多種形態。譬如，「三言二拍」、《三國演義》、《水滸傳》等小說中，有「詩曰」、「詞曰」，都明確地表示敘事者的感情態度。又如寄慨萬千的意象、象徵等等。五四時期，郁達夫、盧隱等主觀抒情派的小說，更是常常以抒情浸透敘事，在抒情中展開敘事。端木蕻良繼承並發揚了從古代到五四、從文言到白話的敘事文學的抒情傳統，抒情境界成為整個敘事結構的有機組成部分。在端木蕻良這裏，不僅感情世界、人物形象，而且對於土地、江河這種自然對象，亦能在敘事構架中展開舒展自如的抒情描寫。當然，這時的土地、江河在作家的筆下，已不是單純的自然物，而是包蘊自然力量與社會內涵的意象了。

精心營構意象並充分發揮其敘事功能，是端木蕻良小說的又一個顯著特色。他從自然、社會、文化等廣闊的天地採擷具有特色的事象，加以富於智慧火花與藝術靈性的熔鑄，在作品的語境中，形成了鮮明生動而意味深長的豐富意象。他所創造的意象，若按來源屬性來分，大致可分為：自然意

8　黃伯昂：《直立起來的〈科爾沁旗草原〉》。

象，如草原、土地、大江、大山、烏雲、月亮、雕鶚等；社會文化意象，如債券、護心佛、萬歲錢、跳大神等。諸多意象中，有單獨的意象，也有複合的意象群。《鴛鴦湖的憂鬱》裏與月亮相伴的就有霧。《大地的海》裏，大地與海構成一對相依相生的意象共同體，「海」上有風，有浪，土地有情，有生命，海的波濤洶湧就是農民的坎坷命運，土地的受人宰割就是農民的生命與心靈被宰割。《科爾沁旗草原》裏的草原，在作品所顯示的情境中並非實有，而是存在於主人公心中的一個複合意象，其中有少年的記憶與向往，也有現在的希冀與幻想。它蒼茫、雄壯，具有雄邁的、超人的、蘊蓄的、強固的暴力與野性，它可以醫治精神貧困，可以養育一代新人，雖被現存制度破壞了偉力，但終究會恢復生機，重新站立起來。

端木蕻良小說的抒情境界相當一部分是由意象來承當的，但意象的功能顯然不止於抒情。《大江》的開篇，對於大江綿長的歷史、曲折的身姿、豐富的自然涵容與沈重的人文負載，以散文詩般的語言做了激情澎湃的描寫，堪稱一個雄渾蒼茫的意象。有論者批評這一節文字有贅疣之嫌，這其實是對端木蕻良意象敘事特點的誤解。這裏的大江，作為主人公乃至民族性格與命運的象徵，既是敘事者激情的寄託，又是象喻主人公性格與命運的「引跋結構」，或者也可以說是一種意象化的預言敘事。在古代小說中，頗多此類先例。如「三言二拍」裏，許多作品在故事正體之前，都有一個性質與正體類似的小故事，這是話本的遺痕，在正式開講之前，先來一個引子，一則等人落座安靜下來，二則給聽眾一

個提示。《紅樓夢》、《儒林外史》等作品則是以一個神話寓言或理想人物的傳記開篇，作為整部作品的象徵或暗喻。《大江》開頭的意象正是繼承了古代小說的這種傳統。

預言敘事，不止於放在開頭，也可以置於中間等其他位置。《科爾沁旗草原》第十七章裏，丁寧在經歷了佃戶要「推地」、父親罹難、土匪天狗襲擊、表妹春兒慘遭不幸等事件之後，心情異常苦悶、頹唐，一種噬人的暴怒攫住了他的全身，他想毀滅一切，包括他自己，想在一種奇異的反常行為裏，得到恣縱，得到宣泄。他在痛苦地掙扎，一面竭力遏止並矯正頹廢情緒的恣縱，一面在無意識中模糊地想把一個每日接觸的熟悉的靈子作為自己狂亂的對象。他狂暴地自持著，不讓自己逾規。但「這時候，萬籟俱靜，只偶爾有一隻蝙蝠出現在頭頂上，沙沙地鼓風作響。」敘事者沒有敘寫丁寧回屋之後怎樣，但那只蝙蝠其實就已經預示了他對靈子的作亂。在第十九章裏，讀者就看到了由此而來的悲劇。蝙蝠，晝伏夜出，面目醜陋，且個別種類吸食其他動物的血，在中國人的意念裏，性屬陰，每每與鬼類、醜惡、陰險相連，古代小說與民間傳說中即有它們吸食人血的可怕描述。敘事者在此擇取蝙蝠來做象徵，表層是寫環境氛圍，實際上隱喻了人物性格的陰暗面及其後果，實在是收到了簡練、含蓄而尖銳、別致的審美效果。第十六章裏，春兒罹難前，也有一隻蝙蝠從眼前飛過去，那是春兒厄運的預示。

意象不僅能夠用作預言，而且可以用來作補敘，以蘊藉婉妙的形式起到直接刻畫或平面敘述所難以奏效的強化敘事作用。譬如：《科爾沁旗草原》裏，丁府少奶奶的笛聲，

是霧樣的飄忽，「好像一個病弱的女人，踏著什麼也不是的東西，猶疑地脈脈地走來，閃爍地遊絲似的拂過來。」關於少奶奶的描寫並不多，這笛聲便傳達出這個被丁師長（後又升任軍長）扔在老家的年輕女性的孤淒命運。再如，丁寧被三十三嬸誘惑上鈎之後回到自家，他懊惱、痛苦、慚愧。一個清晨，在丁寧的視野裏，作品有一段朝顏的人格化描寫，「她」回思昨夜那縹薄的風的挑逗，反省自己的半推半就，這分明是人物的對象化，對此前誘惑之夜丁寧的被動姿態做了一點接近真實的修正，是對象同一而焦點有別的補敘。這一補敘不僅豐富了人物性格，增強了可信度，而且饒有意味的是，在意象化的補敘裏，性別發生了倒置，被誘惑者在生活中是男性，而在意象中被雌性化，這一變化隱含了敘事者對於人物性格中柔弱一面的委婉的諷刺。

　　正如意象在詩詞中充當「詩眼」一樣，在端木蕻良小說裏，意象也常常成為「文眼」。有的起到一種伏脈作用。如《科爾沁旗草原》裏的小護心佛，本是春兒的愛物，當靈子發現它並認明是誰的東西之時，恐懼得把它放在一個經年也不能翻一翻的箱子的最下層，惟恐自己落得物主同樣的結局。然而，很快便厄運臨頭，太太逼她喝下鴉片。她在垂死掙扎中，終於把那個小護心佛翻出來抱在懷裏，感到一種說不出的妥帖——小護心佛成了女性悲劇命運的象徵，又成為兩個女性相類命運的聯線。然而，她在昏昏沈沈之中到底把那個金質的東西廢然丟掉，又預示著她在第二部裏的死而復生。有的意象承擔著結穴功能，即凝聚著作品的主旨。如《雕鶚堡》裏的雕鶚，便象徵著人間的冷漠，石龍想去除掉它，

反而葬身於它的眼下，足以見出國民性改造的艱難。再如《鴛鴦湖的憂鬱》裏的月亮，已不單單是時間流動的標記，更是作品意境的象徵。在不知民間疾苦的閒雅詩人眼裏，霧中橙月，也許會引發一番月朦朧鳥朦朧的詩情，可在兩個貧苦看青人的眼裏，則是「主災」的不祥之兆。月亮升起來了，但它賦予湖面的，不是清晰明澈，而是「一道無端的絕望的悲戚」。當瑪瑙一覺醒來，「月亮像一個炙熱的火球，微微的動蕩，在西天的天幕上。」它是那邊來寶躁動噴薄的性欲，還是隨即瑪瑙出奇的難受？最後，「月還是紅憧憧的，可是已經透著萎靡的蒼白。」一切都顛倒了，本來美麗的月亮變得蒼白失色，看青人不能自已地違背了自己的職守。在作品裏，月亮以意象的身份參與了敘事，它一方面作為情境與人物的象徵，另一方面也作為敘事流程中的間隔，似停未停，似斷猶續，增強了敘事的節奏感。

　　意象的精心營構，強化了小說的敘事功能，拓展了藝術空間與意義空間，與此同時，也加強了藝術表現力，豐富了文體魅力，富於線條感與色彩感的繪畫美即是其魅力之一。其實，端木蕻良長於營造意象，正與他的藝術修養有關。他小時喜歡畫些中國畫和版畫，還搞過剪紙、剪影，練過素描等等，三四十年代為刊物畫過插圖。至於古典文學，更是有著相當深厚的造詣，中國文學藝術源遠流長的意象傳統無疑為他的意象敘事提供了堅實的底蘊。晚年有人請他談談寫作，他就提出了「意象現實主義」，並且溯源溯到《紅樓夢》[9]，這正

---

[9]　參照林斤瀾：《他坐在什麼地方》，《北京文學》1997 年 3 期。

是他文學生涯的經驗之談。

　　如同他所創造的意象自然純樸一樣，敘事語言也是一派清新自然而富於審美韻味，這是端木蕻良對現代小說史的又一建樹。現代小說雖然上承古代白話小說的傳統，但在形式上借鑒更多的還是外國小說。所以，在相當長一段時間內，小說語言的歐化味十足，人物語言的性格化較弱，工人農民的話帶有濃厚的學生腔。為了解決這一問題，讓文學更加緊密地貼近大眾、更加準確地表現民族生活與民族精神，30 年代初，「左聯」就把文學大眾化當作一項重要工作，1940 年前後，文壇上又開展了「民族形式」的討論，其中一個重要的內容就是語言問題。但是，由於一般作家多受外國文學影響（直接閱讀外文或通過翻譯作品），加之急於表現時代之所需、急於化解心中之塊壘，文體創新相對滯後，小說語言的個性化、大眾化程度較之理想狀態尚有相當的差距。在這種背景下，端木蕻良小說語言方面的成就便顯得尤為突出。

　　閱讀端木蕻良的小說，可以感受到生活原生態的生動性，這一審美效應，就有語言之功。作品表現的生活面廣闊，讓人稱奇的是端木蕻良竟能將巫覡的神辭、土匪的黑話、賭徒的賭經等特殊階層的語彙運用得十分內行，能將民歌小調等富於風土人情的民間文學傳達出原汁原味。當然，最見鮮活之氣的還要說是人物的話語。人物的對話及自言自語等，總能顯示出人物的身份、教養、心境：農民的質樸，山姑的清純，地主的豪橫，老管家的謙卑，土匪的暴戾，媒婆的巧舌如簧，法師的見風駛舵，得志時的興奮，失意後的頹唐等

等。不僅如此，而且言談話語之中性格特徵畢現。譬如《科爾沁旗草原》裏，三奶家一群懷著閨怨的女性，當丁寧到來時，她們的話語就見得出各自的性格。同是被丈夫拋棄在家的女人，三十三嬸與二十二嬸形成鮮明的對照。三十三嬸的話語誇張，巴結，綿裏藏針，「葷」味外溢，話語和眼睛、形體、步態一樣膨脹著一種祈求的越軌的焦切，凸現出潑辣、嫉妒、佔有欲旺盛、進攻性強的性格；而二十三嬸的話語則顯出一個病弱之身的失望、退縮、哀怨的心態和軟弱無告、覥覥馴順的性格。不僅是人物語言，而且描寫敘述語言也運用了不少地方色彩與生活韻味濃郁的語彙，標識地方風物的名詞自不必說，更有一些東北味兒十足、生活味兒濃厚的動詞、形容詞與表述方式，信手拈來，自在天然，平添一股生動感與鄉土情。譬如，寫大神跳神：腰裏帶的四個鈎子上各掛一桶水，「全身像一窩風輪起來」；「大仙總是凶凶妖妖地亂砍亂跳」。寫丁大爺對佃戶的不滿：「呂存義那鬼東西，偏一點眼色也沒有，夾七夾八地磨豆腐」，「跟我賤忒忒的多難堪，你越是這樣的，我越不給你順碴兒」；寫佃戶的失望：「滿腔的希望，便都簌簌的落了葉了……」，「像挨了一擊一樣，全身縮了半截」。寫景：「大地像放大鏡下的戲盤似的，雕刻著盤旋的壟溝，算盤子似的在馬蹄底下旋」；「大地靜悄悄的一聲不響，只有幾隻老鴰悄悄的飛來，偷吃遺在地上的種糧」。……當用這些故鄉的語彙與話語方式敘事狀物時，想必作者會從中體味到鄉情的慰藉，也自然向讀者傳達出懷鄉愛國之情。到了 70 年代，一位海外華人還在文學接受的對比中表達自己的感受：「長年來被禁錮於

虛幻的河山的影像之間，當我們能觸到真正發自吾土吾民的
聲息時，那感慨是格外沈重的，而這也正是端木蕻良的小說
叫我們懷念與感動的原因。」[10]鄭振鐸早在 1933 年 12 月 18
日讀畢《科爾沁旗草原》之後，抑制不住內心喜悅而給端木
蕻良的信中，就稱讚說：「這樣的大著作，實在是使我喜而
不寐的！對話方面，尤為自然而漂亮，人物的描狀也極深
刻。近來提倡『大眾語』，這部小說裏的人物所說的話，才
是真正的大眾語呢！」[11]運用大眾語的成功，得益於端木蕻
良對生活語言的學習。他說：「語言應該在生活裏向下摘。
就如要吃新美的葡萄，要親手來向架上去摘一樣，玻璃做的
葡萄一顆比一顆圓潤，但是不可以吃的。」[12]這正是他的切
身體驗。其實，端木蕻良在家鄉生活的時間並不算很長，他
的小說中那些活生生的語言，固然得益於少年時代的語言積
累，更來自他後來出於自覺的文體意識對生活源泉的努力汲
取。他的母親善講故事，語言豐富，就常常被他奉為創作的
「顧問」。

　　向生活尋找清新自然的語彙與表述方式，並不意味著一
味的「土」。40 年代，身處陝甘寧邊區的丁玲、歐陽山等
作家，為了克服自己文學語言的歐化傾向，曾經刻意地運用
陝西方言，追求「土」味，結果「土」味是有了，然而過於

---

[10]　（加拿大）施本華：《論端木蕻良的小說》，載《明報月刊》114 期，
　　　1972 年。
[11]　引自端木蕻良《致魯迅》，載《魯迅研究資料》第 5 輯，天津人民出
　　　版社，1980 版。
[12]　端木蕻良：《我的創作經驗》，載《萬象》1944 年 11 月號，第 4 年
　　　第 5 期。

粗糙，美感大打折扣；而且方言過多，也造成了外地讀者的
閱讀障礙。這是文學大眾化、民族化道路上值得汲取的教
訓。端木蕻良的小說語言之所以既新鮮自然，又富於韻味，
是因為他對生活語言予以篩選、提煉，又吸收中國古典語言
的精練、典雅與外國語言富於變化的複雜句式，追求話語形
式的多樣性與變化性。他在談到自己的創作經驗時，就曾說
過：「對於造字上，我避免用沒有變化的句子，對句，或者
老大一串拖長的句子……對於字彙我注意多音節和少音節
的混合運用。有時故意用一兩句不順的句子，雜在全文裏。」[13]
的確，在端木蕻良的小說中，不同來源、不同色調的語彙與
話語方式巧妙地熔為一爐，變化多端，隨物賦形。他充分調
動語言的敘事功能，使之展現出雄健與冷豔、粗獷與細膩、
溫婉與率直、綿密與簡潔、歌讚與譏刺等多種風采，形成一
種參差美與動態美。端木蕻良小說的語言成就早就為評論界
所注意，《科爾沁旗草原》初版剛一問世，巴人就予以這樣
的評價：「我們在作者的筆下，是聽到了東北同胞的唱片裏
奏出來的聲音。我們的作者正是製造語言的唱片的能手。使
沒有到過東北的我們，也宛如聽到了他們的聲欬、嬉笑、怒
罵、詛咒、歎息——各種各樣的語音，使我們感到有點疏遠，
但又覺得非常親切。巫婆的哭唱，爺們的嘮叨，媳婦們的調
笑與控訴，家奴們的恭維與裝腔，農民的商量與扯淡，甚至
如孔二老婆的放潑，天狗的譖浪——這一切，真如繪音繪
聲。沒有一個老作家新作家，能像我們的作家那樣地操縱自

---

[13] 端木蕻良：《我的創作經驗》。

如的安排這語言藝術了——是多麼潑辣，而且有生氣呵。我想，由於它，中國的新文學，將如元曲之於中國過去文學，確定了方言給予文學的新生命。」[14]新文學的語言革新與元代確有相似之處，但要更為複雜，它不僅要使俗白的民間話語進入典雅的象牙之塔，而且要在本土話語中嫁接上異域新枝，創造出雅俗互濟、中外交融的現代文學語體，以表現中國的歷史進程。端木蕻良，這位來自東北黑土地的行吟詩人，他以一曲悠揚而頓挫、沈鬱而激昂、雄渾而婉曲的動人歌吟，彙入了 20 世紀中國文學的宏偉樂章。

---

[14] 黃伯昂：《直立起來的〈科爾沁旗草原〉》。

第十章

苦吟知識份子的心靈史詩

　　全面抗戰爆發以後，民族存亡問題已成燃眉之急，戰時
生活的動盪不安、作家隊伍的遷徙顛簸、文學陣地的壓縮轉
移等因素，使文學格局發生了急劇的變化。30 年代中期活
躍一時的京派，其平和淡遠雋永的風格受到嚴峻的挑戰，流
派的勢頭及其影響都大為減弱。在海派中異軍突起的新感覺
派，其現代都市題材與小說技法實驗，在血與火的戰爭背景
下頓失異彩。激進的左翼作家投身於全民族的抗日救亡大潮
之中，其文學姿態也發生了種種變異。從抗戰爆發到 1949
年，流派色彩最為鮮明、堅持時間最為長久、成就與影響也
十分突出的文學流派，當推七月派。

　　七月派以強烈的主觀戰鬥精神向現實突進，體驗、擁抱
並表現廣闊的社會生活與複雜的精神世界。記載侵略者暴行
與受難者血淚及抗日戰績的紀實文學，剛健雄放、質樸深沈
的詩歌，最早見出七月派的創作實績。隨著抗戰形勢的發展
與作家閱歷的擴大，小說的創作量逐漸增加，而且越來越走
向成熟。其中氣勢淩厲、格局弘闊、因而最能顯示出七月派
小說風骨的是路翎。

　　路翎（1923-1994），原名徐嗣興，生於蘇州。路翎在胡風的大力扶持下嶄露頭角，《饑餓的郭素娥》等作品努力發掘底層社會的原始強力，令人耳目一新，而最能代表路翎文學成就的是長篇小說《財主底兒女們》（第一部，重慶南天出版社 1945 年 11 月；第二部，上海希望社 1948 年 2 月）。

　　這部寫於抗戰期間的作品，人物活動的舞臺始終籠罩著戰爭的氛圍。開篇從 1932 年發生於上海的「一‧二八」戰爭切入，最後在抗戰最艱難的時期收束。戰爭成為人物性格變化的熔爐、情節推進的動力，戰爭的苦難成為作品縈繞不斷的背景音樂。對侵略者罪惡的控訴，是這一樂曲中的悲憤樂章。關於「一‧二八」戰爭，還只是借助人物關於某個老女人在上海的馬路上被日本飛機扔下的炸彈炸傷，很快死去等轉述，和傷兵醫院裏呼喚母親的慘厲聲，動物的、痛苦的呻吟聲，濃濁的藥品與血污的混合氣味，僵直的屍體，來表現戰爭的恐怖。到了盧溝橋事變之後，作者便潑墨般地描寫戰爭的災難了。最慘烈的一幕是南京的陷落。失陷以後，這座古城新都各處都有屠殺和強姦。日軍做著殺人競賽，集體屠殺手無寸鐵的平民百姓和放下武器的中國軍人，光是在明故宮裏一次就以機關槍射殺了四百個中國兵。野獸一樣的日本軍人，衝進教堂，衝進教會學校，強姦餓了三天的婦女們。侵略者還使出了毒辣而卑鄙的攻心術，用坦克車裝了糖果，分散給中國孩子。這部作品對於戰爭罪惡的描寫，不止在於較早地揭露了日軍在南京犯下的滔天罪行，而且在於揭示出戰爭扭曲人性，使本來應該報效國家、血染戰場的中國軍人裏面出現了與其天職相悖的事情。南京光華門爭奪戰最激烈

的時候，市民首先失去了信心，數萬人向挹江門逃亡，其次是軍隊失去了信心，於是出現了 12 月 10 日的慘痛的、可怖的局面：炮火和相互的踐踏時常使這些人們裏面倒下一些。洶湧的人流在箱籠、車輛和屍體的礁石上衝擊。「在礁石四圍形成可怕的旋渦，捲去倒下的不幸者。」更可怕的是軍人加入了逃難的激流，開始是散兵「徒然地用手榴彈和刺刀開闢道路」，等到軍隊宣佈撤退時，「那些瘋狂的兵，是用他們底武器攻擊人群，在血底河流屍體底山丘上面咆哮，那些輛剩餘的戰車是從人們的身體上顛簸著馳了過去……」戰車的行為激起了可怕的憤怒，於是一顆手榴彈準確地從城牆上扔到戰車裏面，使戰車和它所壓死的那些人一樣再也不能動彈。「江邊的情形，是和城內的情形同樣可怕。為爭奪僅有的船隻，軍隊互相開火。」一隻負載過多的囤船，因為人們繼續從江裏向上爬，並且互相惡鬥的緣故，竟至覆沒。死神臨頭，道德約束變得極其脆弱，惡魔性隨時都可能登場。自暴自棄的潰兵縱火、搶劫，強姦村姑農婦，濫殺黎民百姓。這血腥的真實描寫令人痛楚、悲哀，也引發讀者對戰爭的深思。

作品以抗戰為背景，自然有對抗日軍人的愛國主義精神與鐵的紀律的熱情弘揚，如在抗擊敵機的戰鬥中英勇負傷、終至殉國的艦長汪卓倫，下令槍決搶劫老婦錢財的潰兵而後被報復殺害的團長等；也有對當局者腐敗無能、前方指揮嚴重失策、後方闊老醉生夢死的尖銳批評。然而，這部作品的重心顯然不在戰爭本身，而是在於知識份子的生存狀態與精神歷程。正如胡風在《序》中所說：「在這部不但是自戰爭

以來，而且是自新文學運動以來的，規模最宏大的，可以堂
皇地冠以史詩的名稱的長篇小說裏面，作者路翎所追求的是
以青年知識份子為輻射中心點的現代中國歷史底動態。然
而，路翎所要的並不是歷史事變底紀錄，而是歷史事變下面
的精神世界底洶湧的波瀾和它們底來根去向，是那些火辣辣
的心靈在歷史運命這個無情的審判者前面搏鬥的經驗。」

　　在這部標題上兒女並舉的作品裏，女兒們所占的比重要
輕得多。蔣淑珍、蔣淑媛、蔣秀菊秉承了一點講究排場的貴
族氣，要麼是丈夫的附庸，滿足於不無溫情但又庸庸碌碌的
主婦生活，要麼有了新派女子的派頭，追逐著留洋鍍金、交
際活絡的風光。蔣淑華比她們質樸、善良，然而柔弱多病，
因短壽而無所作為。倒是庶出的阿芳，由於從小跟著處於姨
太太卑賤地位的母親生活，沒有染上少爺小姐脾氣，能夠吃
苦耐勞，靠自己的勤勉，踏踏實實地度自己的人生。其他女
性，無論是狂熱地追求虛榮與享樂的王桂英、高韻，還是冷
峻地對待愛情與事業的萬同華姐妹，都是配角。作者不吝筆
墨、著力刻畫的主人公，是氣質相通而個性迥異的蔣蔚祖、
蔣少祖、蔣純祖三兄弟。

　　蘇州富戶蔣捷三的這三個兒子代表了知識份子的三條
不同的道路。長子蔣蔚祖是父親的掌上明珠，聰穎乖巧，完
全按照因襲的傳統圭臬長大，舉止溫文爾雅，通曉詩琴書
畫，但其「年青而美麗」的外貌下掩飾著柔弱畏怯的性格，
缺乏男子漢的血性與新時代的朝氣。使其性格缺陷暴露無
遺、命運發生驟然跌落的，是他的妻子金素痕。金素痕出身
於一個東山再起的破落戶家庭，秉承了其父金小川舊式訟師

的狡點與陰毒。她為了財產踏入蔣家高門深院，利用蔣家對長子的器重，從蔣家貪得無厭、不擇手段地索取金錢，弄走了大部分古玩珠寶，並因此結識了一個年輕的珠寶商人，過著放蕩的生活。私情暴露、矛盾激化後，金素痕挾蔣蔚祖以與蔣家對陣，甚至趁亂搶走地契。傳統詩教薰陶下長人的蔣蔚祖，在陰狠無賴、狡詐善變的金素痕面前，顯得越發孱弱無能。他對妻子的荒唐徒有憤怒，熱亂、痛苦瀕於瘋狂，但只能任其胡為，無可奈何，妻子對他巧言撫慰，他便安靜下來，繼續維持病態的婚姻生活。一俟極不情願地確認了妻子的放蕩時，他氣憤得窒息，頹然倒地，終至發瘋。他在蘇州南京之間幾番顛簸，備受磨難，竟至淪為乞丐，幹起了替出殯人家扛二十四孝的下賤生業，最後跳江自殺，完結了這個豪門闊少的一生。蔣蔚祖的性格，是豪門嬌寵與傳統詩教嫁接結出的酸澀果實，其悲劇性折射出柔弱型傳統知識份子在欲望高漲的現代社會所面臨的尷尬乃至絕境。饒有意味的是，逼瘋丈夫、氣死公公、導致簪纓之家傾圮敗落的金素痕，已不是傳統意義上的善妒易怒的「河東獅子吼」，而是洋味與蠻性集於一身的現代女性，她讀過法政學校，敢同人多勢眾的夫家對簿公堂，敢向父親爭取自己的權利，懂得經營之道，追求現代享樂。在這樣一個女性面前，早年曾因打了前任縣長一記耳光而聞名南京的公公一敗塗地，柔弱的蔣蔚祖更是被玩弄於股掌之上，父子二人都是在她的凱旋門下命喪黃泉。與傳統框架內截然不同的力量對比及其結局，不僅隱喻著封建家族制度與封建禮教體系的崩潰，而且以醜惡本性的張狂嘲弄了文雅的無能，反證了原始強力的獷悍。

　　次子少祖，是蔣家第一個叛逆的兒子。他先是拒絕父親給他安排的路，逃到上海去讀書，大學畢業後辦報，接著遠渡重洋去日本留學。他一直在傳統與新潮之間彷徨：領略著叛逆的快感，卻毫不難為情地向姐姐們要錢；不滿意家裏選定的親事，卻與自己並不愛的人結婚；一方面不得不敷衍家庭生活，另一方面又要偷嘗婚外戀的禁果，可是等到情人王桂英生了孩子，他卻不敢對其負責。他需要激烈、自由和超拔的個人英雄主義，可是傳統文化中的中庸到底對他發生了作用，他的性格中既有剛性的一面，也有柔性的一面，開始時懷著毅然決裂的激情離家求學，後來卻常常表現出首鼠兩端的狀態。當他看到上海學生勇敢地開著火車去南京請願的壯景時，為青年的精神所打動，消解了一點孤單與冷漠，喚醒了他那已經沈睡了的青春激情，靈魂得到了一次淨化。但在抗戰爆發以後，他卻和往昔激進的舊友分道揚鑣，退嬰到保守的陣營。對待各種社會問題，年輕時代的苦悶和煩惱，讓位於優美的自我感激。生活態度與生存方式上，勤勉為怠惰所取代。文化興趣，從曾經嚮往過的歐洲文化，回到傳統文化上來，甚至有幾分迷戀。他曾經擔心自己與青年隔離下去，會走上官僚的道路，後來卻果真當上了參政員；然而這個近乎榮譽性的頭銜，並沒有使他完全失去知識份子的自由思考。

　　蔣少祖這一人物的豐滿性與深刻性，不僅在於其性格本身的複雜性，而且在於他的某些思考，具有一定的真理性價值。他「反對中國人底固步自封和淺薄的，半瓢水的歐化，頌揚獨立自主的精神，說明非工業和科學不足以拯救中

國」。他希望中國能建立民主的、近代化的、強大的國家，這個新的國家能尊重往昔的文化。他寫文章為陳獨秀辯護，認為陳獨秀是文化的戰士和有良心的學者。他反思自己所受西歐的自由主義、頹廢主義以及個性解放等的影響，確乎使他的生命經歷了生命所必需的一個階段，現在達到了新的認識：「解放了的個性，應當更尊重生存底價值，並應該懂得別人底個性，和別人底生存底價值。……人應該懂得尊重社會秩序底必要：只有在社會秩序裏，人才能完成個性解放」。他不滿於有人搬進花花綠綠的洋貨來，當作創造新文化，主張批判地接受文化遺產，實現學術思想中國化，走中國自己的道路。當表侄陸明棟離家出走投身於抗戰工作之後，蔣少祖用來安慰表姐的話卻是：「比炮火更危險的，將是政治底冷酷無情的機構！在幼稚的幻想破滅以後，年輕人或許會呻喚著逃回家來的──假若他還能活著的話！」當看見自己的弟弟和外甥女走在遊行隊伍裏時，他覺得他心裏有無限的憂愁：「也許在七年以後，有另外一個人走到街邊，而走在目前的這個隊伍裏的這些男女，卻在生活裏磨滅了，或在政治底冷酷的風暴裏滅亡了，於是他想起了這些人，這些時代底驕兒，想起往昔的，不可復返的熱情和戀愛，覺得是這些故人，這些悲慘的靈魂，這些平凡的不幸者，這些中國底痛苦的人民在他底眼前通過！把虛榮和戀愛留下來罷。讓粉飾和欺騙長存吧！讓他們玩弄權力像玩火，讓他們在各種新的方式裏去享受榮華富貴吧！讓這些新的玩世方法叫做新的社會吧！而讓失望的母親、無父的孤兒、沈默的犧牲伴著真正的中國，伴著我！」關於人民，他想道：「人民是一個抽象

的字眼……假借人民底名義，各種勢力在鬥爭，每一種勢力都要吸收青年。」這些思考，無論是在作品所表現的時代裏，還是在後來相當長的時期內，都曾被視為保守、落伍、甚至反動，但實際上，偏頗之中隱含著部分真理，歷史演進的某些實情的確被矜持、靜觀甚至顯得冷漠的蔣少祖不幸而言中：抗戰中，有些進步青年就被國民黨當局以培養幹部的名義訓練成特務，用來對付積極抗戰的共產黨；延安也曾發生過將千里迢迢投奔革命聖地的青年疑為「特務」的「搶救運動」；抗戰勝利後，「五子登科」，腐敗公行，貪官污吏大行其道，黎民百姓仍然掙扎在水深火熱之中……敘事者的敘事態度是矛盾的，既有對人物的認同，也有審慎的懷疑。無論當時及後來的讀者是否認同人物的思考結果，人物思考本身所顯示的相對於主流意識形態的知識份子的自由姿態，文化保守主義的相對價值，對於現代知識份子的角色定位與生存方式不無借鑒意義。

　　三子蔣純祖是蔣家兒女在叛逆道路上走得最果決、最執著、最艱辛、也最遠的一個。在第一部第三章裏，他在蔣淑媛的生日宴會上剛出場時，還是一個有著這個年齡通常都有的夢幻般戀愛的少年，但他那「興奮而粗野的」動作，「懷著一種敵意」的明亮眼睛，「惱怒地皺著眉頭盼顧」的動作，擺脫眾人之後的狂喜的神情，追求悖倫的愛情目標（表外甥女）的癡迷，非常憂鬱和極度歡欣的急劇交替，已經看得出蔣氏子嗣的精神特徵與他所獨有的性格端倪。蔣純祖再次出場時，是在車站與已經瘋了的長兄蔣蔚祖不期邂逅。他明明知道全家都在尋找蔣蔚祖，可他只是匆匆地給了長兄一點

錢，便繼續他去看同學的行程。在長兄急需親情的幫助時，他的表現是那樣的冷淡寡情，顯然他還是一個不諳世事而且有點冷酷的少年。等到戰爭打響，他的那早熟而幼稚、狂熱而冷漠的性格，才有了一個考驗與鍛煉的機會。他「渴望從這孤獨、悲涼和毀滅底極底裏得到榮譽和無所不容的愛情」，打破現實生活所給他的苦悶與憎惡，走出尖銳地折磨他以致想到自殺的絕望。他在暗戀無果後迅速地狂熱起來，掙脫過去的陰暗和苦悶，不顧家人的勸阻，毅然奔赴戰雲密布的上海，投向民族解放戰爭熱潮。他先是在上海戰線後方工作，上海失陷後，被捲入了逃亡的行列，經南京而走向了那片給他的人格以錘煉與重構的曠野。

在這部作品中，曠野的最早出現，是在蔣家的忠僕馮家貴孤單而淒涼的死之後，馮家貴被埋在積雪覆蓋的曠野，墳墓裏埋葬的豈止馮家貴，還有這個忠僕所效忠的舊式大家庭。曠野是個多義的象徵物，蔣少祖從中感受到的是巨大的空虛和濃烈的淒涼，他想要做的是拼命逃離曠野。而對於蔣純祖來說，曠野則意味著人格的熔爐、力量的源泉、靈魂的綠洲、生命的歸宿。在走進曠野之前，蔣純祖經受的一次嚴重的靈魂撞擊，不過是父親去世後金素痕為爭遺產的大鬧靈堂。那時，一個女人的撒潑就能使他變得有些神經質，「覺得到處有火焰，幽暗的，絕望的火焰」，直到走出靈堂，來到黎明的花園，在自然的安慰下才恢復到清醒狀態。更為酷烈的靈魂撞擊，則是他在曠野上逃難的險途。曠野危機四伏，讓人恐懼不安，也容易使人蠻勇異常、孤注一擲；曠野沒有秩序，讓人領略高度的自由，也容易使人野性復萌，失

去對善良的自然信念；人在曠野上跋涉，容易產生無人回應的孤獨與失望，相互集結得更緊，也戒備得更凶。在曠野，他目睹了潰兵獸性大發、燒殺搶掠、強姦婦女的惡行，感受到人性中的邪惡的可鄙可怕，他見識了善惡之間的殊死搏鬥與善惡之間的奇妙轉化。他曾經是那樣的幼稚膚淺，當工人朱谷良把手槍對準再次強姦婦女的潰兵石華貴時，他竟然為石華貴的眼淚所打動，用自己的胸膛擋住了手槍，結果使朱谷良反被石華貴殺害。儘管後來蔣純祖巧施計謀，刺激起另外幾個良心發現的潰兵的仇恨，炸死了罪惡的石華貴，替高尚寬厚、光明正大的朱谷良復了仇，但他的心靈上，卻留下了不可磨滅的創傷。在曠野，他也見到了優秀的中國軍人是怎樣的忠於祖國、恪守軍紀，真正的男子漢是怎樣的慷慨仗義、俠骨柔腸，親身體驗那種超越血緣關係之上的人間真情是怎樣的溫馨感人。如此曠野，使他對人性的認識變得複雜起來，對自我的體認清醒一些，個性從幼稚走向成熟，愛心與冷酷結伴成長，信念與懷疑一併增強。

在踏入曠野之前，蔣純祖「像一切具有強暴的，未經琢磨的感情的青年一樣，在感情爆發的時候，覺得自己是雄偉的人物，在實際的人類關係中，或在各種冷淡的，強有力的權威下，卻常常軟弱、恐懼、逃避、順從」。而走出曠野之後，他的軟弱、恐懼、逃避、順從則消泯將盡，成為「由冷酷的自我意志而找到了自己所渴望的，成為被當代認為比瘋人還要危險的激烈人物」，在「因襲的那些牆壁和羅網中，指望將來，追求光榮」，同各種惡劣的環境做拼死的搏鬥。在劇社裏，他敢於向權威性的核心組織抗爭；在鄉下擔任石

橋小學校長時，他不惜冒犯整個石橋場的富裕階層，採取激烈的措施，將本來繳得起學費而未在規定的一個星期內繳來的四十幾個富裕學生，開除了學籍。

那個充滿了危機與血腥、燃燒著愛與仇的曠野，成為蔣純祖滋潤靈魂的清泉。無論是在戀愛中受了挫折，還是在工作中遇到困境，每逢他陷於痛苦與困惑時，他都要情不自禁地追憶曠野。當他不敢接受外甥女傅鍾芬的戀愛挑戰、處於痛苦而混亂的孤獨中時，曠野的回憶給他以激勵。當他吻了傅鍾芬之後，陷於激情與倫理的衝突時，曠野又變成一面照見他自私狹隘的鏡子：在青春的甜蜜裏，他夢見曠野，曠野上春夜的急雨，朱谷良剛強的瘦臉，一條染著血污的褲子，同時聽見音樂，在莊嚴中有憤怒的，譴責的歌聲。他終於醒了過來，在朱谷良面前感受到了自責。他在單相思的對象黃杏清面前感到自己卑微時，「渴望孤獨的，曠野的道路；這個曠野當已不是先前的曠野，這個曠野，是為貝多芬底偉大的心靈照耀著的，一切精神界底流浪者底永劫的曠野。」當他對武漢戰役之前一些市民虛榮、放蕩的生活感到不滿時，在與蔣少祖發生意見衝突時，他都渴望回到曠野去。他認定自己在這個時代，注定要在荒野中漂流，在荒涼的曠野上，有他的墳墓。在作品的結尾，他終於如願以償，拼盡生命的最後一點力量回到曠野，永遠地偎依於曠野的懷抱。

作品在寫到蔣純祖們在曠野上奔波時，有這樣一句敘事旁白：「和產生冷酷的人生哲學同時，這一片曠野便一次又一次地產生了使徒」。的確，蔣純祖生涯中的曠野，有如聖經裏的曠野，蔣純祖也有著使徒一樣的熱情，使徒一樣的磨

難，使徒一樣的結局。在《舊約》裏，當以色列人走出埃及
要尋找新的生路時，在曠野中漂流了 40 年。曠野多有邪鬼，
摩西的姐姐就死在這裏。但摩西杖擊磐石出水也在這裏，從
這裏出發，以色列人找到了生存之地迦南地。曠野又是耶穌
被魔鬼試探[1]的地方，使徒約翰傳道備受磨難的地方。蔣純
祖的熱情與孤獨很像使徒。他與好友辦學，為培育新人而嘔
心瀝血，但卻不僅受到地方豪紳勢力的攻擊，而且也不為一
般民眾所理解。他曾經竭力幫助女學生李秀珍擺脫被母親以
2000 元的代價把她的第一夜賣給一個少爺的厄運，為此他
蒙受了謠言的攻訐。然而，後來李秀珍竟然由屈從母命到陶
然自得於富家生活。最後，蔣純祖們所辦的石橋小學被人縱
火燒去了一半，蔣純祖的朋友為了復仇，以同樣的方式點著
了中心小學，結果，傳來了兇險的消息，他們不得不落荒而
逃。這也很像《聖經》裏所寫的那無人回應的「曠野的呼喊」[2]。
摩西派人探尋迦南地，而多數要回埃及，只有兩人力陳迦南
地肥美，會眾卻要用石頭砸死他們。

　　蔣純祖面臨的困境，不止在於鄉場上處於強勢的封建勢
力，處處同他作對；也不止在於他所鍾愛的人民身上戴著重
重枷鎖，有著被奴役的創傷，並不能真正理解他的高尚追
求；而且還在於嚴酷的現實與狂燥的性情交相作用，使他的
精神世界充滿了尖銳的矛盾，歷史理性與現實感受、道德意

---

[1]　據《聖經》，魔鬼要耶穌在禁食 40 天後把石頭變成食物，讓他在聖城
　　的殿頂上跳下去，又拿世上的萬國和萬國的榮華來誘惑他。
[2]　據《聖經》，施洗約翰在猶太曠野上傳道的時候，呼喊著「天國近了，
　　你們應當悔改」。

志與生命本能時時發生衝突，雷鳴電閃，瞬息萬變，心境始終無法得到片刻的安寧。他在愛人民的信仰與愛自己的安慰中劇烈地顛簸，在自詡自足與自怨自責中痛苦地徘徊。他本以為自己在鄉場上可以大有作為，然而現實卻使他覺得，蹲在這個石橋場，他的才能和雄心會被埋沒掉；他又用理性斥責這種感覺是最卑劣的東西，是虛榮、墮落、妥協和對都市生活的迷戀，然而他沒有辦法排除鄉場的現實給他帶來的痛苦、厭惡與消沈。他為自己的高遠理想、犧牲精神與頑強意志而驕傲，同時又為曾有的放蕩、肉欲、不道德而懺悔，他面對冥想中的「克力」嚴厲地解剖自己「是卑劣的種族底卑劣底子民……我來自昏疲而縱欲的江南，販賣自私的痛苦和兒女心腸」，希冀走向道德的愛情生活。他在經歷了幾次不成熟的戀愛之後，終於選定了冷靜、嚴肅、磊落、誠實、勤勞、克己、謙虛的石橋小學同事萬同華作為意中人。可是，他剛向萬同華表白了愛情，隨後便「模糊地覺得一切發展得過於迅速」，「模糊地覺得悔恨。」他的戀愛不是平湖秋月裏的扁舟蕩漾，而是在熱情與冷淡、信賴與懷疑、追求與退縮、幸福與苦惱等重重風浪中的劇烈顛簸。他那反復無常的性格與生活環境的酷烈，最終導致了戀愛的悲劇。陷入絕望的萬同華，在兄長的強迫下，心灰意冷地嫁給了一個縣政府的科長。蔣純祖在生命的最後時刻，與萬同華相見，任何表白都無法削減悲劇的灰暗色調。二人生死訣別的那個荒野中的寺院，倒不失為這幕愛情悲劇與其男主角命運的象徵。

　　蔣純祖始終是一個特立獨行的孤獨者，這就難免要與規則、與集團發生衝突，「八‧一三」之前，他就曾因不守「他

們底紀律」而被學校開除。他熱情地投入從事抗戰宣傳的演劇隊後，感到了種種不適。「在集團底紀律和他衝突的時候，他便毫無疑問地無視這個紀律；在遇到批評的時候，他覺得只是他底內心才是最高的命令、最大的光榮、和最善的存在。」「他最初畏懼這個集團，現在，熟悉了它，朦朧地知道了它底缺點，就以反叛為榮。」在他看來，年輕的人們，為了急於獲得團體乃至社會的認同，從而一勞永逸地解脫自身無所歸屬的痛苦，便在熱烈的想像裏，和陰冷的、不自知的妒忌裏，造出對最高命令的無暇的忠誠來，並且陶醉其中，抓住時代的教條，以打擊別人作為自身純潔和忠貞的證明，這種投機逢迎表面上可以拯救自己，但最終會毀掉自己。只有拒絕投機逢迎，堅信自己的內心，才能真正拯救自我，在社會上有所作為。蔣純祖所在的演劇隊裏，有一個影響最大的帶著神秘色彩的小集團存在。他們一致的行動、權威的態度和神秘的作風，具有一種巨大的力量，喚起人們的豔羨與嫉妒，也給人一種威壓。蔣純祖覺得音樂與戲劇工作沒有受到應有的重視，而且他雖然名為音樂工作的負責人，可是實際上在隊裏，甚至在音樂工作上面，他卻是一個無足輕重的人。於是他陰沈地逃避這個環境，有時又以極度的驕傲、發怒和故意喧囂來盲目地反抗這個環境。他與高韻的戀愛更加激起了人們的不滿，小集團的成員逐一找他談話，批評他太憂鬱太幻想太軟弱。接著，一次例行的工作檢討會變成了對蔣純祖的批判會，變成了對這個敢於堅持個性的青年的一場殘酷打擊。權威者批判他「在工作和生活裏面，帶了小資產階級個人主義的根深蒂固的毒素，並且把這種毒素散

佈到各方面來」。大帽子一頂一頂朝他扣下來──「要另外組織座談會，這是機會主義底陰謀」，「表現了取消主義的，極其反動的傾向」，「侮蔑革命，不管他主觀意志上如何，客觀上他必然要反革命」，「我們要清算這些內部底敵人，這些渣滓」，等等。這些大話、套話、無限上綱等話語形式，以及有備而來、集體圍攻的鬥爭方式，把私憤掩藏在冠冕堂皇的招牌下的伎倆，等等，也許路翎當年在三民主義青年團宣傳隊裏從事抗日宣傳的經歷中曾經有所領教，若干年後這些東西大為流行，讓路翎乃至全民族吃盡了苦頭。殘酷的歷史驗證了作家藝術感覺的敏銳性與深邃性。在作品裏，沈默的、怕羞的蔣純祖，在憤怒的激情裏面，成了優美的雄辯家。他回擊說，有苦悶不是什麼見不得人的事，革命運動正是從人民大眾的苦悶裏爆發出來的；有幻想並非罪過，只有最卑劣的幻想才會害怕別人知道；拿別人的缺點養肥自己的所謂批判，為了尋找批判材料而接近同志的作法，都是出自卑劣的動機。蔣純祖的反擊擲地有聲，終於度過了這一難關。當然，這也因為核心組織的成員並不都是扣帽子的「健將」。在劇烈的鬥爭中經受過千錘百煉、冒過多次生命危險的堅貞的沈白靜，如其名字所顯示的那樣，沈穩而不偏激，純潔而不卑污，冷靜而不浮躁，他對圍攻同志的場面感到憎惡，對惡意的批判進行了抨擊，對蔣純祖也給予了中肯的批評。「檢討會」在雷雨止歇後的清澄之夜裏結束，繁星在天空中閃耀，一切生命在恬靜地呼吸，這種意境表現出敘事者的一種態度。

在敘事者的眼裏，蔣純祖並不是如論敵所批判的那樣，是一個絕對自私的極端個人主義者，實際上，他不過是有感

於中國文化的缺憾，從個人主義有所借取，注重個人的價值與尊嚴，強調個性的自由意志，勇於爭取並捍衛個人的權利，追求個性的自由而全面的發展。面對機械的、獨斷的教條和那些短視的、自以為前進的官僚們，他敢於否認人是歷史的奴隸和生活的奴隸，敢於反抗束縛個性的桎梏；面對卑污的環境，他無所畏懼，義無返顧地進行決絕的抗爭。但同時他也主張「人人應該相愛，人們不應該為個人而仇恨；不應該有『天下人』（寧可我負天下人，而決不讓天下人負我）的觀點，而應該有歷史的觀點；不應該有個人英雄主義的觀點，而應該有人類的觀點」。他也走向了鄉間，把人的啟蒙與個性的啟蒙帶到中國最底層的民眾，試圖改變鄉民的平庸、迂腐、保守，扭轉他們習以為常的偶像崇拜與圭臬奴從，希冀他們走向「人底完成」。當然，他始終沒有全面地瞭解大眾，只看到幾千年奴役留下的精神創傷，而沒有發現並引導大眾中間潛在的巨大力量。蔣純祖是現代文學史上少有的複雜性格的典型。清醒與迷亂，真實與虛偽，高傲與謙遜，悲天憫人與孤獨自私，善良、卑怯、快樂與嫉妒、憤怒、痛苦，緊緊纏繞在一起。他的憤怒與痛苦，決非單單敏感的個性氣質所致，更能代表青年知識份子在那個特定年代的心路歷程，體現出這一群體對人民的命運和民族的出路的嚴重關注和深刻憂慮。他所遭遇的困境，譬如生活裏面的麻木的保守主義，權威場裏面的教條主義，集團體制對個性自由的壓抑，他面對這些困境時的勇敢姿態與深邃思考及性格局限，也都具有典型意義。在民族解放戰爭的環境中，強調個性解放，表面看起來有點「不識時務」，實際上路翎所理解的個

性解放，是在血與火的背景下主體精神的噴發與人格的重建，是走向民族解放的時代大潮的個性解放。他所追求的不止於知識份子的個性解放，而且擴及廣大民眾的個性解放。個性解放不止於在同封建勢力的鬥爭中進行，而且在嚴厲的自我解剖中推進。這一藝術視野與境界無疑是對五四傳統的繼承與發展。

《財主底兒女們》以近 80 萬言的巨幅畫面，對現代知識份子的生活道路與心靈歷程做了廣闊而深刻的描寫，其容量與力度在現代文學史上十分突出，曾有評論家稱其為「『五四』以來中國知識份子的感情和意志的百科全書」[3]，的確不無道理。而若從心路歷程的律動、意象意境的創造等方面來看，毋寧說它更是一部心靈史詩。在這一點上，它與《離騷》[4]頗有幾分相似之處。

《離騷》的抒情主人公出身高貴（「帝高陽之苗裔」），賦予嘉名（名正則，字靈均），追求自修美德，希冀為君盡忠，無奈得不到理解，反被群小嫉恨進讒。他明知耿直不能討好，但寧可在孤獨、痛苦中煎熬，也不肯同乎流俗、屈節卑躬。為了慰藉孤苦的靈魂，他上天入地，尋找意中人，但所求的宓妃、簡狄、有虞氏二姚，或徒有美貌而品德不佳，或恐他人已捷足先登，或媒人拙弱而閑言稱雄，難以如願。無論怎樣受挫，他都矢志不移，最終志向難酬，他便決意「從

---

[3]　魯芋：《蔣純祖的勝利──〈財主底兒女們〉讀後》，1948 年 11 月《螞蟻小集》之四。

[4]　關於《離騷》的心靈史詩品性，參見《楊義文存》第七卷《楚辭詩學》第一章，人民出版社 1998 年 10 月第 1 版。

彭咸之所居」。《財主底兒女們》雖然時代迥異，文體有別，
抒情主人公的忠誠對象「靈修」（君主）被敘事主人公的忠
誠對象「人民」所取代，但《離騷》裏的那種「長太息以掩
涕兮，哀民生之多艱」的博愛情懷，「博謇而好修兮，紛獨
有此姱節」的特立獨行，「豈余身之憚殃兮，恐皇輿之敗績」
的社會憂患，「荃不察余之中情兮」的人生挫折，「亦余心
之所善兮，雖九死其猶未悔」的精神昇華，在自足與煩惱、
遠行與顧念中彷徨的自我裂變的精神困境，「忽反顧以流涕
兮，哀高丘之無女」的失望惆悵，「路曼曼其修遠兮，吾將
上下而求索」的執著精神，對「時俗之流從」與「溷濁而嫉
賢」之世態的厭惡、憤怒與無奈，在這部現代小說裏都能找
得到，詩中「溘死以流亡」的預設結局，到小說裏則變成悲
壯的現實。

　　心路歷程如此相似，象喻體系也頗多相通之處。譬如，
《離騷》設置了雙重精神家園，一個是自然形態的，存在於
蘭皋椒丘、荷衣蓮裳之中，另一個是神話形態的，存在於昆
侖神話系統。《財主底兒女們》也有兩個精神家園，一個是
屬於蔣純祖的曠野，另一個是屬於蔣家其他人的蘇州花園。
曠野本身也有多重性，既是蔣純祖人格重構的熔爐，又是他
「從彭咸之所居」的歸宿，並且曠野的意義大大超越了蔣純
祖個人的生命歷程，堪稱整部作品的中心象徵──寓含著人
與人之間、男性與女性之間、暴力與非暴力之間、個人與集
團之間緊張對峙、激烈衝突的關係。又如，《離騷》所求之
女，並非共效于飛之樂的配偶，而是指心有靈犀一點通的美
人，著眼點在心靈的溝通。《財主底兒女們》的「求愛」，

也是尋找心靈安慰的寄託，亂倫禁忌注定了蔣純祖對表外甥女與親外甥女之愛的夭折；高韻雖然妖冶熱烈，曾經給過他以性的滿足，但其畢竟淺薄浮華，如同宓妃一樣遊樂無度，並非可以比翼齊飛的佳偶；黃杏清清麗可人，卻彷彿簡狄已有人捷足先登；萬同華堪稱同道，也因為陰差陽錯，終於未能結為連理。求愛一再受挫，恰恰與理想的落空同步共振。再如，《離騷》的抒情主人公在困惑之際向靈氛、巫咸兩個神巫求卦占卜，請求指點迷津。《財主底兒女們》裏面，設置了一個由蔣純祖虛擬出來的「克力」，當困頓之際，他便向「克力」傾訴心聲，尋求支援。「克力」是誰，敘事者在旁白中說「她大概是一個美麗的，智慧的，純潔的，最善的女子，像吉訶德先生底達茜尼亞一樣」。在我們看來，她又像從教徒在萬能的、永恒的耶和華面前自謙的「客旅」（意即匆匆的過客，臨時的寄居者）演化而來，是自身人格理想的對象化。但從其具有神秘色彩、並能與主人公對話的功能來看，她的原型恐怕可以上溯到《離騷》裏的靈氛與巫咸。

　　《財主底兒女們》具有心靈史詩的品性，然而，其閱讀效果並不是像《離騷》那樣，雖九曲回腸但一氣貫通，而是在給讀者以強烈的震撼的同時，也留下了枯寒瘦硬晦澀的感覺。個中原因何在？大概主角的換位是原因之一。第一部的主角蔣少祖及蔣蔚祖，要麼在第一部裏生涯就已經走到了盡頭，要麼在第二部裏將第一主角的位置讓位給蔣純祖，第一主角的轉換較之那些由一個主角貫通始終的作品，的確顯得不是那麼集中與連貫。丁字型結構恐怕也對讀者的審美造成

了一定的阻塞效果。第一部基本上是橫剖面，人物群像的刻畫圍繞著蔣家解體這一中心事件進行；第二部以縱剖面表現年輕一代在血火交迸之時代的嬗變，蔣純祖成為濃墨重彩地予以刻畫的對象。沒有第一部的鋪墊，嬗變就缺乏對比的基礎；沒有第二部的延伸，就只能是巴金《家》的另外一種版本。這樣看來，前後的敘事語境是相通的。但從橫斷面到縱斷面的陡然轉換，使先前給讀者以很大閱讀期待的敘事線索戛然中斷，如潑辣凶蠻、狡詐陰險的金素痕在蔣家的破敗中起到了至關重要的作用，但自從她被找上門來的蔣蔚祖驚走以後，只是後來在南京的碼頭上匆匆露了一面，從此便杳無音訊。現實人物變得像《離騷》裏的神話形象一樣，招之即來，揮之即去。讀者剛才還在為大家庭的崩坍而百感交集，為人物的走向而懸念，到了第二部，眼前的景象驀然一變，熟悉的難覓蹤影，陌生的予以特寫般的描繪，這對於一直接受環環相扣、有頭有尾的小說傳統影響的讀者來說，實在是一種審美習慣的挑戰。

　　然而，《財主底兒女們》讓人覺得難讀的根本原因，還是在於其心靈史詩的品性本身。本來，有些通常被小說家作為吸引讀者的趣味線的幾種因素，譬如大家庭崩潰時的財產紛爭、險象環生的冒險經歷、狡詐的陰謀與多角的愛情等等，在這部小說中都能找得到。但路翎卻沒有注意去開發其歷險的或肉感的刺激功能與趣味功能，而是只要其擔當起表現心靈歷程的功能。也就是說，作者的擅長與作品的主旨，不是向讀者講述引人入勝的故事，而是要吟誦曲折而磅礴的心靈史詩。從敘事比重來看，敘述大於描寫，人物的內心獨白和

敘事者對於人物心理的旁白佔據了相當大的篇幅[5]。從敘事內容及敘事節奏來看，仿佛人人都被狂熱而混亂的激情所驅使，憤怒與痛苦的情緒成為心理舞臺上的主角；人物心理瞬息萬變，起伏跌宕，幅度大，節奏快，變化突兀，一個熱情衝撞、甚至抵消另一個熱情，一個念頭替代、甚至反叛另一個念頭，這種心理狀態憑藉路翎敏感而不羈的筆觸真實地呈現出來，就使得作品常常像開春時節的黃河，由於上游與中、下游的溫差較大，上、中、下游的冰淩開始融化的時間與速度均有不同，河道不暢，上游的冰淩爭搶著、衝撞著、擠壓著、轟鳴著、咆哮著，洶湧地奔向下游。場面壯觀，氣勢磅礡，然而有時也會形成冰壩，迫使冰淩擠出河道，沖決河堤，毀壞村莊與農田。這種心理容量巨大、推進速度急劇、變化節奏突兀的敘事方式，確有一種逼真的原生相與強烈的震撼力，但有時也造成語調的阻塞粘滯與結構的枝蔓旁生，給人以晦澀、蕪雜之感，易於使人產生閱讀的疲勞乃至心理阻抗。

在具體的描寫中，往往以詩為文，無論是主人公與虛擬中的神性形象「克力」對話，抑或是描寫夢境或半夢半醒的狀態，還是直接刻畫意識與無意識錯雜交織的心理狀態，敘事者多用詩性的筆觸，將敘事節奏打亂，造成閱讀上的阻隔。譬如第十五章裏，蔣純祖去看望同樣逃離出來的石橋小學同事張春田，酒後深談，使他在夜裏不能睡眠。作品這樣描寫人物似睡非睡、似醒未醒的心理活動：

5　參照趙園：《蔣純祖論》，收入《艱難的選擇》，上海文藝出版社 1986 年第 1 版。

「他是燃燒著，在失眠中，在昏迷、焦灼和奇異的清醒中，他向自己用聲音、色彩、言語描寫這個壯大而龐雜的時代，他在曠野裏奔走，他在江流上飛騰，他在寺院裏向和尚們冷笑，他在山嶺上看見那些蠻荒的人民。在他底周圍幽密而昏熱地響著奇異的音樂，他心裏充滿了混亂的激情。在黑暗中，他在床上翻滾，覺得自己是在漂浮在波濤洶湧的大海上。他心裏忽然甜蜜，忽然痛苦，他忽然充滿了力量，體會到地面上的一切青春、詩歌、歡樂，覺得可以完成一切，忽然又墮進深刻的頹唐，恐怖地經歷到失墮和沈沒——他迅速地沈沒，在他底的身上，一切都迸裂、潰散；他底手折斷了。他底胸膛破裂了。在深淵裏他沈沈地下墜，他所失去的肢體和血肉變成了飛舞的火花；他下墜好像行將熄滅的火把。」

在這段心理描寫中，「他是燃燒著」——誇張的修辭，「在昏迷、焦灼和奇異的清醒中」——模糊且矛盾的敘述，還有語詞的複查、排比句的運用等，都是典型的詩歌表現手法。詩性的敘事既有《離騷》的憂憤，也有韓孟詩派（韓愈、孟郊、賈島等）的深險怪僻，從語彙到意境更容易讓人想到路翎深受其影響的魯迅的散文詩集《野草》。「當我沈默著的時候，我覺得充實；我將開口，同時感到空虛。」以此詩句開篇的《野草·題辭》，還有《影的告別》、《墓碣文》、《希望》、《過客》與《死後》等篇，簡直就像是預先為蔣純祖的精神狀態做出的傳神寫照，其精神內蘊，其文體風

格,都極為相似。《死火》裏運用矛盾的語詞構成特殊意象,如已使手指焦灼的冷氣等,恐怕是《財主底兒女們》裏的酷寒灼燒、燦爛的冷笑等險怪的意象的重要源頭。

以詩為文,有其所長,也自有其所短。缺少節制的詩情,帶來了一點浮躁之氣,削弱了作品本來應有的深沈;詩性描寫的隨意插入,多多少少影響了敘事的整體感。這也許與作者當時的創作積累及寫作的匆促有關,這部長篇的第一稿動筆時,作者年僅 17 歲,19 歲時重寫,到 21 歲便拿出了如此煌煌巨著,實屬難得,同時,年輕人未及沈澱的激憤,技巧的尚未完全成熟、語言的缺少打磨功夫,自然就帶來了生澀與粗礪,使得內涵本來就十分苦澀的作品愈增其文體的晦澀。

第十一章

蒼涼的月亮

　　抗戰時期的作品，從整體上看，表現出濃厚的戰爭氛圍與雄渾的悲壯色彩，但在八年抗戰的不同階段，在淪陷區與非淪陷區，在國統區與共產黨領導的邊區，又呈現出多種藝術風貌。值得注意的是，淪陷區湧現出一批女性作家，譬如北方的梅娘、吳瑛、但娣、張秀亞，上海的張愛玲、蘇青、程育真、施濟美、湯雪華等，她們在侵略者的高壓統治與裝點門面的夾縫中，以女性纖細的藝術敏感咀嚼著人生苦澀，訴說著包括兩性之間的不平等在內的人間不公，進行著「純文學」的吟味，創造出別有風致的文學景觀，對現代文學的發展做出了獨特的貢獻。在這一特殊時期特殊環境中崛起的女作家群中，最為突出的當屬張愛玲。

　　張愛玲（1921-1995），生於上海。在 40 年代的上海，張愛玲紅極一時，由於政治原因，大陸將她「遺忘」了三十年，但在海外，張愛玲一直不乏讀者與學術界的好評，文學史家夏志清就認為《金鎖記》「是中國從古以來最偉大的中篇小說」，《傳奇》「對閨閣下過這樣一番寫實的功夫」，恐怕是《紅樓夢》以來所沒有的，在描寫「變動的社會」方

面，甚至為《紅樓夢》所不及[1]。改革開放以來，「張愛玲熱」重返故園，就讀者的數量與研究的深度而言，遠遠超過了這位女作家乍出山時。無論是當年的驟然成名，還是如今的再度升溫，都並非世無英雄的僥倖，而實源自其藝術獨創性的魅力。她對兩性世界的體認，對亂世人生的感悟，對人性深層的開掘，奇崛冷豔的文體之美，都別具一格。她如同迷茫夜空一輪蒼涼的月亮，引人矚目，讓人不安，勾人遐想，耐人回味。

一、女性體認

張愛玲以描寫女性登場，其成名作《沈香屑　第一爐香》燃燒的就是女性的生命與心靈之香，晚出的《色‧戒》關注的重心也在女性，小說人物中最多的是女性，最成功的也是女性。可以說，張愛玲是中國現代文學史上為數不多的幾位自覺高張女性旗幟的女性作家之一。但她的女性立場與觀照視角又自有特色。她崇尚原始的生命活力，所以越發容不得病態叢生的女性現實。她說，如果有一天她獲得了信仰，「大約信的就是奧涅爾《大神勃朗》一劇中的地母娘娘」。「奧涅爾以印象派筆法勾出的『地母』是一個妓女，『一個強壯，安靜，肉感，黃頭髮的女人，二十歲左右，皮膚鮮潔健康，乳房豐滿，胯骨寬大。她的動作遲緩，踏實，懶洋洋地像一頭獸。她的大眼睛像做夢一般反映出深沈的天性的騷

---

[1]　夏志清：《中國現代小說史》第十五章「張愛玲」，香港友聯出版社1979 年版。

動。……』」「這才是女神。『翩若驚鴻，宛若遊龍』的洛神不過是個古裝美女，世俗所供的觀音不過是古裝美女赤了腳，半裸的高大肥碩的希臘女像不過是女運動家，金髮的聖母不過是個俏奶媽，當眾餵了一千餘年的奶。」[2]這與冰心心目中的母親顯然迥然有別，難怪張愛玲對冰心是相當的「大不敬」：「冰心的清婉往往流於做作」[3]。在她之前，冰心一面以少女的甜美歌喉歌頌著母愛的神聖，一面以人道主義的悲憫情懷體恤底層婦女；丁玲先是以強烈的主觀精神打破了靜觀所必須的間隔，用多重苦悶的盡情宣泄取代了全面體認，後來投身社會大潮的匆匆步履帶起的熱浪煙塵，也多少妨礙了女性姿容的清晰展現與深入解讀。張愛玲則既無意於提煉理想主義的五彩石，也儘量避開時代大潮的急流飛湍，而是冷靜地審視女性本體，唯其冷靜甚或冷峻，才能在血火交迸的時代中，注意到消沈、滯後的女性一族，才能透過驕傲或卑怯的外表，洞察到女性的靈海潮汐，才能揭破種種矯飾，擊中幾千年積澱形成的嚴重的精神痼疾。

《傳奇》增訂本的封面是請作者的好友炎櫻設計的，「借用了晚清的一張時裝仕女圖，畫著個女人幽幽地在那裡弄骨牌，旁邊坐著奶媽，抱著孩子，仿佛是晚飯後家常的一幕。可是欄杆外，很突兀地，有個比例不對的人形，像鬼魂出現似的，那是現代人，非常好奇地孜孜往裏窺視。如果這畫面有使人感到不安的地方，那也正是我希望造成的氣氛。」[4]這

2　張愛玲：《談女人》，《天地》第 6 期，1944 年 3 月。
3　張愛玲：《女作家聚談會》，《雜誌》月刊第 14 卷第 6 期。
4　張愛玲：《有幾句話同讀者說》，《傳奇》增訂本。

幅畫是張愛玲小說人物與主題意蘊的絕妙象徵。丈夫在外作
官經商養家糊口，或冶遊狹巷尋歡作樂，而妻子則在家過著
舊式少奶奶的生活，撫養孩子之外，便是在百無聊賴中打發
日子。現代人的高大、裸露、神秘、莽撞，同古裝人的矮小、
盛裝、安然、寧靜形成強烈的對照。現代人面目不清，卻是
大氣磅礡，不由分說地介入，打破了傳統生活的枯井一般的
幽靜、呆滯，傳統女人將如何回應，還是個未知數。是神經
已經麻木，沈溺於舊物已不能自拔，還是分明感受到現代人
的召喚，只是怯於行動，用無聊的遊戲掩飾自己的孱弱畏
葸，抑或曾一度奮飛，但折翅歸來，承載著新時代的感召與
舊習慣的牽掛這一糾葛的重負，要在尷尬的不和諧中度過不
安而痛苦的餘生……

　　在男權社會裏，女性的生存總是被打上各種各樣的悲劇
烙印。新文學以描寫女性的悲劇為己任，其中相當大的比重
是封建宗法社會桎梏下底層婦女的命運悲劇，背景往往放在
閉塞、貧困的鄉村。張愛玲所描寫的人物雖然也有孤苦無依
的貧女，但大多數還是生活有保障的女性，背景往往放在上
海、香港這樣的開放城市，家庭是人物的主要活動舞臺，人
物呈現為雜色：既有讓人發笑的喜劇因素，又有令人哀憫的
悲劇色彩，其喜劇悲劇都源自傳統社會文化對女性的戕害與
扭曲。

　　再聰明的女性，被娶進高門深院，也如鳥兒關進了籠
子。男人為官為商，忙時功名利祿，閑時拈花惹草，妻室獨
守空房，過著一天與千年相差無幾的單調而無聊的日子。如
何打發百無聊賴的時光，除了婦姑勃谿、妯娌鬥法之外，怕

是惟有麻將與調情。《留情》裏的楊太太就是這樣一個「全才」。她享受著近代物質文明的便利，重複著舊式太太的老路，電燈下打麻將更為愜意，客室的沙龍化更增加了她調情的機會。《花雕》裏的鄭夫人自己沒有羅曼蒂克的勇氣，就把選擇女婿當作死灰般的生命中的一星微紅的炭火，她的確是一齣冗長而單調的悲劇，冗長得延及女兒，不給她們自立的教育，不培養她們謀生的能力，女教師、女律師做不來，女店員、女打字員不屑於做也不會做，做「女結婚員」是她們的唯一出路。少奶奶、老太太的無聊以至頹廢，實際上從小姐時代就已埋下種子。沒有自立的能力，甚至沒有自立的願望，只能成為男性的附屬品，任人擺布。正如《桂花蒸　阿小悲秋》裏所形容的：「那些男東家是風，到處亂跑，造成許多灰塵，女東家則是紅木上的雕花，專門收集灰塵」。不求自立，而只是以色侍人，這在張愛玲看來，是女性的千古悲劇。她在《談女人》的結尾處甚至不無苛刻地說：「以美好的身體取悅於人，是世界上最古老的職業，也是極普遍的婦女職業，為了謀生而結婚的女人全可以歸在這一項下。」這不僅對「郎才女貌」之類的模式、而且對「嫁漢嫁漢、穿衣吃飯」的婚姻觀念提出了尖銳的挑戰。《沈香屑　第一爐香》就對以色侍人的女性基本生存方式予以強烈的反諷。梁太太做小姐時，獨排眾議，嫁了一個年逾耳順的富人，專候他死。他終於死了，可是她也失去了青春。為了追回已逝的韶光，填滿身心的饑荒，她便利用手中的錢與猶存的風韻，還利用丫頭、甚至侄女的青春姿色，釣取、佔有男性，享受感官的愉悅和心理的補償。侄女薇龍為了完成學業，寄居姑

母梁太太家中，最初是立志出污泥而不染，不想幾個月下來，耳濡目染，加之梁太太刻意「栽培」，竟也沈溺於燈紅酒綠之中，同浪蕩子喬琪喬結婚，等於賣給了梁太太與喬琪喬，整天忙忙碌碌，不是替喬琪喬弄錢，就是替梁太太弄人。即使在快樂的年夜，她也清楚地知道自己與街頭賣笑女子沒有本質區別，所不同的是那些人出於不得已，而她是自願的。薇龍這爐香，這樣下去很快就將燒完。燃燒時，只能給身邊異性轉瞬即逝的光與熱，燃盡後，也不過給陳年古舊的香爐留下一點蒼白無味的香屑。

《連環套》的女主人公霓喜的命運更為坎坷，作為女人的非自立性也更為突出。她 14 歲時被賣到印度人雅赫雅開的綢緞店，既然是花錢買人，進門時就像檢查貓、狗一樣檢查有無沙眼、濕氣，進了門也自然談不上什麼尊嚴、地位。伺候老闆，生兒育女，做雜務，輕則當眾被呼來叱去，重則拳腳相加。「她受了雅赫雅的氣，唯一的維持她的自尊心的方法便是隨時隨地的調情——在色情的圈子裏她是個強者，一出了那範圍，她便是人家腳底下的泥。」她對雅赫雅的反抗除了慪氣之外，便也只有與他人調情。但主子可以冶遊花街柳巷，奴才卻不得放浪半點風情，一旦被抓住一絲把柄，便要掃地出門。她是一棵無根的浮萍，強風吹來便順風而行，她是一棵依附的青藤，只要有所依靠便攀緣而上，被趕出雅赫雅家之後，她又進了風燭殘年的藥店竇老闆家，同時暗中與藥店小夥計崔玉銘、老闆內侄打得火熱。等到竇老闆過世，崔玉銘用她貼補的錢娶來的妻子露面，老闆內侄夥同老闆原配家族來搶奪家產，將她捆綁起來，她才從自己被

捆綁得愈顯突出的前胸上，覺出自己整個的女性都被屈辱了。在她的身上只有女性而沒有人性，「她在人堆裏打了個滾，可是一點人氣也沒沾」。就在她被捆縛住身子思念著將要復仇時，她自詡的撒手鐧也還是性：「等她在鄉下站住了腳，先把那幾個男的收伏了，再收拾那些女人。她可以想像她自己，渾身重孝，她那紅噴噴的臉上可戴不了孝……」只是單純的女肉而沒有人氣的霓喜，自然不會為了復仇去忍受鄉下生活的閉塞，到頭來還是利用她那雙會說話的眼睛與會撩人的身體，釣到了又一個男人湯姆生。清朝換了民國，對於霓喜來說，沒有太大的意義，只有在憶及經歷過的男人時，她才能喚起歷史滄桑感與女性自豪感。然而這種自豪感終歸虛弱得可以，當湯姆生對她熟而生厭、另覓新歡之後，連她自己也覺得自身像一個高高突出雙乳與下身的石像，沒有生命的活力，沒有恒久的美，在世間顯得多餘。《連環套》誠如傅雷所批評的那樣，在性格刻畫與敘述語言等方面存在著一些缺點，但也決非一無是處，用作者在《自己的文章》裏的話說，她是要通過描寫這種還沒有人認真寫過的姘居生活，來揭示這種準婚姻形式的不合理──它「不像夫妻關係的鄭重，但比高等調情更負責任，比嫖妓又是更人性的」，然而，姘居的女性的「地位始終是不確定的，疑忌與自危使她們漸漸變成自私者」。作品揭示出依附性的傳統女性精神的空虛與命途的黯淡。二者的聯繫正是張愛玲文學創作貫穿始終的重要母題之一，也是她對現代文學的獨特貢獻。

傳統社會強加給女性的附屬地位對女性的摧殘是慘烈的，女性不獨成為失去人格尊嚴的性的工具，甚至有時為了

獲得被剝奪的經濟權竟連起碼的性欲權利都要放棄。30 年代，施蟄存的小說《春陽》就曾觸及這一問題，但其對金錢扭曲女性人格的表現還相當溫和、清淺，與之相較，張愛玲的《金鎖記》更顯得犀利老辣。

　　《金鎖記》的主人公因生於七月而得名七巧，乞巧本指女人於七月七日夜間向織女星乞求智巧，大概也不無祝賀織女與牛郎相會並希冀自身姻緣圓滿之意，七巧的生存「智巧」不可謂不高，命運卻與圓滿大相徑庭。在人分三六九等、婚配講門當戶對的等級社會，以她麻油店的卑賤出身要進高門大院，只能嫁給殘疾二爺。如果當初與肉鋪夥計朝祿婚配，自會有貧寒然而充實的人生，但她與兄長選擇了金錢，就注定了她要陪伴缺乏生命力的肉體直至無可陪伴的淒苦命運。健旺的生命力總要尋求自然的伸展、舒張，通常這種情況下女性的反抗就是偷情。七巧何嘗不想，她睜著眼直勾勾地期盼著小叔子季澤的愛撫。然而季澤怕惹麻煩不敢搭攏，七巧為金錢計又何嘗敢恣意縱情？丈夫與婆婆活著時，她戴著黃金的枷鎖，可是連金子的邊都啃不到，只好任由熾烈的欲火灼燒，等她為丈夫與婆婆戴過了孝，金子到了口，怎肯為了季澤未必真情實意的主動上門而將金子吐出來，那是她賣掉自己的青春乃至一生換來的呀！既然已經套上了黃金枷鎖，她就不得不捨棄女性應有的一切。苛酷的壓抑導致嚴重的扭曲，輕則嘴巴沒遮攔，借葷話褻語來宣泄鬱積衝撞的性本能，重則心理變態到了喪失本能的母愛，無情地折磨兒女的地步。她在潛意識裏把兒子當半個情人對待，給兒子娶了個媳婦芝壽，卻讓兒子成宿給她燒煙，套問兒媳房中的隱

私，然後廣為傳佈，直至把兒媳折磨成肺癆致死。扶了正的絹姑娘，做了芝壽的替身，扶正不上一年等不及肺癆纏身便吞了鴉片自殺了結。兒子不敢再娶，女兒長安的婚事也被她一拖再拖，直至讓女兒絕望。她被黃金枷鎖扭曲了人性：人非人，女人非女人，母親非母親。她被黃金枷鎖鎖死了生命，又用沈重的枷角劈殺了幾個同性，僥倖未死的一雙兒女也被她奪走了青春與靈魂。在現代文學史上，表現女性淒慘命運的篇章比比皆是，但揭示出女性的靈魂被扭曲到如此令人怵目驚心的地步，則是《金鎖記》的不凡建樹。

　　除了以性角色存在於世者和心理變態者之外，張愛玲也刻畫了一類曾經努力想脫離舊軌、跟上時代、但終於退嬰的怯懦者、失敗者性格。《茉莉香片》裏的馮碧落與給她們補習功課的大學生言子夜相戀，言家提親被馮家以門不當戶不對而拒絕，馮碧落本可以與言子夜一道出走，但她為了顧全家庭的名聲，顧全言子夜的「前程」，眼看著意中人出洋留學，而自己屈從家長意志嫁了一個她根本不愛的人。「籠子裏的鳥，開了籠，還會飛出來。她是繡在屏風上的鳥——悒鬱的紫色緞子屏風上，織錦雲朵裏的一隻白鳥。年深月久了，羽毛暗了，黴了，給蟲蛀了，死也還死在屏風上。」曾有的美好憧憬成了永遠難圓的一個夢，馮碧落留下一個 4 歲的兒子慊慊而逝。如果說馮碧落的悲劇源自封建家長專制這一外部原因與封建禮教鑄成的卑順、怯懦性格這一內部原因的話，那麼殷寶灩（《殷寶灩送花樓會》）的戀愛喜劇則全由她的不健全、不自足的人格所致。她與羅潛教授也是師生之戀，隨著音樂史的學習

日深，纏綿的精神戀愛漸濃，禮教的防線也終於突破，二
人都想到教授離婚的問題。然而教授夫人已經有了三個孩
子，而且現在又有了三個月的身孕。殷寶灩鳴金收兵了，
冠冕堂皇的理由是不忍心讓無辜的孩子犧牲了一生的幸
福。那麼，她傾心相戀的羅教授的幸福呢，她用心血澆灌
了三年的愛情呢，就全然不顧了嗎？當女友關切地撫慰她
心靈的創痛時，她才泄露了天機──原來她並不真愛。在
她內心深處，認為羅教授身為有婦之夫卻另覓浪漫愛情，
實在是「有神經病的人」，她怎麼能同這樣一個人結婚呢？
感官上享受著自由戀愛的怡悅，靈魂裏卻坐鎮著封建道德
的閻羅，這樣的女人怎麼可能真正嘗到愛情的甜果、真正
把握自己的人生呢？喜劇性的結局分明透露出這個女性靈
魂深處的悲劇。《多少恨》的女主人公虞家茵比殷寶灩多
了一份深沈，而在人格的不徹底方面則有相類之處。她愛
上了有婦之夫夏宗豫，但面對著夏太太的哭訴，她動搖了。
她追求個性解放與個人幸福的意志終究敵不住已經浸入靈
魂的傳統道德意志，在夏宗豫和其太太的僵死婚姻面前，
她竟不敢堅信自己與夏宗豫的真摯愛情的合理性，不敢與
夏宗豫一道沖決舊文化的樊籬，而是獨自登上了南行的客
輪，扮演了「逃兵」的角色。《五四遺事》裏的范小姐要
比虞家茵勇敢得多，也更有韌性。她與羅先生相戀，中間
陰差陽錯，曲曲折折，羅先生與第一個太太離婚讓她等了
六年之久，羅先生與第二個太太離婚又讓她等了五年有
餘，她終於等到了與羅先生共築愛巢。可是，她是一個勝
利的頹唐者，一旦戀愛成功，便慵懶、頹放起來。應酬牌

局雖不怎麼情願，卻也是她唯一能夠精神抖擻的事情。沒有牌局的時候，便在家裏成天躺在床上嗑瓜子，汙衣不換，破袍不補，全然不似一個進過新式學校的知識女性。最後，竟然聽任丈夫接回了離了婚的兩房太太，共度起一夫三妻的日子。新式教育仿佛只教會了她如何鍥而不捨地爭取自由戀愛的成功，至於結婚以後怎樣，她更樂於或者說不由自主地回到傳統女性的生活模式去尋找答案。從馮碧落到虞家茵再到范小姐，她們一個比一個走得遠，但最後都回歸到傳統裏來。張愛玲生活在天津、上海、香港這樣的開放城市，本有機會看到現代女性的先鋒姿態，但她的小說世界卻幾乎沒有給她們留下一席之地，而是用力地描繪出形形色色的時代落伍者形象。張愛玲的確是一個奇人，在肯定女性的基本價值方面，現代女作家中很少有人像她那樣堅定、徹底，在剔抉女性的瑕疵、剖析女性的靈魂方面，誰也沒有她那樣犀利、深邃。她不是站在新時代的社會立場上來觀察、品評女人，而是站在新時代的女性立場上來體認、品味女人。冰心的母愛理想是說女性應該怎樣昇華自身，丁玲的苦悶宣泄旨在呼喚女性沖決舊世界的牢籠，張愛玲的女性體認則指認出女人靈魂的陰影多麼濃重，要活得像人、像女人，就必須打破已經習慣了的枷鎖。如果說冰心唱的是一首母性神的聖歌，丁玲唱的是一首女性解放前驅者的讚歌，那麼可以說張愛玲唱的則是一首葬送附體鬼魂的挽歌。

二、女人與月亮

在張愛玲的小說世界裏，與女主角相伴的，總有一個重要角色，這就是月亮。它是一個含蘊極為豐富的象徵，女性體認就是它的一項重要功能。

把女人與月亮聯繫起來，當然不是張愛玲的獨創，而是有著悠久的歷史淵源。美國學者艾瑟·哈婷就曾指出：「人的本性之一是女人明顯區別於男性的女性特徵，而不是男人與女人的相似。這一差別的超越一切的象徵符號便是月亮。無論在當代還是古典詩歌中，從時代不明的神話和傳說裏，月亮代表的就是女人的神性、女性的原則，就像太陽以其英雄象徵著男性原則一樣。對於原始人和詩人以及當代的夢幻者，太陽就是男性，而月亮則是女性。」[5]的確，在古希臘羅馬神話傳說中，月亮女神是貞潔女神、嬰兒誕生的保護神、植物女神、豐收女神、狩獵女神等，與自然、生命有著密切的關聯；原始的女性認定保留在現代西方語言中，「阿耳忒彌斯」、「狄阿娜」有時即作為貞潔處女的同義詞。在巴比倫，月亮女神作為母親之神。在天主教傳統中，聖母瑪利亞與月亮女神合二而一。在中國先秦文化觀念中，日為陽，月為陰，男為陽，女為陰，這樣，女性與月亮就在「陰」這一基本觀念上緊密聯繫起來了。中國最早的月亮神就是女神常羲，她生的十二個孩子全是女兒。嫦娥原本是天上的女神，與月亮女神常羲多少有些關係，不過嫦娥奔月的傳說對

---

[5]　艾瑟·哈婷：《月亮神話——女性的神話》，蒙子、龍天、芝子譯，上海文藝出版社 1992 年 9 月第 1 版，第 18 頁。

女性算不上怎樣的恭維，最初傳說她變成了一個最醜陋而可憎的癩蛤蟆[6]，後來又說沒變，美貌依舊，可是要受孤寂與悔恨的折磨。李白的詩句「白兔搗藥秋復春，嫦娥孤棲與誰鄰」（《把酒問月》），李商隱的詩句「嫦娥應悔偷靈藥，碧海青天夜夜心」（《嫦娥》），說的就是這種情境。書面文學中把月亮作為女性的象喻，較早的見之於《詩經・月出》：

> 月出皎兮，佼人僚兮，舒窈糾兮，勞心悄兮。
> 月出皓兮，佼人懰兮，舒憂受兮，勞心慅兮。
> 月出照兮，佼人燎兮，舒夭紹兮，勞心慘兮。

但在古代文學的男性詩文中，這樣美麗而歡悅的象喻並不多見，常把女性與月亮聯繫起來的倒是悲愴與哀感，譬如：杜甫詠歎王昭君：「畫圖省識春風面，環佩空歸月夜魂」（《詠懷古跡》三），白居易筆下的上陽宮女：「唯向深宮望明月，東西四五百回圓」（《上陽人》），曹雪芹借香菱吟道：「綠蓑江上秋聞笛，紅袖樓頭夜倚欄。博得嫦娥應借問：何緣不使永團圓。」女性詠月，有李清照《一剪梅》中「雁字回時，月滿西樓」式的溫馨，更多的也還是惆悵傷感的寄託，譬如明代王微的《憶秦娥》詞句：「多情月，偷雲出照無情別。無情別，清輝無奈，暫圓常缺。」蔡琰《胡笳十八拍》中的「攢眉向月兮撫雅琴」，更是發自肺腑的悲憤之聲。當女性對月感傷時，她們對審美對象的認同感恐怕要

6　參見袁珂：《中國神話傳說》（上），中國民間文藝出版社 1984 年 9 月第 1 版，第 289、295、296、321 頁。

比男性來得更為內在、更為深切、更為強烈。但由於男權社會對女性權利（包括寫作權利）的剝奪、削弱，女性文學誕生既難，留存愈艱，面對月亮的女性體認也就所見無多了。歸結起來，中國傳統文學對月亮的女性體認，既有女性美的讚譽，又有淒苦命運的悲歡，還有抑鬱情懷的宣泄。

到了 20 世紀 40 年代，張愛玲對這一傳統有所繼承，但她顯然不滿足於傳統，她以個人的獨特感悟，融匯時代精神，為中國文學充實了女性體認的月亮象喻系統。

女人是月亮，儘管激進的女權主義者對這一象徵意味的界定深惡痛絕，但它畢竟道出了男權社會女性地位的歷史真實。張愛玲從小就不能接受重男輕女的論調，要銳意圖強，因而她對女性的陪襯、從屬、被動地位的月亮象徵十分敏感，在承繼這一象徵傳統時寄予深切的感懷與痛徹的批判。還是在她 17 歲時創作的小說《霸王別姬》裏，就對這個向來突出悲壯色彩的傳統題材做了獨特的處理，從虞姬的慷慨赴死中發掘出女性對自身作為男性附屬品的悲劇性地位的覺悟。

> 她突然覺得冷，又覺得空虛，正像每一次她離開了項王的感覺一樣。如果他是那熾熱的，充滿了燁燁的光彩，噴出耀眼欲花的 ambition 的火焰的太陽，她便是那承受著，反射著他的光和力的月亮。她像影子一般地跟隨他，……她以他的壯志為她的壯志，她以他的勝利為她的勝利，他的痛苦為她的痛苦。然而，每逢他睡了，她獨自掌了蠟燭出來巡營的時候，她開始想

起她個人的事來了。她懷疑她這樣生存在世界上的目
標究竟是什麼。……她僅僅是他的高亢的英雄的呼嘯
的一個微弱的回聲……

　　在張愛玲的筆下，虞姬一旦對自己的生存目標與生存地
位發生了懷疑，「回聲」的死寂就成為必然，無論霸王是折
戟沈沙，還是霸業成功。

假如他成功了的話，她得到些什麼呢？她將得到一個
「貴人」的封號，她將得到一個終身監禁的處分。她
將穿上宮妝，整日關在昭華殿的陰沈古黯的房子裏，
領略窗子外面的月色，花香，和窗子裏面的寂寞。她
要老了，於是他厭倦了她，於是其他的數不清的燦爛
的流星飛進他和她享有的天宇，隔絕了她十餘年來沐
浴著的陽光，她不再反射他照在她身上的光輝，她成
了一個被蝕的明月，陰暗，憂愁，鬱結，發狂。當她
結束了她這為了他而活著的生命的時候，他們會送給
她一個「端淑貴妃」或「賢穆貴妃」的謚號，一只錦
繡裝裹的沈香木棺槨，和三四個殉葬的奴隸。這就是
她的生命的冠冕。

　　虞姬的思緒穿破了幾千年的歷史煙塵，對女性的月亮地
位做出了徹底的反省：即使像她這樣的楚霸王的寵姬，也不
過是一個任人擺布的玩偶，敗則惟恐落入敵手，夫主恨不能
親手血刃，勝則得一個封號，同時也封死了青春與前程。既
然如此，何不親手結束自己的生命。這樣看來，虞姬之死，
與其說是對項羽的愚忠，毋寧說是女性獨立意志的覺醒，與

其說是悲劇命運的重複，毋寧說是對傳統軌迹的反叛。自然，這是張愛玲帶有 20 世紀女性主義色彩與深刻的個人體悟的藝術闡釋。

歷史把太陽留給男性自居、自詡，而把月亮派給女性，久而久之，女性便在月暈中安身立命了。月亮自有月亮的便宜之處，無須費力發光，但仰仗他者生存，終無根本性的保障。張愛玲接過女人是月亮的傳統象徵，不是繼續稱頌女人作為月亮多麼美麗、多麼充實，而是揭示女人作為折光、陪襯、從屬物的月亮是多麼蒼白、多麼空虛，她描寫了一個又一個月亮的悲劇或喜劇，意在給女性一個警示。從這一意義上說，張愛玲又顛覆了這一傳統象徵。

不知是因為女人天生重情，而且男權社會除了難以奪盡的感情權利之外沒有給女人留下多少空間，還是因為月色朦朧更適於談情說愛，月亮在與女性疊印的同時，與愛情婚姻發生了密切的關聯。神話傳說中的婚姻之神月老就因向月檢書（天下婚牘）而得名。張愛玲也把月亮作為愛情的表徵。《傾城之戀》裏，范柳原深夜電話裏向流蘇表白愛情，就說：「你的窗子裏看得見月亮麼？」而流蘇呢，「淚眼中的月亮大而模糊」，的確，對於此時的流蘇來說，愛情似乎近在咫尺，然而能否抓住尚在未知之中。把握愛情在流蘇其實就是把握自己，柳原所謂看月亮何嘗不是看流蘇？經歷過婚變、飽嘗了家族冷酷的流蘇正是那「十一月尾的纖月，僅僅是一鈎白色，像玻璃窗上的霜花」，她對柳原工於心計的愛感到有幾分寒心。「然而海上畢竟有點月意，映到窗子裏來，那薄薄的光就照亮了鏡子」，流蘇終於亂了頭髮，倒在那面鏡

子上，沐浴在月色之中。兩個自私者的「傾城之戀」正如這冬日的月色，淡泊而冷清。

月亮有情，當人物對愛情滿懷憧憬時，它便高高升起，灑下溫馨的光輝。而當愛情受阻時，它便遲遲不起，即使起程，拋下的也是一片寒光。中國的月亮女神較之西方的月亮女神在愛情方面顯得相當吝嗇，尤其是對於女人。由於社會、文化的強力擠壓，女人唯一可以退守的領地只有婚姻家庭，月亮女神就成為女性的命運之神。而當男性進一步逼取婚姻家庭的主宰權時，月亮女神對凡間的同類就難得有幾回笑靨了。《連環套》裏的霓喜，只因與藥店夥計崔玉銘調了幾句情，就遭到一頓暴打，待到她斗膽借那與丈夫有些首尾的于寡婦泄憤，便被毫不留情地逐出家門。正當她寄身修道院為生計擔憂時，崔玉銘前來探望。霓喜「仰臉看窗外，玻璃的一角隱隱的從青天裏泛出白來，想必是月亮出來了」，其實「此時屋子裏並沒有月亮，似乎就有個月亮照著」，這月亮便是霓喜心中對情愛的希冀。等到霓喜的第二個生活支柱竇老闆生命垂危之際，月亮暗昏昏的，也像鳥籠一樣蒙上了黑布罩子。因為像霓喜這樣靠丈夫吃飯的女人，一旦丈夫命途將盡，她的月相也就黯淡無光了。月亮是女人命運的鏡子，母系社會曾有過它的輝煌，但從步入父系社會以來，「再好的月色也不免帶點淒涼」。《金鎖記》就托出了 20 世紀初葉像古雅的信箋上落下的一滴淚球一樣陳舊而迷糊、濕潤而淒清的月亮。七巧毀了女兒長安的學業，長安夜半難眠，竭力按捺著吹起口琴。「窗格子裏，月亮從雲裏出來了」，那模糊的缺月，正是長安命運的象徵。她曾試圖抗爭，然而

終究抗不過複製了她的母本——七巧，抗不過畸形社會畸形家庭鑄就了的她的命運，她被迫失去了受教育的機會，甚至被剝奪了戀愛婚姻的人性基本權利。兒媳芝壽被這個丈夫不像丈夫、婆婆不像婆婆的瘋狂世界折磨得萬念俱灰，她在丈夫陪著婆婆接連燒了兩個晚上的大煙之後，竟然發現天上懸著一輪滿月，月亮白得十分反常，像是漆黑的天上一個白太陽，投下了滿地死寂的藍影子。芝壽非但得不到滿月的安慰，反而更加照清了自己的命運。月光下看得分明的玫瑰紫繡花椅披桌布、大紅平金五鳳齊飛的圍屏，還有銀粉缸、梳粧檯等女性用品，愈加反襯出她作為女性的不幸。「月光裏，她的腳沒有一點血色——青、綠、紫，冷去的屍身的顏色。」她未死就已嘗到了甚於死亡的悲哀，她想死，這使人汗毛凜凜的反常的明月照亮了她的瑤池之路，她終於如願以償地永辭了這瘋狂的世界。

　　瘋狂的世界由瘋狂的人造成，瘋狂的人在月亮上找得到瘋狂的映射。七巧躺在煙鋪上，伸過腳把兒子踢過來替她燒煙，一忽兒又把一隻腳擱在他肩膀上，不住地輕輕踢著他的脖子，一忽兒又套問兒子床笫隱私，此時，「影影綽綽烏雲裏有個月亮，一搭黑，一搭白，像個戲劇化的猙獰的臉譜。一點，一點，月亮緩緩的從雲裏出來了，黑雲底下透出一線炯炯的光，是面具底下的眼睛」。這副怪譎、駭人的月相正是七巧病態人格的象徵。她婚姻不幸，先是守著形同虛設的丈夫，後來與其說為丈夫毋寧說是為金錢而守節，長期的性壓抑與急切的金錢渴求使她心理變態。她把兒子當作半個情人，容不得兒媳與她分享兒子的愛，把女兒當作競爭的對

手，容不得女兒獲得戀愛婚姻的幸福，調動起全部瘋狂的智慧與陰毒，趕走女兒的任何幸福機緣，讓她為母親的不幸婚姻「殉葬」。七巧身為人母，卻對兒女如此殘酷無情，正是神話學所謂黑月狀態，只不過她所釋放的不是性本能，而是由於性本能扭曲而分外強暴的戕害、破壞本能，從而凸現出人性中的陰暗面。母愛是一種偉大的感情，是月亮女神最溫馨的光輝。但是，也不乏或多或少籠罩著陰霾的母愛。正如月亮女神，有其誠懇、善良、慈愛、熱烈的一面，也有狡詐、邪僻、陰毒、冷酷的一面。當外部環境呈良性狀態時，月亮女神的正面本質容易在母親身上體現出來，而當外部環境呈惡性狀態時，月亮女神的負面本質就乘機浮上表層，導致「月蝕」。七巧正是月亮女神負面本質的具像。新文學中以往的女性形象，往往是沖決舊制度、舊禮教的新女性，或者是受屈辱受損害的底層婦女，無論哪一種，作者在塑造時，讀者在接受時，都更看重其社會內涵。張愛玲則偏重於文化心理內涵，尤其是七巧，深刻地觸及女性的陰性原則，發人所未發，打開了新的視野，令人回味無窮。

在古人眼裏，月亮之於女性，不過是「他者」，望月神傷，對月抒懷，月亮都是對象物，是媒體。而在張愛玲看來，月亮之於女性，固然有時作為「他者」，但更是其自身，因此她才努力發掘月亮這一象徵符號所積澱的女性內涵，讓讀者從她筆下月亮的陰晴圓缺，對女性的命運、性格乃至多重本質，予以重新體認、感悟與思索。

三、月光下男性神話的消解

　　傳統文學儘管刻畫過殘忍的暴君、險詐的奸臣、迂腐的文人、無行的闊少等否定性男性形象，但就其整體的兩性觀而言，天平顯然向男性一側傾斜。五四新文學反抗代表封建家長制與封建禮教的父權，也就是說它所力圖顛覆的是傳統的男性社會形象，而對於男性本身，則仍然保持著素有的敬意。男性是太陽，太陽一般熱烈、多情、孔武雄壯，太陽一般高瞻遠矚、宏圖大志，太陽一般剛毅無畏、敢於行動。張愛玲則厭倦、反感千年不變的男性神話，她把男性看作「學仙有過，謫令伐樹」[7]的吳剛，像責罰吳剛不停地伐桂一樣，毫不留情地向男性英雄神話挑戰，一項一項地剔抉男性的弱點。在她看來，男性非但不是英雄，甚至連自立的凡人也夠不上。

　　楚霸王項羽霸業未成，但也叱吒風雲、慷慨悲愴，千古留名。然而在張愛玲筆下，項羽在霸運將盡之際，不是為虞姬這一朵美麗的生命之花將凋於血雨腥風而悲傷、哀憐，而是惟恐她被漢軍士兵發現去獻給劉邦，可見其小肚雞腸。

　　傳統文學已有定式的英雄好漢尚且要新翻楊柳，至於自己創造的男性形象，張愛玲更喜歡剝去種種人格偽裝，揭出其內心深處的隱秘。在《傾城之戀》裏，通過流蘇對柳原的評價道出了她對男性擇偶觀的認識：「最高的理想是一個冰清玉潔而又富於挑逗性的女人。冰清玉潔，是對於他人。挑逗，是對於你自己。」這分明是一個悖論，一味地「冰清玉

---

[7]　《酉陽雜俎・天咫》。

潔」，很難惹起男性的愛憐，反之，也同樣得不到男性的鍾情。標準帶有極大的隨機性，主動權操在男人手裏，或取或棄都聽憑男人的選擇，女人則無法把握自己的婚姻。流蘇之所以能與柳原成就「傾城之戀」，並非她遇見了渴望已久的白馬王子，而是她受不了娘家大家庭的擠對，急於找到一個生活上的靠山與命運上的歸宿；而柳原恰恰從她身上發現了「一個真正的中國女人」，當他婚後把俏皮話省下來說給旁的女人聽時，她作為「名正言順」的妻子除了有點悵惘之外，還要慶幸自己地位的穩定——「一個真正的中國女人」。柳原自身雖說出身於著名華僑之家，在英國長大成人，但並沒有浸染上多少女權主義色彩，倒是無師自通地養成了不少老中國的習氣——諸如對女人的居高臨下的態度、欲擒故縱的招數、馴順容忍的苛求等。一個道地的中國男人，斷然不敢去找西化的女人，而必然要尋覓「真正的中國女人」，這種尋覓本身就見出了精明背後的愚鈍、蜜語包裹的酸腐、佔有內裏的卑怯。《沈香爐　第一爐香》裏的公子哥喬琪喬除了玩（包括與女人胡調）之外，什麼本領也沒有。豈但一個喬琪喬，這篇小說中的所有男性，無論是腰纏萬貫的搪瓷業巨頭司徒協，還是唱詩班的大學生盧兆麟，無一不是風月場上的獵手、石榴裙下的臣僕，除了獵色或被獵，看不到他們有什麼男子漢性格。

　　傳統文化鑄成了男性勇猛無畏、頑強堅韌的神話，張愛玲則刻畫出男性的種種卑怯懦弱，對這一神話予以強烈的反諷。《紅玫瑰與白玫瑰》裏的佟振保被敘事者稱為「整個地是這樣一個最合理想的中國現代人物」。他留過洋，在一家

老牌子的外商染織公司做到很高的職位。辦公事，誰都沒有
他那麼火爆認真；侍奉母親，誰都沒有他那麼周到；提拔兄
弟，誰都沒有他那麼經心；對待朋友，誰都沒有他那麼熱
忱……真可謂忠誠可嘉，孝悌超群，中西融會，理想人格。
然而，在女性這面人生鏡子面前，卻照出了他的隱形姿態。
初嫖巴黎下等妓女的羞恥經驗，姑且算作他不諳世事的荒
唐，同玫瑰姑娘的初戀似可見出他坐懷不亂的君子之風。但
其實他方寸已亂，他對自己在同紅玫瑰作別那個晚上的操行
一方面充滿了驚奇讚歎，另一方面又擺脫不掉懊悔。當他後
來借居朋友家中，就不願再懊悔下去了。這一次與其說是朋
友之妻王嬌蕊主動勾搭，毋寧說他的心理預期過於強烈。初
次見面，王嬌蕊濺了一點肥皂沫子到他手背上，他便「不肯
擦掉它，由它自己乾了，那一塊皮膚上便有一種緊縮的感
覺，像有張嘴輕輕吸著它似的」。浴室裏強烈的燈光照亮了
他的心底，他喜歡的是熱的女人，放浪一點而又娶不得的女
人，原來他不敢接受初戀對象的無私奉獻，最根本的原因不
是什麼道德高尚，而是不敢承擔婚姻的責任。現在身邊的這
一個已經做了太太，「一個任性的有夫之婦是最自由的婦
人，他用不著對她負任何責任」，於是，他的心理戒律放鬆
了，膽子放大了，終於每天下班歸來急切地走向王嬌蕊的懷
抱。然而當王嬌蕊告訴佟振保她已寫了航空信，把一切告訴
了丈夫，要他給她自由，以便永遠與佟振保攜手同行時，他
才感到責任的可怕，恐懼得神經兮兮，以道德的名義自譴並
開導嬌蕊。先前愛他愛得神魂顛倒的嬌蕊，聽了他的道貌岸
然的開導，「正眼都不朝他看，就此走了」。這是女人對這

種沒有骨氣的男人的極度蔑視。沒有責任感的佟振保對他新婚的妻子也沒有盡什麼丈夫的責任，就外出找到了最不需要負責的宿娼一途。馴順的妻子也終於以女性反抗男權的常規武器──私通──來報復名義上的丈夫。他發怒，他愈加放浪，他也能改過自新，又變了個好人。然而這種好人終究靠不住，因為在他心中已毀棄了一切真實而美麗的感情與信念，他在踐踏了「玫瑰」的同時，也作踐了自己的人格。

　　《五四遺事》把人物的背景推到 1924 年，彼時五四新文化運動高潮雖已過去，但它給知識界留下的積極影響卻餘韻悠長。在杭州一所中學任教的羅先生與知識女性范小姐相見恨晚，決意要與鄉下的妻子離婚。妻子哭鬧不允，母親大發脾氣，僵持不下達六年之久。正值離婚有望之際，范小姐卻被家裏作主與一當鋪老闆訂了婚約，羅先生一氣之下不出三個月，就把本城有名的美女王小姐娶進家門。誰知那邊范小姐與當鋪老闆之事竟因故未成。羅范二人西湖重逢，舊情復燃，羅再度提出離婚。第二次離婚費了五年的工夫，傾家蕩產，終於天遂人意，在久已揀定的最理想的西湖邊造了一所小白房子，羅范二人有了一個溫馨的愛巢。然而，也許是期待得太久、奮鬥得太苦的緣故，一旦到達幸福的彼岸，范小姐就慵懶、放肆起來，失去了先前的可愛風姿，羅先生也失去了先前的溫存情懷，由愛而恨。一經攛掇，他便將王小姐接回家門，繼而又將離婚多年的第一個妻子接了過來，本來是為兩人建造的愛巢，在一夫一妻的社會裏卻同住著一夫三妻，當年在五四精神感召下為自由戀愛而掙扎苦鬥，十二年後卻退嬰到五四之前的舊軌。羅先生曾經當過開路先鋒，

後來也算不上輿論所認定的玩弄女性的色魔，甚至他還有一點傳統男性的「責任感」與孔老夫子倡導的仁愛之心，但這種混沌的「仁愛」卻湮滅了閃爍著生命之光的真愛，所謂「責任感」卻蠶食了個性的自由意志，個性解放的勇士終於蛻變為虎頭蛇尾的笑柄，換言之，時光的流水終於洗淨鉛華，暴露出發育不全的畸形靈魂。題為《五四遺事》，是對主人公的反諷。

　　《茉莉香片》的男主人公聶傳慶更其不堪，正當韶光年華卻顯出一幅老態，異常自卑，自卑得萎靡頹唐，不思上進，學業荒廢；自卑得「不愛看見女孩子，尤其是健全美麗的女孩子，因為她們使他對於自己分外的感到不滿意」；自卑得心理變態，非但不敢相信甚至曲解異性對他的好感，而且竟將對他頗有好感的同學言丹朱在月黑的山路上痛打一頓，直欲置之死地而後快。難怪言子夜教授要在課堂上被他的糊塗所激怒，厲聲訓他說：「你也不怕難為情！中國的青年都像了你，中國早該亡了。」言子夜當年敢作敢為，希望情人和他一道遠遊求學，而今剛直冷峻，對年輕人恨鐵不成鋼，但這一人物在作品中只是一個影子般的理想，一個反襯現實的歷史背景。現實生活舞臺的男主角聶傳慶則是富於空洞無益的玄想和自我折磨的感傷，工愁善感，動輒哭泣，唯一的行動還是像在夢魘中似地踢打言丹朱。他軟弱而又自私，自虐而又虐人，無能而偏想佔有，一個精神上的十不全。與前輩相比，他了無男子漢的英氣，與同代的少女相比，他愈顯得狹隘、卑怯。在他發瘋般打人的那個夜晚，言丹朱的斗篷被風漲得圓鼓鼓的像一柄偌大的降落傘，傘底下飄飄蕩蕩墜著

她瑩白的身軀，像是月宮裏派遣來的傘兵，而聶傳慶則像徒勞無功地砍伐桂樹的吳剛，而且是一個發了癡癲的吳剛。這也像是一個神話，不過不是男性英雄的神話，而是顛覆男性英雄模式的新編「神話」。

以陽剛氣十足的昔日背景來襯托陰柔味有餘的男性現實，這在張愛玲作品中並不多見。因為這畢竟給予男性以歷史的光輝，這在作者的內心一定有所不甘。參差對照作為張愛玲的撒手鐧，常常用在男女兩性的對比刻畫上面。譬如在用情方面，向來有「水性楊花」之類的傳統觀念貶抑女性，張愛玲則通過男女兩性的對比向傳統提出挑戰。《色·戒》裏的女特工王佳芝竟為了一個情字，在關鍵時刻將刺殺對象——漢奸易先生放走，而易先生則將這個有救命之恩的紅粉知己連同她的戰友一網打盡。生活中的原型本來沒有如此癡情，而是為了刺殺漢奸最後為國殉身。但是，一旦進入小說，張愛玲就為了突出女性的癡情而不惜扭曲了巾幗英雄的人格。《封鎖》裏的華茂銀行會計師呂宗楨，起初不過是為了在封鎖期間的電車上躲避不願搭理的妻姪，才偶然坐到大學女教師吳翠遠身邊。他本來不怎麼喜歡身邊這女人，覺得她的整個人像擠出來的牙膏，沒有款式。不過，等到搭訕上以後，則自覺不自覺地進入了男性通常扮演的角色：「他太太一點都不同情他！世上有了太太的男人，似乎都是急切需要別的女人的同情。」他向吳翠遠訴說自己的不幸與煩惱——母親給訂下的妻子連小學都沒有畢業，夫婦不和，天天無可奈何地回家，卻有一種無家可歸的感覺；他又向吳翠遠透露了自己的打算——既然為了孩子不能離婚，便打算娶妾，但

要將她當妻子對待。呂宗楨的訴苦引起了吳翠遠的同情，他的計劃也點燃了這位待字閨中的女教師的希望，然而封鎖開放了，電車開行的鈴聲打斷了女性的玫瑰色的夢，翠遠姑娘得到的只有那個躲開去的會計師轉嫁給她的一團煩惱絲。這篇意味雋永的小說當然彌漫著人生的虛幻感，但首先而且主要是揭露男性的虛偽、自私、不負責任。作品結尾寫呂宗楨回到家中，見「一隻烏殼蟲從房這頭爬到房那頭，爬了一半，燈一開，它只得伏在地板的正中，一動也不動。在裝死麼？在思想著麼？整天爬來爬去，很少有思想的時間罷？然而思想畢竟是痛苦的」。主人公從烏殼蟲身上體認到自己的人格，渾身沁出汗來，不敢再看下去，遂關了電燈。等他再開了燈，烏殼蟲不見了，爬回窠裏去了。然而呂宗楨這隻人形烏殼蟲，卻深深嵌入讀者的視野裏，給男性以永久的警示。

張愛玲對虛偽人物有著永恒的興趣，《金鎖記》裏被金鎖鎖鏽了心靈的豈止一個七巧，在她之前，早就有一個季澤。七巧有意於季澤，他這個浪蕩子豈能不知？方便之時也能口調風月，手捏金蓮，但「他早抱定了宗旨不惹自己家裏人」。這倒不是他真要洗心革面，當一個浪子回頭的道德君子，而是擔心「窩邊草」吃起來是個累贅，尤其是七巧這麼個荊棘樣的性子，他犯不上冒這個險。等到十年之後分宅別居，他卻主動上門，剖白「自從你到我家來，我在家一刻也待不住」的「心迹」，撩撥她好不容易死了心的情欲。姜季澤這樣的男人，情欲固然放縱，但為了更為現實的功利目的，動了心可以收回，虛無的情可以裝佯。七巧渴欲失控乃至變態冷酷，但終歸是個真實的人，季澤貌似維護家庭倫理

秩序，卻是一個虛偽的人，如果說真實得冷酷的七巧讓人恐怖的話，那麼虛偽的季澤更讓人噁心。在 60 年代據《金鎖記》改寫的中篇小說《怨女》裏，作者對人物的內心世界做了進一步的開掘。七巧的化身銀娣半是由於兄嫂的圖財，半是她自己為了攀富，嫁給了殘疾的姚二爺，但她年輕而多情的心卻放在同樣年輕、健壯而多情的小叔子三爺身上。她獨自唱起三爺要她唱而她怕別人聽見不敢唱的《十二月花名》，丟雙鞋子在地上占卜三爺今夜會不會來。在浴佛寺替老太爺做六十陰壽時，總算盼來了機會，她只要他給一句真話，三爺卻錯會了意思，將手插進銀娣衣服裏解起扣子來，銀娣的心越發亂起來，渾身酸脹，仿佛中了麻藥。此刻她顧不得什麼名聲禮法，只有最原始的欲望在燃燒，哪怕將命拿走也在所不辭。然而三爺撒火了，他覺得犯不著為此鬧得滿城風雨，擔當敗壞家風的罪名，他甚至還以克制自詡，並要二嫂感激他的「良心」。男人有了風流韻事算浪漫，女人單單有了風流念頭都是十惡不赦。當夜窗子裏那個大月亮，對於銀娣來說，就是末日的太陽。她恐懼而絕望地將脖頸掛在了帶子上。銀娣僥倖未死，但她那朝露欲滴的青春與鮮靈靈的生命渴求已經死去。如果說黃金枷鎖是劈殺銀娣的首犯的話，那麼世故而卑怯的三爺則充當了罪惡的幫兇。他平素的輕佻引逗起銀娣的希望，浴佛寺裏的強力撫弄又將她推上欲求的懸崖，然後突然撒手，使她墜入身心雙重痛苦的深淵。

中國遠古神話是否也如波斯、巴比倫等古國的神話一樣有一個雄壯、崇高的男性月亮神，現在尚不得而知。我們所見到的月亮中的男人，只有一個該受責罰的、無能又無功的

吳剛。向來人們都把吳剛視為飄渺無迹的神仙，而張愛玲則在她的文學世界裏將其再現為令人難堪的現實。月色下看男人，只見其蒼白、陰鬱、難以捉摸。若要抗議說男人並非如此，那麼必須走出張愛玲的月光世界。

　　張愛玲一方面執著於女性陰影的體認，另一方面又著力於消解傳統的男性神話，這實際上等於顛覆了人性神話。這一獨特的審美指向，乍看起來似嫌淒冷、陰鬱、偏激，讓人不悅，但細細品味，則可見出其良苦用心，她是在以否定的形式為理想人性的構建清理廢墟。

四、品味蒼涼

　　無論給理想下一個什麼樣的定義，張愛玲都不是一個理想主義者，而是一個冷峻而近於苛酷的現實主義者，理性、理想只是作為她剔抉現實弊端的潛在背景。她不像有些女權主義者那樣，在顛覆了男性英雄神話之後，急於重構女性神話，她既不是代表一種性別向另一種性別挑戰，也不是代表現在向歷史復仇，而是代表了上帝的原罪意識，對人間興師問罪，對人性的本質提出尖銳的質疑，對人性弱點施以無情的揭露與辛辣的諷刺、猛烈的抨擊。既然要撕破層層矯飾的面紗，直逼人性底層翻湧的原欲，就不能不品味苦澀的蒼涼。

　　蒼涼是張愛玲的審美基調。這一基調早在她 1933 年寫下的散文《遲暮》裏就初露端倪。在繽紛繁華目不暇接的春天裏，一個無形中被青年的溫馨世界擯棄了的美人，在孤獨地品味著遲暮的悲涼，她甚至開始詛咒這逼人太甚的春光

了。「燈光綠黯黯的，更顯出夜半的蒼涼。在暗室的一隅，發出一聲聲淒切凝重的磬聲，和著輕輕的喃喃和模模糊糊的誦經聲……一滴冷的淚珠流到冷的嘴唇上，封住了想說話又說不出的顫動著的口。」一個只有 13 歲的少女，通常至多不過有點傷春的閑愁，而張愛玲卻發自肺腑般地領悟與傳達出人生的淒切悲涼，其眼光的確不同尋常。她 14 歲寫過一部上下兩冊的手抄本《摩登紅樓夢》，開頭是秦鍾與智能兒坐火車私奔，自由戀愛結了婚，很有點浪漫之氣，但跟著來的就是經濟困難，又氣又傷心，露出了蒼涼的底色。

　　她的小說多以婚戀為題材，可是，向來被視為人生之盛宴的戀愛婚姻，到了她的筆下，卻甜蜜幾無，浸透苦澀。她對傳統社會的戀愛持有頗為悲觀的看法[8]，也許在她看來，轉型期的中國，傳統色彩太濃，所以她寫婚戀絕無逸興飛揚、喜上眉梢之筆。《十八春》裏的世鈞與曼楨這一對知識份子，本已兩情相悅，該有美滿的結局，不料陰錯陽差終竟勞燕分飛。柳原與流蘇倒是成就了「傾城之戀」，但將來又能怎樣？恐怕正如那象徵性的結尾所寫：「胡琴咿咿啞啞拉著，在萬盞燈火的夜晚，拉過來又拉過去，說不盡的蒼涼的故事──不問也罷！」《留情》似乎就是這蒼涼故事的連環套中的一節。米先生娶了別室，卻掛記著初戀結合而後不

8　譬如她說：「盲婚的夫婦也有婚後發生愛情的，但是先有性再有愛，缺少緊張懸疑、憧憬與神秘感，就不是戀愛，雖然可能是最珍貴的感情戀愛只能是早熟的表兄妹，一成年，就只有妓院這髒亂的角落裏還許有機會。再就只有《聊齋》中狐鬼的狂想曲了。」語出《國語本〈海上花〉譯後記》，1983 年 10 月 1－2 日臺北《聯合報‧聯合副刊》。

睦、如今正處病中的太太，雖然過去的日子沒什麼值得紀念
的快樂的回憶；迎娶淳于敦鳳作別室，開始也並非為了愛
情，而是吃了沙龍女主人的閑醋，要找個獻殷勤的對象讓她
看看，等到娶了進來，也沒有盡如所願——享一點清福豔
福，抵補以往的不順心。淳于敦鳳嫁給這個丈夫也完全是為
了生活，根本沒有什麼感情，倒是米先生那讓她羞於同行的
相貌與身材，不時勾起她對早逝前夫的追憶。作品中感歎
道：「生在這世上，沒有一樣感情不是千瘡百孔的。」如此
結合的再婚夫婦，感情生活平淡如水而不起一絲漣漪自不必
說，就連振保與嬌蕊的偷情，也沒有過來人炫耀、局外人豔
羨的陶醉，「許多唧唧喳喳的肉的喜悅突然靜了下來，只剩
下一種蒼涼的安寧，幾乎沒有感情的一種滿足」。是這兩個
偷情者的生命體驗本來就層次不高，還是作者用濾色鏡濾去
了其玫瑰色而突出其青綠色？原因恐怕主要還是在後者。

　　銀娣與姚二爺的婚姻本來就是被金錢所扭曲的畸形婚
姻，敘事者雖未描寫冷清婚禮中的悲涼，但是在三朝回門那
天，還是從新郎與新娘、珠光寶氣與畸形婚配、喧鬧氛圍與
淒冷心境的對比中，透露出難以言傳的人生況味。到了銀娣
的兒子玉熹娶親，敘事者對上一代畸形婚姻的派生物仍不放
過，把個新娘好一頓奚落：「頭上頂著一方紅布，是較原始
的時代的遺風，廉價的布染出來，比大紅緞子衣裙顏色暗
些，發黑。那塊布不大，披到下頦底下，往外撅著，斧頭式
的側影，像個怪物的大頭」。等揭去蓋頭，又渲染其相貌之
醜，連說話的聲音也不放過，形容「像個傷風的男人」。《鴻
鸞禧》裏的大陸與玉清的婚事按說應該予以喜意的張揚，但

敘事者卻用了一系列陰暗的意象：婚禮上「半閉著眼睛的白色的新娘像復活節的清晨還沒醒過來的屍首，有一種收斂的光」；新婚照玉清單獨的一張，人立在那裏，「白禮服平扁漿硬，身子向前傾而不跌倒，像背後撐著紙板的紙洋娃娃」，與新郎合照的那張，「她把障紗拉下來罩在臉上，面目模糊，照片上仿佛無意中拍進去一個冤魂的影子」；婆婆婁太太的兒時回憶也不那麼叫人清爽，轎夫在繡花襖「上面伸出黃而細的脖子，汗水晶瑩，如同罐子裏探出頭來的肉蟲」。鬼的意象在《年輕的時候》裏出現，是在俄式禮拜堂。在似霧非霧的毛毛雨中，禮拜堂的尖頭圓頂像玻璃缸裏醋浸著的淡青的蒜頭，禮拜堂裏充滿了皮鞋臭，神甫與唱詩班領袖都有讓人不敢恭維之處；聖壇後面悄然走出的香伙，黑袍下露出白竹布褲子，赤腳趿著鞋，已帶有幾分野鬼之氣，那麻而黑的臉，「一頭烏油油的長髮，人字式披在兩頰上，像個鬼，不是《聊齋》上的鬼，是義塚裏的，白螞蟻鑽出鑽進的鬼」。不能說這種令人厭惡、恐懼的場面沒有單戀失意的潘汝良的主觀感受滲入其中，但主要的恐怕還是敘事視角，敘事者自以為看透了人間萬象，從最熱烈的場面中也能看出蒼涼，她似乎是專揀人生的盛宴來開刀，要粉碎讀者樂於陶醉其中的玫瑰夢。

《沈香屑　第二爐香》做得更為徹底，乾脆把兩個新郎先後送上了黃泉路。40 歲的大學教授羅傑將要迎娶他心目中最美麗的女孩愫細為妻，一個浪漫的「傻子」，娶一個純潔的美女，該是多麼幸福。婚禮前愫細哭了，將要告別家人、告別少女時代，些微感傷自在情理之中。然而，當夜半三更

新娘穿著睡衣從新房逃到學生宿舍號啕大哭，情勢則發生了急轉直下的變化。「我受不了。他是個畜生！」新娘向新郎的學生、上司、甚至對頭控訴其「獸行」，鬧得滿城風雨，使他被迫辭職，受到女人的鄙視與憎惡、男人的輕蔑與嘲弄，不僅蜜月旅行的計劃擱淺，而且連整個未來都迷茫起來。當他聽到愫細的姐夫是因為與他同樣的遭際而找不到工作、導致瘋狂直至死去之後，仿佛看到了自己的前世，遂「像一個回家託夢的鬼」，飄飄搖搖地回到家中，在煤氣幽幽的甜味中燃盡了生命這爐香。新婚之夜的所謂「獸行」，實際上不過是自然的性欲表現。兩個新娘的性無知，加上整個社會愚昧而酷烈的氛圍，把兩個活生生的人變成了陰森森的鬼。也許生活中會有這樣的悲劇發生吧，但張愛玲對此「情有獨鍾」，在一篇小說中就設定了一對連襟的相同結局，則不能不說與她那蒼涼的審美眼光有關。

婚戀只是她重估人生的突破口，在她眼裏，豈止婚戀並非甜蜜，全部人生都是一部苦戲。銀娣婚前就給鞋面鎖出名為「錯到底」的花邊，那花邊仿佛是她後半生的象徵。長安不愧為七巧的女兒，她在上學、婚戀這兩件於她至關重要的事情上不得已地順從了母親的意志，「她覺得，她這犧牲是一個美麗的、蒼涼的手勢」。這手勢讓人想到《聖經》裏多次出現的那一毀滅的巨指。時光流轉，生生死死，一切都將成為過去，張愛玲確乎有那麼一點縱浪大化中的道家意味。人生皆苦，苦海無涯，這又分明帶點佛家色彩。但從入世這一點來說，她還是更接近儒家，她以否定的形式強烈地關注著人性與個性，以超然物外的表象執著地切入紛紜世相。她

的文學世界所表現的毀滅，與其說是自然的淘汰、神靈的懲罰，毋寧說是文化的自戕。七巧、長白、長安之類人格的毀滅，不過是為一種腐朽的文化殉葬，而佟振保、羅先生之輩人格的退嬰、萎縮，則是這種文化江河日下時翻起的幾朵小小的浪花。七巧打翻了坡璃杯，酸梅湯淋淋漓漓濺了季澤一身，也沿著桌子一滴一滴朝下滴，「像遲遲的夜漏──一滴，一滴……一更，二更……一年，一百年」。之所以在寂寂一剎那有如此久長的感覺，是因為七巧期待得太久，中國歷史上的一代一代女性期待得太久，期待的對象像酸梅湯一樣，想著解渴，看著流去，期待的主體在焦慮中由人變鬼。月亮陰晴圓缺，故事周而復始，於是讓人備感蒼涼。張愛玲說她「喜歡悲壯，更喜歡蒼涼」，因為「悲壯是一種完成，而蒼涼則是一種啟示」[9]。所謂啟示，即在於告喻人們一種文化不可救藥的衰敗，同時也促使人們思考、探尋鳳凰涅槃的途徑。張愛玲並非只看到舊秩序的毀滅，她也從中看到新世界的晨曦，她把娜拉的勇敢出走視為一個瀟灑蒼涼的手勢[10]，就展示了蒼涼的豐富意蘊。

張愛玲很少對英雄發生興趣，所寫的多是「也不是壞，只是沒出息，不乾淨，不愉快」[11]的小人物，這不僅因為這類人物在張愛玲看來最為真實可信，更是因為在他們身上蒼涼的目光易於對象化。她也很少涉獵所謂重大的社會題材。

9　張愛玲：《自己的文章》，載《新東方》雜誌，1944 年 7 月。
10　張愛玲：《走！走到樓上去！》，1944 年 4 月《雜誌》月刊第 13 卷第 1 期。
11　張愛玲：《我看蘇青》，《天地》第 19 期，1945 年 4 月。

　　同樣是筆涉香港淪陷，在茅盾的中篇小說《劫後拾遺》裏，避難者的驚恐萬狀，麻木者的瘋狂享樂，「聰明者」的借機發財，小人物的得樂且樂，淪陷之際香港社會的世態人心得以宏觀性的表現，不同場景、多種階層之間的縱橫馳騁顯示了茅盾的大家手筆與社會視角。而在張愛玲的《傾城之戀》與《封鎖》裏面，香港淪陷並非主要的表現對象，而只是一個審視人性、品味人生的背景，在這裏，主要表現的是女性處於弱勢地位的無助、無奈與男性處於強勢地位的狡黠與卑瑣，人性深層的黯淡與人生際遇的偶然。茅盾所長在於廣闊視閾的社會掃描，而張愛玲的所長則在人性與人生的深刻別樣的解讀；茅盾所要告訴讀者的是：「社會是如此的黑暗混亂」；張愛玲所要告訴讀者的是：「人生是如此的悲涼無奈」。所以，單從意義層面的接受而言，閱讀茅盾，需要對社會、政治狀況與問題的關注熱情；而閱讀張愛玲，則需要豐富的人生閱歷、直面人性真實的勇氣與較強的心理承受力。

　　從人性解剖到人生感悟再到整個世界感受，張愛玲都鍥而不捨地品味著蒼涼。即使單憑這一點，她在現代文學史上也是獨異的存在。五四一代作家，幾無例外地抱有理想主義的熱情，冰心自不必說，郁達夫式的哀感其實也是熱情的反向表現。30 年代，左翼作家的理想主義激情火花四射，自由主義作家在兩面夾擊與雙向突圍中，也不失其理想王國的憧憬。抗戰爆發，全民族的救亡激情被血與火喚起，文學世界熱浪滔滔，即使到了抗戰後期，國統區文壇加大了諷刺與抨擊的力度，作家的審視目光也是灼熱燙人的。而張愛玲則能在新文學的激情傳統的背景下，保持一份靜觀的冷峻與內斂

的鋒芒，以深邃的洞察與超越性的體悟，揭去種種人格面具，穿透玫瑰色人生幻影，諷刺與悲憫都融化於一片蒼涼之中。

　　張愛玲對人性陰影與人生悲涼的執著關注，的確受過西方作家、譬如毛姆、赫胥黎、愛默生、奧尼爾、威爾斯等的影響，但是，與外來影響相呼應的內在心理機制則源自獨特的家世、家境與動蕩的時代。

　　首先從家世與家境來看。列強得寸進尺的貪婪與蠻橫，在重創大清王朝的同時，也給張愛玲所出身的簪纓之家帶來了一連串的危機。隨著中國最後一個封建王朝的土崩瓦解，重臣的威勢已成隔日黃花。等到張愛玲出生時，這個曾經顯赫一時的豪門巨族已經失去了昔日的榮耀。張愛玲沒有享受過多少祖上的福蔭，卻品嘗了世家沒落中的酸鹹苦辣。口口相傳的祖上的故事，還有少許遺存的家什器物，每每讓她浮起府上車水馬龍、賓客滿堂的懸想，而門庭冷落車馬稀的現狀則給她平添無端的淒涼。作為豪門貴族遺產的父親，儘管高興時也能給她一點父愛，但父親時時發作的紈絝子弟惡習給她更多的則是痛苦與厭惡。本來，父親是女兒幻想世界裏的第一個英雄。但是，張愛玲的父親蓄妓吸毒，叫條子湊趣，身無行狀，自私，暴戾，痛打並禁閉女兒，還揚言要用手槍將女兒打死，連前來說情的已成年別居的胞妹也給打傷住院——這樣一位父親，縱使曾經給過女兒以父愛，也足以打碎一個少女美麗的父親神話，擴而廣之，即是亙古流傳的男性神話。在後來的個人感情生活中，張愛玲總是屬意於年長而溫柔的男性擇為伴侶，以求彌補她少女時代的心靈缺憾，但在文學的幻想天地裏，她無情地粉碎了一切男性神話。父親

形象不足為法，家庭的磨難與多年留洋的孤軍奮戰，也使母親心腸變硬，本來給予女兒的母愛就少得可憐，後來，張愛玲從父親家逃到母親家，母親在為女兒做出一些犧牲的同時也一直懷疑「是否值得這些犧牲」，「母親的家不復是柔和的了」[12]。天性敏感的張愛玲沒有健全的雙親之愛，過早過深地品嘗了孤獨與淒涼。她見過父親的無狀，見過姨太太不可一世的豪橫，挨過繼母的嘴巴，也見過母親的冷漠，她經歷過父母之間硝煙彌漫的戰爭，家庭的動蕩不安與冷酷寡情，給張愛玲自小就蒙上了關於家庭的濃重陰影，使她對親情、對家庭充滿了懷疑和憂懼。後來她筆涉家庭難覓溫馨親情便與此密切相關。還是在她被父親監禁在空房時，她感覺自己出生於此的這座房屋「忽然變成生疏的了，像月光底下的，黑影中現出青白的粉牆，片面的，癲狂的」，英國作家貝弗利·尼科爾斯有一句寫狂人半明半昧的詩──「在你的心中睡著月亮光」，她讀到時就想到自家樓板上藍色的月光，覺得那裏藏著靜靜的殺機。這種獨特的經歷與感受，使得她後來在文學創作的意象世界裏偏重於月色淒冷而非陰柔的指認。沒落豪門的家世，使她看到了矯飾背後的虛偽、寡情；父母慈愛的欠缺與層層疊疊的心靈創傷，使她不敢枉信柔情蜜意的真實可靠，不敢期待明媚迷人的理想境界。如果說冰心那個充滿了溫馨愛意的家庭給了她以發現愛與傳達愛的清純目光，那麼可以說，張愛玲這個支離破碎的家世則給了她一雙覺察並欣賞蒼涼的眼睛。

---

[12]　張愛玲：《私語》，1944 年 7 月《天地》月刊第 10 期。

　　其次，要看到時代的烙印。「春江水暖鴨先知」，女性一旦從家庭中、從男權下解放出來，走向社會，其敏感的天性必然使之成為時代風雲的晴雨錶。冰心走上文壇，恰值五四啟蒙思潮高漲之際，春水潺潺，繁星閃爍，海波蕩漾，清新、單純、恬淡的少女情懷與博大、深厚、寬容的母親情懷，恰恰表現出前驅者的理想主義精神風貌。五四啟蒙運動落潮，社會革命受挫，敏感的知識女性愈加苦悶抑鬱，於是，丁玲的創作便應運而生。丁玲的作品蒸騰著六月驕陽下的熱辣、鬱悶與焦灼，也展示出燠熱難耐時的坦露、本色與浮躁。而後，隨著丁玲所投身的社會革命的發展，她的創作視野不斷擴大，感情愈加雄渾，思索走向深沈。張愛玲，無論是她的出生，還是她的走上文壇，都比冰心、丁玲晚了一兩個時代。少女時代，她在沒落的高門深院裏咀嚼著個人的不幸。等到她走出家門不久，就趕上了日本侵略者把戰火燃遍大江南北。在香港讀書期間，她親身經歷了港島被圍、抵抗及淪陷的全過程，學業因戰亂而中斷，由於發奮用功而連得了兩個獎學金、因而有望留學英國的可能更是化為泡影。儘管她對政治不甚關心，由於特殊的家庭背景，而且創作很快走紅，個人的物質生活不至於怎樣困窘，但山河破碎，生靈塗炭，她怎麼能無動於衷？她的散文《燼餘錄》就記述了戰時香港所見所聞及其對她的切身而劇烈的影響。為避轟炸而跑空了的電車停在街心，給她一種原始的荒涼感；歷史教授佛郎士因為沒聽見哨兵的吆喝而被自己人開槍打死，讓她痛感「人類的浪費」；圍困中人們朝不保夕的恐懼，在虛空與絕望中急於攀住一點踏實的東西的舉措——匆忙的結婚，使她

感受到人生的不由自主；戰與和、動與靜的強烈反差及其變幻不定，加劇了她的惶然不安；街頭的餓殍，趁火打劫的流民，戰亂暴露出來的政府管理之混亂，富人雇一同住院的患者外出採買之荒謬，使張愛玲在個人身世中產生出來的蒼涼感獲得了社會體驗的支援，愈加固著而深沈。從那段經歷中，她「得到了教訓──老教訓：想做什麼，立刻去做，都許來不及了。『人』是最拿不準的東西」[13]。她也驚心動魄地看見了人的蒼白、渺小：自私與空虛、恬不知恥的愚蠢與無可奈何的孤獨。於是，她為惘惘之時代感所逼促，匆匆去書寫她所看見的世相、她所體悟的人生與人性。誠然，她很少直接表現戰爭題材，但她卻寫出了戰爭背景下顯得更為清晰的人性弱點，寫出了戰爭年代中產階級的典型心態，寫出了男人與女人被傳統所鑄定的性別角色。如果沒有時代的洗禮，張愛玲對蒼涼不會有如許深刻的感悟，文壇不會給這個冷豔怪才提供恰當的舞臺，讀者不會迅疾並普泛地認同她的蒼涼目光。從這一點來說，張愛玲並非游離時代的浪子，而是忠於時代的貞女。她在《自己的文章》一文裏表達了她對動蕩時代的體認：「這時代，舊的東西在崩塌，新的在滋長中。但在時代的高潮來到之前，斬釘截鐵的事物不過是例外。人們只是感覺日常的一切都有點兒不對，不對到恐怖的程度。人是生活於一個時代裏的，可是這時代卻在影子似地沈沒下去，人覺得自己是被拋棄了。為要證實自己的存在，抓住一點真實的，最基本的東西，不能不求助於古老的記

13　張愛玲：《燼餘錄》，1944 年 2 月《天地》月刊第 5 期。

憶，人類在一切時代之中生活過的記憶，這比瞭望將來要更明晰、親切。於是他對於周圍的現實發生了一種奇異的感覺，疑心這是個荒唐的、古代的世界，陰暗而明亮的。回憶與現實之間時時發現尷尬的不和諧，因而產生了鄭重而輕微的騷動，認真而未有名目的鬥爭。」

20 世紀上半葉，中國人的生存狀況與精神狀態發生了巨大的變化，給女性作家的審美觀照提供了廣闊的空間。冰心的創作表現出對理想的熱烈憧憬與善於自我調解的恬靜，丁玲的創作展示了女性掙扎中的苦悶與搏擊的激越，張愛玲則以冷峻而挑剔的目光，重新審視人的淒苦處境與心理陰影。張愛玲剛從千瘡百孔的沒落世家走出，就趕上了血火交迸的亂世，如同剛剛熬過嚴冬，沒有看見春夏的萬紫千紅，卻時逢秋風蕭瑟、花謝葉枯，在此之際，回首幾千年的女性血淚史，審視現實中人的心靈上重疊累積的創傷，她只能看到一輪蒼涼的月亮。

五、奇崛冷豔與淡雅俗白之美

正如當年張愛玲奇蹟般崛起一樣，她奇異的審美眼光也給其小說文體賦予一種奇崛冷豔與淡雅俗白之美。

中國文學富於意象傳統，現代作家對此亦有繼承與發揚。魯迅善於用明快簡潔、雄健遒勁的筆觸勾勒人物形像，活畫出人的靈魂；沈從文擅長描寫帶有野荶靈動之氣的湘西意象；茅盾的意象往往帶有吳越水鄉的明麗秀美與連綿圓潤；端木蕻良的意象每每具有黑土地的渾厚廣袤與淳樸清

新；錢鍾書喜歡在知識的聖誕樹上掛滿博識與靈性交相輝映的五彩燈；而張愛玲的象喻結構則以奇崛冷豔見長。

蒼涼的人生感悟，使張愛玲對環境的荒涼分外敏感，換言之，她極力捕捉自然中的荒涼，用來映襯、強化人生的蒼涼。銀娣下決心跳姚家火坑的那一夜，不知何時睡著了，一會又被黎明的糞車吵醒，「木輪轔轔在石子路上碾過，清冷的聲音，聽得出天亮的時候的涼氣，上下一色都是潮濕新鮮的灰色」。從聲音聽得出涼氣，見得出顏色，這絕非一般的感覺與筆力所能為。正是這滿目荒涼，預示出銀娣後半生的悲涼。聶傳慶的家是一座大宅，初從上海搬來時，滿院子的花木。「沒兩三年的工夫，枯的枯，死的死，砍掉的砍掉，太陽光曬著，滿眼的荒涼」。這一衰敗的荒涼正是主人公萎靡不振的人格的對象化。《沈香屑　第一爐香》裏的梁家花園，「仿佛是亂山中憑空擎出的一隻金漆托盤」，園子內的整飭考究與園外的荒蕪雜亂，種種不調和的地方烘托出香港社會、尤其是梁太太的萎靡的浮華與扭曲的錯雜。後來在月光下，薇龍看那巍巍的白房子，蓋著綠色的琉璃瓦，很有點像古代的皇陵。接著薇龍覺得自己進入了《聊齋志異》情境，剛剛探訪過的貴家宅地轉眼間化成一座大墳山，陰沈、怪譎氣氛得到進一步強化。諸如此類，自然的荒涼與文化的蒼涼相依相生、互映互動，構成一個和諧、豐滿的藝術整體。

大千世界，氣象萬千，以怎樣的眼光去選擇，加以怎樣的提煉、配置，賦予怎樣的含義，可以見出作家的創作個性。張愛玲以蒼涼的眼光看世界，總能發現、發掘蒼涼，因而她所營構的意象多陰冷色調。諸如：《沈香屑　第一爐香》裏，

梁太太面網上扣著的那個指甲大小的綠寶石蜘蛛,「正爬在她腮幫子上,一亮一暗,亮的時候像一顆欲墜未墜的淚珠,暗的時候便像一粒青痣」。不管是亮是暗,都給人以一種淒冷的感覺,是對熱鬧場中春風得意者的反諷。寶藍瓷盤裏的仙人掌,本是含苞欲放的佳期,在一般人眼裏,厚厚的綠葉必是顯示著生命力的充沛與頑強。但在薇龍眼中,「那蒼綠的厚葉子,四下裏探著頭,像一窠青蛇,那枝頭的一撚紅,便像吐出的蛇信子」,這別出機杼的意象指認,透露出薇龍內心深處的恐懼與她所面臨的危機。梁太太「那扇子偏了一偏,扇子裏篩入幾絲黃金色的陽光,拂過她的嘴邊,正像一隻老虎貓的鬚,振振欲飛」。這一意象,活畫出梁太太的豪橫、貪婪與骨子裏的依附性。睇睇因為竟敢「冒天下之大不韙」,偷吃了女主人梁太太的「盤中餐」——喬琪喬,惹得梁太太大光其火,這裏作品寫了梁太太的一個動作:「把煙捲向一盆杜鵑花裏一丟,站起身來便走。那杜鵑花開得密密層層的,煙捲兒窩在花瓣子裏,一霎時就燒黃了一塊。」使女在刁蠻的主人眼裏,如同可以隨意灼燒、作踐的花兒一樣,頃刻之間,睇睇就被炒了魷魚。薇龍想要擺脫喬琪喬而又受到內心另一種力量的拘牽擺脫不了時,她躺在床上,望著外面的天。「中午的太陽煌煌地照著,天地是金屬品的冷冷的白色,像刀子一般割痛了眼睛。」這一意象並不出眾,接下來的描寫則透出一種靈氣:「一隻鳥向山巔飛去,黑鳥在白天上,飛到頂高,像在刀口上刮了一刮似的,慘叫了一聲,翻過山那邊去了。」這慘叫的黑鳥,就是薇龍的象徵,她終於未能拒絕誘惑,越過了原先自律的防線,徹底跌入了

梁太太佈置的泥淖。《紅玫瑰與白玫瑰》裏，佟振保回家拿雨衣，發現妻子煙鸝與裁縫表情異樣，三人陷入艦尬之中，「振保冷眼看著他們倆。雨的大白嘴唇緊緊貼在玻璃窗上，噴著氣，外頭是一片冷與糊塗，裏面關得嚴嚴的，分外親切地可以覺得房間裏有這樣的三個人。」雨生出「大白嘴唇」，是自然的擬人化，也是命運之神的象徵，它是冷峻的，然而並不糊塗，房間裏的一切，它盡收眼底，它知道振保有動怒的理由，然而丟失了動怒的資本，於是只能陷入「三足鼎立」的艦尬，「雨」在這裏加強了反諷意味。

張愛玲的感覺出奇地靈敏而有幾分怪譎，每每能夠獨出機杼，想人所未想，見人所未見。《傾城之戀》裏，她能把整個房間看作「暗黃的畫框，鑲著窗子裏一幅大畫。那釅釅的，灎灎的海濤，直濺到窗簾上，把簾子的邊緣都染藍了」。她能從燃燒的火柴看見「火紅的小小三角旗」，若是僅僅看出這一形狀、色彩，還不足為奇，她的獨特眼力在於看到「在它自己的風中搖擺著」，這大概象徵著前程未卜、命運難測。女主人公嘆的一聲吹滅了它，「只剩下一截紅豔的小旗杆，旗杆也枯萎了，垂下灰白蜷曲的鬼影子」，這就染上了張愛玲特有的蒼涼色調。流蘇在娘家備受擠對，聽到四奶奶的刺耳的話，她自言自語說「這屋子可住不得了」，作品這樣寫道：「她的聲音灰暗而輕飄，像斷斷續續的塵灰吊子。她彷彿做夢似的，滿頭滿臉都掛著塵灰吊子」。喻象由敘事者的指認化入人物的感覺，並隨著動作的推進而泛化、深化，堂屋「垂著朱紅對聯，閃著金色壽字團花，一朵花托住一個墨汁淋漓的大字。在微光裏，一個個的字都像浮在半空中，離

著紙老遠。流蘇覺得自己就是對聯上的字，虛飄飄的，不落實地。」在這個一千年也同一天差不多的老宅子裏，青春是不稀罕的。孩子一個個生出來，一代代繁衍下去，「這一代便被吸收到朱紅灑金的輝煌的背景裏去，一點一點的淡金便是從前的人的怯怯的眼睛」。這一比喻道出了金錢拜物教腐蝕了人的靈魂的現實。說海上的太陽熱，「那口渴的太陽泪泪地吸著海水，漱著，吐著，嘩嘩地響」，這已很別致，接著要說的才是關鍵：「人身上的水分全給它喝乾了，人成了金色的枯葉子，輕飄飄的。」這一意象表層是說流蘇的「奇異的眩暈與愉快」，深層則隱含著對人物生命層次有嫌膚淺的暗諷。范柳原在細雨迷蒙的碼頭上迎接她，說她的綠色玻璃雨衣像藥瓶，見流蘇以為是在嘲諷她的孱弱，附耳加了一句「你就是醫我的藥」，其實，范柳原何嘗不是醫流蘇的藥。一對病態男女，互為藥劑，倒也不失為亂世中聊可慰藉的人生。

　　張愛玲的意象創造能力之強，不僅在於構象奇警，出人意表，而且還在於她能夠抓住核心意象，加以重疊、鋪展，衍為前後呼應、一脈貫通的意象群。月亮的多相位的表現，在小說史上可謂罕有匹敵，如前所述。其他意象群的描寫，也多有出色的創造。譬如：《傾城之戀》開篇用的「老鐘」意象尚屬平常，緊接著的「他們唱歌唱走了板，跟不上生命的胡琴」，則新穎別致，而且胡琴與後面出現的電話、無線電構成一組傳統與現代、痛苦與幸福之間富於張力的對比。最初是白四爺在家裏咿咿啞啞地拉胡琴，流蘇在備受家族精神蹂躪時，從胡琴裏聽出了笙簫琴瑟奏出的廟堂舞曲，「她

走一步路都仿佛是合著失了傳的古代音樂的節拍」。如果說胡琴所代表的是傳統的忠孝節義的束縛,總是給流蘇帶來痛苦的話,那麼,電話與無線電則象徵著洋風帶來的現代文明資訊。電話是柳原與流蘇的傳情工具,促使他們走到一起。香港戰事爆發後,流蘇不知柳原乘坐的船有沒有駛出港口,有沒有被擊沈。她想起他來便覺得有些渺茫,如同隔世。「現在的這一段,與她的過去毫不相干,像無線電裏的歌,唱了一半,忽然受了惡劣的天氣的影響,劈劈啪啪炸了起來。炸完了,歌是仍舊要唱下去的,就只怕炸完了,歌已經唱完了,那就沒得聽了。」無線電裏的歌,在流蘇的內心與讀者的接受心理上是情愛之歌,受到干擾之後,能不能唱下去尚未可知。作品結尾,流蘇與柳原在洋風十足的香港結婚之後又回到了上海,部分地重複著舊日生活的軌道,於是照舊是「胡琴咿咿啞啞拉著」,訴說著說不盡的蒼涼故事。

　　意象的奇崛之美,有的在於構象新穎別致,有的則奇在對常見物象的妙用。《金鎖記》裏,季澤企圖通過煽情來向七巧套取金錢,惹得七巧大為光火,將其打走。此時的七巧,又氣又恨又悔,「她到了窗前,揭開了那邊上綴有小絨球的墨綠洋式窗簾,季澤正在弄堂裏往外走,長衫搭在臂上,晴天的風像一群白鴿子鑽進他的紡綢褲褂裏去,哪兒都鑽到了,飄飄拍著翅子。」風與白鴿子,都是常見的物象,但此處的妙用,則賦予了豐富的內涵。七巧恨不能像白鴿子一樣自由飛翔,像風那樣毫無顧忌地去同季澤親昵,在這裏,風成了七巧的使者,白鴿子成了七巧豔羨的對象。想到鴿子古老的象徵意義,更讓人覺得張愛玲的這一筆妙不可言。巧用

意象，不僅有助於刻畫人物、加強氛圍，而且可以加速敘事節奏。同樣在《金鎖記》裏，送走前來探訪的兄嫂，七巧不禁勾起了對往事的回憶，生龍活虎般的肉鋪夥計朝祿，朝祿拋向案板的生豬油砸起的溫風與膩滯的死去的肉體的氣味，由此回轉到眼前丈夫那沒有生命的肉體……

> 風從窗子裏進來，對面掛著的回文雕漆長鏡被吹得搖搖晃晃，磕托磕托敲著牆。七巧雙手按住了鏡子。鏡子裏反映著的翠竹簾子和一副金綠山水屏條依舊在風中來回蕩漾著，望久了，便有一種暈船的感覺。再定睛看時，翠竹簾子已經褪了色，金綠山水換了一張她丈夫的遺像，鏡子裏的人也老了十年。

十年光陰，只用一個意象的轉換，堪稱敘事節奏變化的經典之筆。它的妙處不止在於用具象取代了古代白話小說中常用的過渡語言，諸如「有話則長，無話則短」之類，平添了生動性與歷史感，而且這意象之中自有深意。雕漆長鏡就是七巧命運的鏡子，她熬死了丈夫與婆母，掙得了一份可觀的財產，然而她付出了青春的代價，「翠竹簾子」褪了色，「金綠山水」已成明日黃花，再也無從追尋。意象的轉換，收到一石三鳥的效果，實在是出奇制勝之筆。

張愛玲奇崛冷豔的意象創造，頗似唐代詩人李賀。李賀是沒落的宗室後裔，生逢亂世，父親早逝，家境困窘，他的個人仕途也不得志。心境一直抑鬱不平，年僅 27 歲就辭世而去。但他詩才出眾，加之作詩嘔心瀝血，存詩雖不算多（241 首），然而構思奇特，想像豐富，意象所出多有虛荒誕幻，

彼此勾連不拘常法，跳宕活潑出人意表，意境冷豔險怪，風骨奇崛幽峭，自成一格。譬如《秋來》的幽冷與淒婉：「思牽今夜腸應直，雨冷香魂吊書客。秋墳鬼唱鮑家詩，恨血千年土中碧。」又如以超越性的筆觸表現陰森恐怖的意境：「百年老鴞成木魅，笑聲碧火巢中起。」（《神弦曲》）「漆炬迎新人，幽壙螢擾擾。」（《感諷》其三）再如《秦王飲酒》的奇詭險怪：「秦王騎虎遊八極，劍光照空天自碧。羲和敲日玻璃聲，劫灰飛盡古今平。」「洞庭雨腳來吹笙，酒酣喝月使倒行。」如同李賀一樣，張愛玲也「喜用鬼字、泣字、死字、血字」[14]，也長於創造幽冷險怪的意象。月亮取其陰晦一面自不贅述，即使是明亮、溫暖的物象——太陽，她也給予暗影的投射，譬如《金鎖記》裏就有：「敝舊的陽光彌漫在空氣裏像金的灰塵，微微嗆人的金灰，揉進眼睛裏去，昏昏的。」在這兩位時隔千載的才子的作品裏，可以找到許多具體的類似之處。譬如：《傾城之戀》裏柳原從一堵牆想起地老天荒那一類的話的描寫，恐怕是對李賀《致酒行》意境的化用。詩中感歎：「吾聞馬周昔作新豐客，天荒地老無人識。空將箋上兩行書，直犯龍顏請恩澤。我有迷魂招不得，雄雞一唱天下白。」小說男主人公恰好用來表白自己對戀愛對象的期待。「衰蘭送客咸陽道，天若有情天亦老。攜盤獨出月荒涼，渭城已遠波聲小。」《金銅仙人辭漢歌》裏的這些詩句，對於張愛玲的月亮意象大概也會有直接的啟迪。張愛玲的奇崛冷豔與李賀詩風的相近，同二人的悟性及相似的

身世與遭逢亂世不無關係，同時，也得益於張愛玲扎實的古典文學基礎。她 3 歲就會背唐詩，等她後來自己創作時，一定是與李賀有了「心有靈犀一點通」的感應。

　　真正有個性、在文學史上能夠立足的作家，風格沒有單一的。李賀詩風奇崛冷豔，同時也有「東家蝴蝶西家飛，白騎少年今日歸」、「我當二十不得意，一心愁謝如枯蘭」之類的質樸清淺的詩句。比起李賀來，張愛玲的小說文體，在意象的奇崛幽峭之外，敘事方式和敘事語言表現出更多的淡雅俗白色彩。《沈香屑　第一爐香》剛剛問世的時候，其獨特的敘事方式就給人帶來了清新的印象。開篇說道：「請您尋出家傳的霉綠斑斕的銅香爐，點上一爐沈香屑，聽我說一支戰前香港的故事。您這一爐沈香屑點完了，我的故事也該完了。」接著，人物出場了，身世、地點，來龍去脈，娓娓道來，雖然沒有傳統小說的大團圓結局，但其圓形敘事結構卻別無二致。後來的小說，從標題的擬定到敘事技巧再到整體結構，都能或多或少地見出傳統的光暈。人物語言與描敘語言也頗有傳統白話小說的味道，譬如：《傾城之戀》裏，「白公館裏對於流蘇的再嫁，根本就拿它當一個笑話，只是為了要打發她出門，沒奈何，只索不聞不問，由著徐太太鬧去。為了寶絡這頭親，卻忙得鴉飛雀亂，人仰馬翻。」「流蘇只道是沒有命了，誰知還活著。」《連環套》裏，「兩個嘲戲做一堆」，「是那個賊囚根子在他跟前……」，「一路上鳳尾森森，香塵細細」，「青山綠水，觀之不足，看之有餘」，「三人分花拂柳」，「銜恨於心，不在話下」，「見了這等人物，如何不喜」，「……暗暗點頭，自去報信不提」，

「他觸動前情，放出風流債主的手段」，「那內侄如同箭穿雁嘴，鈎搭魚鰓，做聲不得」。然而，如果僅僅如此，顯然不會引起一時洛陽紙貴的熱烈反響。張愛玲小說的妙處在於，一方面，從《紅樓夢》、《金瓶梅》所代表的古代白話小說，繼承中國讀者所熟悉的敘事技巧和典雅與俗白兼而有之的語言；另一方面，從西方文學借鑒心理刻畫、環境描寫與敘事節奏等優長，二者相互交融，形成一種古雅與俗白交錯、華麗與質樸雜糅、傳統與現代交融的敘事文體。在這裏，既有設色濃豔的典雅的書面語言，也有生活氣息撲面而來的口語，既有人們熟稔的敘事套數，也有新穎的敘事謀略，從而使讀者產生親切感與新鮮感。

新文學為了衝破舊文學的堡壘，要從內容到形式對傳統文學發起攻勢凌厲的批判，對外國文學多有借重，這的確有其歷史合理性，然而對於任何一種民族文學、尤其是有著悠久歷史的中國文學來說，徹底割斷傳統是不可能的。事實上，新文學的發展離不開傳統底蘊的支援。正是由於張愛玲把通俗與典雅、傳統與現代較好地融匯在一起，文學史上才能產生並留下奇崛冷豔與淡雅俗白交相輝映的張愛玲文體。

結　語

　　回顧與總結三四十年代文學，無論如何不能回避左翼文學的評價問題。

　　左翼作家在題材的拓展與表現的深度、中國敘事傳統的繼承與更新及語言大眾化等方面做出了可貴的努力，創造出豐富多樣的文體風格，對現代小說文體的成熟與發展都有不可磨滅的貢獻。但把左翼文學認作 30 年代的文學主潮，這種觀點在小說領域恐怕有待商榷。京派、海派等廣義的自由主義流派，在當時相當活躍，對左翼的創作亦有積極的影響；葉聖陶、冰心、許地山、巴金、老舍、李劼人、廢名、沈從文、師陀、蕭乾、施蟄存、張恨水等重要的小說家，均不屬於左翼；出自非左翼作家的精品在數量及影響上恐怕要占上風；從對現代小說的文體貢獻來說，非左翼作家也不見得比左翼作家遜色。30 年代的小說創作，呈現為千帆競發、百舸爭流的局面，很難說哪個流派佔據中心位置。如果一定要用「主潮」來表徵的話，那麼可否說左翼與自由主義的競爭、衝突與融匯共同構成了 30 年代文學的主潮。

　　繼左翼衝擊波之後，世界反法西斯陣線的形成在更大範圍內加快了作家從象牙之塔走向社會的步履。在中國，抗日戰爭爆發後，作家不計前嫌，不分流派，紛紛集合在統一戰線的旗幟下，投身於救亡活動。創作的社會政治色彩普遍加

重，實在是勢所必然。誠然，如果沒有敏銳的政治眼光，就不會有《子夜》、《太陽照在桑乾河上》，但茅盾與丁玲這樣才華橫溢的作家，在三四十年代沒能充分發揮出文學潛力，不能不說與他們強烈的政治傾向有關。茅盾堪稱大氣磅礴寫春秋的大手筆，但其描寫社會歷史進程的作品，就其藝術結構的完整性、歷史氛圍的真實性、語調把握的分寸感而言，成功之作也只有《蝕》三部曲中的第二部《動搖》，這部作品留下了第一次國內革命戰爭時期風雲變幻的真實場景與作者的理性審視。而通常予以高度評價的《子夜》，其成功之處在於都市描寫，農村部分則相形見絀，與蔣光慈小說的某些公式化描寫大同小異，至於城鄉描寫在結構上的失衡更是顯而易見。丁玲的小說代表了五四精神哺育下的文學新人由個性解放向社會解放的邁進，但視野的拓展中也留下了種種苦澀，譬如帶有鮮明個性烙印與時代色彩的女性主義特點的減弱，表現土改鬥爭的簡單化等等。趙樹理以其問題意識之強、表現社會現實的迅捷與切合農民審美需求的執著追求，在根據地文學中最為突出，但其視野不夠開闊、觀念不無偏狹，風格稍嫌單一，無疑削弱了作品的藝術魅力。巴金、老舍、沈從文、蕭紅、路翎、張愛玲、張恨水等作家，當他們對社會政治保持相當的距離時，才能較為充分地發揮藝術才華。反之，則難免釀出苦果。巴金的長篇傑作《家》與《寒夜》，創作時並沒有直接的政治功利目的，而抗戰時期的急就章《火》連他自己都不滿意。老舍為抗戰也傾注了大量的心血，但其《火葬》等直接表現抗戰的作品只是熱情的標誌，而不是藝術的結晶。倒是完成於抗戰勝利以後的《四

世同堂》，側重於描寫抗戰時期北京市民的心理歷程，才顯
示出作者的藝術功力。作家不可能與政治絕緣，但究竟應該
怎樣把握政治與文學創作的關係，這是值得我們深思的問
題。張愛玲是一個少有的怪才，她那獨異的女性主義姿態與
藝術風格給我們以鮮明而別致的印象，但她後來一度踏入了
她最陌生的政治題材的雷區，製作出《赤地之戀》這樣的粗
糙品，不能不說留下了深深的遺憾。文學固然可以成為啖飯
之道，但不能為了吃飯而犧牲創作個性，否則，再有才氣的
作家也會敗走麥城。比起政治文化來，精神文化與文學的關
係要更近些。沈從文的成功，很重要的一個原因在於他的創
作始終同風格獨具的精神文化──湘西文化糾結在一起。他
鍥而不捨地為自己的故鄉──「邊地」湘西造像，其「邊地」
並非國家意義上的「邊地」，而是相對於漢文化的少數民族
文化，相對於城市文明的鄉村文明，相對於意識形態中心與
強勢思潮的邊緣文化。「邊地」圖景的傾心描繪，不只是作
家個人情懷的顯露，更是現代文明建構複雜態勢的反映，也
益於營造詩性的審美意境，這樣具有個性特徵、文化意蘊和
審美魅力的作品，必然贏得讀者的青睞，在文學史上佔有一
席之地。沈從文從自身早年的軍旅生涯中看透了腐敗政治的
內幕，所以在生活與創作中採取疏離政治的自由主義姿態，
這倒幫助他成就了文學的輝煌。文學與政治，究竟應該處於
怎樣一種關係才有利於作家創作個性的發揮與文學的發
展，這是一個值得深入研究的問題。

　　儘管三四十年代的小說較之五四時期有了長足的進
步，對於 50－70 年代來說，也有未能逾越與不可替代的輝

煌，但是，如果放在世界文學的大背景下來審視，與同時代的外國文學相比，在見出特點與優長的同時，也能看出一些問題。譬如：同黑塞的《荒原狼》（1927）、《納爾齊斯和戈爾德蒙德》（1930）等相比，人性的解剖與知識份子求索的艱難，還缺乏出神入化的象徵表現；同海明威的《永別了，武器》（1929）、《喪鐘為誰而鳴》（1940）等相比，對戰爭的表現還缺少理性的冷靜與深度；同帕斯捷爾納克的《旅行護照》（1931）與肖洛霍夫的《靜靜的頓河》（1928-1940）等相比，對暴力革命的觀照還比較單一與浮泛；至於像薩特的《噁心》（1938）、加繆的《局外人》（1942）與《鼠疫》（1947）所達到的存在主義深度，中國文學在整體上要到 80 年代才能夠予以理解並進行探索。當然，不應忘記當時的中國社會尚處於前現代化階段，現代小說的歷史較短，而且是拜外國小說為師的。但存在的問題並不能全在這些方面找到解釋，自身文化傳統的局限，文藝政策與文學觀念的偏頗等等，都難辭其咎。

在本書論述的十一位作家中，蕭紅不幸早逝，是個特例；而有幸步入下半個世紀的作家，多數的小說創作高峰都永遠地停留在三四十年代，這是一個值得深思的問題。是他們年邁體弱，創作力衰退了嗎？顯然不是。1950 年時，茅盾 54 歲，老舍 51 歲，沈從文 48 歲，巴金 46 歲，端木蕻良 38 歲，路翎只有 27 歲。這樣的年齡不應是擱筆的時候。伏爾泰寫《老實人》時 65 歲，寫《天真漢》時 73 歲，雨果的《悲慘世界》動筆時 43 歲，60 歲才完成並出版，發表《九三年》時已經 72 歲，托爾斯泰的《復活》，61 歲動筆，71

歲完成，陀思妥耶夫斯基寫《卡拉馬佐夫兄弟》時 58 歲到
59 歲，福克納寫《小鎮》時 60 歲，寫《大宅》時 62 歲。
與這些外國作家相比，剛剛邁進新時代的中國作家是多麼的
年輕！以他們的身體情況與創作積累，他們完全有可能攀上
一個新的小說創作高峰，但事實上卻沒能實現，這實在是讓
人扼腕長歎的事情。個中原因不盡一樣，但有一個共性的、
也是最大的原因，就是政治生活的不正常。三四十年代小說
創作的成果與經驗、教訓與問題，在 20 世紀下半葉的中國
文學歷史進程中，已經顯示出正負兩方面的效應，對於未來
的文學來說，也將成為促進或制約其發展的潛因。因而，回
顧與總結就不僅僅是為了準確、全面地認識歷史，而且也是
為了現在乃至未來文學的繁榮。

後　記

　　本書選擇了十一位具有代表性的作家予以闡釋，力求藉此呈現二十世紀三四十年代中國小說風貌與脈絡。為了能在有限的篇幅內使分析從容、深入一些，對丁玲、沙汀、艾蕪、施蟄存、穆時英、蕭乾、師陀、徐訐、趙樹理等本來應該納入闡釋框架的作家，只好忍痛割愛。即使是作為典型現象選取的作家，在具體闡釋中有所側重，也有所缺失，如突出了老舍小說笑與淚交融的幽默，其京味風俗場景的描寫和語言上的貢獻，就未能展開較為充分的論述。由於視角本身及筆者個人的原因，有些重要的文學現象未能集中而充分地展開探討，如京派、海派、新感覺派等流派，歷史小說、詩化小說等文體及小說理論與批評等問題。最大的遺憾是由於筆者視野的局限，沒有論及臺灣小說。好在臺灣與大陸已有多種視角不同的中國現代小說史，讀者的遺憾多多少少可以從那裏得到補償。若能得到海外學人的批評，自當引為筆者的幸事。

　　本書的出版，承蒙臺灣中國文化大學宋如珊教授熱情介紹與大力推動，有幸得到秀威資訊科技股份有限公司宋政坤總經理的慷慨支援，其中自然也傾注了秀威資訊科技股份有限公司李坤城先生等相關人士的心血，在此一併表示衷心的感謝，並希望兩岸能有更多的合作與交流。

張中良

2004 年 4 月 30 日　北京

國家圖書館出版品預行編目資料

20 世紀三四十年代中國小說敘事／張中良著. – – 一版. – – 臺北市：秀威資訊科技, 2004[民 93]

面； 公分. – –（大陸學者叢書；1）

ISBN 978-986-7614-51-3（平裝）

1. 中國小說 歷史 現代（1900 ） 2. 中國小說 – 評論

820.9708   93016627

二十世紀三四十年代中國小說敘事

作　　者 / 張中良
發 行 人 / 宋政坤
執行主編 / 宋如珊
執行編輯 / 李坤城
圖文排版 / 張慧雯
封面設計 / 莊芯媚
數位轉譯 / 徐真玉　沈裕閔
圖書銷售 / 林怡君
網路服務 / 徐國晉
出版印製 / 秀威資訊科技股份有限公司
　　　　　台北市內湖區瑞光路 583 巷 25 號 1 樓
　　　　　電話：02-2657-9211　　　傳真：02-2657-9106
　　　　　E-mail：service@showwe.com.tw
經 銷 商 / 紅螞蟻圖書有限公司
　　　　　台北市內湖區舊宗路二段 121 巷 28、32 號 4 樓
　　　　　電話：02-2795-3656　　　傳真：02-2795-4100
　　　　　http://www.e-redant.com

2006 年 7 月　BOD 再刷
定價：380 元

讀　者　回　函　卡

感謝您購買本書,為提升服務品質,煩請填寫以下問卷,收到您的寶貴意見後,我們會仔細收藏記錄並回贈紀念品,謝謝!

1.您購買的書名:＿＿＿＿＿＿＿＿＿＿＿＿＿＿＿＿＿

2.您從何得知本書的消息?

　　□網路書店　□部落格　□資料庫搜尋　□書訊　□電子報　□書店

　　□平面媒體　□ 朋友推薦　□網站推薦　□其他＿＿＿＿＿＿

3.您對本書的評價:(請填代號　1.非常滿意 2.滿意 3.尚可 4.再改進)

　　封面設計＿＿　版面編排＿＿　內容＿＿　文/譯筆＿＿　價格＿＿

4.讀完書後您覺得:

　　□很有收獲　□有收獲　□收獲不多　□沒收獲

5.您會推薦本書給朋友嗎?

　　□會　□不會,為什麼?＿＿＿＿＿＿＿＿＿＿＿＿＿＿＿＿＿＿

6.其他寶貴的意見:＿＿＿＿＿＿＿＿＿＿＿＿＿＿＿＿＿＿＿＿＿

　　＿＿＿＿＿＿＿＿＿＿＿＿＿＿＿＿＿＿＿＿＿＿＿＿＿＿＿＿＿

　　＿＿＿＿＿＿＿＿＿＿＿＿＿＿＿＿＿＿＿＿＿＿＿＿＿＿＿＿＿

　　＿＿＿＿＿＿＿＿＿＿＿＿＿＿＿＿＿＿＿＿＿＿＿＿＿＿＿＿＿

讀者基本資料

姓名:＿＿＿＿＿＿＿＿＿＿　年齡:＿＿＿＿　性別:□女 □男

聯絡電話:＿＿＿＿＿＿＿＿＿　E-mail:＿＿＿＿＿＿＿＿＿＿＿

地址:＿＿＿＿＿＿＿＿＿＿＿＿＿＿＿＿＿＿＿＿＿＿＿＿＿

學歷:□高中(含)以下　　□高中　□專科學校　□大學

　　　□研究所(含)以上 □其他＿＿＿＿＿＿＿＿

職業:□製造業 □金融業 □資訊業 □軍警 □傳播業 □自由業

　　　□服務業 □公務員 □教職　□學生 □其他＿＿＿＿＿

秀威與 BOD

BOD（Books On Demand）是數位出版的大趨勢，秀威資訊率先運用 POD 數位印刷設備來生產書籍，並提供作者全程數位出版服務，致使書籍產銷零庫存，知識傳承不絕版，目前已開闢以下書系：

一、BOD 學術著作—專業論述的閱讀延伸
二、BOD 個人著作—分享生命的心路歷程
三、BOD 旅遊著作—個人深度旅遊文學創作
四、BOD 大陸學者—大陸專業學者學術出版
五、POD 獨家經銷—數位產製的代發行書籍

BOD 秀威網路書店：www.showwe.com.tw
政府出版品網路書店：www.govbooks.com.tw

永不絕版的故事・自己寫・永不休止的音符・自己唱